これほど昏い場所に

ディーン・クーンツ
松本剛史 訳

THE SILENT CORNER
BY DEAN KOONTZ
TRANSLATION BY TSUYOSHI MATSUMOTO

ハーパー
BOOKS

Published by K.K. HarperCollins Japan, 2018

ガーダへ。
きみが最高だよ。

文明に大規模な進歩が起こると……
その社会はほぼ崩壊する。
——アルフレッド・ノース・ホワイトヘッド

わたしはご婦人の頭の雀蜂の巣《ワスプネスト》や蜜蜂の巣《ビーハイブ》をのぞき込み
……そこで蜜蝋が塗られ、蜂蜜ができるのを目の当たりにし、
そして毒が造られるのを見て、硫黄の臭いにむせる。
——トーマス・カーライル『衣裳哲学』

これほど昏い場所に

おもな登場人物

ジェーン・ホーク――――FBI捜査官
ニック・ホーク――――自殺したジェーンの夫。海兵隊大佐
トラヴィス――――ジェーンとニックの五歳の息子
ギャヴィン・ワシントン――――ジェーンの友人
ジェシカ(ジェス)――――ギャヴィンの妻。ジェーンの友人
ゴードン・ランバート――――自殺した海兵隊中将
グウィネス(グウィン)――――ゴードンの妻
シドニー・ルート――――シカゴの建築家
ジミー・ラッドバーン――――〈ビニール〉の店主。天才ハッカー
キップ・ガーナー――――〈ビニール〉の共同パートナー
モーシェ・スタイニッツ――――法精神科医。FBIアカデミーの元顧問
ネイサン・シルヴァーマン――――FBI重大犯罪対応群の課長。ジェーンの上司
リショナ――――ネイサンの妻
バートールド・シェネック――――科学者。〈シェネック・テクノロジー〉主宰
インガ――――シェネックの妻
ウィリアム・スターリング・オーヴァトン――ビヴァリーヒルズの弁護士
デヴィッド・ジェームズ・マイケル――大富豪。〈ガーンズバック協会〉の理事
ドゥーガル・トラハーン――――元陸軍特殊部隊隊員

沈黙の場所（サイレント・コーナー）：
本当の意味で電子網《グリッド》から外れて跡をたどられず、
それでいて自由に動きまわりながら
インターネットを利用しつづけられる者は、
〝沈黙の場所《サイレント・コーナー》にいる〟と言われる。

第一部

あなたが最高

1

冷え冷えとした闇のなかで目覚めたジェーン・ホークは、つかのま自分がどこで寝入ったのかわからずにいた。思い当たるのはただ、いつものようにクイーンサイズかキングサイズのベッドの上にいて、枕の下に拳銃が隠してあることだけ。もし独りで旅しているのでなければ、この枕には連れ合いの頭が乗っているはずなのに。大型トラックのディーゼルエンジンの音、その十八輪のタイヤがアスファルトにこすれる音が響いてきて、やっとここがモーテルの部屋だということを思い出した。場所は州間《インターステート》高速道路のそば、そしていまは……月曜日だ。

ベッドサイドの時計の蛍光グリーンの数字が、好ましくない時刻を示していた——午前四時十五分。最近はこういうことが多い。八時間の眠りを確保するには早すぎるし、もう一度寝入ろうとするには遅すぎる。

しばらく横になったまま、失ったもののことに思いをめぐらせる。苦い過去にとらわれるのはもうやめようと自分に誓っていた。いまはそういう時間は減っていて、それだけ見れば進歩といえたかもしれない。でも最近はその分を、まだ失っていないものへの思いに振り向けるようになっていた。

服を着替え、拳銃を持ってバスルームに入った。ドアを閉め、昨夜チェックインしたときに寝室から移しておいた背もたれのまっすぐな椅子を、つっかい棒がわりにした。メイドのずさんな仕事のせいで、洗面台の上の隅に蜘蛛《くも》が巣をかけ、ジェーンの手より大きな縦糸と横糸からなる構造物を作りあげていた。十一時にベッドに入ったとき、巣にかかっていた獲物はばたばたともがく一匹の蛾だけだった。夜のうちに蛾はただの抜け殻となり、中身のなくなった体は透明に変わり、翅《はね》はなめらかな鱗粉《りんぷん》を奪われ、干からび砕けていた。肥え太った蜘蛛がいまとりかかっているのは囚われの二匹の衣魚《しみ》だ。こちらは食い出が足りないけれど、じきにまた別の餌食《えじき》が、この細い糸の罠へ飛び込んでくるだろう。

外の防犯灯の光がバスルームの、ハンドルで開け閉めする小さな窓のすりガラスを金色に染めていた。窓は子どもが這い出るほどの広さもない。これはつまり、危険があっても外に逃げ出せないということでもある。

拳銃を便器の閉まった蓋の上に置き、ビニールカーテンを開けたままシャワーを使った。二つ星の安モーテルのわりにはちゃんと熱い湯が出て、たまりにたまった筋肉や関節の痛みをほぐしてくれた。でも、好きなだけ浴びているわけにはいかない。

2

回転式のショルダーホルスターには、予備のマガジン入れと、スエードのハーネスが付属していた。拳銃は左腕の真後ろの、かなり深い位置にくるので、特別あつらえのスポーツコートを着れば完全に隠すことができる。

予備のマガジンは、ハーネスに留めつけたものに加え、ジャケットのポケットにも二つ入れてあった。弾丸は拳銃に込められたものを含め、計四十発だ。

でももしかしたら、今日は四十発でも足りなくなるかもしれない。これ以上の予備は手元にないし、最悪の事態になったとしても、すぐそばで待機している仲間のバンもいない。

そんな時期はもう、さしあたっては昔のことだ。もし四十発で足りなくなるような状況が起きるなら、八十発でも八百発でも同じこと。自分のスキルや耐久力に幻想を抱いてはいない。

スーツケースを二個、外のフォード・エスケープまで運んでいくと、後部ドアを上げて荷物を積み込み、車をロックした。

日はまだ昇っていないが、きっと太陽フレアが一つ二つ起きているのだろう。西の空に沈みかけた月にその光が反射して銀色に明るく輝き、クレーターの影がぼやけて消えている。実質のある物体のようには見えず、まるで夜空に穴が開き、そこから別の宇宙の純粋で危険な光が照りつけているようだった。

モーテルのフロントまで行って、ルームキーを返した。フロントデスクの頭を剃り上げたあごひげの男が、部屋には満足してもらえたかと、本気のようにも見える真顔で訊《き》いてきた。あんなに虫だらけってことは、よっぽど昆虫学者のお客が多いんでしょうねと言いそうになる。でも、どうせこっちの裸を想像している男に、それ以上記憶に残るような印象を残したくはない。「ええ、快適だったわ」とだけ言うと、外に出た。

チェックインのときは、宿代を前もって現金で払い、身元証明のために偽造の運転免許証のひとつを使った。その名義によれば、たったいまモーテルから出てきたのは、サクラメント在住のルーシー・エイムズだった。

春もまだ浅いというのに、屋根に被《おお》われた通路の天井に取り付けてある金属のランプシェードのなかで、何かの甲虫がカツッ、カツッとぶつかる音が響き、棘《とげ》のある肢《あし》をもった影が、明かりに照らされた足元のコンクリートの上で躍っていた。

隣接した、モーテルと同じ経営のダイナーに入ると、監視カメラが何台かあるのに気づいたが、意識してどれにも視線を向けずにいた。最近はどこへ行こうと、監視からは逃れられない。

もっとも、彼女にとって命取りになりかねないカメラは、空港や鉄道の駅など、最先端の顔認識ソフトがリアルタイムで作動しているコンピュータとつながっているものだけだ。飛行機での移動も過去のこと。いまはどこへ行くにも車を使っていた。

今回のことが始まったときの彼女は、ロングにした天然のブロンドだった。いまはブルネットに染めて短くしてある。でも誰かに追われているとしたら、この程度の変装では顔認識ソフトは騙せない。無用な注意をひきかねない見えすいた変装は論外にしても、機械による探知を避けるために顔の輪郭や造作の細かな特徴を大きく変えるわけにもいかなかった。

3

卵三個分のチーズオムレツに薄切りベーコン二枚、ソーセージ、トーストにバター、ジャガイモの炒め物という朝食には、オレンジジュースのかわりにコーヒーがついていた。たんぱく質は絶対必要だが、炭水化物をとりすぎると体がだるくなるし、頭の働きも鈍ってしまう。脂肪のことは気にしていなかった。動脈硬化になるには、あと二十年は生きていなくてはならない。

ウェイトレスがコーヒーのおかわりを持ってきた。三十がらみで、きれいなのに萎《しお》れかけた花のような感じで、青白くやせている。毎日の暮らしに削られ、漂白されでもしたようだ。「フィラデルフィアのこと、聞いた？」

「何かあったの？」

「頭のいかれたやつらが自家用ジェットに乗って、朝の渋滞してる四車線につっこんだのよ。テレビで言ってたけど、燃料を目いっぱい積んでたらしいわ。高速が一キロぐらい火の海になって、橋がすっかり崩れ落ちて、車やトラックがぼんぼん燃え上がって、なかにいた可哀想な人たちも焼けちゃった。ここの厨房にテレビがあるんだけど、怖くて見てられなかった。神様のためにやるんだとか言ってるけど、あいつらは悪魔に取り憑《つ》かれてるのよ。もう、どうしたらいいのかしらね？」

「わからない」ジェーンは言った。

「誰にもわからないわよね」

「そう思うわ」

ウェイトレスは厨房に戻っていき、ジェーンは朝食を終えた。さっきのニュースで食欲が失せたにしても、いま食べておかないと、今日は一日食べるひまがないだろう。

4

黒のフォード・エスケープは、いかにもデトロイト仕様に見えるが、この車にはエンジンフードの下に多少の秘密があり、また前部のドアに〈保護と奉仕〉と書いてあるどんな公的車両にも勝るほどの馬力を備えていた。

二週間前、ジェーンはアリゾナ州にいて、メキシコの町ノガレスから国境をじかに隔てたアメリカ側のノガレスで、このフォードを買った。アメリカで盗難に遭った車両に、メキシコで新しいエンジンブロック番号を付け、プラスアルファの馬力を加えて、またアメリカに戻されたものだ。ディーラーのショールームは、馬の放牧場に使っていた場所にある一続きの納屋だった。ディーラーの男はほかにどんな車があるか宣伝もせず、領収書も納税証明書もよこさなかった。そしてジェーンの要請に応じて、カナダのナンバープレートと、ブリティッシュコロンビア州自動車局発行の登録カードをよこした。

夜が明けるころ、ジェーンはまだアリゾナ州にいて、州間高速八号線を西へひた走っていた。

夜の闇が薄れてきた。太陽がゆるやかに、車の後方にあたる地平線から昇るにつれて、前方の空高くに見える羽毛のような筋雲がピンクに染まり、やがて濃い珊瑚《さんご》色に変わった。空は次第にあざやかな青みを増してきていた。

ずっと車を走らせていると、ときどき音楽が聞きたくなる。バッハ、ベートーヴェン、ブラームス、モーツァルト、ショパン、リスト。今朝は静かなほうがありがたかった。いまの気分では、最上の音楽すら不協和音にしか聞こえないだろう。

日の出から六十数キロ走ると、州境を越えてカリフォルニアの最南部に入った。それからの一時間で、空高くにあった白い筋雲が灰色の積雲に変わり、低く垂れ込めてきた。さらに一時間たつと、空はますます暗く、剣呑《けんのん》に膨らんでいった。

カヤマカランチョ州立公園の西の端にあたるアルパインの町で、州間高速を降りる。ゴードン・ランバート元将軍の夫妻が暮らしている町。昨夜、昔ながらの便利なせん綴《と》じのトーマス・ガイドの地図を見ておいた。きっと家は見つけられるはずだ。

フォード・エスケープは、メキシコであれこれ施された細工に加え、人工衛星やら何やらに常時追跡されるGPSの装置をそっくり取り外してあった。車を運転してハンドルを切るたびにトランスポンダーから信号が送られるようでは、いくら〝電子網《グリッド》〟から離れようとしても意味がない。

雨は太陽の光と同じ自然現象で、自然の作用にはなんの意図もないはずなのに、ジェーンは近づいてくる嵐に悪意を見てとった。もともと自然に親しむのは大好きだったのだが、最近はその気持ちを試そうとするように、おそらくは不合理な、それでも根深い感覚に襲われることがあった。自然が人間とぐるになって、邪悪で破壊的な陰謀を企んでいるという感覚に。

5

アルパインには一万四千人ほどの住人がいるが、そのうちの一パーセントは運というものをたしかに信じている。数の上では三百人に満たないクミアイ・インディアンのビエハス一族がこの街でビエハス・カジノを経営していた。ジェーンは運まかせのゲームに興味はない。いまの人生は毎分毎分が転がるダイスの連続だし、それ以上のギャンブルはもう手に負えなかった。

松やリブオークの緑に彩られた中心部は、フロンティアの町の趣《おもむき》があった。実際にいくつかの建物は西部開拓時代までさかのぼることができるが、ほかにも比較的新しい時代にその様式をまねて建てられたものがあり、それなりの効果をあげていた。アンティークの店、画廊、ギフトショップ、レストランなどの数を見ても、カジノができる以前から一年じゅう観光客が押し寄せていたことがうかがえる。

この国で八番目の大都市サンディエゴは、距離にして五十キロ、標高にして五百五十メートル離れたところにある。百万からの人間がひしめき合う場所に暮らしていれば、どんなときでもかなりの住民が、もっと静かでのんびりした場所へ逃げ出したくなるだろう。

白の下見板に黒のよろい戸というランバートの家は、アルパインの町外れの、二千平方メートルほどの地所に建っていた。前庭は白い木の柵に囲まれ、ポーチには籐《とう》の椅子が置いてあった。家の北東側の隅に立てたポールに星条旗が高々と掲げられ、赤と白の縞《しま》がそよ風に軽くはためき、ほかの部分はぴんと張って、五十州を示す星がまだら雲の陰鬱な空をバックに残らず見えている。

制限速度が四十キロだったおかげで、その家の前をゆっくりと、それでも何か詮索《せんさく》していると見られないように通り過ぎることができた。変わった様子は見当たらない。だが、もしジェーンがグウィネス・ランバートとのつながりをたどってここへ来る、という疑いをもたれていたら、向こうはなるべく慎重に姿を見せないようにするだろう。

ほかの四軒の家を通り過ぎたところで、道路が行き止まりになった。そこで方向転換し、フォードを路肩に停めると、もと来た方向に目を向ける。

この一帯の住宅地は、エルカピタン湖を見晴らす丘の上にあった。ジェーンは開けた林のなかに延びる未舗装の道を進んでいき、やがて木のない、夏の盛りには小麦のような金色に変わるだろう緑のススキに被われた斜面を下っていった。岸辺に出ると、南へ歩きながら湖を見渡した。水面が穏やかにも乱れているようにも見えるのは、しわくちゃの洗濯物を思わせる雲が波ひとつない鏡のような水面に反射しているせいだった。左手の住宅地のほうにもさりげなく注意を向けつつ、それぞれの家に感心してでもいるような様子で見上げた。

張りめぐらされた柵の位置から、住宅は丘の頂上あたりの薙《な》いだように平たい部分だけにあるのがわかった。ランバート家の正面に見えた白い杭柵が、周囲のいたるところに続いていた。

ランバート家に隣り合った二軒の家の裏手を通り過ぎ、また向きを変えて、斜面を上っていった。裏門の扉についていたのは、単純な掛け金だった。門扉を後ろ手に閉め、家の窓をじっと眺めた。どこもカーテンを開け、ブラインドも上げて、乏《とぼ》しい陽の光をできるかぎり取り入れようとしている。誰も湖を見下ろしては——あるいはこちらを見張ってはいなかった。

ついに意を決して、家の横手を囲む白い柵を回り込んでいった。雲がさらに低く垂れ込め、国旗をはためかせている風に、かすかな雨か湖の水の匂いがした。ポーチの段を上り、呼び鈴を鳴らす。

少したって、ほっそりした魅力的な、五十がらみの女性がドアを開けた。ジーンズにセーター、イチゴの刺繍《ししゅう》を散らしたひざ丈のエプロンという姿だった。

「ミセス・ランバート?」ジェーンは訊いた。

「そうですけど?」

「わたしとあなたには、こうしてお訪ねできるだけのつながりがあると思うんです」

グウィネス・ランバートはあやふやな笑みを浮かべ、眉を上げた。

ジェーンは言う。「どちらも夫が海兵隊員でした」

「それはたしかにつながりね。それで、どういうご用件？」

「そしてどちらも、夫に先立たれた。その責任は同じ人間たちにある、わたしはそう思っています」

6

キッチンはオレンジの香りがした。グウィネス・ランバートはマンダリンとチョコレートのマフィンを焼いていたところで、その量や熱中ぶりを見ると、あえて忙しく立ち働くことで、身を切るような悲しみから自分を守っているのだと想像せずにはいられなかった。近所の住人や友達に配るのだろう、カウンターの上に皿が九枚並べてあり、それぞれに六個のマフィンがすでにラップをかけて置いてあった。まだ湯気を立てている十枚目の焼き菓子はダイネットテーブルに置かれ、さらにつぎの分がオーブンで焼き上がりを待っていた。

グウィンは見るからに台所仕事の達人らしく、見事な料理の腕を振るいながらもその痕跡をほとんど残していなかった。流しに置かれた、生地を混ぜるボウルや皿は見当たらない。カウンターにこぼれた小麦粉はなく、床にはかけらも屑《くず》も落ちていなかった。

ジェーンはマフィンは遠慮したものの、濃いブラックコーヒーのマグは受け取った。若い客と中年の婦人はテーブルを挟んで向かい合って座り、香り豊かな飲み物から湯気がふんわり立ち上る。

「ご主人のニックは、中佐だったとおっしゃったわね？」グウィンが訊いた。

ジェーンは本名を名乗っていた。この訪問を秘密にしてもらうには、グウィンと強い絆《きずな》を作ることが必要だった。こういう状況で、海兵隊員の妻が信用できないようなら、信用できる相手はどこにもいない。

「大佐です」ジェーンは訂正した。「銀の鷲章を着けていました」

「たった三十二で？　お若いのにそこまでとんとん拍子なら、星をもらうのも間近だったでしょうに」

グウィンの夫ゴードンは三つ星の中将で、階級的には最高位のひとつ下だった。

ジェーンは言った。「海軍勲功章と防衛殊勲章、それにほかの章も戸棚がいっぱいになるくらい受けました」海軍勲功章は最高ランクの名誉章の一段階下にあたる。生来慎ましい性格のニックは、自分の受勲や受章のことなど口にしなかったが、ジェーンは夫のことを自慢せずにいられないように感じていた。ニックがたしかに存在したこと、彼がいたことで世界がましな場所になっていたことを確認するために。「彼を亡くしたのは四カ月前です。結婚生活は六年でした」

「まあ」とグウィンが言う。「とってもお若いお嫁さんだったのね」

「そんなこともありません。式を挙げたのは二十一のときでした。わたしがクアンティコのアカデミーを卒業して、〝ビューロー〟に入った一週間後に」

グウィンは驚いた顔をした。「あなた、FBIなの？」

「いちおうのところは。いまは休職中です。ニックと会ったのは、彼がクアンティコの海兵隊戦闘開発コマンドに配属されているころでした。彼が誘ってこないので、わたしから誘うしかなくて。あんなすばらしい人に会ったことはなかった。わたしは欲しいものとなると、すごく頑固なたちなんです」そのとき、自分でも驚いたことに、心臓がきゅっと縮かんで声がかすれた。「この四カ月は、四年のようにも感じられます……ほんの四時間のようにも」そう言ってから、自分の思慮のなさにぎょっとした。「ああ、ごめんなさい。わたしよりもあなたのほうが、同じ経験をされたのは最近のことなのに」

ジェーンの言葉にグウィンは手を振り、目に涙をためて言った。「わたしたちが結婚してから一年後――八三年だったわ――ゴーディーがベイルートにいたとき、テロリストが海兵隊の兵舎を爆破して、二百二十人が亡くなったの。あの人はしょっちゅう酷《ひど》いところに行ってて、何べん死んだと思ったかわからないほど。そんなふうに想像することで、心の準備をしてるんだと思ってた。いつか青い制服の人が戦死通知を持ってやってきたときのための。でも、あれには準備なんてできなかった……あんなことが起きるなんて」

ニュース記事によれば、二週間と少し前の土曜日、妻がスーパーマーケットに出かけているあいだに、ゴードンは杭柵の裏門から外に出ると、湖の岸辺まで下りていった。手には短銃身のピストルグリップ、ポンプアクションのショットガンを持っていた。水辺の草に被われた土手に背を向けて腰を下ろした。銃身が短かったため、指が引き金に届いた。彼が口を撃つところを、湖にボートを出していた数人が目撃していた。グウィンが買い物から帰ってきたとき、通りは保安官事務所のパトカーだらけで、家の玄関ドアは開け放しにされ、彼女の人生は永久に変わってしまったのだった。

ジェーンは言った。「お訊《たず》ねしてもいいでしょうか……？」

「胸はずっと痛んでるけれど、つぶれてしまってはいないわ。訊いてちょうだい」

「ご主人が誰かといっしょに湖まで行った可能性は？」

「いえ、ないわ。隣の奥さんが、彼がひとりで下りていくのを見てたの。何かを持っていたけど、銃だとはわからなかった」

「ボートに乗っていた目撃者たちは——みんなシロだったんですか？」

グウィンは戸惑った顔をした。「〝シロ〟って？」

「ご主人は誰かと会うつもりだったのかもしれません。身を守るためにショットガンを持っていったのかも」

「他殺なんじゃないかって？　ありえないわ。現場にはボートが四艘《そう》あって、少なくとも六人が目撃していたのよ」

つぎの質問はしたくなかった。ランバート夫妻の結婚生活にトラブルがあったと咎《とが》めているようにも聞こえるからだ。「あなたの夫……ゴードンがふさぎ込んでいたようなことは?」

「いいえ、まったく。ときには希望を捨ててしまう人もいるけど。ゴーディーと希望は切っても切り離せなかったわ。これ以上ないほどの楽天家だった」

「ニックも似ています」ジェーンは言った。「どんな問題が出てきても、ただ自分に課せられた挑戦と受けとめてました。そして挑戦が大好きだった」

「どういういきさつだったの? どうして彼は?」

「わたしが夕食を作っていたとき、彼が手洗いへ行って。戻ってこないので見にいくと、服をぜんぶ着たまま、浴槽のなかにいたんです。戦闘用ナイフのケーバーで自分の首を切って。傷は深くて、左の頸動脈が切断されていました」

7

今年はエルニーニョの影響が色濃かった。ここ五年間で二度目のことで、それ以外の三年は平均的に雨が降っていたが、今年の雨の多さはこの州の干ばつを終わらせるほどだった。いまも窓から射す午前の光は、もう夕暮れが迫っているのかと思うほど薄暗かった。さっきまでガラスのようになめらかだった眼下の湖面も、風が作った白い点描のような鱗《うろこ》に被われ、近づいてくる嵐の影のなかでまどろむ巨大な蛇を思わせた。

グウィンがオーブンから焼きあがったマフィンを取り出し、器ごと冷ますために水切り板に置いているうちに、壁掛け時計の音がひときわ大きくなったように感じた。ジェーンはこのひと月ほど、あらゆる時計類の音に断続的に悩まされていた。腕時計の秒針の音まで聞こえるような気がするのだ。どうしようもなくなったときは、車のグラブコンパートメントに放りこむか、モーテルにいるときは部屋の端まで持っていき、また必要になるまでアームチェアのクッションの下につっこんだりしていた。自分の時間が尽きようとしているのだとしても、絶えずそのことを思い出させられたくはなかった。

グウィンが新しいコーヒーを注ぎ分けているとき、ジェーンは訊いた。「ゴードンは遺書を？」

「遺書はなかったわ。メールも、留守電も。残してほしかったのか、なくてよかったのか、自分でもよくわからないの」グウィンがポットをコーヒーメーカーに戻し、また椅子に腰を下ろす。

ジェーンは時計を無視しようとした。音が大きくなったりするのは、錯覚に間違いないのだから。「わたしは寝室の化粧台の引き出しに、ノートとペンを入れてあるんです。ニックがそこに、最後の別れの言葉を書きつけていました。というか、無理やりこじつければ、そう読めなくもない言葉を」その四つの文の不気味さを思うたびに、ジェーンの心臓は隅々まで凍りつきそうになる。引用してきかせた。「〝ぼくは何かがおかしい。早く。早くしなきゃ。早く死ななきゃならない〟」

グウィンがコーヒーカップを手に取った。だが口をつけずに、また置いた。「なんだかひどく奇妙ね？」

「そう思います。警察も検死官も同じ考えだったようです。最初の文だけは、いつものきっちりした、几帳面な筆記体で書いてあるのに、ほかの文はどんどんひどい字になっていました。まるで手が暴れだすのを抑えようとするみたいに」

ふたりは窓の外の空を見つめ、しばらく沈黙を分け合った。やがてグウィンが言った。

「なんて恐ろしいこと――最初に見つけたのが、あなただったなんて」

その言葉には、答えは不要だった。

カップのコーヒーに天井の照明の光が反射する、その模様のなかに自分の未来が読み取れるとでもいうようにじっと見つめながら、ジェーンは言った。「アメリカの自殺率は、二十世紀末には十万人あたり十・五人にまで下がっていました。でもこの二十年ほどは、また歴史的な基準値の十二・五人に戻っています。そして昨年の四月からぐんと上がりはじめた。昨年終わりの時点では、年間で十万人あたり十四人でした。具体的な数にすると三万八千件強です。増えた分は四千五百件強。さらにわたしの知るかぎりでは、今年に入ってからの三カ月は十五・五人のペースで、十二月三十一日には歴史的基準値よりほぼ八千四百件多くなるはずです」

　グウィンのために数字を列挙しながら、自分もあらためて首をひねったが、この数字をどう判断すればいいのか、それがニックの死とどう関わってくるのかがやはりわからなかった。ふと目を上げると、グウィンがさっきまでとは打って変わって強い視線を向けていた。

「ねえ、あなた、何か調べているのね？　きっとそうだわ。つまりこの件には、あなたがまだ話していない何かがあるということね。そうじゃないの？」

　たしかに、まだたくさんある。でもあまり多くを打ち明けることで、グウィン・ランバートを危険な立場に追いやるわけにはいかない。

　グウィンがさらに訊いてきた。「また昔の、冷戦のころのように、いろんな汚い工作が始まってるなんて言わないでちょうだい。その増えた何千人という自殺者のなかには、軍人が大勢いるの？」

「相当数いますけど、異常な値といえるほどでは。職業は多岐にわたっています。医師、弁護士、教師、警察、ジャーナリスト……でも、典型的な自殺ではないんです。成功して適応力に富んだ、うつの病歴や情緒面の問題、財政的な危機とは無縁の人たちばかり。これは自殺傾向のある人たちの標準的なプロファイルにはあてはまりません」

　一陣の風が家に吹きつけ、裏手のドアをガタガタと鳴らした。誰かがノブをしつこく回し、錠がおりているか確かめようとしているように。

グウィンの顔に希望を示す紅色がさし、目に初めて見る生き生きした光が宿った。「もしかしてゴーディーが――なんて言えばいいの？――薬か何かを飲んでたということ？　自分が何をしてるかわからずに、ショットガンを持って湖へ下りていったということなの？　そういう可能性が……？」

「わかりません、グウィン。まだほんのわずかな断片しかつかめていないし、もしそこに何か意味があるのだとしても、その意味がわからないんです」ジェーンはコーヒーを飲もうとしたが、もう飲みすぎで胃が受けつけなかった。「この一年のあいだに、ゴードンの気分がすぐれなくなるといったことは？」

「一度風邪をひいたかも。虫歯で歯の根が膿んだこともあったわ」

「めまいを起こしたことは？　精神の一時的な混乱は？　頭痛は？」

「ゴーディーは頭痛もちじゃなかったわ。少なくとも日常的に困るようなことはなかった」

「もし本格的な偏頭痛があったら、ご記憶に残っているかもしれません。視界のなかで光がちかちかするという特徴があるんですが」そういえば、という表情がランバート夫人の顔に浮かんだ。「いつのことでした、グウィン？」

「WIC、〈仮想未来会議《ホワット・イフ・カンファレンス》〉のとき。去年の九月に、ラスヴェガスで」

「〈仮想未来会議〉とはなんですか？」

「〈ガーンズバック協会〉が未来学者やSF作家たちを集めて、四日間にわたってパネル討論をさせるの。国家防衛というテーマで、既成観念にとらわれない思考をくりひろげるようにって。いまから一年後、十年後、二十年後には大きな問題になりそうなのに、まだこの国が集中的に取り組んでいない脅威は何か？」

グウィンが片手を口もとにやり、ひたいにしわを寄せた。

「どうかしました？」ジェーンが訊く。

肩をすくめる。「ちがうの。ほんの一瞬、どうしてこんなことを話してるのかと思ってしまって。でも、あれはべつに秘密でもなんでもないのよ。協会はとくに先進的な思考の持ち主四百人を――軍の将校や、重要な科学者、防衛関連会社のエンジニアたちを――招いてその考えを聞き、質問をするの。なかなかの催しよ。夫や妻も大歓迎。わたしたち女は夕食や交歓の行事には出たけど、会議には出なかった。でも、おかしな接待とはぜんぜんちがうわ」

「わたしもそうは思っていません」

「その協会はノンポリの非営利団体《NPO》。防衛産業ともなんのつながりもない。招待を受けたとしても、旅費や宿泊費は自分もち。ゴーディーはわたしを三度その会議に連れていった。すごく楽しみにしてたわ」

「でも去年のそのイベントで、ひどい偏頭痛になったのですね？」

「それ一度きりよ。三日目の朝だったわ、六時間ほどベッドでぐったりしてた。わたしはフロントに電話をして、医者を呼ぶようにうるさく言ったの。でもゴーディーは、銃弾の傷より小さいものは、ひとりでに治るのを待つのがいちばんだと思ってて。男の人って、いつでも自分に何か証明せずにはいられないのね」

ジェーンも思い当たることがあり、思わず熱がこもった。「うちのニックも、大工仕事をしているときに鑿《のみ》が滑って、手を抉《えぐ》ってしまったことがあって。たぶん四針か五針は縫うような傷でした。なのに自分で傷を洗って、化膿止めの軟膏をべたべた塗って、ダクトテープでぎゅっと縛ったんです。わたしは出血多量かばい菌が入って死んでしまう、手を切断しなきゃならなくなるって気が気じゃなくて。なのにあの人、そんなに心配するなんてかわいいねって。かわいいだなんて！　思いきりぶん殴ってやりたくなりました。というか、ほんとうにぶったんですけど」

グウィンがにっこりした。「でかしたわ。それでね、偏頭痛はお昼ごろには治まって、ゴーディーは会議をひとつしか逃さずにすんだの。医者にかかるようにいくら言っても聞かないし、癪《しゃく》にさわったから、スパへ行ってばか高いマッサージを受けてやったわ。でもあなた、どうして偏頭痛のことを知ってたの？」

「これまで話を聞いてきたなかに、シカゴ在住の男の人がいて。その人の奥さんは、生まれて初めての偏頭痛を起こして、その三週間後にガレージで首を吊りました」

「その奥さんも〈仮想未来会議〉に出ていたの？」

「いいえ。そんなふうにすんなりいけばよかったんですけど。そうしたつながりは見つからなくて。ほんの細い糸のような、薄い関係だけです。その女性は身体に障害のある人たちを支援する非営利団体のCEOだったんです。誰の話を聞いても、幸せで、充実していて、みんなに愛されている人でした」

「あなたのニックも、初めての偏頭痛を起こしていたの？」

「彼の口からは聞いていません。わたしが興味をもった不審な自殺者は……死の何カ月か前に、何度か異状を訴えていました。短いめまいの発作があった。奇妙な生々しい夢を見た。口と左手が震えたが、ほんの一週間か二週間で治まった。苦い味を感じるようになってまた消えた、ということもありました。でもニックには、ふだんと変わった徴候はなかった。まったく、何ひとつとして」

「そういう人たちの遺族に話を聞いてまわってるのね」

「ええ」

「何人ほど？」

「これまでのところ、あなたを入れて二十二人です」グウィンの表情を読み取って言った。「ええ、わかっています、強迫観念だと。ただのむだ骨かもしれません」

「むだなんてことはないわ。なかなか……先へ進んでいけないようなこともあるのよ。このあとはどこへいらっしゃるの？」

「サンディエゴの近くへ。話をしたい人がいるので」ジェーンは椅子に深く背をもたれた。「でも、ラスヴェガスでの、その〈仮想未来会議〉というイベントは興味をひかれます。何か会議に関係した、パンフレットのようなものはないでしょうか？　とくにその四日間のプログラムとか?」

「二階のゴードンの書斎にあるかもしれない。探してくるわ。コーヒーのおかわりはいかが?」

「もうけっこうです。朝食のときに飲みすぎてしまって。お手洗いをお借りできますか」

「廊下の先に化粧室があるわ。こっちよ、案内するから」

二分後、蜘蛛の巣のない清潔そのものの化粧室で、ジェーンは手を洗い、鏡に映る自分と目を合わせた。もう何度目になるだろうか。二カ月前にこの探索の旅を始めたのは、最悪中の最悪の判断だったのではという思いにとらわれた。

わたしには失うものが多すぎる、わたしの命だけではなく。いいえ、わたしの命なんてどうでもいい。

外では風が強まり、その音がバスルームの換気ダクトを通って、二階から一階に向かって語りかけてくる。いつものねぐらの橋の下から、見晴らしのいい家へ引っ越してきたトロルのように。

化粧室から出たとき、二階で銃声が轟《とどろ》いた。

8

ジェーンは拳銃を抜いて両手で構え、銃口を右に、ついで床に向けた。ＦＢＩの制式銃ではなかった。休職中にそうした銃を持つことは許されない。この銃も同じくらい気に入っていた。むしろそれ以上かもしれない。ヘッケラー＆コッホ・コンバット・コンペティション・マーク23・四五ＡＣＰ。

あれはたしかに銃声だった。聞き間違いではない。その前に悲鳴や足音はなく、後にも聞こえなかった。

アリゾナからずっと尾行されていたということはないはず。誰かがここで待ちうけていたのだとしたら、キッチンのテーブルで夫に先立たれた女ふたりが、防御を解いて座っているときに襲ってきたはずだ。

賊《ぞく》がグウィンを拘束し、一発撃ってジェーンをおびき寄せようとしているのか。それも理にかなった行動ではない。だが、最悪の連中は理屈や理性にはかまわず、感情に衝《つ》き動かされて行動するものだ。

もうひとつの可能性を思いついたが、まだそこまでは考えたくなかった。

もしこの家の裏手に非常階段があるとしたら、キッチンに通じているはずだ。でも、そんなものは見当たらなかった。閉まったドアが二つあった。ひとつは当然、食料の貯蔵室だ。もうひとつは十中八九、ガレージに通じるドアだろう。あるいは洗濯室か。だいじょうぶ、階段は表側にあるひとつだけ。

ジェーンは階段が好きではない。左にも右にも身をかわす場所がない。銃口に背を向けることになるので、後退も不可能だ。いったん上りはじめれば上がるしかなく、踊り場を挟んだ二つの階段は近距離の射撃訓練場と化す。

踊り場まで来ると、身を低くしたまま、素早く親柱を回り込んだ。下り口には誰もいない。心臓がパレードの太鼓のように打っている。恐れを抑え込むのよ。なすべきことは心得ていた。以前もやったことがある。教官のひとりに言われた。これはタイツやチュチュを穿《は》かないバレエだ。どこでどう動くかを、正確に知っておく必要がある。そうすれば演技の終わりに花束を足元に投げてもらえる。

最後の階段。プロが撃ってくるならここだ。

上から狙いをつける敵の銃は、こっちの目の高さのすぐ下にある。こっちの銃は自分の視線のなかにある。敵のほうが確実に狙える。

階段を上りきった。まだ生きている。

かがんだまま、壁に身を寄せた。両手で拳銃を握った。腕を伸ばす。動きを止め、耳をすます。二階の廊下には誰もいなかった。

あとはいよいよ、ドアロから入る瞬間だ。これは階段に劣らず始末が悪い。敷居を越えたとたんに弾丸を食らい、その場で一巻の終わりになりかねない。

グウィン・ランバートは、主寝室のアームチェアに腰かけ、頭を左に傾けていた。右手がひざの上に垂れ、銃がまだゆるく握られていた。弾丸は右のこめかみから入って脳を穿《うが》ち、左のこめかみから飛び出して、カーペットの上に骨の破片やからみ合った髪の毛や、それ以上のものをまき散らしていた。

9

あらかじめ仕組まれた状況には見えなかった。たしかに自殺だ。銃声の前に悲鳴はなく、その後も足音や物音らしきものは聞こえなかった。あったのは準備と実行だけ、そしてそのあいだの恐怖か安堵、それとも後悔か。家庭用の護身銃が入っていたのだろう、ナイトテーブルの引き出しが開けられたままだった。

悲嘆に胸がつぶれるほど、ジェーンはグウィンを長いあいだ知っていたわけではない。それでも鈍い、だが恐ろしいほどの悲しみと、刺すような怒りに襲われた。怒りには確かな理由があった。これは苦痛やうつが昂《こう》じた末の自殺ではない。夫を失ってまだ二週間と少し、グウィンは精いっぱいよく対処してきた。マフィンを焼いては、闇のさなかにいる自分を支えてくれる家族や友人のところへ持っていき、未来に目を向けようとしていた。それに、この軍人の妻についてごくわずか知ったことのなかでも、これだけは間違いなく言える。彼女は、自分と同じ夫に先立たれた女が、また新たな自殺の第一発見者となって苦しむようなまねをする人ではない。

ふいにピーッという機械音が聞こえ、死んだ女性から振り向き、拳銃を上げた。誰もない。音は隣の部屋から響いてくる。慎重に、開いたドア口に近づいていくと、音の正体がわかった。電話の受話器がフックから外れていることを顧客に知らせる、AT&Tのシグナルだ。

ジェーンはゴードン・ランバートの書斎に入った。四方の壁に若いころの本人の写真があった。どこかの異国で、仲間の海兵隊員たちといっしょに写っている戦闘服姿のゴードン。大統領と並んでポーズをとる長身でハンサムな、青色の礼装姿のゴードン。戦闘のさなかにひるがえっていた、額入りの旗。

机の電話からコイル状に巻いたコードが垂れ下がり、その先の受話器がカーペットの上に落ちていた。ジェーンはジャケットのポケットから、指紋をあとに残さないためだけに持ち歩いている綿のハンカチを取り出した。受話器を受け台に戻しながら思った。グウィンは自殺の決断をする前に、誰かと話していたのだろうか。また受話器を持ち上げ、リダイヤルボタンを押してみたが、反応はなかった。

グウィンが二階へ上がったのは、〈仮想未来会議〉のパンフレットかプログラムを探すためだったはずだ。ジェーンは机に近づいて、引き出しを開けた。

電話が鳴った。驚きはしなかった。発信元の表示はない。

受話器を取ったが、何も言わずにいた。慎重なのは、電話の向こうにいる相手も同じだった。システムの不調のせいで起きた幽霊電話でも、間違い電話でもない。バックグラウンドに音楽が聞こえていた。アメリカという名のバンドの、ジェーンが生まれる前に録音された曲。〈名前のない馬〉。

先に電話を切った。この住宅地の地所の広さを考えれば、一発きりの銃声を誰かに聞かれた可能性は低い。それでも急いでやるべきことがあった。

10

誰かがやってくるかもしれない。たぶんこの近辺に捜査員はいないだろうが、慎重を期するなら、中将の部屋を探しまわっている余裕はない。

一階に下りて、自分の手が触れたものをすべて拭った。コーヒーカップとスプーンも手早く洗い、片づける。誰にも聞こえるはずはないが、どの作業も静かにすませた。日に日に何をするにも音をたてないようになってきている。まるでもうすぐ幽霊になり、永遠に静かになる準備をしているみたいに。

化粧室に入ったとき、ふと、鏡に注意を引きつけられた。自分が乗り出したミッションがあまりに異様なせいで、これまでわかってきたことがあまりにも奇妙なせいで、起こりえないことが起こりうるように思えてもおかしくないと感じられた——いまでいうなら、ここから出ていったあとも鏡に自分の像が残り、正体がばれてしまうように。

表の玄関から家を出るときは、死神になった気がしないでもなかった。わたしが来て、女性が死に、わたしは去っていく。いずれは世界から死がなくなる、と言う人がいる。もしそれが正しいなら、死神もいつかは死ぬということだ。

住宅地の家並みを通り過ぎるあいだ、窓からこちらを見ている顔も、ポーチの上の人影も、嵐が近づくなかで遊んでいる子どもの姿も見えなかった。聞こえるのは絶え間のない風があたりの物質に吹きつけてたてる音だけ。まるで人類がすべて死に絶え、その構築物は無事に残ったものの、いまは永劫の時の流れに風化しつつあるというように。

ブロックの終わりまで来た。ここで左折するか、直進するか。アクセルを踏んで一キロほどまっすぐ走り、右折したあとすぐまた左折した。とりあえずどこへ向かうあてもなく、何度もバックミラーに目をやっていた。距離を置いてついてくる尾行車両はない、そう確信がもてると、州間高速に乗って西のサンディエゴ方面を目指した。

いつかは、世界じゅうが厳密かつ継続的な監視下に置かれ、違法にトランスポンダーを外した車も、ふつうの車と同じように追跡される時代が来るかもしれない。いまがそんな世界なら、そもそもランバートの家までたどり着くこともできなかっただろう。

11

去年の十一月、ニックが死ぬ六日前のこと、ジェーンは彼が歯を磨くあいだ、ベッドでテレビを見ながら待っていた。そのときニュース番組で流れ、興味をひかれたあるトピックが最近になって、まるで彼女がいま経験している状況と切り離せないもののように、記憶のなかに何度も何度もよみがえってきた。

そのトピックとは、光に反応するたんぱく質と光ファイバーを使った脳インプラントを開発している科学者たちを取材したものだった。わたしたち人間は絶え間なく、自分の脳と会話をしているのだという。人の五感は情報を〝書き込み〟、脳はそれを解釈して、指示を〝読みあげる〟。いま実験中の脳インプラントは、脳からこの指示を受け取り、卒中や脊髄《せきずい》神経の損傷で連絡が滞《とどこお》った箇所の先までシグナルを送ることで、対麻痺《ついまひ》の患者が頭のなかで動けと念じるだけで義肢を操作できるようにするのだ。ある種の運動ニューロン疾患で体が動かなくなった人や、話す能力を失った人もこのインプラントがあれば、会話で自分が話す内容を思い浮かべることで相手に聞かせられるようになるかもしれない。そうした思考は、感光性たんぱく質によって光のパルスに翻訳され、ソフトウェアで処理されて、コンピュータ合成の音声になるという。

そのころのジェーンは、何もかもがすごい速さで変化している、すぐそこに奇跡と驚異の世界がやってこようとしているのだと驚嘆したものだった。

いま彼女が捉えられているのは、その古いトピックとは無縁に見える暴力と恐怖の世界だ。なのにそれが深く関わってでもいるみたいに、絶えず思い出されてくる。

あのトピックの記憶が残っているのは、内容のせいではなく、そのすぐあとにニックが言ったことのせいかもしれない。彼は忙しい一日のあとで疲れきっていて、彼女もくたくただった。どちらもセックスをするエネルギーなどなかったが、それでもふたり並んで横になり、手を握りあって話をするのは心地よかった。ジェーンが眠りに落ちる直前、ニックが彼女の手を口もとに持っていき、キスをして言った。「きみは最高だよ」そのあとでジェーンは最高にすてきな夢を見た。その言葉が風変わりなさまざまな場面で、とてもやさしく発せられる夢を。

12

ビーチにある〈ベニーズ〉の常連客のあいだでは、スタンレー・カップの当日もかくやと思えるほど、フィラデルフィアの通勤者たちを襲ったテロの話題でもちきりだった。このレストランでは年中無休で終日二十四時間、テレビのスポーツ中継をライブや再生で放映してファンを堪能させている。だが今日のランチタイムは、バーの上の二つのスクリーンもケーブルテレビのニュース番組に合わされ、画面下のテロップは過去の戦歴や選手のスタッツではなく、死亡者の数や政治家たちの怒りのコメントが占めていた。

〈ベニーズ〉は実際にはビーチではなく、波打ち際から二ブロック離れたところにあった。もし看板が謳《うた》っているように、ほんとうに五十年にわたるサンディエゴっ子のお気に入りなら、かつてはベニーという人物がオーナーだったにしろ、いまは十中八九ちがっているだろう。客層は見たところ中流だった。ここ十年間で着実に減っている層だ。この時間はテロの恐怖を前にして飲んで騒いでいるような客はいなかったが、彼らの怒りや不安、どうしてもここのスツールや椅子へ足を運ばずにはいられなくなった人恋しさのようなものが、ジェーンにはひしひしと感じ取れた。

ジェーンが食事をとっている端のブースは、ほかのブースよりも狭くて、四人掛けではなく二人掛けだった。薄層状のテーブルトップは、ベニーがこの店を差配していたころにはフォーマイカ仕上げだったにちがいない。テーブルもブースのベンチに置かれたクッションの凝ったファブリックも、菱形《ひしがた》模様の大理石タイルを敷いた床も、店の繁盛とステイタスを意図しながら結果を出せなかった名残《なごり》だが、どれもあまりにアメリカらしく、ジェーンは思いがけず胸を打たれるのを感じた。

客のなかに、地元新聞のコラムニストが交じっていた。昼食をとりがてら、ビールを一、二杯ひっかけていたものの、記者本能を抑えきれなくなったらしい。手帳とペン、ハイネケンの瓶《びん》を手に細長い店内を動きまわり、名刺を渡したり、最近のテロ事件をめぐる議論に常連たちを引き込んだりしていた。

四十がらみの男で、経理担当からのお達し以上にスタイリングに時間と金をかけていそうな、りっぱな髪の毛の持ち主だ。お尻の線が自慢なのか、穿いているジーンズがいささかタイトすぎる。自分の男らしい腕もお気に入りなのだろう、それほど暑い日でもないのにシャツの袖をまくり上げている。

記者として、同時にひとりの男として、そいつはジェーンのブースにやってきた。なかにはいやがる女もいるだろうが、この女はそうではないという計算が、その目にうかがえた。とはいえ無作法なわけではなく、ジェーンがはなから男女のゲームに無関心であることもこの男には知りようがない。どんな状況であれ、男たちに目をつけられることはいやというほど思い知らされていたし、ここで三分間のインタビューを拒んだりすれば、丁重に接しようと素っ気なくあしらおうと、この男の記憶により長く、より鮮明に残ってしまうだろう。

男は、自分の名はケルシーだと言い、ジェーンのほうは、メアリーと名乗った。誘いに応じて、男がテーブルの向かいに腰を下ろした。「酷い一日になりましたね」

「今日もね」

「フィラデルフィアには友達か、親戚でも？」

「アメリカの同胞だけよ」

「なるほど。それでも胸は痛みますよね？」

「当然でしょう」

「こういうとき、われわれはどうすればいいと思いますか？」

「あなたとわたしが？」

「われわれみんなが」

「これがより大きな問題の一部だと気づくことね」

「というと？」

「人間より思想を重視しちゃいけない」

男が片方の眉を上げた。「それはおもしろい。ちょっと説明してください」

説明のために、ジェーンは語順を入れ替えた。「思想より人間を重視するべきだってこと」

男は彼女が言葉を続けるのを待った。だがジェーンが黙って残り少ないバーガーにかぶりつくのを見ると、こう言った。「わたしのコラムは政治に関わるものじゃなくて、人間に焦点を当てるものでね。でももし、あなたが自分を政治的に分類するとしたら、何になります?」

「〝ゲンメツ派〟」

男は声をあげて笑い、メモをとった。「この国の最大派閥かもしれないね。ご出身は?」

「マイアミよ」嘘をついた。「こんな話を知ってる? 調べてみる価値のある話」

「どういった?」

「自殺率の増加よ」

「増加してるんですか?」

「調べればわかるわ」

男はジェーンから目を離さずに、瓶を傾けてビールを飲んだ。「あなたみたいな娘さんが、なぜそんな暗い話に興味を?」

「社会学をやってるの」また嘘をつく。「今日のフィラデルフィアのテロ攻撃みたいなものに、慣らされてきてるとは思わない?」

人間に焦点を当てるコラムを書いていると言うわりには、男は警察番記者のような、物事をただ見つめるだけでなく、層を一枚一枚はぎ取っていくような目の持ち主だった。

「慣れるとは、どういうことです？」

　手近なテレビのほうを身振りで指す。「あのニュースよ、一時間に一分ぐらいやってるわ。フィラデルフィアの事件の報道のほんの合間に」

　ジョージア州の前知事が妻と、自らの選挙戦を支えた裕福な後援者を射殺したあと、自らも自殺したという事件があったのだ。

「アトランタの惨劇のことですか」ケルシーが、すでにタブロイド紙がこの事件につけていた呼び名を口にした。「恐ろしい事件だ」

「もし昨日起きていたら、大変な騒ぎになってたでしょうね。でもたまたまフィラデルフィアと同じ日に起きたせいで、来週にはもう誰も憶えてないわ」

　男は彼女が言外に示そうとした意味を汲み取らなかった。「妻は金持ちの夫の後援者と関係をもっていた、ということですけれど」

　彼女はバーガーを食べ終え、紙ナプキンで手を拭った。「ほら、いまのが現代の最大の謎のひとつよ」

「なんのこと？」

「〝どういうことです〟っていつも言うけれど、それはどこの誰が言ってるの？　どんな黒幕が？」

　男はジェーンの空になったビール瓶を指した。「ドスエキスをおごらせてもらえるかな？」

「ありがと、でも一本が限界なの。殺人率も上がってることは知ってる？」

「ええ、そのことはいろいろ記事になってますよ」

ウェイトレスが来ると、ジェーンは勘定を頼んだ。テーブル越しにケルシーのほうへ身を乗り出し、こうささやいた。「つぎになんの数字が上がるかは、まず間違いなくわかってる」

その親密なジェスチャーを何かの誘いと受け取り、相手も身を乗り出した。「ほう、それは？」

「殺人のあとの自殺。あの知事の事件は今後やってくる事態のひとつの徴候かもしれない。つぎの局面ってところね」

「局面というと、なんの？」

これまでずっと正直に答えてきたが、ここでまじめくさった顔のまま、相手が思いきり引くような妄想を口にした。「ロズウェルから始まったこと」

海千山千のジャーナリストだけに、その笑みがこわばったり、目の光が曇ったりすることはなかった。「ロズウェルというと、ニューメキシコの？」

「そう、彼らが最初に降り立ったところ。すべての黒幕がね。あなたはＵＦＯ否定派かしら？」

「いや、決して。宇宙は無限に広い。文明が地球にしかないだなんて、頭のある人間なら誰も考えませんよ」

しかしウェイトレスが伝票を持ってきたときには、ケルシーはもう差し出されたエサ――異星人の侵略を信じるか？――に食いつこうとはせず、ジェーンに――マイアミから来たメアリーに――話を聞かせてもらってありがとうと礼を言い、別のインタビュー相手を探しにいったあとだった。

現金で支払いをすませ、昼食時の人ごみのなかを進んでいく。何かの直観に駆られてか、後ろを振り返ると、さっきのコラムニストがじっと見ていた。そしてすぐに目をそらし、携帯電話を耳もとに当てた。

あの男はただ、わたしを若い女と見て近づいてきただけだ。結果的にうまくあしらったけれど、まだわたしの容姿にひかれているのだ。電話をしていたのはたまたまで、こっちとはなんの関係もない。

それでもジェーンは、外に出ると、急ぎ足で歩いていった。

13

そびえ立つ火山の黒い噴煙のような嵐雲を背景に、白い凧《たこ》のようなカモメの群《むれ》が海のほうから舞い降り、建物のひさしやフェニックスヤシの木立の葉のなかの安全なねぐらに戻ってきた。

レストランの駐車場にフォードを停めておいてもよかったのだが、ジェーンはそうしなかった。車は角を曲がって二ブロック離れた駐車スペースにあった。

通りの遠い側から、なんの興味もないような顔で車に近づいていきながら、絶えずあたりに目を配り、フォードに張り込みがついていないかどうか見きわめようとする。

もう何度目かになるが、また自分に言い聞かせた。これはもうりっぱなパラノイアだ、そのせいでずっと緊張がやわらがないのだと。それでもまだ自分が正気だと信じていた。

監視の姿は見えなかったが、フォードを通り過ぎて一ブロック歩き、それから道路を渡って後ろから近づいていった。

あの記者は、話を聞かせてくれてありがとうと言っていた。実際にジェーンはずっと以前から、自分の気持ち、望みや意図、信じることをほかの人たちに率直に話そうとする人間だった。だからいまの孤立した境遇は、とくに耐えがたかった。友情に必要なのは気持ちを分かち合うこと。だから古い友人に会ったり、当面新しい友人をつくったりするのはあきらめるしかない。いまの境遇について話すことは、彼女自身の、そして話した相手の死を招きかねないから。

自宅を売却し、資産をすべて現金に換えて容易には見つからない場所に隠したときには、こうした状態が続くのも六カ月程度だろうと思っていた。この旅を始めてほぼ二カ月がたち、距離にして五千キロ移動してきたいま、かりそめにもこのミッションがいつか終わるという根拠のない自信はなくなっていた。

路肩からフォードを出し、車の流れのなかに入り込んだ。ほぼすべての場合において、車やSUVやトラックやバスは自分の位置を絶えず発信している。その情報は商業ベースでメガデータを集める業者、警察――そして誰かしら、未来を支配する者たちのために利用されているのだ。

14

新しいサンディエゴ中央図書館は、ポストモダンの精華といっていいのか、見苦しい寄せ集め建築なのかは見る人次第だが、五万平方メートルにもなんなんとする九階建ての建物で、ジェーンの目的にはあまりに広すぎた。どこの空間も監視が徹底されていて気が抜けず、何かあったときにこっそり素早く出ていくのも難しい。そこで古い分館へ行って調べ物をすることにした。

自分のノートパソコンは早いうちに処分していた。昨今ではそういったコンピュータも、車のGPSと同じように、居場所の特定に利用されてしまう。ジェーンがもっぱらコンピュータを使うのは公共の図書館で、どの場所にあってもありがたい存在だった。そういうときでもオンライン検索で調べた情報を利用するだけで、どこであろうと長居はしなかった。

スパニッシュミッション様式の分館は、独創的ではないがまっとうな建築物で、筒瓦の屋根、ごく淡いペールイエローのスタッコ塗りの壁、青銅の枠と格子の付いた窓が目を引いた。大きな櫂《かい》のような葉を豊かに繁らせたバナナの木が空を漕《こ》ぎ、この建物をもっと平穏な過去の時代へ向かわせてでもいるようだった。

図書館の駐車エリアに公園が隣接し、曲がりくねった遊歩道やピクニック場、遊び場が見えた。もう習慣になっているとおりに、ジェーンはいったん目的地を通り過ぎ、一ブロック半ほど離れたところに車を寄せて停めた。ノートとペン、財布だけを手に取り、手提げのバッグを座席の下につっこむと、車から降りてドアをロックした。

分館に入ると、本の並んだ通路ほど多くはないが、コンピュータの並んだ列もたしかにあった。ひとりいる先客から二つ分離れたワークステーションを選んだ。不機嫌そうな様子のホームレスで、ほかの利用者ならこの男がいる区画全体を避けるのは間違いないところだった。

黒い髪はぼうぼうに伸ばし放題で、街角の預言者めいたごわごわのひげは、稲妻に感電したように突っ立ち、ところどころ漂白されでもしたような白い筋が入っている。編み上げブーツに迷彩柄のズボン、緑のネルシャツに黒の分厚いナイロンのキルトジャケットを着たその大男は、わいせつなウェブサイトを見られなくする図書館のブロックをうまくかいくぐったらしく、音を消してポルノを見ていた。

男はジェーンには目もくれず、股間をまさぐってもいなかった。テーブルの上に両手を出して、スクリーン上でくり広げられる行為を、どこか退屈したような、当惑げな様子で眺めている。エクスタシー系の薬物には、長期間にわたって大量に摂取しすぎると、脳がエンドルフィンを作るのをやめてしまい、化学物質の助けなしにはもう喜びや快感、幸福感を得られなくなることがある。この男もそういう状態なのかもしれない。ただじっと見つめている顔は、日に焼けてしわが寄っているがなんの表情もなく、不可解きわまる彫刻のようだった。

ジェーンはオンラインで〈ガーンズバック協会〉を検索し、この団体がいろいろなイベントを開催しているなかに、年に一度の〈仮想未来会議〉があることをつきとめた。そこで謳われている目的はこうだった。「ビジネス、科学、政治、芸術など各界のリーダーたちの想像力を喚起して既成にとらわれない思考をうながし、人類の直面する重要課題のソリューションを模索する」

社会改良家の類《たぐい》だ。よからぬ意図をもった連中にとって、人類の置かれた状態の向上に貢献しようとするNPOほど格好の隠れ蓑《みの》はない。この協会で働く人たちの大半は、善意をもってがんばっているのだろうが、だからといって、その創設者が隠している真の意図や核となるミッションを把握しているとは限らない。

ジェーンは小さなノートを広げ、自分の調査にとくに関連のありそうなデータを書きとめていった。自ら考案した数字やアルファベットの暗号を使い、そうした情報を自分以外の誰にも読めないような形に直す。そしていま、この協会の役員たちと九人の理事の暗号化した名前を書き込んでいく。そのなかにひとつ、思い当たる名前があった――デヴィッド・ジェームズ・マイケル。

デヴィッド・ジェームズ・マイケル。三つのファーストネームをもつ男。この名前、日付、場所の組み合わせは、ほかのどこかで見憶えがある。あとでじっくり調べてみなくては。

ホームレスの男はいま、ポルノのサイトからユーチューブに移り、犬の動画を見ていた。やはり音を消して、両手はキーボードの両わきに置き、年月の刻まれた顔は時計のように無表情なままだった。

ジェーンはログオフし、ノートとペンをポケットにしまい、立ち上がって男のほうへ近づいていくと、コンピュータのそばのテーブルの上に二十ドル札を置いた。「国へのお勤めに、感謝するわ」

聞いたことのない言語で話しかけられたように、男は彼女を見上げた。眼は血走っても、アルコールでかすんでもおらず、澄んだ灰色で、とても鋭く注意深かった。

男が何も言わずにいると、ジェーンはその右手の甲のタトゥーを指した。槍先《やりさき》の青地に上を向いた金色の剣の全体が描かれ、金色の三本の稲妻が斜めに走っている。陸軍特殊部隊群の群章で、その下にはＤＤＴの文字。「軽い軍務じゃないはずよ」

四十ドルのほうをあごで指しながら、男が言った。「これならおれよりも必要な連中がいる」

「でも、わたしはその人たちを知らないし」ジェーンは言った。「代わりにあなたから渡してくれるとうれしいんだけれど」

「それならいい」男は金を手に取ったが、また犬の動画に注意を戻した。「この先に無料《フリー・》食堂《キッチン》があって、寄付はいつでも受け付けてる」

わたしは正しいことをしたのだろうか。でもいまの自分にできそうなことは、このぐらいしかない。

コンピュータの並んだコーナーを出ていくとき、ちらと振り返ったが、男はこちらを見てはいなかった。

15

雨はまだ降りだしていなかった。サンディエゴの空は重苦しく垂れ込め、日暮れはまだなのにあたりは暗く、まるで遠いアルパインの上に蓄えられていた水分と雷の素がこの数時間でそっくり街のほうに移動し、やがて来る湾岸特有の豪雨に加勢しようとでもいうかのようだ。どうせ来るものなら早く来いと念じる気短な人々には、ときとして天気も歴史も始まるのが遅すぎる。

図書館に隣接した公園に入り、曲がりくねった小道をたどっていくと、反射池に囲まれた噴水が見えてきた。そこまで歩いていき、噴水に面したベンチのひとつに腰を下ろした。無数の細い水の噴流が空中に花開き、銀色の水滴をまき散らしている。

この時間の公園は人影も少なく、見えるのは数人だけで、うち二人は犬の散歩中だったが、これが穏やかな空の下なら、足取りはもっとのんびりしていただろう。

ジェーンはスポーツコートの内ポケットからノートを取り出し、増えていく名前のリストが書き込まれたページを開き、以前のデヴィッド・ジェームズ・マイケルに関する書き込みを見つけた。つい先ほど、図書館で検索してわかったところでは、この男は〈ガーンズバック協会〉の理事に名を連ねていた。この協会が主催する完全招待制の〈仮想未来会議〉に、いまは亡きゴードン・ランバート、妻のグウィンは出席していたのだ。

マイケルに関するつぎのメモは、ミシガン州トラヴァースシティのT・クイン・ユーバンクスの自殺に言及したものだった。ユーバンクスは莫大な遺産を受け継いだあと、自らの事業でも大成功を収め、三つのチャリティ財団の理事に名を連ねていた。その財団のひとつが〈シードリング基金〉であり、理事のひとりがデヴィッド・ジェームズ・マイケルだった。

これでつぎの調査対象ははっきりした。といっても、今回の件ではまだ何もはっきりしたことはわかっていないのだけれど。

でもその前に、シカゴに一本電話をかけなくては。

ジェーンはいつでも使い捨てのプリペイド式携帯を持ち歩いていた。彼女の知るかぎり、使い捨ての携帯が跡をたどられることはない。こうした安価なタイプの電話はたったいまも位置を知らせるシグナルを発してはいるが、必ず現金で買うようにすれば、身分証明書なしでも使うことができる。

まるで母鳥に従う雛《ひな》のように、制服を着た女生徒の群が当世風の法衣姿の修道女に急《せ》きたてられ、早足で通り過ぎていく。修道女は、嵐がいつ来てもおかしくないと思っているらしい。

空気はまだ、そよとも動いていなかった。やがて冷たい空気の塊と温かい空気の塊が地殻のプレートのようにぶつかり合って横ずれし、いきなり強い風が吹きつける。そして土砂降りが始まるのは、その一、二分後だろう。

ジェーンは天気を読む勘には自信があった。それに車のなかで電話をしたくはない――使い捨て携帯にもし何か不都合が起こった場合、かけているあいだにトラップに落ちてしまう。ジャケットの内ポケットからいま使っている携帯を取り出し、シドニー・ルートの直通番号を押した。

シドニーにはアイリーンという妻がいて、以前はシカゴを拠点に、身体に障害のある人々の権利を守る活動をしていた。グウィネス・ランバートに会ったとき、話をした当の女性だ。アイリーン・ルートはあるセミナーで家を留守にしているあいだに生涯一度きりの偏頭痛を起こし、その三週間後に自宅のガレージで首を吊ったのだった。

ジェーンの夫ニックと同様、シドニーの妻も自殺の前に書き置きを残していた。だが、ニックのものよりもずっと不穏な、謎めいたメッセージだった――〝やさしいセイソーが言ってる、ぼくはもう何年もずっとさびしい、リーニーはどうしてぼくがいらなくなったの、ずっとリーニーのためにここにいたのに、と。だからいま、わたしは彼のために行かなきゃならない〟。

リーニーとはアイリーンのことだ。しかしシドニーも、二十代になる彼とアイリーンの三人の子どもたちも、〝セイソー〟という名前の男のことを聞いたことはなかった。

FBIから休職を認められてすぐ、ジェーンはシカゴまで行ってシドニー・ルートと会った。まだ独自に非公式の調査にとりかかったばかりで、そうした聞き取りを始めたのが理由だということにも気づかないうちに、まるで幽霊の同盟のように捉えどころのない、謎の組織から標的にされるようになった。そのころはまだ本名を使っていた。そしていまも、三度目の呼び出し音で相手が出ると、必要に迫られて本名を名乗った。

「ああよかった。ぼくも何日か前に、きみに電話しようとしたんだ」シドニーは言った。「でもきみから聞いた番号は、もう使われてなかった」

「引っ越して、いろいろ変更があったのよ」いまできる説明は、せいぜいこれだけだった。

「でも、例の件がまだけっこう重荷になっててね、なんとか説明がつけられないかやってみてるの。それで何分か時間を割いてもらえないかと思って」

「いいとも。ちょっとオフィスのドアを閉めさせてくれ」シドニーは建築家で、パートナー四人と大きな設計事務所を経営している。何秒か待たせてから、戻ってきた。「これでよし。どんな話だい？」

「ＮＰＯの世界はすごく広いのよね、あなたの奥さんはその交流範囲のなかで活動していた。あなたはあまりくわしくないでしょうけど、アイリーンが〈ガーンズバック協会〉について話していた記憶はない？」

しばらく考えてから、シドニーが言った。「聞いたことがないな」

「〈シードリング基金〉というのは？」

「それもない」

「じゃあいくつか名前を言うわ。デヴィッド・ジェームズ・マイケルは？」

「うーん……悪いけど」

「クイン・ユーバンクスは？」

「どうも名前を憶えるのは得意じゃなくて」

「ボストンでのセミナーで、アイリーンは偏頭痛を起こした――そのセミナーはハーヴァード大学のイベントだったのよね」

「そのとおり。きみにも調べがついたんだね」

「ええ。でも、そのすぐ前か後に、彼女は何か別の会議に出ていたのじゃないかしら」

「アイリーンは仕事熱心だった。忙しいスケジュールで飛びまわってたよ。いまは思い出せないが、こっちで調べられると思う」

「ありがとう、シドニー。明日のいまくらいの時間でいい？」

「きみはあのことがまだ、ほんとうに重荷になってるのかい？」

「前に言った自殺の統計のこと、忘れないで」

「憶えてるよ。でも、あのときも言ったけれど――このいかれきった世界じゅうを、最近の暴力や憎しみや経済危機なんかを見渡してごらんよ。人がどうしてこれまで以上にうつになるかなんて、ほかになんの説明もいらないんじゃないか」

「でも、アイリーンはうつじゃなかった」

「まあそうだ。しかし」

「ニックもちがったわ」

「彼女はうつじゃなかった、たしかに。でも、この前きみに電話しようとしたのは、まさにそのことを話したかったんだ。彼女が残した書き置きを憶えてるかい？」

ジェーンは記憶にあった出だしを引用した。「〝やさしいセイソーが言ってる、ぼくはもう何年もずっとさびしい……〟」

「あの書き置きの中身は、初めはあまり人に知らせなかったんだ。なんていうか……あまりに奇妙で、アイリーンらしくなかったから。周りの人たちに、彼女をそんなふうに記憶してほしくなかった……最後は精神を病《や》んでいた、というように。でも最近、彼女の叔母さんでひとりだけ健在なフェイっていう人がいるんだけど、その人のおかげで書き置きの謎が解けたんだ。アイリーンは四つか五つのころ、セイソーという想像上の友達をもってたらしい。よくその相手に語りかけ、いろいろお話をこしらえてた。でもそういうのはよくあるように、大きくなると忘れてしまう。それがなぜか、最後に頭のなかによみがえってきたんじゃないか？」

ずっと忘れていた想像上の友達が五十歳の女性に、死んで自分のところへ来るように呼びかける——そう考えると身震いがしたが、その寒気の理由を説明しろと言われてもできないだろうとジェーンは感じた。

「きみのほうは元気なのか？」シドニーが訊く。

「まあまあよ。あまりよく眠れないけど」

「ぼくもさ。ときどき自分のいびきで目が覚めると、ごめんとつい言ってしまったりするんだ。彼女がもういないのを忘れて」

「わたしはずっと旅をして、モーテルに泊まってるんだけど、ダブルベッドだと眠れないの。ニックは体が大きかったでしょ。だからクイーンサイズかキングサイズにしなきゃいけなかった。いまもそうしないと、彼がいなくなったのを認めてしまうみたいで、ぜんぜん眠れなくなってしまって」

「まだＦＢＩは休職中なのか？」

「ええ」

「くどいようだけど、仕事に戻ったほうがいい。本当の仕事にだよ、まともに説明のつけようのないものに説明をつけようとするんじゃなくて」

「そうね、そうするわ」ジェーンは嘘をついた。

「えらそうなことを言うつもりじゃないが、ぼくにも仕事は助けになった」

「そうする」また嘘をつく。

「きみの電話番号を教えてくれないか。アイリーンがあのころ、また別の会議に出ていたとわかったら連絡できるように」

「明日こっちから電話するわ。ありがとう、シドニー。やさしい人ね」通話を切ったとき、公園にはもう自分以外誰もいないようだった。芝生にも小道にも、視野の及ぶかぎり人影はなかった。地面を歩く鳩一羽いない。ちょこまか走るリス一匹いない。

居合わせた場所、時間が悪いと、街は北極のように孤絶した場所に変わりもする。側面を南北に走る道路では、車が行きかっていた。エンジンの唸《うな》る音、タイヤが路面にこすれる音、エアブレーキのシューという音、ときおり起こるホーンの音、ゆるんだマンホールの蓋がガタガタ鳴る音。ザーッと水の噴き出る噴水から離れると、行きかう車の音は奇妙にくぐもって聞こえ、公園全体が高断熱の二重ガラスに閉じ込められでもしたようだった。

低気圧のせいで空気はやはりそよとも動かず、空いっぱいに山脈のように連なる暗い鋼色の雲からはいまにも水があふれ落ちてきそうだ。街じゅうが何かの期待に満ち、いつもならこの時間は陽光に薄れているビルの窓がちらちらと光り、ドライバーはみんなヘッドライトをつけていて、光の円盤のなかを通り過ぎる車は水中のルートを進む潜水艦のように見えた。

噴水からまだ何歩も行かないうちに、ふと、ブーンと唸る蜂の群れのような音を聞きつけた。初めは頭上から、やがて後方から聞こえてくる気がした。が、大きく後ろに向き直り、さっき歩いてきたヤシの木立のほうに顔を向けたとき、六メートル先に浮かんでいるものの正体が見えた。ドローンだった。

16

その民間仕様の高性能クアッドコプター型ドローンは、軍用バージョンの数分の一サイズで、無人の月面着陸船の模型に何かの昆虫を組み合わせたような形をしていた。航空力学の粋を集めた価格およそ七千ドルのＤＪＩインスパイア1プロに似ているが、それよりいくぶん大きめだ。こうしたドローンは不動産会社が売りに出す物件の撮影によく使われるが、それ以外の営利事業にも利用されるケースが増えている。まっとうなマニアから倒錯趣味ののぞき魔にいたるまで、金持ちの趣味人にも愛好者は多い。

地上わずか二、三メートルあたり、垂れ下がったヤシの葉陰をホバリングしているそれは、映画や小説に登場する恐怖の機械神そのものだった。空気より軽いその姿がハンマー並みに重い衝撃をもって、ジェーンの全身に戦慄《せんりつ》を走らせた。このマシンは彼女の知るかぎり、民間でのドローン使用に適用されるすべてのルールを破るものだった。

こんなものが偶然ここにあるとは、とても考えられない。三軸ジンバル付きのカメラはずっとこちらを向いていた。

何かのぐあいで、こちらの居場所を向こうに教えてしまったのだ。どんなミスをしたのかは、とりあえずどうでもいい。分析ならあとでできる。

あれが予備のバッテリーを積んでいて、飛行時間が市販のインスパイア1プロの二倍だとしたら、空中に浮いていられるのは三十分から四十分。となれば、どこかこの周辺から飛んできたにちがいない。十中八九、監視用バンからだ。

ドローンの操縦者がこちらの動きを見張っているあいだに、警官か捜査官が逮捕にやってくるのだろう。いや、まともな法執行機関とは限らない、その場合は警官や捜査官ではなく、彼らはただ、わたしを……捕らえる。〝彼ら〟がわたしを追っている。無限の力をもった、神秘的ですらある〝彼ら〟が。でも、その〝彼ら〟とは何者なのか。何もわからない。

いずれにしろ、もう近くにいる。

公園にはあいかわらず人気《ひとけ》はない。この状態もそう長くはないはず。

ジェーンはすぐに駆けだそうとはせず、逆にドローンのほうへ向かっていった。あるこ

と に気づいたせいで、さらによく見て確かめる必要があった。大胆に近寄らなければ見分けがつかないことだった。これは民間のモデルでもないし、購入後に大幅な改造を施したものでもない。近づいてくる嵐の光と影にまぎれて見まちがえたのか？　そうじゃない。パラノイアのせいでなんでもない形状を消音器にくるまれた小口径の銃口だと錯覚したのか？　ちがう、これはパラノイアとはなんの関係もない。

このドローンは武装している。

機体が加速してこちらへ向かってくると、ジェーンは横に身をかわし、ヤシの太い幹の陰に隠れた。もし振り向きざまに駆けだしていたら、背中を撃たれていただろう。

必死に身を隠して稼いだわずかな時間で、ホルスターからヘッケラー&コッホを抜く。頭をフル回転させ、目前の脅威の性質を百パーセント把握しようとした。民間スタイルのドローンが大容量のマガジンを備えた武器に転用された場合、重量の問題が生じる。もし銃がなければ、カメラとバッテリーを入れて、このドローンの重量は約三十五キロ。そこに火器と弾薬の重みが加われば、安定性と飛行時間は大幅に減少する。だとしたら武器は、小口径の銃、弾丸もせいぜい数発。でも、この見立てが正しいという保証はない。

確かめるにはただ一度、自分が標的になるだけだ。

遠隔操作の暗殺機械は左手から視界に入ってくる、ジェーンはそう予測していた。だがつぎの瞬間、古いヤシの大木を迂回してくる音が右手から聞こえた。

カメラに姿を捉えられる前に、その視野からすっと外れた。直径一メートルはあるフェニックスヤシの幹に背をつけたまま、回り込んでくるドローンと同じ向きに移動していく。ドローンが撃ってくる場合、完全な銃でなくてもいい。グリップ部分も、標準的なマガジンもいらない。最低限必要なものだけ。二二口径だろう。小型のベルトで弾丸を送り込む。数は、そう、四発。

こちらは聴覚の点で有利だ。ドローンには眼はあっても耳はない。遠隔操縦者は音を頼りにできない。

だが銅をかぶせたホローポイント弾なら、たとえ二二口径でも、近距離なら殺傷できる。ジェーンは隠れようとするのをやめた。ヤシの木の陰から出ると素早くその周囲を回り、大胆にもドローンのすぐ背後に迫った。

操縦者の視界は、おそらく七十度。死角に入られて焦っているはず。怒った蜂のような羽音とともに、ドローンがホバリングの状態で急回転を始めた。

ジェーンは両手で拳銃を構え、至近距離から引き金を引いた。三発、四発、五発。銃声ひとつひとつがビリヤードの玉のように、木立のヤシの幹にすべてぶつかって跳ね返る。いまいましいドローンの機体は着陸脚とプロペラ、それに細い胴体とジンバルリングに取り付けたカメラだけで、狙いをつけるには小さすぎた。この拳銃がショットガンであってくれたら。それでもこのターミネーターの祖先に装甲はなく、銃撃を浴びて耐えられるような設計にはほど遠かった。弾が一発当たったか五発すべて当たったのか、ドローンは部品をまき散らし、空中を旋回すると別の木の幹に衝突して跳ね返り、草地上にばらばらに飛び散った。数千ドルもする品が、回収しても数セントにしかならないがらくたと化した。だが、まったく気づかないうちに噴水のあるほうから飛んできた、二機目のドローンが視界に現れた。

17

ドローンが二機、それを発進させる監視用バン――ここまで手をかけるなら、もうまもなく生身の追っ手が、四人組かそれ以上の人間がどこかから現れるはずだ。彼らにはリソースがあって、わたしを捕らえたがっている。それもどうやら、こちらの想像をはるかに超えた熱意をもって。

二機目から逃げようと振り向いたとき、ヤシの古い巨木が立ちはだかった。その幹を完全に回り込まないうちに、体から数センチのところを何かがかすめ、細い金属の針が何本も線を描くように幹に突き立ち、ピーンと震えた。

わかりきったことだった。重さ四キロ程度の、それも空中に浮かんでいるドローンが、たとえ二二口径でも反動を受けずに正確に撃てるわけがない。あれは低反動の圧搾空気でダーツを射ち出すのだ。いえ、正確にはダーツではない。羽根は付いていない。厳密にいうなら、クロスボウで使われる矢の小型版だ。毒矢？　それとも麻酔？　たぶん麻酔だ。やつらはわたしを訊問したがるはず——それが意味することを考えれば、いっそ毒のほうがましかもしれない。

通りから死角になった場所で、ジェーンがヤシの木のあいだを縫うように走り、それをドローンが唸りをあげて追うと、頭上から垂れ下がる葉の陰に身をひそめていた鳥たちがいっせいに飛び出し、嵐のなかへ追いたてられたことにうるさい抗議の鳴き声をあげた。ヤシの木立の葉が大きく左右に張り出しているために、それぞれの幹の間隔が遠く、ジェーンは長い時間、無防備になる位置にいるしかなかった。ドローンに狙いを定められないようにと願いつつ、つぎの幹の陰を求めてジグザグに、体を上下させて動きまわるうちにふと気づいた。このままではただ必死に攻撃をかわしつづける以外どうしようもない。無風状態でのドローンの飛行速度はおそらく秒速二十メートル、こちらの走る速度よりずっと速い。そう長く逃げまわるのは無理だ。それにさっき成功した木を回り込む策略は、二度は使えない。ドローンに知恵はなくても、遠隔操縦者にはちゃんと頭がある。

また銃を撃てば警察が飛んできかねないが、それは必ずしも歓迎できない。二カ月前に今回のことが始まったころ、警察官すべてが正義の側にいるわけではないこと、陰の力がそれ自身の影を落とし、闇が光として通用するこの危険な時代には、正義も不正も同じ顔をしていることを思い知らされたのだ。

フェニックスヤシの木から木へと、負けるに決まっている障害物マラソンを続け、いよいよこの木立のなかでならたとえ死んでも不死鳥《フェニックス》のようによみがえるのではという奇妙な夢想にとらわれはじめた瞬間、右の袖がぐいと引かれるのを感じた。つぎのヤシの陰に回り込んでから見下ろすと、スポーツコートのたるんだ布地に細い針が突き立ち、ほんの一センチの差で体から外れていた。

早すぎる薄明に包まれた午後に突然、この世の終わりのような閃光《せんこう》がひらめき、公園を照らしだした。まるで触れるものすべてを焼きつくし、世界がまもなく灰燼《かいじん》に帰する前触れであるかのように、影という影が元の物体へ跳んで戻り、居場所から追いたてられて新しい依り代《よりしろ》を求める精霊のように芝生や歩道を横切っていった。ジェーンが気づかないうちに空から稲妻が走って近くに落ち、閃光から一秒後、雷鳴があたりを激しく震わせ、走っている足元の地面がぐらぐら揺れるのを感じた。

クアンティコでいろいろなことを教わった。受けた訓練に従い、ほかの法執行官千人が千回にわたって有効だと証明したとおりのことをやれ。だが定石にとらわれれば殉職後の賛辞と褒賞という結果にいたること、直観を信じるのはどんな知識よりも真実に近いことを知れ。目のくらむ光のあとには、消えた影がまた雷鳴に応えるようにたちまち戻ってきた。周囲が暗くなったとき、ジェーンは急に地面に伏せて仰向けになり、アステカの祭壇に差し出された供物のごとき無防備な格好をさらした。生贄《いけにえ》の血を求める呼び声に応えるように、執行人が空中からのしかかってくる。ドローンがホバリングしながらジンバルの付いた武器の銃身を調整するのが見えたとき、ジェーンは拳銃をさっと上に向け、残った五発の弾丸を残らず撃ちつくした。

ドローンの発射した鋼《はがね》の針がきらりと光って顔をかすめ、地面に突き立った瞬間、機体が震えながら上下に揺れ、高度を上げて退却しようとするかに見えた。が、回転翼を一枚失ったそれはガクンと下がって大きく傾ぎ、急加速しながら木立の隙間のほうへ向かっていくと、秒速十メートル近い速度でヤシの幹に衝突し、卵を投げつけたように粉々に砕け散った。

いつのまに立ち上がったのかも思い出せなかった。空のマガジンを外してポケットに入れ、新しい十発の弾丸をヘッケラー&コッホに込めてからホルスターに収め、また駆けだした。

18

ヤシの木立から噴水近くの開けた場所に走り出たとき、とうとうやつらの姿が見えた。ジェーンから見て西にあたる図書館の敷地からこっちへ走ってくる男が二人、公園の北側の通りから駆けてくる男が三人。誰も制服を着てはいないが、訓練の行き届いた身のこなしからして、一般市民では絶対ありえなかった。

フォード・エスケープは公園の南側のブロックにある駐車スペースに停めてあったが、まだ向こうにあの車の存在が知られていないとしたら、そちらに注意を引きつけたくはない。

東へ向かって、この緑地でいちばん長い芝生を駆けていった。炭水化物をとるのは避け、毎晩ストレッチを欠かさず、規則的にランニングをしていてよかったと感じる。

かなり遠くからでも、後ろから追ってくる五人が恐ろしく手ごわい、ＮＦＬのディフェンス級の男たちだとわかった。大柄で筋骨隆々、スタミナも十分にある。だがジェーンは五十キロそこそこで、あの連中はみな二倍の体格だ。体重が重いほど体を動かすのに余分なエネルギーが要る。ジェーンはスリムで敏捷《びんしょう》だし、とにかく生き延びたいというその動機が何よりも強力な動力源となっていた。

一度も振り返らなかった。振り返ればスピードが鈍る。捕まるか捕まらないかの競走は、往々にして持久力にすぐれた追われる側が勝つものだ。

二度目の、一度目より明るい稲妻が空を切り裂いたかと思うと、視界のなかでいちばん高い木を直撃した。近くのリブオークから、火のついた木っ端や熱い樹皮の破片がしゅうしゅうと降り注いだ。太い幹から大きな塊がはがれ、そこから生えている枝とその先で分かれた細かな小枝が、無数の世界からシグナルを受信する異様なマイクロ波アンテナのように見えた。

はがれ落ちた塊はジェーンの目の前で地面にぶつかり、彼女は片方の腕を顔の前に上げ、砕けてとがった枝や小枝、火がついて害虫の群のように飛びまわる乾いた楕円形の褐色の葉から眼をかばった。

最後の木の残骸が背後に降り注ぎ、すさまじい雷鳴が街の上空に轟きわたるころ、ジェーンは公園の東端に達した。さっきまで真っ黒だった空が青みを帯びたかと思うと突然、灰白色の滝のような雨が落ちてきた。大きな雨滴が木々や草にシャーッと吹きつけ、道路の舗装を、捨てられた空き缶の金属の蓋をバチバチとたたき、雷の化学作用がつくりだす酸素が変化したオゾンの漂白剤のような臭いをかすかに運んでくる。

雨の銀色の幕を、急にいく筋ものブレーキランプの赤い光線が照らしだし、突然の土砂降りに反応したドライバーたちの顔があらわに見えた。ジェーンはためらいなく歩道から車道へ飛び出し、きらきら光るアスファルトを蹴ってブロックの途中の車通りのなかへつっこみ、けたたましいホーンの音や泣き女《バンシー》のようなブレーキの悲鳴に迎えられた。フロントガラスのワイパーが動いたあとに一瞬、驚いた顔、怒った顔が見え、たちまちガラスを流れ落ちる新しい雨の影にぼやけて消えた。

無事に反対側の歩道にたどり着くと、南に向かって全速力で駆けだし、ほかの通行人たちのあいだをすり抜けていった。みんな迷惑顔ではあっても、驚いた様子はない。傘のない若い女が、雨から逃げ込める場所を探しているだけだ。つぎの角で北のほうへ曲がり、半ブロック走ってから通りを外れて路地に入ると、路地はやがてビルとビルの隙間の、歩行者しか通れない細い従業員用通路に変わった。

狭苦しい連絡通路を半分進んだとき、思いきって後ろを振り返った。公園から追ってきた五人の姿は見えなかったが、全員を振り切れたはずはない。やつらはこのあたりにいる、いつ不意に出くわすかもしれない。

一瞬だけ足を止め、使い捨ての携帯電話を出し、格子状の蓋の隙間から排水路に落とした。雨音の大きな合唱のなかでも、電話が黒い水にバシャンと当たる音が聞こえ、ジェーンはすぐまた走りだした。

19

狭い連絡通路を抜け、つぎの通りに出た。ブロックの中ほどだ。通りを渡ろうとしたとき、左のほうの四、五十メートル先、通りの反対側に、大柄な黒服の男がいるのが見えた。ジェーンと同じようにずぶ濡れで、周囲をせわしなく行きかう通行人たちには目もくれず、じっとたたずんでいる。べつに誰でもなく、まったく無関係な誰かを探しているのかもしれない。それでもジェーンは直観に命じられるまま、あとずさりをして、いま出てきたばかりの連絡通路に戻っていった。

向こうの視界から消えようとする寸前、男がこちらを見た。頭をさっと上げ、動きを止めた。猟犬が獲物の臭いをかぎつけた一瞬、体をこわばらせるように。

幅一メートルもない連絡通路にひっこみ、ひたすら駆けた。眼に入る雨を瞬《まばた》きして払いながら、自分が口を開けて呼吸をするその音に気持ちが沈んだ。喉が焼けつき、ひりひり痛む。心臓が早鐘を打つ、喉の奥に胃酸が込み上げてくる。

正気の沙汰《さた》とは思えないが、このひとりの女の追跡劇は白昼堂々、人の多い街なかで行われていた。ありえないし、信じられない。でもニックが戦闘用ナイフで自殺したのも、アイリーン・ルートがガレージで首を吊ったのも、ジハーディストが車やトラックやバスで渋滞した高速道路に飛行機をつっこませたのも、同じように信じられないことだった。

追っ手に追いつかれる前に、このブロックのどちらかの端にたどり着くのは無理だ。そう強く察して、さっき通った路地に駆け込んだとき、一軒のレストランの裏手にトラックが停めてあるのが目に入った。側面にパン屋のロゴが描いてある。パンやペストリーを配達している途中なのだろう、黄色いレインコートを着たドライバーが大きな防水のプラスチック容器を台車の上に四つ重ね終わると、顧客らしいレストランの荷扱い室か厨房のなかまで押して入っていった。

ジェーンは運転席のドアに走り寄り、内側からの結露で半分曇ったガラス越しになかをのぞいた。誰もいないのを確かめ、素早くトラックの後ろに回った。だが、荷室はだめだと判断した。両開きのドアのひとつが開いたままなのは、ドライバーがまだ下ろす荷物があるということだ。それでトラックの助手席側から運転台に乗り込むと、ドアを引いて閉め、ウィンドウより下の高さまで体を縮め、できるだけシートの下に深くもぐり込んだ。

雨がフロントガラスの上を絶えず流れ落ち、左右のドアは曇って半分も外が見えなかった。運転台の室内灯は消してあり、ダッシュボードは暗かった。体を低くしていれば、たぶん見られることはない——外からドアを引き開けられないかぎりは。追っ手はおそらく、ジェーンが路地に裏口が面している店のどれか——おそらくレストラン——の錠が下りていない戸口からなかに入ったと考えるだろう。

激しい息遣いを鎮めようとしつつ、外の物音に耳をすました。雨が周囲にたたきつける音にまぎれて、ろくに何も聞こえなかった。

そのとき、あきらかにトランシーバーの交信とわかる声がした。バリバリという雑音まじりで、言葉はよく聞き取れない。

トランシーバーを持った男との距離は近かった。すぐ近く、パン屋のトラックの真横に立っている。声は深くくぐもっていたが、何を言っているかはわかった。「そっちの位置から東へ半ブロックだ。〈ドナティナズ・レストラン〉って店の裏にいる」

交信相手の声は雑音にまぎれ、やはり聞き取れなかった。

「わかった」近くにいる男が言った。「そっちのふたりは表からだ。店を徹底的に探せ、どこもかしこも。女を駆りたててこっちに追い出せ」

声が遠ざかった。男がトラックから離れ、〈ドナティナズ〉の裏口のほうへ向かっているのだ。

拳銃を抜こうか、そう思った。でもこんな助手席の下で、背中をシートとドアのあいだに挟まれてハンドルのほうを向いている状態で、いざ誰かが入ってきてもまともに撃てるはずがない。

どのみち彼らは、わたしが先に撃つ理由を与えはしないだろう。多少なりとも合法的な機関であれ、まったく不逞《ふてい》の集団であれ、彼らはわたしを捕らえて訊問しようとするだろう。

〝彼ら〟

いまは名指しで呼ぶことはできなくても、いつかは正体をつきとめてやる。ニックにそう誓ったのだ。彼が埋葬されてから数週間後の約束だけれど、生きた相手とかわした約束のように、結婚の誓いと同等の神聖なものとして、何がなんでも守るつもりだった。

二、三分して、ドライバーが戻ってきた。最初の荷物を店に運び込んだとき、半分開けたままにしていた荷室のドアを大きく引きあける。

運転台と荷室を仕切るスライドは開いたままだった。トランシーバーを手にした男が、いまはくぐもっていない声で、ドライバーにこう訊いているのが聞こえた。「女を見なかったか？　ブルネット、百六十五センチちょい、美人だがおれみたいにぐしょ濡れだ」

「どこでだい？」

「ここの路地でだ。この店に入っていったんじゃないか？」

「いつごろ？」

「あんたがここに着いてからだ」

「おれは配達中でね」

「見てないんだな」

「このクソみたいな天気のなかで、フードをかぶって、頭を下げてたんだよ？」

別の男の声が会話に割り込んできた。「あの女は食わせものだぞ、フランク。どこか別のところにいるんだ」

フランクと呼ばれた男が言う。「まったくあの雌犬《ビッチ》、どんな目にあわせてやろうか」

「おれが先だぞ。このバナナ野郎はなんだ？」

黄色いレインコートを着たドライバーが言った。「おれはもう五年も配達でここへ来てるけど、あんたの言うような美人なんて見たことないな」

新顔の男に向かって、フランクは言った。「パン屋の配達人だ。何も見てない」

「こんなクソみたいな天気でも、仕事はやらなきゃなんないんだよ。ところで、あんたらはどこの誰だい――警察か何かか？」

「知らないほうがいい」フランクが言う。

「そりゃそうか」ドライバーは言って、パンの入った防水のプラスチック容器をまた下ろしはじめた。

ジェーンは待ち、耳をすました。いまにもウィンドウに顔が、夢で見るような蒸気にぼやけた恐ろしい顔が現れる気がした。

激しい雨がトラックを打ちつづける。もう稲光も雷鳴もなかった。カリフォルニアの雨に伴う花火が長引くことはめったにない。

まもなくドライバーが戻ってきた。台車を持ち上げてトラックに積み込む。誰とも言葉をかわさずに後ろのドアを勢いよく閉めた。

ジェーンはトラックから降りようと助手席の下から抜け出しかけた――だがそのとき、トランシーバーから誰かのキンキンした雑音まじりの声が、通信状態の悪さを埋め合わせるためにひときわ大きく響いた。

運転席のドアが開き、配達人の男が体を翻《ひるがえ》して乗り込んでくるなり、ジェーンを見てぎょっとした顔になった。

「お願い、追い出さないで」と、ささやき声で言った。

20

ドライバーはジェーンと同年代だった。幅が広くて楽しげな顔にはそばかすが散り、眉毛が赤錆《あかさび》色のところを見ると、明るい黄色のフードの下も赤毛なのだろう。

若者はドアを閉め、エンジンをかけてフロントガラスのワイパーを動かし、レストランからトラックを出した。ブロックの端まで来てから、「ようし、もうあいつらはいない。体を起こしていいぞ」

「もうしばらくこの下にいさせて。そしたら放り出してくれていいから。つぎに停まるときにでも」

「かまわないけど」

「ありがとう」

そのブロックの終わりまで来ると、若者はブレーキを踏んだ。「でも、どこかとくに行きたいところがあるなら、それでもいいよ」

ジェーンが考えているうちに、トラックは右折してつぎの通りに入った。「あなたの名前は？」

「信じないかもだけど、イーサン・ハントだ」

「どうして信じないと思うの？」

「ほら、イーサン・ハントってのは――あの映画に出てくるトム・クルーズの役の名前でさ、『ミッション：インポッシブル』の」

「ああ、それでからかわれてるのね？」

「パン屋の配達人がどんな真実を隠してるか知らないやつらにね。おれはスーツケースの核爆弾を解除したりして、一カ月にいっぺん世界を救ってるんだよ」

「一カ月にいっぺん、ね？」

「まあ、一カ月半ぐらいかな」

彼の笑顔が気に入った。最近目にするいろいろな笑顔に感じる、どこか苛立《いらだ》ったような印象も誇大妄想的なところもない。

「自分の車に戻らなきゃならないの」駐車した場所を伝えた。「でもあの男たちが見えたら、そのまま通り過ぎて」

ジェーンはシートの下からもぞもぞ這い出し、上体を起こして助手席に座った。

雨の幕が通りをすっぽり包み、側溝が沸き立っていた。対向車のヘッドライトの光の暈《かさ》が降りしきる雨をみぞれのように見せ、まるでアスファルトが氷で被われでもしたようだった。

「あんたの名前は訊かないほうがいいんだろうな」イーサン・ハントが言った。

「そのほうが安全でしょうね」

「傘とかは信用してないのかい？」

「濡れネズミっていうのがぴったりかしら」

「濡れたネズミはあんたの半分も魅力的じゃないさ、マジな話」

「ありがと。だといいけど」

「いま、安全かどうか確かめるのに回り道をしてる」

「じゃないかと思ってた」

「それに、あとちょっとだけこのままでいたいし」

「スーツケースの核爆弾はもういいの？」

「大昔の話さ。あそこにいた連中、悪いやつらだぞ」

「ええ、知ってるわ」

「あんたひとりで相手できるのか？」

「助けてくれるの？」

「無理だよ。おれなんか虫けらみたいにひねりつぶされる。言ってみただけ」

「わたしはだいじょうぶ」

「そうじゃなかったら、胸がつぶれちまうよ」フォード・エスケープの横に停車する。

「よし、悪者どもは見えない」

「やさしい人ね、イーサン・ハント。ありがとう」

「これがきっかけでつぎはデート、ってわけにはいかないかな」

「まじめな話ね、イーサン。わたしといたら、地獄でデートってことになりかねない」

　雨のなかに降り立ち、ドアを閉めるとき、彼がこう言うのが聞こえた。「けど、あんたといたら退屈はしないだろうな」

21

自殺率の増加の裏にある真相を知っていそうな勢力――これを仕組んでいるとすら思われる勢力はあきらかに、どんな政府機関ともズブズブの関係にある。州レベルの当局、たとえばCHP（カリフォルニア・ハイウエイ・パトロール）にまで影響力をもっていてもおかしくない。

市街を出てからは、CHPのパトロールがうようよしていそうな高速道路は避けた。何カ所かある渋滞の起こりやすい場所、スピードが落ちる場所では、くわしく調べられやすい。あのドローンはジェーンの映像を送信したはずだし、徒歩で追ってきた男たちにも、長いブロンドを短くして茶色に染めた姿を見られた。新しい人相書きがもう捜索者の手に渡っているのは間違いない。

このあとは海沿いをラホヤに向かってほんの数キロ北上し、ある人物に会い、ある質問をするつもりでいた。その答え次第で、おそらくジェーンの未来は決まる。しかしジェーンはそうせずに、雨に洗われた通りをつぎつぎたどって海のほうへ向かい、ラホヤの街を迂回して、トーリーパインズ州立自然保護区に通じるルートに入った。

そこで郡道S一二号線に乗り入れた。この湾岸道路沿いには、デルマーからソラーナビーチ、北のオーシャンサイドにいたるまで、海辺の風光明媚《めいび》な街がいくつも連なっている。トーリーパインズ・ステートビーチで、駐車場に入った。この天気とあって、ほかに車はいない。助手席の下から小さな道具セットを引っぱり出し、そのなかからねじ回しを取り出した。

外の嵐のなかに足を踏み出す。高い松の木がざわざわそよいでいた。たたきつける雨が舗装の上で躍り、何千何万もの怒った蛇の威嚇《いかく》音のようにシャーッと路面から立ち上がる。ねじ回しを持つ指が濡れて滑ったが、なんとか前と後ろのナンバープレートを外した。自分でわかるかぎりでは、誰にも見られてはいなかったはずだ。

最近の大都市圏では、ほぼいたるところに交通監視カメラがある。もし図書館へ歩いていく前に車を停めた場所にそんなカメラがあったとしたら、ジェーンがあやうく捕まりかけたあの公園から、放射状に延びる通りから、すぐにタイムスタンプ入りの映像が取り寄せられるだろう。雨でいくぶん見づらくなってはいても、彼らはジェーンが車を置いていき、また戻ってくる映像を探そうとするはずだ。となると、こちらが黒のフォード・エスケープに乗っていること、カナダのナンバープレートが付いていることはもう知られていると考えなくてはならない。

カリフォルニアでは、ナンバープレートのない車でも、さほど警察が興味をかきたてられることはない。ディーラーが新しい購入客に仮のナンバープレートを渡そうとしないせいだ。あと一、二時間で州じゅうの警官の盗難品手配リストに載せられるものを付けたまま走りまわるより、プレートなしでいたほうがましだろう。

助手席の下に外したプレートをつっこみ、運転席に座ってエンジンをかける。またずぶ濡れになってしまった。ボタンを押してヒーターの温度と温風の風量を上げた。

フロントガラスをかすませる雨滴をワイパーが掻きとると、間近に太平洋が見えた。嵐に打たれ、もやにかすんだ海は、もう水ではなく、核による巨大ホロコーストの炎から立ち上る灰色の煙の塊のようだった。

22

カーディフで給油のために停まったあと、湾岸のハイウェイを離れ、州間高速五号線に乗った。サンディエゴの市境からはもう三十キロ以上来たし、制限速度のゆるいスーパーハイウェイはリスクを冒して通る価値があった。

オーシャンサイドのすぐ北で、嵐を抜けた。このあたりの海沿いの平野は平坦で潅木《かんぼく》に被われ、晩冬の澄んだ強い陽ざしを浴びて人を寄せつけない雰囲気だった。

運転するあいだ、考える時間はいくらでもあった。そのうち、自分が最初に犯したミスに思い当たった。グウィン・ランバートの、あの問いかけに答えたこと。"このあとはどこへいらっしゃるの?" サンディエゴの近くに、話をしたい人がいる、そう言ってしまった。

　グウィンとの絆は信じるに足るものだった。海兵隊員の妻。夫を亡くした者どうし。兵役、軍務、悲嘆という三重の絆。グウィンはとてもいい人だった。あの人が何かの危険にさらされ、精神的に追いつめられていたと疑う理由は何もない。

　グウィンは自殺する前に、電話で誰と話していたのか？　なぜ話をする必要があった？ジェーンがつぎにサンディエゴへ行くことを誰かに伝えるため？　彼ら――恐ろしく多方面に網を張った〝彼ら〟――の要員がアルパインでジェーンを捕まえられるほど近くにいなかったとしても、つぎの目的地がわかれば捜索の範囲を狭められる。

　でも「サンディエゴの近く」というだけでは、範囲は十キロ四方どころではないし、住人も百五十万人はいる。捜索区域は限定できるにしても、こちらの居所を正確につきとめるのは絶対無理だ。

　この数週間で追跡者たちは、ジェーンが図書館のコンピュータを使い、インターネットで調べものをしているのをつきとめたにちがいない。サンディエゴ圏には大学も含め、図書館が数多くある。ジェーンが〈仮想未来会議〉と〈ガーンズバック協会〉のことをグウィンから聞いて、さらにくわしく知ろうとすることを、彼らは予測したのではないか。でも彼女を見つけるには、そうした各ウェブサイトに監視をつけて、サンディエゴ地域の図書館からの照会すべてをリアルタイムでつきとめなくてはならない。それからただちにその照会元をたどり、どのワークステーションかを示すシグネチャーにたどり着く能力も必要になる。

もしジェーンが図書館の分館で作業を終えるあいだにも、追跡者たちが迫ってきていたのだとしたら、二つめのミスはすぐ隣の公園へ行き、シカゴのシドニー・ルートに電話して時間をかけたことだ。これまで証拠集めのために接触した二十二人全員を彼らが把握していたとすれば、またそのうちの誰かに連絡をとると予想するかもしれない。ただ、それだけの人間の通話量をリアルタイムで、それも複数のプラットフォームにわたってモニターするのは途方もない仕事だろうし、いまのテクノロジーで可能なのかどうかもあやしかった。

かりにそうしたことが可能だとして、さらにジェーンの通話をたどり、使い捨て電話から通話のために発信される無数のマイクロ波の迷路を解きほぐして逆にたどり、さらにそのシグナルをGPS探知に使って公園にいる彼女を探し当てなくてはならないのだ。

それもすべて数分以内に。

しかもグウィンが彼らに電話をしてからわずか数時間のうちに、街じゅうの戦略的なポイントに要員のチームを配置する必要があっただろう。もしジェーンの居場所が確定されたとして、それから最低でも一チームが数分以内に彼女の元にたどり着くチャンスが生まれるように。

もしかすると、彼らは運に恵まれただけなのかもしれない。それでも、幸運であろうとなかろうと、ジェーンの足取りを追ってくる存在が突然、あらゆる場所に現れるようになった。どの法執行機関よりも大きな力と勢力範囲をもち、彼女の知るどんな政府機関よりも効率的な、あまねく存在する全能の存在が。

この車がもし特定されているにしても、もうしばらく使えればいいのだけれど。こっちの財源も無尽蔵なわけではないし、この探索の旅を始めてからすでに二台目の車なのだ。

サンファンカピストラーノで州間高速五号線から下り、州道七四号線に入った。フォード・エスケープが潅木に被われた起伏の多い丘陵地を上っていくうちに、ジェーンの気分は暮れてゆく日の光よりも早く暗くなっていった。今年の冬は例年に比べて緑が多かった。この州境の荒野の風景はハイカーや自然愛好家から高く評価され、実際に美しいと感じる人たちもいる。でもジェーンには人を寄せつけない、荒涼とした風景でしかなく、フォードの窓の向こうは死にゆく太陽の下で苦しみもがいている惑星のように見えた。

レイク・エルシノアまで下り、さらに進む。弧絶したような田園の世界。緑の草地と潅木に被われた谷。砂利と油を敷いた私道が州道から引っ込んだ地所まで続いている。ふつうならただ不毛なはずの場所に、コットンウッドや針葉樹の小さな木立が点在し、地面の下に帯水層があることを物語っていた。

この辺鄙《へんぴ》な風景も幻にすぎず、南カリフォルニアの喧噪《けんそう》は急速に西から近づきつつあるし、比較的静かなこの内陸の土地でさえ、ペリスやヘメットのような〝こぢんまりした〟

町がそれぞれ七万と八万の人口を抱えている。

左右をリブオークに挟まれた私道に差しかかるところで右折し、ワイヤーを埋めた白塗りの厚板のゲートの前で停まった。ウィンドウを下ろし、戸外電話に手を伸ばす。名前を名乗る必要もなかった。専用の五桁《けた》のコード番号をキーパッドで押すと、ゲートが後ろに開いた。

この先にあるのは、ジェーンにとって世界でいちばん大切な場所だった。

23

その白い下見板張りの家は総じて慎ましやかな造りだが、ひとつだけ贅沢《ぜいたく》な点は、家全体を取り巻く広いベランダがあることだった。

玄関ポーチに置かれた籐椅子のあいだに、デュークとクイーニーが寝そべっていたが、フォードが長い私道の終わりまで来ると、ぱっと立ち上がった。二頭のジャーマンシェパード。厚い胸とたくましいあばら、まっすぐな背中をもったすばらしい犬で、どちらも家族のペットであると同時に、よく訓練された番犬でもある。

ジェーンは車を、ギャヴィンの四八年型フォード・ピックアップの後ろに停めた。マニアには珍重されるそのアップルグリーンのトラックは、彼が自分の手で切り貼りしたり車高を低くしたりし、三七年型ラサールのフェンダーと大幅にカスタマイズしたステンレス製グリルのノーズを取り付けた結果、奇妙なスタイルの高性能改造車《ストリートロッド》と化していた。

犬たちにはちゃんとジェーンのことがわかっていた。フォードから降りる前に運転席のウィンドウを下ろし、自分の匂いを嗅がせておいたからだ。

二頭がポーチの段を急いで下り、尻尾をぱたぱた振りながら駆け寄ってくる。これがもし知らない人間だったら、犬たちはまったくちがった対応をとり、警戒と威嚇の唸り声を発しながらぐるぐる周囲をめぐるだろう。

ジェーンは片ひざをつき、それぞれの犬を平等になでてやった。二頭がその手をぺろぺろなめる。人によっては顔をしかめそうな友好と歓迎のあいさつだが、彼女は喜んで受け入れた。わたしの宝物を守ってくれる存在。この子たちがここにいるとわかっているから、わたしは夜もゆっくり眠ることができるのだ。

犬たちのことは大好きだし、ギャヴィンの見事なしつけに感心してもいたが、それが本当の目的ではなかった。一分ほどしてから立ち上がり、家のほうへ向かっていった。その横をシェパードたちが跳ねまわりながらついてくる。

弾むようになめらかな足取りで、ジェシカが玄関のドアからベランダへ出てきた。切断した両脚のひざ下に、先端がブレード状になった補装具を着けているが、十キロレースに出れば手ごわいランナーとなる。漆黒《しっこく》の髪。チェロキー族の肌の色。アメリカの源流に近い遺伝子プール特有の美しさに恵まれた彼女は、あいかわらずはっと目を奪うような容貌《ようぼう》だった。

ジェシカが両脚を失ったのは二十三歳のとき、九年前のアフガニスタン勤務のさなかのことだ。陸軍に属する非戦闘員だったが、沿道に仕掛けられた即席爆弾には、武装した軍隊と支援部隊との区別などつかなかった。あの混沌とした国で両脚を失いはしたが、彼女は同じ国でギャヴィンに出会った――彼のほうは戦闘員で、さんざん危険な目にあったものの、無事に切り抜けてきていた。ふたりは八年前に結婚した。

ジェスが段を下りる前に、ジェーンは上まで駆け上がった。ふたりはベランダできつく抱き合い、犬たちはそのそばではしゃぎまわり、籐椅子を尻尾ではたき、フンフン鼻を鳴らしながらこの思いがけない再会を喜んでいた。

「どうして電話をくれなかったの？」ジェスが訊く。

「あとで話すわ」

ジェーンは予備の使い捨て携帯を三つ、全部いつでも使用可能な状態で持っていた。どれも遠く離れた三つの町で、別々の業者から買ったものだ。まだひとつも使ってはいない。追跡者がこのどれかの跡をたどってくることはありえなくても、サンディエゴでのことがあったせいで、この特別な場所に電話をかけるというリスクはとても冒す気になれなかった。ますます危険と混沌の渦巻くジャングルとなろうとしている世界からの、この避難所に。

「元気そうね」とジェス。

「嘘ばっかり、もう」

「あの子、ずっとあなたのことばかり話してる」

「わたしはあの子のことばかり考えてるわ」

「ほんとに、よく来てくれたわね」

少年が玄関のドアから出てきた。青い瞳が興奮にきらきら輝いているけれど、気後れしたように、ベランダの陰に立っていた。いつもはいっしょに遊ぶ犬たちにも、いまばかりは目もくれなかった。この二カ月で一度会ったきりのわが子。あのときもいまと同じように、言葉を口にしたりジェーンのもとに駆け寄ったりするのがなぜか恐ろしいという様子だった。夢のなかで見たときのように、母親がふっと消えてしまうのじゃないかと思ってでもいるみたいに。

わずか五歳にして、トラヴィスにはもう父親の面影があった。ニックのくしゃくしゃの髪、形のよい鼻、しっかりしたあご。その存在感の強さ、そして目から発する知性のオーラは、少なくとも母親にとっては、不思議なほどニックを彷彿《ほうふつ》とさせるものだった。

トラヴィスがささやくように言った。「ママなんだね、ほんとうに」

ジェーンはしゃがんで両ひざをついた。トラヴィスと目の高さを合わせるというだけでなく、急に脚から力が抜け、支えきれなくなったのだ。彼が腕のなかに飛び込み、ジェーンはそれを受けとめ、いつ誰が自分たちを引き裂こうとするかもしれないというように抱きしめた。彼に手で触れ、顔にキスするのをやめられなかった。彼の髪の匂いも、幼い肌のやわらかさも、うっとりするほどすばらしかった。

真相をつきとめようと調査を始めたときは、まさか自分の敵がここまで強大な力をもった無慈悲な相手だとは想像していなかった。彼らが真っ先にジェーンにつきつけてきたのは、おまえの子どもを殺すという脅しだった。ただひとりきりの、これまで彼女が産んだ唯一の子どもを。この子は彼の父親とのあいだにジェーンが育んだ、かけがえのない愛情の生きた証《あかし》だった。

この子をここへ連れてきたときに感じた希望は、心のやすらぎは、ほかのどこに彼を隠したとしても感じられないだろう。二カ月前、ジェシカとギャヴィンはこの子にとって赤の他人だった。でもいまでは家族同然だ。

ニックの汚名をそそごう、彼が決して本来の意味での〝自殺〟を図ったのではないことを証明しようと躍起になるうちに、ジェーンは知らず知らず、もう引き返せない道へ踏み込んでしまった。彼らの正体を暴いてやる――だがその〝彼ら〟は、彼女がただあきらめることも、敗北の深い屈辱のうちに生きていくことも許そうとはしないだろう。彼らは何か新たな恐ろしいものをこの世界に持ち込んできた。その目的はまだわからないが、たとえどんな計画であろうと、彼らはあらゆる犠牲を払ってでも実行するつもりでいる。そのためにもう大勢を殺してきた。そこにふたり――ある母と子が――増えたところで、なんの不都合もない。ジェーンが知っていることはごくわずかだが、それでも知りすぎているし、さらに多くの疑いを抱いてもいる。その全体像がわかるまで、彼女がリスクを冒して助けを求められる相手は誰もいないだろう。

少年がジェーンにしがみついた。「大好きだよ、ママ」

ジェーンは言った。「ママもよ。あなたが大好き。あなたが最高」

第二部

ウサギ穴

1

夕刻近くの金色の陽光のなか、縁に金メッキを施したような白い群雲《むらくも》の下で、トラヴィスは母親を連れて馬たちのもとを訪れた。

馬のいる厩舎《きゅうしゃ》は、一年じゅう小さな楕円形の葉を落とす、リブオークの深い木陰にあった。

周囲の地面は週に二度か三度、きれいに均《なら》されていた。やわらかい土にレーキで描かれた平行な渦巻き線は、古代のシャーマンが運命の神秘的な転変を表そうとして石に刻みつけた模様のように、その意匠はあきらかでも人間には知ることのできない終わりなき宇宙のサイクルのように見えた。

牝馬のベラ、牡馬のサンプソンは、仕切りを隔てて隣りどうしだった。向かいの馬房は空だが、うちひとつは小型のポニーに合わせた低い扉が取り付けられている。だがその主の姿はまだなかった。

馬たちが馬房の扉の上から首を伸ばして近づいてくるふたりを眺め、歓迎のいななきをあげた。

トラヴィスは手に持っていた紙コップから、四つ切りのリンゴをそれぞれ二切れずつ与えた。馬たちは彼の小さな指先から巧みにごちそうをくわえ取った。

トラヴィスが言う。「ギャヴィンはまだ、いいポニーを見つけられてないんだって」

一カ月前に息子が乗馬を習いたいと言いだし、ジェーンも許可したのだが、小さな子どもは小さな馬から始めたほうがいい、というのがギャヴィンの持論なのだった。

「ぼく、サンプソンは無理だけど、ベラなら絶対に乗れると思うよ。ベラはすごくやさしいから」

「でも体はあなたの十五倍あるでしょ。それにジェス以外の人がベラに乗ったら、サンプソンがやきもちを焼いてしまうわ。男でベラと仲よくしていいのはサンプソンだけなの」

「馬もやきもちを焼くの？」

「ええそうよ。デュークやクイーニーもだけど、どちらかをよけいに可愛がりすぎると、そうでないほうがやきもちを焼くわ。馬や犬はずっと昔から人間といっしょに暮らしてきたから、人間と同じ感じ方をするようになったの」

ベラが上半分の扉越しに頭をぐっと下げてきたので、小さなトラヴィスでも手を伸ばして、馬の頬をなでることができた。ベラはその場所を愛撫されるのがとくに好きなのだ。

「でも、サンプソンが許してくれたら、ぼくもベラに乗れるよね」

「そうなるかもね、でも辛抱強く、一度に少しずつ学ぼうとしないと、乗馬の達人にはなれないわよ」

「乗馬の達人かあ。カッコいいだろうな」

「あなたのパパは牧場育ちで、十七のころにはロデオに出ていたの。あなたもその血を受け継いでるわ。でもそれだけじゃない、パパの〝知恵〟もよ。だからいい子になって、自分の知恵の言うことに耳をすますの」

「うん、そうするよ」

「あなたならだいじょうぶ」

ジェーンはサンプソンのたくましい首筋をなで、くぼんだ溝に手のひらを滑らせた。手のひらに力強い脈動が感じられた。

トラヴィスが言った。「まだ……悪いやつを探してるの？」

「ええ。毎日ね」

この子には父親が自殺したとは言っていなかったし、この先も言うつもりはなかった。そんな嘘をトラヴィスに吹き込もうとする人間は誰でも、未来永劫許しはしない。

「怖くない？」

「怖くないわ」と嘘をついた。そして少しだけ本当のことを言った。「ほんのちょっと危ないこともあるけど、もう何年もやってきて、一度だってつま先をぶつけたこともないわよ」

休職する以前には、ジェーンは行動分析課の第三、第四係の捜査に協力し、とくに大量殺人事件や連続殺人事件を扱っていた。

「つま先も？」

「一度もね」

「それはママに〝知恵〟があるからだよね？」

「そのとおり」

サンプソンが澄んだ、みずみずしい眼でこちらを見つめていた。こう感じるのは初めてではないけれど、馬にも犬と同じように、発達した五感どころか第六感まであって、人間どうしよりもずっと深く人の心を読み取ることができるのではないか。じっとこちらに注がれる牡馬の黒い眼を見ていると、自分では認めずにいた恐れを、そして夫を亡くしたうえにこの子と離れていなければならないという二重の悲しみを見透かされている気がした。

2

夕食のあと、暗いなかで蛍光のフリスビーを使って二頭の犬といっしょにひとしきり遊び、三日前にジェシカが始めたお話の本の読み聞かせをジェーンが引き継いだあと、トラヴィスは眠りについた。ジェーンはしばらく立ったまま、魅入られたようにわが子を、ニックと自分の両方の面影がある顔を見つめていた。それからキッチンの隣のファミリールームへ行った。

ジェスとギャヴィンがアームチェアに腰かけ、犬たちは暖炉のそばでまどろんでいた。明かりは暖炉の火だけ。薪に残った水分が火で蒸発するたびにパチパチとはぜる音がして、つかのま炎が大きく燃えあがる。

ジェーンのためのアームチェアと、小さなテーブルにカベルネを注いだグラスがあった。どちらもうれしい心遣いだった。

テレビはつけておらず、流れている音楽にも少々驚かされた。ウィンダム・ヒルはギャヴィンやジェスが真っ先に選ぶようなジャンルとも思えない。リズ・ストーリーとジョージ・ウィンストンのピアノ・ソロ、ウィリアム・アッカーマンのアコースティックギター・ソロをまとめたアンソロジーアルバムだった。

その音楽の洗練されたシンプルな響きが、暖炉の火に劣らないほどたしかに、平和な空気をつくりだしていた。

なぜ明かりが暖炉だけなのか、なぜこの音楽なのか。ワインをひと口飲んでから最初に思い浮かんだことを口にしたとき、そのことが腑《ふ》に落ちた。「フィラデルフィアの新しいニュースはある？」

「三百四十人の死亡が確認された」ギャヴィンが言った。

ジェスが言う。「さらに百人か、それ以上増えるでしょうね。ケガをした人や火傷《やけど》を負った人、手足を失くした人もたくさんいるわ」

ギャヴィンは右手を握りしめて椅子の肘かけに置き、左手をワイングラスに添えていた。

「テレビはその話でもちきりだ。ほかのものを見ようとしたら、なんだか……人間の心をなくしてしまったような気がしてしまう」

「でもあれは見てられないわ」とジェス。「あの報道の仕方は悲劇じゃない。恐怖でもないし、戦争報道ともまったくちがう。あれはただの見世物よ。もし自分があんなふうにものを見るようになったら、魂が腐りはじめてるってこと」

3

ジェーンとニックが、ギャヴィンとジェシカに会ったのは十四カ月前、ある週末にヴァージニアで開かれた戦傷病者の基金集めイベントでのことだった。ジェスは五キロレースに出場していた。ハンディキャップのあるランナーの部ではなく、健常者たちに交じって走ったのだが、ジェーンがゴールしたタイムから一分も遅れていなかった。

四人は自分たちがとても気の合う者どうしであることを知った。世界の現状について長々と話し込まなくても、ちょっとした言葉のニュアンスやジェスチャーや顔の表情など、口に出すことだけでなく出さないことからもおたがいの気持ちがわかった。

四カ月後にまたつぎの行事があったが、このときには四人はもう古い幼なじみ同然だった。まるで親しいきょうだいのように、いっしょにいて寛《くつろ》ぐことができた。

ギャヴィンは軍事関連のノンフィクションを書いて生計を立て、最近は特殊部隊の任務をテーマにした小説のシリーズも手がけていた。まだベストセラーは出ていないものの、大手の出版社とも契約し、とくに作家専業になろうと計画したわけでもなくぶっつけで書きはじめたにしては、思いも寄らないほどの好評を得ていた。

ジェスは退役軍人のためのボランティア活動に忙しく励んでいて、オルグにすぐれたスキルを示し、また一般の人たちの罪の意識をかきたてることなく時間とお金を費やさせることにも才能を発揮していた。

ジェーンがギャヴィンを好ましく思う点はいくつもあるが、何よりすばらしいのはジェスに対する献身ぶりだった。ジェスがひざから下を失う前には、大勢の男たちが言い寄ってきていたとしても、その後はみんなただ男の形をした幽霊でもあったように消えていっただろう。なのにギャヴィンは、義足を着けていないときのジェスを知らなかったものの、そんなハンディは読書用のメガネが必要だという程度にしか捉えていないようだった。

ジェーンもはたち前のころには少なからぬ男たちを振り向かせていたが、彼らの目のなかには、実行するつもりまではなくてもやはり隠しきれない欲望が見てとれた。ところがギャヴィンが彼女を見るときの視線は、まるできわめて厳格なタイプの修道僧か神父のようで、熱っぽさのかけらもなく、友情を超えたような欲望もなかった。

ジェーンとニックは十二月初めの週末にラスヴェガスで三日間過ごし、そこでギャヴィンとジェシカと合流する予定だった——だが、ニックが生きてそのときを迎えることはなかった。

一月の半ばになっても、ジェーンは夫の死を額面どおりのものとして受け入れることができず、ほかの奇妙な自殺の例を調べはじめたのだが、それがある人間たちを引きつけ、純粋な悪意と侮蔑の目を向けられるようになった。名前もなく顔ももたない連中が、トラヴィスを巻き込んだ脅しをかけてきた。その露骨な相手の意志からは、たとえこちらが従って調査をやめたとしても、その後も変わらず母子ともども危険にさらされるにちがいないと感じられた。

それにジェーンは、その連中に屈する気はなかった。あのときもそうだったし、この先もずっと。

親族や友人たちのもとでは、トラヴィスは安全にはいられないだろう。やつらが彼を見つけ出そうと思えば、ごく短期間のうちに見つかってしまう。

ジェスとギャヴィン・ワシントンは電子網《グリッド》から離れて暮らしているわけではないが、SNSにどっぷり浸かってはいなかった。ジェーンやニックと同様に、フェイスブックのページやツイッターのアカウントはもたなかった。経験を積んだ軍人はすべからく、カムフラージュを捨てて太陽の下を歩きまわることの危険性を本能的に察知するからだろうか。オンライン検索で彼らの名前はヒットしない。四人の友情はおたがいに顔を合わせて、消えない履歴の残るテキストメッセージではなく時間のかかる手紙で、そして電話で育まれた。しかし誰かが通話記録を調べたところで、四人のあいだでかわされた通話は大した数ではなく、ジェーンが息子を託すほど深い関係にあるというような疑いをかきたてるはずもなかった。

公の、地上での暮らしはもうできない、そうさとったジェーンは、初めてGPSのついていない自動車を手に入れた。中古車ディーラーから盗難車ではなく、メキシコで改造され馬力を高めた古いシボレーを買ったのだ。そしてトラヴィスを連れて、ヴァージニアからカリフォルニアまでアメリカを横断した。法執行官の訓練を活かして尾行がいないことを絶えず確かめ、たどられるような痕跡を残さないようすべて現金で支払いをし、人目につかないよう努めた。

前もってワシントン夫妻に、公衆電話や使い捨ての携帯電話を使って連絡をとることすらしなかった。そんなわずかな手がかりを与えるリスクさえ大きすぎて冒せない、そう自分に言い聞かせていた。だが本当のところは、ジェスとギャヴィンにトラヴィスを預かってほしいという頼みを断られるのが恐ろしかったのだ。もしそうなれば、ジェーンにはもう打つ手がなくなり、崖っぷちに追い込まれてしまう。

ふたりは断らなかった。それどころか、ためらいもせずに引き受けてくれた。

ジェーンのなかには、わたしの目は正しい、このふたりはいざというとき頼りにできる人たちだという確信があった。それでもふたりの心意気に感動し、涙を流さずにいられなかった。ニックの葬儀が終わってからは、もう決して涙を見せるまい、この企てが終わるまではあらゆる疑念や弱さを表に出すまい、そう自分に誓っていたにもかかわらず。トラヴィスがそばにいないと、体の大切な一部が欠けているような気がした。カリフォルニアにわが子を残していくのは、身を切られる思いだった。

ヴァージニアに戻り、家を売って投資を現金化し、自分だけが引き出せるところに保管した。敵の一味はジェーンが調査を中断したのを見て、みじめに降伏したのだと解釈したようだった。しかしまた跡を追ってきていると気づけば、容赦なく彼女を探し出そうとするだろう。

4

炉辺の明かりのなか、ウィンダム・ヒルの音楽と満ち足りた犬たちのいびきに合わせてワインを飲み、話を続けるうちに、二時間が過ぎた。フィラデルフィアの話はそれ以上は続かず、ジェーンはトラヴィスの部屋に戻った。ジェシカは予備の部屋にベッドを用意しようとしたが、ジェーンは息子から離れるのをいやがった。またもうすぐ、ひとりで旅に出なくてはならないのだから。

いっしょのベッドにもぐり込んで、息子を起こすようなまねはしたくなかった。アームチェアに身を沈めると、足をオットマンに乗せ、毛布にくるまって、暗くしたランプの明かりのなかで眠っているわが子を眺めた。

いまは復讐と、このかけがえのない少年だけが生きがいだった。復讐を遂げれば気持ちは晴れるだろうけれど、もしどちらかの理由で死ななければならないのなら、わが子のために死ぬことだけが価値のある死だ。

しばらくは眠れなかった。あの記憶がよみがえってきたせいで……

5

一月のその日、ジェーンは自宅のコンピュータの前で、あちこちの海岸の地元新聞各紙から不審な自殺の記事を集めている。きわめて奇妙な状況下で人が死んだという話は、全国的なメディアでは報道されないことが多いのだ。

トラヴィスは自分の部屋でレゴブロックを組み立てている。ニックが死んでからというもの、どんな遊びにもあまり興味を示さないのだが、ここ最近はレゴで砦《とりで》を作ることに憑かれたように夢中になっている。これはふつうの小児期に戻ろうとする一歩なのか、それとも父親を奪っていった世界への不安と無防備だという感覚の静かな表れなのだろうか。

そのトラヴィスが書斎のドア口に現れ、目を輝かせながら勢い込んで言う。「ねえママ、これ、どういう意味？」

ジェーンはコンピュータから振り返った。「どういう意味って、何が？」

「ナッド・サット。どういう意味なの？」

「さあ、ナッドって名前の人が、何かの上に座《サット》ってたんじゃないの」

くすくす笑いながらトラヴィスは駆けだす。廊下に足音がぱたぱた響き、彼の部屋へと向かっていく。

ジェーンは首をかしげるが、自分も明るい気持ちになり、つられて笑みを浮かべる。ここ数週間で、トラヴィスのあんな笑い声を聞くのは初めてだ。

一分ほどして、彼がまた戻ってくる。「ううん、ちがってた。ナッドサットはひとつの言葉なんだ。ママはミルク・プラスを飲む？」

「ミルク・プラスってなに？」

「わかんない。待ってて。訊いてくる」さっきのようにくすくす笑いながら、また自分の部屋へ駆けていく。

ナッドサット、ミルク・プラス……ジェーンの頭は不審な自殺のことで占められ、自ら命を絶った人たちが残した不吉で不可解な書き置きの内容にかき乱されているが、やがてゆっくりと、シーザーのいたローマほども遠く思える昔の、大学のころの記憶が戻ってくる。

書斎の椅子から立ち上がろうとすると、息子がまた現れる。顔を輝かせ、すっかり夢中だ。「ミスター・ドルーグが言ってるよ、ママはミルク・プラスが何か知ってるって」そうだ、やっと思い出す。十九歳のとき、短期で修めた大学の課程最後の年、ジェーンはアントニイ・バージェスの小説『時計じかけのオレンジ』に感銘を受ける。無秩序と酷い暴力にどんどん冒されていく近未来社会を描いた話で、ジェーンが影響を受け、法執行官の道へ進むきっかけとなった。

この本に出てくるナッドサットは、若いイギリス人の不良グループが使う造語で、ロシア語と幼児語を接ぎ合わせ、ロマの抑揚《よくよう》で話すというもの。ミルクバーではさまざまな麻薬といっしょにミルクが出される。そして麻薬を常習する暴力的な不良グループが自分たちのことをドルーグと呼んでいるのだ。

書斎の椅子から立ち上がるころには、警報が頭のなかに鳴りわたっている。ドア口に立っているトラヴィスはニコニコと無邪気そのもので、つぎに発する言葉がジェーンにどんな不安と恐怖を与えることになるかも知らない。

「ミスター・ドルーグが言うんだよ、ぼくとふたりでいっしょにミルク・プラスを飲んで、レイプっていうすごく楽しいお遊びをやろうって」

「そのミスター・ドルーグといつ話したの？」

「いまぼくの部屋にいるよ。すごくおもしろい人なんだ」少年は言いながら、ジェーンの前からぱっと駆けだす。

「トラヴィス、だめ！　戻ってきて！」

彼はジェーンの制止には目もくれない。廊下に飛び出し、行ってしまう。けたたましい足音が遠ざかる。

ジェーンが住むこのあたりでは、九一一の通報に警察が対応する時間は平均で三分。いまのこの状況だと、三分と永遠にはなんの変わりもない。

机の引き出しを開け、仕事にとりかかるときに入れた拳銃を取り出す。

ナッドサット、ミルク・プラス、ドルーグ……

これはただの家宅侵入じゃない。誰かがわたしの背景を調べたのだ。徹底的に。大学のころまでさかのぼって。

その瞬間、ふと思い当たる。前々から無意識のうちに、何かしらの風当たりがあるだろう、全国的な自殺の蔓延についてしつこく調べていることへの反応があるだろうと予想していた。でもこれほど大胆で悪意に満ちたやり方だとは、思ってもみなかった。

クアンティコのFBIアカデミーの卒業生にはあるまじきパニックに駆られ、索敵の原則も忘れてしまった。自分の部屋から息子の寝室までどうやって行ったかの記憶もない。思い出せるのはただ、トラヴィスが少し戸惑ったようにたたずみ、こう言っていたことだけだ。「あれ、どこへ行ったのかな？」

クローゼットの扉は閉まっている。一方の側に立ち、右手を左腕の上に交差させて拳銃を構えながら、左手でドアを引き開ける。もしやつが飛び出してきたら、そこを捉えて射殺するために。だが、クローゼットのなかには誰もいない。

「ママの後ろについてるのよ。静かにして、ぴったりくっついて」

「あの人を撃ったりしないよね？」

「静かにして、くっついて！」と、くり返し言う。その母親の声にトラヴィスは、これまで自分には向けられたことのない鋼のような響きを聞きつける。

わが子を従えて家探しをするなど、何よりも避けたいことだ。まずい状況に陥るパターンは千とおりもある。でもこの子を置いてはいけない、それだけはできない。戻ってきたとき、もうこの子はいないかもしれない。二度とどこにも見つけられないかもしれない。トラヴィスはまたいつもの聞き分けのいい子に戻り、静かに、ぴったりくっついている。怯えている。わたしが怯えさせてしまったせいだ。でも、そのほうがいい。いまがどれほどのっぴきならない状況か、少なくともこの子なりに感じ取っているということだから。自分自身、あまりの不安に吐き気が込み上げてくるけれど、なんとかこらえ、抑えつける。

キッチンに入ると、テーブルの上に、『時計じかけのオレンジ』の本が置かれている。警告をかねたプレゼントだ。

裏口のドアが開いている。錠を下ろしたはずなのに。最近はドアの錠をばかにする人たちが多すぎる。ジェーンは錠の効果を知っているので、昼も夜もかならず、窓と出入り口のドアを施錠したままにしている。

「あなたがドアを開けて入れたの？」ささやき声で訊く。

「ううん、ちがうよ、ぜったい」息子が強く言い、ジェーンはその言葉を信じる。

電話が鳴りだす。流し台近くの壁に掛かっている電話だ。じっと見つめ、いま気を散らされたくないと思う。さっきまで電話を受けていたので、留守電は解除してある。いつまでも鳴りつづけ、いっこうにやもうとしない。こちらが家にいるとわかっているのでないかぎり、ここまで待ちつづける相手はいない。

やっと受話器を取る。が、こちらからは何も言わない。

「すばらしく信じやすい子だね」と相手が言う。「それにとってもやさしい」

べつに答えてもかまわないだろう。でもこの男が言うことはすべて、何かしら期せずして手がかりになるかもしれない。

「われわれは純然たる楽しみのために、そのおちびちゃんをさらって、どこか第三世界の蛇穴に送り込むこともできるんだよ。ＩＳＩＳやボコ・ハラムのような連中のもとに。あいつらは性奴隷を飼っておくことになんの痛痒《つうよう》も感じはしない」

この声には憶えやすい二つの特徴がある。ひとつは、ごくわずかにイギリスなまりをまねているようなところ。ずいぶん長いあいだの習慣で、本人も自然になじんでいるのだろう。ほかにもこういうなまりは聞いたことがあるが、アイビーリーグの大学の卒業生に多い。訊かれもしないのに自分の母校がどこかを、自分の一族が何世代も前からそこに通っていたことを、自分が知的エリートだということを暗に知らせようとする連中。もうひとつは、テノールのちょうど中間の高さの声だが、一語一語をひどく強調しようとするとき、たとえば〝信じやすい〟〝楽しみ〟と言うときなどは、やや高いアルトに近づくことがある。

ジェーンが何も言わずにいると、相手が圧力をかけてくる。「聞こえてるかい？　ちゃんと聞いていてもらいたいんだよ、ジェーン」

「ええ。聞こえてるわ」

「ああいう手合いのなかには、小さな女の子だけでなく、男の子がえらく好きなやつもいる。十歳か十一歳になるまでたらい回しにして、それであきたら、小さくてかわいい頭を切り落とすのさ」

〝好きな〟〝たらい回し〟と言うとき、声の高さがアルトのほうへ近づく。受話器をきつく握りしめるあまり、手が痛み、プラスチックが汗で滑る。

「なぜこんなことをやっているか、わかるかい、ジェーン？」

「ええ」

「けっこう。思っていたとおり、きみは賢い娘だ。息子よりきみのほうがわたしには好みだがね、それでもふたりいっしょに、あのどっちでもござれのボコの連中のところへ送りつけてもかまわないんだよ。われわれの詮索はやめて、自分のことに専念したまえ。そうすればすべて丸くおさまる」

相手が電話を切る。

ジェーンが受話器を掛けると、トラヴィスがしがみついてくる。「ごめんね、ママ。でもいい人だったんだよ」

ジェーンは片ひざをつき、彼を抱きしめる――それでも拳銃を離そうとはしない。「いいえ、いい人じゃなかったわ」

「いい人だと思ったんだ、おもしろかったし」

「悪い人はね、いい人みたいなふりをするの。そういう区別をつけるのは難しいのよ」

トラヴィスといっしょに裏口まで行き、ドアを閉め、錠を下ろす。

その日のうちにジェーンは、中古車ディーラーから古いシボレーを調達する。

そしてその夜、ひとり息子を連れ、カリフォルニアのギャヴィン・ワシントンとジェスの家を目指して出発する。

6

トラヴィスが夜泣きを始め、ジェーンは椅子から立ち上がってのぞき込んだ。閉じて陰になったまぶたの裏で眼球がせわしなく動き、顔がゆがんでいる。深い眠りのなかで夢を見ている。

熱を出したのかと、手をひたいに当てて確かめてみた。もちろん熱はなかった。そっとひたいから髪をかき上げてやると、悪い夢もいっしょに消えたようだ。目は覚まさなかったが、顔の緊張がゆるみ、泣き声もやんだ。

ミスター・ドルーグがやってきたあの日、ジェーンにはすでに察しがついていた。自殺の蔓延のことを忘れさせようとした相手が誰であれ、政府関連の人間に間違いない。連邦の機関とは限らなくても、なんらかのつながりはあるはずだ。

家の裏口のドアには、シュラーゲのデッドボルトを二つ取り付けてあった。いま一般に入手できるなかでは最高の、ただのアイビーリーガーが標準的なピッキングの道具を使って開けるのはとても無理な製品だ。となるとミスター・ドルーグは、ロックエイドの解錠ガンを持っていた可能性が高い。法執行機関だけに売られている自動ピッキング装置。当然ながらロックエイドは、それ自体厳重に錠の下りた部屋に保管されていて、合法的に使用しようとする者は、特定の住所に使用が限定される裁判所発行の捜索令状を提示したのち、備品在庫のなかから借り出さなくてはならない。

もしかすると法執行機関の人間ではなく、なんらかの政府職員ですらない可能性もある——おそらくそうなのだろう——それでも彼らは、その二つの公的な世界の両方に重大なつながりを持っている。

そう推論できる理由が、ほかにも二つあった。

彼らはカージャックか物盗りに見せかけて、ジェーンの頭を撃ち抜くこともできた。何かの事故を仕組み、家を燃やしたりガス爆発を起こさせたりして、トラヴィスもろとも葬ってもよかった。彼らには人を殺すぐらい痛くもかゆくもないし、良心の呵責《かしゃく》などありようがない。なのに、ただ彼女を消すのではなく、警告をして遠ざけようとしたのだ。理由としては、無慈悲な連中から慈悲をかけられたとしか説明のしようがないが、ただFBI捜査官というジェーンの立場を思えば、そうした職業に多少の敬意が払われたという可能性もある。彼ら自身がそう判断したのか、FBIやほかの政府機関の誰かに頼まれたのかは定かでないけれど。

それに加えて、彼らがよこした警告には、底知れない悪意とともに、ぞっとするような自信もこめられていた。彼らはあの脅しをほんとうに実行できる、あの子を地球の裏側の、世界で最も残忍な殺人者や児童性的虐待者の巣に送り込めると思っているのだ。最近の小説や映画では、そんな悪徳銀行家や邪《よこしま》な事業家もすっかりおなじみだが、本当の現実を見れば、一介の民間人にできるようなことではない。ミスター・ドルーグは自分に強力なコネがあることを、おそらく情報機関か国務省の腐敗した連中とつながっていることをジェーンに知らせようとしたのだ。彼らはトラヴィスを残忍なレイプと終わりのない屈辱の人生にたたきこめるし、実際にそうするつもりだということを。ただ彼女を黙らせ、もし黙っていなければ圧力をかけつづけるだけのために。

だが、そうした卑劣な脅しがもたらしたのは、逆の効果だった。その脅しは、彼らの邪悪さが完全なものだとジェーンに確信させた。悪魔と取引することはできない。悪魔に名誉はないし、契約条項を守ることもないからだ。もしこれで警告に屈して真相を探るのをやめたとしても、すっかり怖気《おじけ》づいて縮こまったとしても、いずれ彼らはジェーンとトラヴィスを殺すだろう。彼女がもう安全だと感じて、警戒をゆるめたそのときに。

ジェーンに残された、これから演じるべき役割はひとつ。ゴリアテに立ち向かうダビデだ。石とちっぽけな投石器で彼らを倒せる、などという幻想はもっていない。彼らはただひとりの巨人ではない。ゴリアテの集団なのだ。その戦いに勝って生き延びられる可能性は、万にひとつあるかないか。

それでも、ここまで配られたカードで闘ってきたのだし、もしジョーカーがワイルドカードになるとしたら、ゲームが終わるまでに一矢報いるという希望はもてる。

アームチェアに戻り、オットマンに両足を乗せた。ブランケットを体に引き寄せる。ベッドサイドの時計が見えた。十一時三十六分。

ようやくまぶたが重くなり、その裏にちらちらとかすかな星座が映し出された。それが回転するとともに、心地よいめまいが訪れ、ジェーンは眠りに落ちていった。

7

夜中の何時ごろか、ジェーンは何かの物音で、半分目を覚ました。犬のどちらかが寝室ドアの前まで来て、長いあいだ敷居のあたりをフンフンと嗅いでいたのだった。ギャヴィンの話では、彼とジェスが寝ているあいだも、犬たちは同じ時間に眠ることはめったになく、交代で家のパトロールをしているという。そんな訓練を受けてはいないのに、警護の任につくという本能がシェパードの遺伝子には刷り込まれているのだ。デュークかクイーニーのどちらかは、トラヴィスがちゃんと寝床にいて、万事問題ないと満足したようだった。見回りに戻っていく犬の足の爪が、マホガニー材の床をかすかにひっかく音がした。

また眠りに落ちていきながら、過去に向かっても落ちていき、子どものころに戻った。毛布に心地よくくるまり、窓の向こうには雪が舞い、犬たちがそばにいて守ってくれる。実際の子ども時代とはちがう、空想の子ども時代だった。ジェーンの家に犬はいなかったし、守られていると感じたこともなかった。

8

ジェーンはコーヒーメーカーをセットし、トーストを焼いてバターを塗った。ギャヴィンは卵を割ってスクランブルエッグを作りながら、スキレットのじゃがいもの炒め物のでき具合を見ていた。ジェスはスライスしたハムを黄パプリカと玉ねぎといっしょに炒め、加温板に載せた。

犬たちは先にエサをもらったあとで、そわそわと期待顔だったものの、食事の支度をじゃますることはなかった。

みんな慌ただしく料理をし、実際よりもやることがたくさんあるというように振る舞い、ジェーンがもうすぐ行かなくてはならないという事実から気持ちをそらそうとしているようだった。そしてみんな、ずっと飢えていたみたいにもりもり食べた。会話もふだんよりは少しばかり大きく、笑い声はわざとらしかった。

トラヴィスは、今日は何をしようかなと、まるで母親がずっとつきあってくれるというように話していた。夕食のことも、夕方にフリスビーを投げ合うことも。ポニーにつけたい名前を口にし、初めて鞍を載せるときのことを話した。自分がいまからポニーに乗りはじめるまで、ジェーンが見届けてくれるというように。彼女は息子に好きなように話させ、ポニーの名前付けにも加わった。こんな話をしていても、この子はもうわたしが行ってしまうことがわかっている。これは願いを叶えるおまじないのようなものだ。そんな日がきっと来ると心から願うことで、いつかその日が魔法のように現実になると、そう感じているのだ。

やがてそのときが来て、ジェーンがジェスとギャヴィンに別れを告げると、息子だけがフォード・エスケープまで彼女についていった。このクルマ、カッコいいねとトラヴィスは言い、しばらくふたりで座りながら、ずっと前の一月に、これより頼りない車に乗ってこの国を横断したときの思い出を語り合った。

もうこれ以上先延ばしにはできない、そう感じ取ったとき、トラヴィスがふいに顔をそむけてサイドウィンドウのほうを向き、眼をこぶしでこすった。そして塩辛い味のこぶしを口もとに持っていき、きつく噛んだ。そうすることで、懸命に涙をこらえようとしているのがわかった。

泣いてはだめなどと、無意味なことは言わなかった。彼がなんとか自分で自分を抑えられるなら、それは本人にとって大事なことなのだ。

だいじょうぶ、きっとうまくいく、と請け合うこともできなかった。トラヴィスに嘘はつけない。すぐに嘘だと気づかれるだろうし、どうして母親がそんな嘘をつかなくてはいけないのかと、この子を怖がらせてしまう。

「あなたはここでは安全よ」ジェーンは言った。

「わかってる」

「ここにいて、安心できてる？」

「うん」

「それに犬をずっと欲しがってたものね」

「どっちもいい子だよ」

「ほんとにね。とびきりすてきな子たち」

「いつ悪い人をタイホできるの？」

「だんだん近づいてるわ」

「ママはＦＢＩだもん。タイホしちゃえるよね」

「まず証拠を集めてるの」そう言いながら、ほんとうに真相を解き明かすところまで行けるのだろうかと感じた。「証拠ってわかる？」

「あかしになるもの」

「そう。さすがＦＢＩの子ね、警察の言葉とかみんなわかってる」

トラヴィスがまたじっと見つめた。眼は真っ赤だが、まつげはもう新しい涙で濡れてはいなかった。大した子だわ。わたしの小さなタフガイ。

彼はジーンズのポケットから、壊れたカメオのロケットを引っぱり出した。女性の横顔がソープストーンに彫り出され、銀の楕円に埋め込まれている。左端に蝶番《ちょうつがい》が半分だけ付いていた。まだしっかり蓋ができて、銀の鎖に吊り下げられていたころは、誰か愛する人の髪の毛がこの小さなケースに収めてあったのだろう。

「ママが前にここへ来て、また行っちゃったあと、川でこれを見つけたんだ。石の上に打ち上げられてた。この人、ママに似てるよね」

とりたてて似ているところはなかったが、それでもジェーンは言った。「たしかに、ちょっとね」

「ぼく、すぐにわかったんだ、幸運のしるしだって」

「新しいぴかぴかのペニーを見つけたときみたいにね」

「もっとすごい幸運だよ。ママが帰ってきて、もうどこにも行かなくなるんだ」彼はおごそかな顔になって、カメオをジェーンに差し出した。「だからこれ、ママが持ってて」

ここは息子の厳粛《げんしゅく》さに見合った態度をとるべきときだ。そのお守りを受け取った。「いつもポケットに入れておくわ」

「寝るときもいっしょにね」

「もちろん」

「毎晩だよ」

「毎晩ね」

最後のキス、最後の触れ合いは、トラヴィスにはつらすぎたのだろう。彼はドアを開けて車から降り、またドアを閉め、手を振った。

ジェーンは親指を立ててみせ、車を出した。長い砂利敷きの私道を州道へ向けて走っていくあいだ、トラヴィスはずっとバックミラーのなかで、彼女を見送っていた。その小さな姿があっという間にさらに小さくなり、やがて私道がカーブすると、オークの並木がふたりのあいだをさえぎった。

9

昨夜のうちに谷間の家は、ジェーンが望んでいるとおり、はるか遠くへ去ったようだった。現代世界の地平の彼方にあるあの避難所には、機械化された騒がしい文明の波は届かないでいてほしい。個々の人間が自分のためだけに存在でき、デジタルな集団主義に強《し》いられる親密さから自由な――それゆえに安全な場所であってほしい。

また西に向けて走りだすと、ほどなく波打ちながら下っていくアスファルトの路面を進み、千年前と何も変わってはいないであろう低木に被《おお》われた丘陵地帯を抜けていった。朝の澄んだ光のなか、州境の砂漠の風景は、どこか作りものめいて見え、世界が終わる最終戦争が遠い昔にこの一帯を蹂躙《じゅうりん》しつくしたかのようだった。

このせめぎ合いの影響は、海沿いに果てしなく連なるにぎやかな街々に見つかるだろう。

やがてそうした市街が目に入ってくると、実際にはあの谷も——そしてわが子も——この混沌とした時代のあらゆる危険と隣り合わせであることは否定すべくもないのだと感じた。

上昇一途をたどるこの国の自殺率、その背後にどんな陰謀が、どんな意図があるのか——いつかそれをつきとめ、世間に暴露できるだけの証拠を集められる日が来るまでは、トラヴィスの身が安全であってほしいと、そう願うばかりだった。どんな暗闇のなかでも、希望は生命をつなぐ綱だ。ときにそれが糸のように細いものだったとしても。

10

カピストラーノ・ビーチからパシフィック・コースト・ハイウェイを北に向かい、ニューポート・ビーチまで来てから、内陸のサンタアナを目指した。

フォード・エスケープからはもうカナダのナンバープレートを外していたので、警察の目を引く可能性は減っていた。カリフォルニアのプレートをつければ、さらに目立たなくなるだろう。

プレートを盗むという選択はありえなかった。被害者が警察に届け出れば、そのナンバーはたちまち盗難品手配リストに載り、一時間で全国に広まる。

全米犯罪情報センターのデータベースは、絶えず新しい情報に更新されている。たとえば、重罪で逮捕状の出ている全国五十州の指名手配人物や、行方不明者のリスト。自動車、トラック、ボート、飛行機、銃器、ナンバープレートなどを含む盗難物品。地方、州、国の法執行官たちはこのデータベースにアクセスでき、定期的に利用している。

ジェーンはプレートを盗むのではなく、買うつもりだった。売人はオレンジ郡なら他のどの場所よりも、サンタアナのほうが見つけやすいだろう。

かつては栄えたこの街は、かなり以前から衰えていたが、最近になって多少の高級化を経験した。サンタアナを栄光の時代に戻そうとする人たちが懸命にがんばっているものの、すっかりさびれた界隈も多く、なかには危険な場所もあった。

荒廃や貧困に冒された地区は、公共サービスにかける予算が不足しやすい。警察はまともな予算もつけられず、なめられていることも多くて、じめついた暗がりのマッシュルームのようにギャングがはびこる。その分、欲しいものも手に入りやすいのだが。

車を走らせるうちに、工場地区を見つけた。外国との競争と無能な経済政策、よかれと思って行動はするけれども、破壊の爪痕がおよぶ通りを歩いたこともない規制当局者たちのせいで、荒れはててしまった場所だ。放棄された工場の、染みだらけではがれかけたスタッコ塗りの壁。錆《さ》びついた金属の屋根。割れた窓。

以前は従業員の車でいっぱいだった駐車場もいまはがらんとして、アスファルト舗装があちこち凹《へこ》み、埋められた棺とその中身が朽ち果てたせいで土が沈み込んだ墓場を思わせた。

コンクリートブロックと波形鉄板でできた長い建物は、通常の二倍幅がある十二のガレージに分かれていた。各ガレージの屋根の看板には、〈安心整備・修理〉〈レンタル作業スペース〉などと謳ってある。大きなシャッターのうち五つが開いていて、そうしたガレージのなかか、手前のエプロンで車体をいじっていた。みんな若く、見たところほとんどが二十代だった。何人かは営業許可をとらずに小さな修理工場をやっているのだろう。自分の車を改造していそうな連中もいた。目を奪うようなストリートロッド、車高を下げてばかでかいエンジンを積んだもの、よくあるフラッシュホイール。

ジェーンは少し外れたところに駐車し、あるヒスパニックの若い男に目をつけた。マジックテープ式の関節サポーターを巻いたひざを地面につき、完全にレストアして軽いカスタマイズを施したパールグレイの六〇年型キャデラック・コンバーティブルにジェルワックスを塗り、電動ポリッシャーをかけている。ジェーンが近づいていくと、男はポリッシャーのスイッチを切り、立ち上がった。

ほかのガレージにいる男たちが仕事の手を止めて、ジェーンをじろじろ見た。美人が来たと思っているのか。こんな場所にいるタイプには見えないというのが主な理由だろう。この界隈の外から来た人間は、面倒を引き起こしかねないからだ。

キャデラックの男は髪を短く刈りこみ、サパタひげを生やしていた。エンジニアブーツにジーンズ、タンクトップ、顔はコンクリートの板ほどにも表情がない。

筋肉質の腕にはあざやかなタトゥーが入っていたが、題材もスタイルも刑務所で入れる類のものではなかった。右腕には、手の甲から上腕にかけて天使の一群が羽ばたき、その中心に後光に包まれた聖母が子どもとともに描かれている。左腕には虎の絵が細密に描かれ、いちばん上の位置にある頭が振り向いてこっちを見ていた。牙をむき出して唸ってはいないが、金色の眼がらんらんと警告を発している。

「いい車ね」とジェーンは言い、キャデラックを指した。

男は黙っていた。

「これはデイトンのワイヤーホイールでしょ？　ラジアルタイヤはバイアスプライにしてるみたいだけど、この時期には正解ね」

かすかに黄色い筋の入った男の茶色の眼は、さっきまで火花が飛び散る寸前の火打石のようだった。その目から敵意の炎が消えた。

「コッカー・エクセルシオールのスポーツラジアルだ」

「あなたの車？」

「盗みはやらねえ」

「そういう意味じゃないけど」

「ここいらで何か買えると思ってるなら、見当違いだぜ」

「麻薬には用はないわ。メキシコに家族のいる人たちみんなが、そういうものを商ってるとも思わない」

しばらく無言のまま、男はジェーンの目のなかの炎をじっと見ていたが、やがて車について言った。「ああ、こいつはおれのだ」

「すばらしい仕事ね」

男が答えずにいるあいだ、ジェーンはほかの連中に目をやった。みんな仕事に戻ったふりをしている。またキャデラックの持ち主のほうを向いた。「ちょっと困ったことになってるの。なんとかできるぐらいのお金はあるわ。でも助けが要る」

男は彼女の視線を受けとめた。「おれはどんな匂いがするんだ？」

「警察の匂いかしら」

「ふん、あんたには超能力でもあるのか？」

百パーセントの嘘をついたら、この相手は気持ちを閉ざしてしまう。そう感じた。本当のことを混ぜて言わなくては。「わたしは停職中のＦＢＩなの」

「なんで停職になった？」

「罠にはめられて、やってもいないことをやったことにされたのよ」

「はめられかけてるのはこっちじゃねえのか」

「なぜよりによってあなたを？　刑務所なら自分から進んで入ろうって阿呆がごまんといるんだから、わざわざ誰かをひっかける理由なんてない」

また沈黙が落ち、ふたりの視線がからみ合った。「それなら、体を探らせてもらわなきゃな」

「かまわないわ」

男がジェーンをガレージのなかの、陰になった奥のほうへ連れていった。

まずくるぶしから始め、両脚を上にあがっていき、また下がりながら無線の発信機を探した。内もも、尻、胴まわり、背中、胸のまわりと、力強い手で詫びの言葉もなく探りまわる。顔は無表情のまま、手の動きはビジネスライクだった。

拳銃を探り当てると、スポーツコートの前を開いてためつすがめつしたが、ホルスターから四五口径を取り出そうとはしなかった。

それから一歩下がって、言った。「で、どういう話なんだ?」

「わたしはあなたに五百渡して、あのキャデラックのナンバープレートをもらう。それであなたは一週間、盗難届を出さない」

男は少し考えた。「千だな」

ジェーンはあらかじめ、ジーンズの左右の前ポケットにそれぞれ、折りたたんだ百ドル札を五枚ずつつっこんであった。「六百ね」

「千だ」

「七百」

「千」

「足元を見すぎよ」

「おれから持ちかけたわけじゃねえ。ここへ来たのはそっちだ」

「あなたがぼったくり屋じゃないように見えたからよ。八百」

男は少し考えてから言った。「それでいい」

八枚の札を、開いた手のひらに押しつける。

「おれはうちのレディをひとつめの区画に入れる。あんたは二つめにあのフォードを入れな。交換はなかでやる」

「あそこにいる人たち、こっちに興味津々みたいよ。わたしが出ていくとき、あなたのプレートが付いてるのを見られるわ」

「あいつらのことなら心配ない。口は堅い。けど、たまたま通りかかったやつらはどうかな」

二台の車がガレージに入ると、電動の仕切り扉が下りて新鮮な外気を遮断し、油とゴムの臭いがむっと強まった。

少し心細さを感じ、警戒を強めたが、びくつきはしなかった。

キャデラックの持ち主がプレートを付け替え、扉ががたがたと上がると、ジェーンに近づいてきた。「こいつはここに置いといて、おれはいつものボロ車に乗る。さっき一週間と言ってたが、おれは二週間待ってから、プレートを盗まれてたと警察に届け出る」

「急にずいぶん親切ね、でも、どう……」

「こんなヤバいことで嘘はつかねえ」

「そういう意味じゃないわ。だからね、あなたは七までは数えられるだろうけど、十四まではどうかしらってこと」

驚きまじりの笑い声が洩れた。「なあ、べっぴんさん《ボニータ・チカ》、どこからあんたみたいな女が出てくるのかわかったら、おれは明日にでもそこへ引っ越すぜ」

11

流行最先端のウェストハリウッドにあるサンタモニカ・ブールバードのウィッグ店の女店員に言わせると、ミッドナイトパープルにチャイニーズレッドをあしらったその品はジェーンの顔の色と完璧にマッチするとのことだった。「でもね、あなたみたいなきれいな肌してたら、なんだって合うわよ」

メイクアップのサービスで、ミッドナイトパープルのリップグロスときらきら光るアイシャドーを付けられた。店員の娘は、ジェーンが〝地味め〟から〝超華やか〟になったと興奮していた。「だからね、その若い弁護士はあなたのことちゃんと評価してないんじゃない？　あなたのキラッと光るところはよく見たらわかるから、このましぼんじゃう前にばんばんアピールしたほうがいいわよ。職場の人たちはこれ見てなんて言うかしらね？」

「わたし、ちょっとしたお金が入ったの」ジェーンは言った。「もう働かなくていいのよ。明日辞めるつもり」

「へえ、じゃあ——どうするの？　最後に乗り込んでいって、あなたが生まれ変わったみたいにホットになったところを見せつけて、クソくらえって言ってやったり？」

「それもいいわね」

「最高じゃない？」

「でしょう？」

「やっちゃえやっちゃえ」

「そうするわ」心なしか後押しされた気分で、ジェーンは言った。

通りを渡って一ブロックほど東へ行き、未来からきた魅力たっぷりのサイボーグのような店員の娘がいるブティックで、ハイライズでレトロな印象のバッファローのインカ・フレアジーンズ、それと店員によれば、コントワー・デ・コトニエだかなんだかの完璧なコピー商品だというラムスキンのバイカーズジャケットを買った。

さらにアンクルストラップの付いた、蛇革の厚底パンプスを選んだ。サルヴァトーレ・フェラガモのとびきり見事なコピー商品だとのことで、その名前はたしかにどこかで聞いたことがあったけれど、アイスホッケーかサッカーのスター選手だろうぐらいの印象しかなかった。

　そして最後に、黒のシルクに銀の飾りステッチが入った手首までの手袋を買った。これなしだと、現場の警官らしく爪を短く切った指がまる見えで、超華やかなイメージを裏切ってしまう。加えて、行く先々で指紋を残すようなまねもしたくない。

　買い物をするのはとても落ち着かなかった。とくに服を試着するときには、ロックしたフォード・エスケープの運転席の下にホルスターと拳銃を置いていかなくてはならない。ウィッグから手袋まで選んでいるあいだ、自分がずっと丸裸でいるように感じた。

　車に乗ってウェストハリウッドを出ると、あまりきらびやかでない地区へ入っていく。サンタモニカ山地の反対側にあたるロサンゼルス北西部の郊外は、もう何十年も発展し、拡張していた。それでもヴァンナイズ、レシーダ、カノガパークといった街には、この州の衰退の気配がうかがえた。

　きらびやかな海沿いの街の大半はあいかわらず栄えているものの、サンフェルナンドヴァレーの西半分に当たるこのあたりには、零落がいたるところに忍び寄ってきていた。

　ネズミとゴキブリの巣と化した、さびれたモーテルを何軒か通り過ぎた。コカイン常習者が週契約で借りて、ダブルの部屋に四人で寝泊まりしているようなところだった。

　もっとましな区域まで行くと、はるかにファミリー向けに見える全国チェーンのモーテルがあった。そこにチェックインし、現金で支払いをして偽造の身分証を提示した。ここでなら夜中にメセドリン常習者とコカイン常習者のけんかでたたき起こされ、仲裁に入ったりせずにすむはずだ。

ジェーンは地味めから超華やかへの変身にとりかかった。

12

この界隈には求人もあって、なかには払いのいい仕事もあるし、中央の商業地域は流行の先端を行こう、若者志向でやろう、もし〝旬のスポット〟などというものがあると信じる向きがあるのなら、そのスポットになろうとがんばっていた。商店街にときたま現れる空っぽの店先が好景気の印象を裏切ってはいたが、空き店舗がはびこっていることもなかった。

店内のどこかにチェ・ゲバラのポスターが貼ってありそうな店やレストランが三軒続くごとに、ジュラ紀から生きているような頑固な店主が老婦人向けのニットスーツを売っている店や、決してトラットリアとは名乗らないようなガーリックブレッド食べ放題のイタリア料理屋が現れる。

ジェーンが唯一興味を示したのは、ドアの表示にただ一語〈ビニール〉とある店だった。この素っ気なさの理由は、ここでやっている商売にあまり大勢の客が引き寄せられてくるのはわずらわしいということだ。どんな製品やサービスを商っている場所かを示すものは何もない。大きなウィンドウは緑に塗られ、商品を陳列してもいないし、内部もまったくうかがえなかった。

車を店の裏手まで走らせても、路地の向かい側のビルから監視が行われている気配はなかった。

〈ビニール〉から一ブロック離れた角のところに駐車し、通りを南の側から歩いていく。厚底の靴で背が高くなり、ひどく目立つ気がしたが、場違いだという感じはなかった。いつだっておとり捜査は気分のいいものではない。

いかにも安っぽい、ちっぽけな壁の穴のようなテイクアウトの店の前で足を止めた。もともとジュースバーか、チャイとかの飲み物やジェラートを売るおしゃれな店になるはずが、あまりに狭い空間なので、素人同然の起業家がしぶしぶレモネードスタンドで妥協したのだろう。

金を払ってココナツウォーターのボトルを買ったが、もし仮にそんなものがあるとしたら、ヤシの木のおしっこのような味だった。それでも飲みながら、そのブロック、またつぎのブロックと、ウィンドウショッピングをよそおいつつ歩いていく。

北の端まで来て通りを渡ると、ゆっくりと〈ビニール〉に向かって引き返しはじめた。店の周辺に停まって、監視しているような車両は見当たらなかった。

色付きガラスのドアを開けて入ると、客の来店を告げるチャイムの音がした。何列にも並んだレコードの箱が表側の部屋と通路を隔てていた。ＣＤやデジタル音楽以前の時代の

LPレコードや、さらに古い七十八回転のSP盤がぎっしり詰まっている。

壁には額入りのポスターやコンサートのチラシ、ビング・クロスビーからビートルズにいたるまでの雑多なポスターがあった。この〈ビニール〉は、いわゆるオーディオマニアや、完全に加工されて無味乾燥になってしまったのではない、昔ながらの録音が好きなアナログ盤愛好家向けの店なのだ。というか、とりあえずそうした体裁ではあった。

カウンターの向こうのスツールに顔の長い、大きな眼をした、真っ黒な巻き毛を肩まで伸ばした娘が座っていた。喉のくぼみに小さな髑髏《どくろ》のタトゥーを入れてある。鏡の前で千時間は費やして、気だるげ《アンニュイ》な表情を磨きあげてきたような風情だ。

そばのターンテーブルに載っているのは、カンサス最大のヒット曲〈ダスト・イン・ザ・ウインド〉の入ったアルバムだった。この娘が一日のうちでこれ以外のものをかけることはないのだろうとはたやすく想像がついた。

ジェーンはカウンターに、一枚のメモカードを置いた。前もってフェルトペンでこう書き込んであった――〈FBIは裁判所命令による許可を得たうえで、この場所で発されるすべての言葉を記録することができる〉。

カードを読もうともせずに、店員の娘は言った。「なんなの――あんた、口がきけないんならよそへ行きな。寄付ならうちはしないよ」

ジェーンは黒い手袋をはめた中指を立ててみせ、同じ指でメモカードをとんとんとたたいた。

かたじけなくも娘がカードをお読みあそばされた。もしその内容が理解できたのなら、なかなか見上げたことに、まだもったいぶった無表情を保っている。

二枚目のカードにはこうあった――〈ジミー・ラッドバーンは刑務所で二十年過ごしたくなければ、いますぐわたしと話す必要がある〉。

店員が固唾《かたず》をのみ、その喉のくぼみに刻まれた髑髏の唇のない笑いが大きくなったように見えた。

娘がカウンターから二枚のカードを勢いよく手に取り、スツールを回して下りると、カウンターの遠い側にある扉へ向かい、奥の部屋に入っていった。

ジミー・ラッドバーンは残りの人生をレヴェンワースかどこかの監獄で、極悪人どもにいたぶられて過ごすのがふさわしい男だ。

それでもジェーンには必要な存在だった。あんなやつと対面することを思うだけで虫酸が走る。最近は虫酸が走ることなどいくらでもあるが、実際に吐いているようなひまもなかった。

カンサスが人間の生のわびしさを嘆く歌を終え、またつぎの曲に移った。

13

二分ばかりすると、店員の娘が戻ってきた。二十代の男をひとり連れていた。長身で、手足がひょろ長い。二日間伸ばしたひげ。茶色の髪はサイドを刈りこみ、トップは長くしてある。グレイのTシャツには黒文字でこんな一語――〈マルウェア〉。腰をひもで締めるタイプの、えらく丈の短いスウェットパンツを穿き、素足にナイキをつっかけていた。

男はカウンターの端の出入り口を開けて入ってきた。ジェーンを上から下までじろじろ見たが、何も言わなかった。

娘はまたスツールに腰をすえ、ターンテーブルからカンサスを取り外すと、別のアルバムを真ん中のスピンドルの上に滑らせた。

男がジェーンのほうを向き、自分が何者か証明しろ、と言わんばかりに見すえる。

彼女は穏やかに言った。「ジミー・ラッドバーン?」

口に出した言葉はすべて録音されるというメモカードの内容を踏まえ、男は人差し指で胸をたたいて、自分自身を示した。

いいえ、ジミー・ラッドバーンではない。あの男とは似ても似つかない。わたしが名前しか知らずにここまで来ると思っているほどのバカなら、このあともバカなことをきっとしでかすだろう。

男はついてこいという身振りをすると、カウンターの出入り口へと向かった。

スツールの上の娘は、またさっきの計算しつくしたアンニュイな表情を浮かべ、レコードの溝に針を下ろした。が、最初の曲ではなく、何曲か飛ばしてつぎの曲が始まった。エルトン・ジョンの〈葬送《フューネラル・フォー・ア・フレンド》〉。娘がこの曲をしゃれのつもりで選んだのか、そうでないのかは知るよしもない。

ジェーンは〈マルウェア〉のあとから店の奥の部屋に入った。中古レコードの詰まったラベルのないボール箱や長方形のプラスチック容器が、壁掛け棚やテーブルの上、テーブルの下などに、見たところなんの区別もなく置かれていた。部屋の隅にクリーニングの作業台があり、価値の高いレコードがしかるべき洗剤で丹念に洗えるようになっている。いまは誰もそこで作業してはいなかった。

世界にあきあきしてるというあの娘の風情が伝染《うつ》ったのか、〈マルウェア〉はあくびをしながら表側の部屋に通じるドアを閉め——やにわに振り向くと、ジェーンの股間を、そして喉首をつかみ、ドアの横の壁に背中からたたきつけた。

本来なら、自分の体ごとぶつかって相手をきつく押さえつけると同時に、前の開いたバイカーズジャケットの下に手を入れて武器を持っていないか探るべき場面だ。が、彼はまだジェーンを甘く見ていた。そして股間をつかむのが好きで、よほどそうしたかったのか、指にぎゅっと力をこめ、デニムの上を探りまわると同時に、何かしら間抜けな意図をもって顔を彼女の顔のほうに近づけていった。

ジェーンが右足を上げたとき、〈マルウェア〉は彼女が自分の急所にひざを入れようとしているのだと思った。だがそんな簡単にブロックできる動きは、ジェーンの実際の意図とはちがった。フェラガモもどきの厚い靴底の硬い縁がむき出しの左脚の脛《すね》を打ちつけ、短すぎるスウェットパンツの裾《すそ》からナイキのべろにかけての皮膚を引き裂き、肉をえぐって脛骨《けいこつ》のとがった縁を傷つけた。これでこの男は今後おそらく、ソックスを履かずにいることに二の足を踏むようになるだろう。

下肢のなかでもとくに神経が密集している脛の部分には、酸素のなくなった血液を小さな伏在静脈に戻すための細静脈も網の目のように走っている。たちまちすさまじい激痛が襲い、脚を血が伝い落ちるのを感じたはずだ。訓練を受けていなければとても無視できない、恐ろしい感覚を。〈マルウェア〉は男にしては驚くほど甲高い悲鳴をあげ、ジェーンから手を放した。よろけて一歩あとずさり、脛をつかもうとかがんだ瞬間、そのあごの下をジェーンのひざが思いきりつき上げ、歯がガチッと鳴る音がして、彼が床に崩れ落ちた。

ドアが大きく開き、ミズ・アンニュイが初めて世界と真剣に向き合ったという様子で現れた。が、敷居の上で凍りついた。ジェーンがすでにヘッケラー&コッホを抜き、娘の大きな黒い瞳にその銃口がまじまじと見えるよう持ち上げていたからだ。

「さっきのスツールに戻って」ジェーンは言った。「楽しい音楽をかけて。エルトンならそういうのがたくさんあるでしょう」

14

　ドアの向こうには、階段が二階まで通じていた。〈ビニール〉の本当の業務が行われている場所だ。ジェーンは〈マルウェア〉を先に上らせたかった。ここの連中はふつうのギャングのような意味で危険なわけではないし、彼女が六年間追いかけてきた精神がゆがんだ殺人犯たちほど血に飢えてもいなければねじくれてもいない。しかしみんながこの男のように無分別だとしたら、無用の流血が起きてもおかしくない。だからこの哀れな男を盾《たて》に使う必要がある。いつでも脊髄をぶち抜いてとどめを刺せるように後ろから拳銃を構えながら、二階にいる連中にびくついた神経を抑える猶予を与えるために。

〈マルウェア〉は痛みのせいでまっすぐ立つのもつらそうだったが、トロルのようにどどす階段を上っていかれるのもジェーンにはありがたくなかった。背中に銃があるのを感じているせいか、彼の動きはどことなくぎこちなかった。手すりに頼りながら、のろのろと一歩ずつ、それでも背筋をまっすぐ伸ばして上っていく。初めのうちはジェーンに向かって毒づきながら、さっき舌を噛んだせいで血の混じった唾を吐いた。それから自分が盾にされていることに思い当たり、遅ればせながら自分から声をはりあげて呼びかけた。

「おれだ、前にいる、ジミー。女の前にいる、おれが前にいるんだ、ジミー！」

長く急な最後の階段が現れた。上にドアはない。最後の段へ近づいていきながら、彼の背骨に拳銃の銃口を押しつける。仲間たちと目が合うところまで来たとたん、さっきのマッチョ根性を取り戻した場合に備えて。

二階まで上りきると、〈マルウェア〉の背中越しに、この建物全体と同じ幅の広い部屋が見えた。控えめな天井の明かり、染みだらけのコンクリートの床。そこにワークステーションが十ばかりあった。それぞれのコンピュータにプリンター、スキャナ、種々雑多なブラックボックスなどの周辺機器が付いている。一段高くなった中央の円形のデスクは、部屋全体を見渡せる監視台のようだった。

七人の男があちこちに立って、階段のほうを見ていた。みんな二十代から三十代の初めで、棒のように細いのやら太っちょやら、ひげのある者やない者がいた。そろって青白い顔をしているが、これは恐怖のせいではなく、陽光の下でやるような活動に興味がないせいだ。そして七人が七人とも、いかにもコンピュータおたくらしい服装の範囲に収まっていた。

その七人のうち、ジミー・ラッドバーンだけが武装していたが、拳銃を構えてはいても、子猫ほどにも危険には見えなかった。まず体勢がおかしい。左足を後ろに引いて、均等に分散すべき体重がそちらにかかりすぎている。彼が武器を買うときに重視した基準は、そのいかつい外見だったにちがいない。おそらくコルト・アナコンダ・四四マグナムで、ばかげた大きさの八インチの銃身が付いている。重さは二キロ近くあるだろう、大きめの煉《れん》瓦《が》以上だ。それを片手で、腕を長く伸ばして持っている。クリント・イーストウッドが映画『ダーティハリー』のなかでそうしていたからかもしれない。これで引き金を引こうものなら、反動で大きく後ろによろめき、値の張りそうな天井の照明を吹き飛ばすだろう――そして当人は驚きのあまり、リボルバーを取り落とすことになる。

こと銃器に限っては、ジェーンはその扱いに長《た》けた相手と向かい合うほうがよかった。もし一対一の対決で命を落とすにしても、少なくともマンガのような死に方はせずにすむ。

ジミーは空いたほうの手に、ジェーンがメッセージを書いた二枚のメモカードを持っていた。

ジェーンは〈マルウェア〉を押しやったが、ジミー・ラッドバーンのほうにではなかった。「椅子に座って」

また悪態をつきながら、〈マルウェア〉がよろよろとオフィスチェアのほうへ向かう。たやすく縮み上がる男なのだろうが、それでもジミーは馬鹿ではなさそうだった。すでにメモカードの中身は読んでいる。しかるべき振る舞いをすれば、刑務所に行かずにすむという情報も伝わった。もしそれが嘘だとわかったとしても――その可能性は低いだろうが――敵対的行動としては解釈されないはずだ。

彼にはさっき脛を削ってやった男より分別があることをあてにして、拳銃をホルスターに戻した。ジャケットのポケットから別のメモカードを取り出し、ジミーに向かって差し出す。

相手は少しのあいだ、どうするか決めかねていた。部下の六人は固唾をのんで立ち尽くし、マカロニウエスタンの一場面か何かのように見つめている。やがてジミーがリボルバーを下ろした。

左手を伸ばし、ジェーンに近くへ来るよう手招きすると、彼女が差し出した三枚目のカードを受け取る。

カードにはこう書いてあった――〈ここの電話線の一部にはインフィニティ送信機が取り付けられている〉。

インフィニティ送信機は、最先端のテクノロジーとは言いがたい。三十歳になるジミーよりも古く、おそらく彼の母親より昔のものかもしれないが、その機能はどんなものにも劣らない。ミセス・ラッドバーンのかわいい息子が、刑務所のメシを食いながら残りの人生の大半を過ごすことを考えたのは初めてではないだろうが、人からそう言われるのは初めてのはずだと、ジェーンは踏んでいた。

ジミーはメモカードとリボルバーを一段高くなった円形のデスクに置き、部下たちに声をかけた。「ログオフして、シャットダウンだ」すると全員がただちに持ち場のワークステーションに戻り、指示どおりに動いた。

インフィニティ送信機は電話に取り付けられると、ずっと休眠しているが、外から特定の発信が入ると生き返る。その番号の最後の数字が入力されると同時に、発信者がある電子音を送話口に送りこむ。するとただちにインフィニティ送信機にスイッチが入り、電話のベルこそ鳴りださないものの、マイクが作動しはじめる。そして電話のある部屋、つまりこの部屋にいる連中がまったく気づかないうちに、あらゆる会話が法執行機関へ送信され、残らず録音される。国家安全保障上の理由で認められる無期限の裁判所命令を得て、FBIがラッドバーンのビジネスを継続的にではなくてもごく頻繁《ひんぱん》に盗聴していた可能性はきわめて高いが、もしその気になれば一週間二十四時間体制で記録されていてもおかしくないのだ。

コンピュータがすべてシャットダウンされると、ジミーは細長い部屋の北東側の隅にある背の高い金属製キャビネットまで行った。なかには二十あまりの電話線を切り替える業務用の交換システムがあった。彼がしばらくそのなかで何やらいじっていたが、キャビネットの扉を閉めたとき、遠距離の通信装置を全部まとめてオフにしたのだろうとジェーンは思った。

ジェーンのほうに戻ってくると、ジミーは言った。「そのかつらはなんだい？」

ジェーンは部屋の南の側にある板張りの窓のほうを指した。「いまは交通監視カメラがたくさんありすぎて、もう誰も気にしなくなってる。ここのブロックの中間あたり、ちょうどこの店の前にもあるけど、でもあれは交通監視のカメラじゃないわ」

「それはまずいな」

「東西の方向を撮影してるように見えるけど、実はこの店の入口に向けられてるの」

「オーウェルばりの罠だね」

あんたもそのひとつでしょうが、表に出てないだけで。ジェーンは心のなかで思った。

「二秒ごとに、〈ビニール〉に出入りする全員の高画質画像を送ってる。だからウィッグが要るのよ。アイシャドーもべっとりつけてね。少なくともわたしの知るかぎり、あのカメラに顔認識ソフトは組み込まれていない」

「きみの名前は？」

ジェーンはしゃれっ気を出して、「イーサン・ハント」と、サンディエゴで会ったパン屋の配達人の名を拝借して言った。

「女の子にしちゃ変わった名だね」

「ただの女の子じゃないわよ」

15

ジミー・ラッドバーンは〈マルウェア〉――フェリックスという名だった――に一階でミズ・アンニュイ――こちらはブリッター――に応急手当をしてもらえと声をかけた。それから部下のほかの六人には、店のなかにいて指示を待つように言った。とたんに六人が脱《だっ》兎《と》のごとく階段を駆け下りていき、「ドアを閉めてけよ！」というジミーの叫び声に誰かが反応して言われたとおりにした。

ジミーがジェーンをテーブルのほうへ連れていった。どこもクッキーやキャンディの箱、ポテトチップスやプレッツェルやコーンチップスの袋、ナッツの缶や瓶など、ジャンキーたちが二十四時間ぶっ通しでパーティーをやれそうな量のジャンクフードで被われている。〈ビニール〉の悪玉ハッカーのチームが引き受ける仕事の複雑さ、繊細さを思えば、仕事前や仕事中に——もちろんそのあとでも——マリファナをやることはありえないが、塩味の炭水化物か糖分が生産性を高めるという認識はたしかにあるらしい。

ふたりは椅子を引き出し、向かい合わせに座った。

ジミー・ラッドバーンはキューピー人形が大人になったような男だった。楽しげな感じに丸っこいがデブとまではいえず、顔はつるつるでしわひとつなく、ひげもほとんど生えていないようで、男にしては見たこともないほど完璧にマニキュアを施された手をしていた。

「きみらはどうやって情報を仕入れたのかな。あのメモカードに書いてあったやつ。まあ、どうせみんなでたらめだろうけど」

「どうやって仕入れたかはどうでもいい。それにあれはでたらめじゃないわ」

自分が休職中のＦＢＩ局員だと告げるつもりはなかった。聞いていないことは、裁判で証言するわけにいかない。

「彼らはあなたに対して時代遅れの技術を使い、あなたは盗聴機探索のときにそれを見逃した。あなたがいつも直線的な分析をして、自分が予想するところに問題を探していたからよ。あなたは製品を――アプリとか何やかやを作ったり、ネットワークをクラックしようとしたりするとき、直線的に進んでいきたがるけれど、酔っ払いの足取りで行く必要もあったわけ」

「ランダムネスを尊重しろ、ってやつか」ジミーがうなずいた。「酔っ払いの千鳥足。ブラウン運動。ランダムで方向性のない進行」

「だから、セキュリティ探索にもそれを適用するべきだったってこと」

「ボクって天才だけど、でもバカなんだ」相手は自虐的に笑いかけようとしたが、赤ん坊のガラガラ蛇の笑みにしか見えなかった。「んで、ボクはどこまでヘマしたんだろう？ 今日ここをたたまなきゃなんないくらい？」

「彼らはあなたがかかった釣り糸を長く繰り出して、針をつけたまま泳がせながら、あなたに寄ってくるほかの魚の情報を集めようとしてる。だから時間はあるわ。何カ月か、一年あるかもしれない。でもわたしならあと二晩か三晩で、ここの裏口からちょっとずつあれこれ運び出して、来週までにここを空っぽにするでしょうね」

「そこまでヤバい状況かあ」

「最高というにはほど遠いわ」ジェーンはうなずいた。「どうやって事情を知ったかは言えないけど、もし聞きたいなら、ＦＢＩがどうしてあなたにたどり着いたのか教えてあげる」

ジェーンが話しているあいだに、ジミーはオレオの袋からクッキーを一枚引っぱり出した。小ぶりなチーズイットでも食べるようにまるごと口に放りこみ、すごい勢いで噛みくだく。そしてごくりと呑み込んで言った。「知っとかなきゃなんなそうだ。話して」

「カール・ベッセマーという客を憶えてる？」

「客のことはあえて憶えない方針でさ」

「あなたの作ってるアプリに、機械オンチでもまるで簡単にあらゆるスマートフォンから詐欺を働けるやつがあるわね。通話かテキストメッセージがカナダの交換局を経由してアメリカに戻り、また何度か行ったり来たりしてから偽の発信者／送信者ＩＤで受信者に届けられる」

「あれは自信作でね。ボロい儲けだったなあ」

そのうぬぼれた言い回しがジェーンの癇《かん》にさわった。「加えて発信者は、電話会社の料金請求システムから逃れられ、通話をしたという証拠もあとに残らない」

「ねえお尻をぶって。ボク悪い子なんだ」また袋からオレオを取り出す。「いちおう言っとくとさ、テロリストっぽい連中は身元を割り出して、売らないようにしようとはしてるよ」

「ちゃんと機能してるの？」

クッキーをぼりぼり噛みながら言う。「まあ、思うようにはいかないかな」

「ベッセマーには、スマートな音声合成装置も売ってるわね。スマホで使えるインターフェイスのついたやつ。その装置に誰かの声のサンプルを、たとえば電話をかけた相手の声を録音したものを一分ほど聞かせると、自分の話す声をその相手の声そっくりに合成することができる。夫と話してると妻に思わせたり、母親と話してると子どもに思わせられるほどそっくりにね。でもその声の主はベッセマーだった」

「それもラッドバーン謹製のナンバーワンヒット商品さ」ジミーは言いながら、悦に入ったように片方のこぶしを反対のこぶしにぶつけた。

指の太いその手は薄いピンク色で毛は一切生えておらず、シャツの袖口からのぞく手首もゴムみたいになめらかで、骨があるようにも見えなかった。まるで実験室のタンクで培養されたアンドロイドの手だ。

「あなたの不運は、カール・ベッセマーはAT&Tの料金をごまかそうとするふつうの電話ハッカーじゃなかったってこと。それどころか、ふつうの犯罪者ですらなかった」

「ボクの経験からいえば、ふつうの犯罪者なんてものはいないよ。あいつらは唯一無二の個人の寄り集まりだ」

「そうでないふりをして、ベッセマーは若い娘を人気《ひとけ》のないところへおびき寄せ、レイプして殺してたのよ」

「車を売った客が酔っ払い運転をしたからって、ゼネラルモーターズは責められないよね」

なんてやつ、とジェーンは思った。でもやっぱりこの男が必要だ。「べつにあなたを裁こうっていうんじゃないのよ。どうしてＦＢＩがたまたまあなたを見つけたかを話してるだけ」

「そのかわいい紫色の頭を悩ませなくたっていいさ。ボクは人間の性質《たち》には鼻が利くんだ。ぷんぷん匂うんだよ。きみはボクとおんなじ匂いがする。きみは人を裁くタイプじゃない」

「ベッセマーというのは本名じゃなかったわ」

「うちの客が使ってるのはだいたい本名じゃないよ、イーサン・ハントちゃん。匿名性ってのはプライバシーには欠かせない。プライバシーは正義だよね」

「本名はフロイド・サッター」

「ははあ」すべて腑に落ちたというように言った。「サッター・ザ・カッターね。タブロイドやらテレビニュースやらの大スターだ。えっと――十五人殺したんだっけ？　十六人？」

「十九人よ」サッターの脚を撃って自由を奪い、彼が被害者たちを最初に拘束するのに使ったような結束バンドで確保したのはジェーン本人だった。「あなたの不運は、ＦＢＩがフロイドを逮捕するときに殺さなかったこと。フロイドはおしゃべり屋でね。もっともあなたの本当の住所は知らなかったけれど」

「うちの客は誰にも知らせないよ。ダークウェブでのビジネスだけに徹してるから」

「それでも、彼の知ってたことと、あなたのアプリや音声合成装置から、FBIはあなたの居所をつきとめたわけ」

「つきとめたのはジミー・ラッドバーンだろ。ボクとはちがうし」また一枚オレオを引っぱり出したが、親指と人差し指でつまんだまま、食べずに裏返した。「ジミーはもう本当のボクじゃない。カール・ベッセマーが本物のあいつじゃないのとおんなじさ。ちょうどいい、この店を片づけるついでに、ジミーも片づけちゃおう」そしてジェーンの顔を何十秒もじろじろと見た。彼女はその視線を許し、やがてジミーが言った。「きみは自分が片づけられるって心配は、ちっともしてないんだな」

「あなたがさっきのドジ男をどう扱うかを見てたから。あなたには殺しの本能はないわ。誰かがあなたのビジネスの巻き添えになって死ぬのは屁でもないけれど、自分でそれを味わおうとはしない」

相手はにんまりしてうなずいた。「ボクは愛にあふれてるからね、殺しなんてコワくって」椅子から身を前に乗り出す。「どう、ボクのすごい商才と頭のよさ、グッとくる?」

「べつに」

「夢中になる女の子もいるんだけどな」

「わたしがここへ来たのは、ほかに欲しいものがあるから。わたしはあなたが逮捕されて裁判にかけられ、刑務所行きにならずにすむチャンスをあげた。あなたはわたしに借りがあるの」

「借りはいつでも返すさ。それがビジネスってもんだし」親指と人差し指に挟んだクッキーを裏返すのを止め、口に放り込むと、やたらに唇をなめながらわざとらしくむさぼり食った。「きみもオレオの袋みたいにペロッといっちゃえるんだけど。まあその話は置いといて。何が欲しいんだい？」

16

ジミー・ラッドバーンと名乗っている男にはいまのところ、自惚《うぬぼ》れからくる弱みも、おのれへの過信もなかった。いつも自分の望むものを知っていて、どうすればそれが手に入るかを心得ているし、問題が起こってその打開策を見つけられないということもない。たとえ自分の選んだ道への疑念があったにしろ、そんなものはとうの昔にどこかへ消え去ったようだ。この男は以前に何か頭を悩ませることがあっても、その経験を記憶から消してしまえるらしい。いまジェーンの要請に示しているひどい戸惑《とまど》いぶりは、初めてほんとうに困ったことが降りかかってきた早熟の子どもを思わせた。

ジェーンから渡されたリストをめくりながら、ジミーが言った。「検死官が、三十二人？」

「そうよ」

「市の検死官に、郡や、小さい町のも？」

「ええ」

「なんでこんなにたくさん？」

「あなたが知る必要のないこと。三十二人どころか、その十倍でもいいくらい。数はどうでもいいわ」

「なんだか妙だなあ、すっごく。ヤバいって感じ。ほんとにヤバいんじゃないの、これ。すごく怪しい」

「名前とウェブサイトはもう渡した。ここのコンピュータから入り込むなり、なんなりしてちょうだい」

「ただの自殺だろ。なんでそんなもの？」

返事がわりに、じろりとにらむ。

「まあいいけど。ボクの興味なんて、ゴミみたいなもんだし」

「そういうこと」

ジミーはスナックだらけのテーブルに紙を置き、ペンでメモしていった。「きみが欲しいのは、過去一年にこれだけの管轄区であった自殺ぜんぶ。それぞれの完全な検死報告書。もし脳まで調べてたら、そのくわしい検査結果か。こういう情報は公的な記録なんじゃないの？」

「ええ。でもプライバシーの問題があるわ。情報公開法を盾に使っても何カ月もかかる――へたすると何年も。それに、こういうものを見られたくないと思ってる面倒な人たちがいてね。その連中の注意をひきたくないの」

ジミーが眉を吊り上げた。「面倒ってのは、悪いやつらってことかい？」

「心配しないでいいわ」

「きみが心配してるんなら、ボクも心配しなきゃまずいだろ」

「わたしはあなたとちがって、ハッカーじゃないから」

「クラッカーっていうほうが正しいかな。金庫破り《セーフクラッカー》からきてるんだ。ちっとも流行《はや》らないけどさ」

「クラッカーでもハッカーでもいいわ。わたしがあちこち動きまわれば、向こうに知られてしまう。あなたはこっそり忍び込んで、欲しいものを取ってきても、向こうに存在を知られることはない」

「すごい仕事の量になるけど」

「あなたの部下を総動員して。明日の正午までにそろえてほしいわ」

「注文の多い雌犬《ビッチ》だなあ。でもそういうの、嫌いじゃないよ」

彼のグレイの眼は、無邪気な小さい子どものように、澄んでいて正直だった。もし高齢の女性を騙してなけなしの貯金をしぼりとるような稼業についていたとしたら、この眼にやられる被害者も多いだろう。もっともジェーンには、その眼に獲物を狙う捕食者の光が見えていた。

「ナンパはよして。あなたには似合わないでしょ。正午きっかりによ」

「もう聞いてるよ。オッケー、いまのきみはコワーい猛犬だし。この仕事が片づいてからにしよう。この最後のページにある名前はなんだい?」

「デヴィッド・ジェームズ・マイケル。ここにある二つのNPOの理事を務めてる。この男のことがすべて知りたい。銀行の口座番号から靴のサイズ、便秘に悩んでるかといったことまでぜんぶ」

「うんちのサンプルが欲しいんなら、自分でやってもらわないと。残りは正午までに用意するけど、みんな徹夜《オール》でやんなきゃなんないなあ」

ジェーンは椅子から立ち上がった。ジミーは座ったままだった。

「フラッシュドライブとかで渡すのはなしよ。原始的なのが好きなの。プリントアウトにして」

ジミーが顔をしかめる。「すっごく分厚くなるんだけど。うちはいつも、かさばるプリントアウトはやらないんだよね、なんとかケーブルとかかんとかスイッチとか持ってないし」

「わたしをバカだと思ってるの?」

「まあ、やってみてもいいか。オッケー、フラッシュドライブはなしと。昼ごろ来なよ、まとめて用意しとく」

「サンタモニカまで届けにきて。あなたが自分で。ひとりでね」

「よっぽど宅配サービスに慣れてるのかな。あっちの出張サービスならおまかせなんだけど」

「そういうのはいいから。サンタモニカ。パリセーズ公園。ブロードウェイとカリフォルニア・アベニューのあいだのどこか。あのよくある銀色の風船を仕入れてきて。ヘリウムを詰めてぷかぷか浮いてるやつ。いちばんよくあるのは花屋かしらね。それを手首に結びつけて、遠くから見られるようにして。わたしを見つけようとしなくていい。こっちが見つけるから」

ジェーンは一段高くなった円形のデスクまで行った。ジミーがそこに置いていたアナコンダ・四四マグナムをつかみあげる。

「おい、何やってんだ？」ジミーがぎょっとして、椅子から立ち上がった。

「落ち着いて。ここを出るとき、玄関ドアのそばの床に置いていくわ。背中を向けたときにあなたがこれを使おうって気を起こさないように」

「ボクには殺しの本能はないって、さっきそっちが言っただろ」

「わたしもたまには間違うことがあるしね」

階段の下り口まで歩いていくと、振り返った。ジミーはまだ椅子の前に立ち上がったままだったが、ジェーンを追いかけて捕まえたくてうずうずしているのが見てとれた。さっきまでの会話でこちらがチクチク針を刺してもどこ吹く風だったが、少なくとも女から命令されたりからかわれたりしたことで仕返しを考えずにいないような相手でもない。「いま頼んだ仕事をやらないで、今夜中にここからずらかろうとすると困るから、この店を見張らせておくわ」と嘘をつく。「地元のFBI支局に電話をして、市民の義務を果たすってわけ。あなたがここの商売道具の一割もトラックに積み込まないうちに、迅速《じんそく》に動員されたFBIのチームが飛び込んでくるわよ」

「欲しいものはちゃんと渡す」

「けっこう。風船を忘れないで」

四四口径マグナムを両手で握り、横向きの体勢で、手すりのない壁を背にしながら階段を下りていった。注意は主に一階のドアに向けていたが、万一ジミーがそこにしまっている銃がコルトだけでなかった場合に備え、二階のほうにも絶えず目を配りつづける。一階まで下りると、ドアを開けて奥の部屋を見た。古いSPレコードの詰まった箱の山があるだけで、誰もいない。

表側の部屋に通じるドアは開いたままだった。音楽はもうかかっていない。ジミーの部下たちがやがや騒いでいる声が聞こえた。こちらを待ち伏せする気があるなら、そんなまねはしないだろう。

ドア口をくぐるとき、ジェーンは大げさなまねはしなかったものの、われ関せずという顔でのんびり歩いていきもしなかった。

全員がカウンターの遠いほうの端に固まっていた。カウンターのこちらの側には、フェリックスがブリッタ専用のスツールに腰かけていた。娘が両ひざをついて、彼のすりむけた脛に包帯を巻いてやっている。もうひとりの部下がそばに立っていた。残りの五人はカウンターの反対側にいた。

ジェーンがカウンターの出入り口を通り抜けるのをみんなが無言で見守る。ここにじっとしていろと大人から言われた行儀の悪い短気な子どもたちの一団が、ありとあらゆる悪さをしでかそうと企んででもいるようだった。

入口ドアの錠を外し、コルトを床に置いて外に出たとき、窓を板で被って、色を塗った場所にいたあとで、まだ外が明るいのを知って驚いた。

17

また車に乗り込み、〈ビニール〉から二、三ブロック離れたとき、交差点の赤信号で停まった。まだ歳の若い女が、小さな男の子と手をつないで、左から通りを渡って近づいてきた。

男の子は六歳か七歳くらいだろうか。トラヴィスにはまったく似ていなかったが、ジェーンは思わず目を奪われた。

母子連れがフォードの前を通り過ぎるとき、男の子が手を口もとに当て、咳き込みをこらえるようなしぐさをした。歩道にたどり着いたときには、激しく喘《あえ》いでいるようだった。母親が心配そうに息子をバス停のベンチまで連れていき、ハンドバッグのなかをかき回した。そしてぜんそく患者が使うような吸入器を引っぱり出す。

気づかないうちに、信号が青に変わっていた。後ろにいるシボレーのクルーキャブのピックアップトラックがホーンを鳴らし、早くしろと急きたててくる。

ジェーンは運転席の窓を下げ、自分を迂回していくようピックアップに合図すると、息も絶え絶えな男の子の様子をじっと見守った。だがトラックの男は、昨日おもしろくないことでもあったのか、ほんの二秒後にまたけたたましくホーンを鳴らした。これはサイレンだぞ、道を空けろと言わんばかりに。

母親は男の子の肩に腕を回していた。口もとから吸入器を外したときにはもう、さっきベンチに座り込んだときの、窒息したようなゆがんだ表情ではなかった。

あと三秒もたてば、ジェーンはブレーキからアクセルに足を移していただろう。だがピックアップの男はまだホーンを鳴らしっぱなしにしながら、トラックを前進させてフォード・エスケープの後部バンパーにぶつけた。ぶつけると言っても軽く当たったくらいで、ごくかすかな傷もつかないほどだった。だが規格外に大きなタイヤをはかせているせいで、シボレーのエンブレムはフォードのリアウィンドウの下三分の一のところにあった。こんなばかでかいトラックに乗ったドライバーがいびってくる理由はひとつもないし、どんな言い訳も通りはしない。ジェーンはギアをパーキングに入れてハンドブレーキを引き、運転席のドアを開けて通りに降り立った。

ピックアップに乗っているのは男ふたりで、どちらも前の座席にいた。ジェーンが車から降りたとき、ドライバーがホーンから手を離したが、また激しく鳴らしはじめた。前に立って男を見すえる彼女を捉えていたのは、私的な怒りではなく、猛烈な義憤だった。

このけちくさい低能男は、なぜこれしきの我慢もできないのか。フィラデルフィアの高速で身の毛もよだつテロが起こり、朝の通勤途中のアメリカ人同胞が何百人も墜落したジェット機に手足をもがれ、生きながら焼かれてからまだ一日しかたっていないというのに。

ジェーンはピックアップに向かって歩きはじめた。

ドライバーがギアをバックに入れ、またドライブに戻してピックアップを隣の車線に向かわせると、ジェーンを避けながら加速していく。途中で助手席のやつがバカ野郎と言ってCで始まる四文字言葉を叫び、苦しんで死ねと呪いをかけるように中指を突き立ててみせた。

ジェーンはフォードの後ろから、バス停のベンチにいる母親と男の子のほうへ歩み寄った。声をかける。「だいじょうぶ？」

眼を大きく見開き、目に見えるほど体を震わせながら、女が言った。「はい？　ベニーのこと？　ええ、だいじょうぶ。ベニーはだいじょうぶよ。きっとよくなるわ」

この母親がいま不安がっているのは、息子の状態もさることながら、目の前で起きた口論にも同じくらい関連があるのだと、ジェーンは気づいた。最近では、こんなちょっとした出来事が恐ろしい暴力沙汰に発展し、誰が巻き添えになるかわかったものではないのだ。この女性の恐れは、トラックのドライバーに負けず劣らず、この自分のせいでもあるのだろう。

ジェーンは言った。「ごめんなさい。こんなはずじゃなかったの。ごめんなさいね。わたしはただ……」けれどもいま、トラヴィスの身の上や、自分とわが子を隔てる距離のことを説明するすべは見つからなかった。「ごめんなさい」またそう言うと、車に戻った。

二ブロック進んでから通りを外れ、十軒あまりの店が集まった小規模なショッピングセンターの駐車場に車を入れた。

つかのま自制を失ってしまったことが腹立たしかった。長期的に絶えずストレスと死の脅威にさらされていれば、たまにたがが外れてしまったとしても責められはしないだろう。それでも自分はもっとタフだと思っていたのだけれど。

問題の一因は睡眠不足にもある。この一週間はずっと六時間以上は眠れず、四時間程度のこともあった。

ショッピングセンターでいちばん流行っている店は、酒屋のようだった。あまりアルコールには強くない。たまに赤ワインを少し、という程度だ。ウオッカに頼りはじめたのは、こうして追われる身となり、寝苦しい夜がどんどん積み重なるようになってからのことだった。ときには素面《しらふ》でいることを犠牲にしてでも、眠りが必要だ。酒屋に入り、夜のためにベルヴェデールの一パイント瓶を買った。夕食のあと、目を閉じても闇が下りてこなかったときのために。まぶたの裏にニックの記憶が、いまも彼が生きているようにあざやかに、活発に動きながらよみがえってきたときのために。トラヴィスがあざやかで眩しい太陽の光の下、奴隷制がいまだに生きていて、子どもたちが売り買いされ想像もできないサービスをさせられる場所へ送られていったときのために。

18

西へと車を走らせ、いくつか郊外の街を抜けて、前に泊まったモーテルの部屋からたっぷり離れようとした。こちらがつぎの企てにとりかかっているあいだに、追っ手の勢力に探し出されることは考えにくい。それでも万一居場所をつきとめられ、捜索チームが現れたとしたら、そのあたりにいるのはまずいだろう。こちらが身を隠してしまえば、どのモーテルに行っても彼らが追ってくることはない。

カノガパーク高齢者センター近くの、街路樹の下に車を寄せ、エンジンを切った。日暮れまではもう二時間足らずだった。空気は乾燥し、陽ざしはそのなかで裂けてちぎれるようで、その眩しい破片が光沢のある表面を貫いていた。

モーテルに置いた荷物のなかにある使い捨ての携帯一台のほか、車のグラブコンパートメントにもあと二台入れてあった。どれも別々の街で、別々の日に買ったものだ。すべていつでも使える状態になっている。だがどれも使ったことはない。

グラブコンパートメントから一台出し、シカゴのシドニー・ルートの携帯にかけた。三度目の呼び出し音で応答があった。

シドニーには、死んだ妻アイリーンのスケジュールを見なおし、彼女がハーヴァード大学のイベントに出席して偏頭痛を起こすようになる直前に、別の何かの会議や一日がかりのイベントに出ていなかったかどうか訊ねていた。

「このことに意味があるのかどうかわからないけど」シドニーは言った。「ハーヴァードのイベントの一週間前、彼女はメンローパークに二日間いて、自分のところのNPOが出してるニュースレターに使うために、シェネックにインタビューしていたよ」

「カリフォルニアのメンローパーク？」

「そう。シェネックの研究所があるんだ。この人物について聞いたことはある？」

「ないわ」

「バートールド・シェネック。ノーベル賞をのぞいて、あらゆる主要な科学賞を総なめにしてる」

「名前のスペルを教えてくれる？」

シドニーが綴《つづ》りを言った。「とにかく最先端をいってる人だ――頭ものすごく切れる――脳インプラントの開発は、いずれ運動ニューロン疾患の人たち、たとえば閉じ込め症候群を伴う後期のALS患者にとって救いになるだろう。筋萎縮性側索硬化症のことだよ」

「ルー・ゲーリッグ病ね」

「そう。アイリーンはこの人物にかなり心酔していた」

上に張り出した木の枝の緑がそよ風に揺れ、その影がフロントガラスにちらちらゆらめく光のかけらをなめていた。

「その二晩のあいだ――アイリーンはどこに泊まってたの？」

「そうくると思ったよ。きみのＦＢＩ的思考に、ぼくも慣れてきたかな。でもとくに怪しいことは何もなさそうだ。泊まってたのはスタンフォードパーク・ホテル。スタンフォード大学からそう離れていないところさ。ぼくも前に泊まったことがある。きれいなホテルだよ」

「あなたもシェネック博士の研究所に行ったの？」

「いや、何年か前の話さ。ある建築プロジェクトの入札をするのに、あのあたりに行ってた」

「アイリーンがどこで夕食をとったかわかる？」

「最初の夜は〈メンロー・グリル〉っていう、ホテルのレストランだった。ぼくもそこで食べたことがあって、勧めたんだ」

「二日目の晩は？」

「ほかの何人かといっしょに、シェネック博士の自宅まで、夕食に招かれた。博士も奥さんもすごく魅力的な人だって言ってたよ」

「それがハーヴァードのイベントで偏頭痛を起こす、前の週だったのね」

「偏頭痛の八日か九日前だ」

「最初で最後の偏頭痛のね」

「捜査官がなんにでも疑問をもつっていうのはわかるけれど、シェネック博士を追っかけても意味はないと断言できるよ」

「どういう根拠があって断言できるの、シドニー？」

「彼のやってきたことがその根拠さ。彼は人道主義者だ。後ろ暗いところは一切ない。そんなこと考えるのもばかげてる」

「たぶんそうなんでしょうね。時間を割いてくれてありがとう、シドニー。またおじゃま
することはないと思うわ」

「いやいや、じゃまだなんてとんでもない。きみが今度のことにとらわれるのはよくわかるよ、その元にある悲しみも。なんとか受け入れて、また穏やかに暮らせるといいんだが」

「やさしい人ね。またあなたと話せて楽しかった。でも、これもわたしのＦＢＩ的思考か

もしれないけど、この電話はまず間違いなく、あなたとわたし以外に聞いている人間がいるわ。もうひとつだけ。あなたはこの一年のあいだに、奥さんといっしょに何かのイベントに出て外泊したことはあった？」

「いや。アイリーンとぼくは、私生活ではこれ以上ないほど親密だったけど、仕事の上ではまったく世界がちがっていたから」

「それを聞いて安心したわ。あなたのためにね。さよなら、シドニー」

通話を切ると、近くの住宅地へ車を走らせ、建築中の家と道路ぎわにある大型のごみ容器を見つけた。まだほんの数分使っただけの携帯電話だが、これ以上使うリスクは冒すまいと決めた。下ろしたウィンドウから、開いたごみ容器に向かって投げ捨て、また車を走らせる。

つぎにピアス・カレッジへと向かった。距離はほんの三、四キロしかない。大学にはインターネットにアクセスできるりっぱな図書館があるはずだ。

19

ピアス・カレッジに着くと、自動発券機で駐車券を買った。針葉樹やオークやフィカスなど、たくさんの木が美しいキャンパスを緑に彩っていた。

夢物語のような理想やビジョンを支持する類のデモは行われていなかった。ありがたい。大学の図書館は欠かせない存在だが、プラカードを掲げた怒れる群集に足止めされたり、こうした事件が日ごろどれだけ起こっているかにかかわらず、ここぞとばかり報道しようと殺到するメディアのカメラに自分の姿が抜かれる危険もある。

目を奪う時計塔と、巨大な片持ち屋根が張り出した正面入口の階段のある図書館は、大胆だが洗練された建築物だった。コンピュータ室は一階の北西側の一角にあり、ちょうどほかに人はいなかった。

何列か並んだワークステーションの、いちばん後ろの列に腰を下ろした。ここなら誰にも後ろに座られずにすむ。

バートールド・シェネック博士は大物だった。名前だけでも恐ろしくたくさんのリンクがヒットした。当人について書かれたものをすべて読むだけで何週間もかかるだろう。〈シェネック・テクノロジー〉のウェブサイトに行ってみると、そこはデータの宝庫だった。シェネックの登場する動画が何十本もあった。どれも彼の業績の各側面を説明し、政府や産業界から何百万ドルもの投資を引き出すことを目的に製作されていた。

いちばん日付の新しい動画に登場するシェネックは、五十歳ながら若々しい風貌だった。たっぷりの黒い髪、親戚のやさしいおじさんを思わせる顔、愛嬌のあるマペットのような魅力的な笑顔。現代の知の巨人だとしても、すばらしく優秀なセールスマンでもあり、バイオテクノロジーの可能性を訴えて自らプランを売り込もうとするその熱意は、産業界の重鎮や莫大な財布のひもを握っている政治家たちにもたしかに伝染するだろうと思えた。

コンピュータ室のドアが開いた。男がひとり入ってきた。三十代前半。清潔だがぼさぼさした髪。長身。むらのない浅黒い日焼けはマシンによるものにちがいない。レーザーで脱色したような笑顔。

上にはおった上等な青のスポーツコートは、いくぶんゆったりした仕立てで、もし武器携行の許可を得ているとしたら、それだけの余裕はあった。シャンブレーのシャツの裾は外に出してある。淡いグレイのチノパンツ。靴はローファーやその他の革靴ではなく、ゴム底のロックポート。素早く動いたり誰かを追ったりするとき、ロックポートはすばらしい摩擦力を発揮する。ジェーンもふだんはロックポートを履く。この男はいかにも、何かしら内密の任務を帯びていそうなタイプに見えた。

ジェーンは笑みを返さずにおいた。コンピュータの画面に注意を戻すが、視野の片隅に男を入れて絶えず意識していた。

男がジェーンが選んだのと同じ列の、遠い端のほうのワークステーションに腰をすえる。

ジェーンはシエネックのほかの動画の説明文を読んでいき、そのなかから感光性たんぱく質、情報を読み取る脳インプラント、思考翻訳ソフトに言及しているものをひとつ選んだ。ニックが死ぬ六日前、ベッドで彼を待っているあいだに見たテレビと同じ内容を扱ったものだった。実のところ、あのニュース番組に登場していた研究者数人のなかにバートールド・シェネックがいたのではないかという気がした。さっきの動画で見た彼の顔は、どこかうっすらと見憶えがあったからだ。

脳インプラントのおかげでいつか、口のきけない患者が自分の言いたいことを頭に浮かべると、その思考がコンピュータを通じて言葉として発せられる――そんな明るい希望に満ちた話は、この四カ月間ずっとジェーンの頭のなかに残っていた。それが記憶から消えずにいるのはあの夜、ベッドに入ってきたニックがジェーンの手を口もとに持っていき、「きみは最高だよ」とつぶやく前に、テレビで最後に見たニュースだったからだと思っていたのだけれど。

同じ列の遠い端にいる男は、まだコンピュータの電源を入れていなかった。

男がスマートフォンを出し、電話をかけた。声が低くて、一言も聞き取れない。通話はせいぜい一分ほどだった。

ジェーンは時間が過ぎていくのを強烈に意識したが、まだ危険な状態だとは感じられなかった。陰謀の首謀者たちは、こっちがデリケートなウェブサイトを調べているのを察知し、そのコンピュータのある場所までたどってこられるようだ。もしシェネックがほんとうに自殺率の増加に関与しているのだとしたら、たったいまもこちらを探しているのかもしれない。だが〈シェネック・テクノロジー〉のサイトに入ってからたった数分で、ここまで彼女を始末しにやってくることはありえないだろう。

昨日はグウィン・ランバートに、サンディエゴの近くで人に会うつもりだと言ってしまったから、追っ手には入り組んだ大都市の要所要所に人員を配置するのに数時間の余裕があった。今日はそれほど危険な状態ではない。

たくさんあるバートールド・シェネックの動画の説明文に素早く目を走らせていく。ナノマシンの脳インプラント、家畜を制御することで畜産の効率化を図る、といった言葉が目に入ると、はっと興味をひかれ、その動画をクリックした。

同じ列の端で、ロックポートの男がまた電話をしている。

ジェーンの選んだ動画が始まった。持ち前の親しみやすい魅力と抗《あらが》いがたい語り口調、権威に満ちた声音で、バートールド・シェネックは、これは未来の、しかしまもなく実現できる世界の姿なのだと言って、家畜の監視および制御のシステムを宣伝しはじめた。このナノマシンは分子の数を最小限にとどめるように作られていて、人間の目には見えない大きさである。コンピュータのようにプログラムされ、小さな部品の形で注入されていったん動物の体内に入ると、自己組織化してネットワークを構築していく。自己増殖ではなく自己構築するだけなら、そのために体内の炭素を消費することで危険にさらしたりもしない。そして宿主《ホスト》の動物の電気活動を利用して半永久的に機能しつづける。ナノマシンは宿主の動物の健康をモニターしてその情報を伝え、まだわずかな数の個体しかかかっていない伝染病をつきとめることができる。またこうしたテクノロジーを通じて家禽《かきん》や家畜などの動物の数を制御し、死や損害につながる争いや暴走その他のパニック反応を抑えることもできる。

「すみませんが」列の端のコンピュータから、男が声をかけてきた。

ジェーンが頭を向け、目と目が合った。

「あなたはここの学生？」

「ええ」嘘をつく。

「専攻は？」

「幼児の発育よ。すみませんけど、この動画にあるものをひとつも見落としたくないの」と言って、スクリーンに注意を戻した。

もしさっきのシドニー・ルートとの電話を、第三者に聞かれていたとしたら。わたしがまだカリフォルニアのどこかにいると、彼らが考えたとしたら。バートールド・シェネックがこの陰謀にどっぷり関与しているとしたら。シドニーとの電話を切ってからわずか十五分で、敵側のセキュリティソフトがピアス・カレッジのワークステーションから〈シェネック・テクノロジー〉のウェブサイトへのアクセスがあったことを探知して警告を発していたとしたら。

そうした仮定がもし正しければ、彼らのリソースが及ぶ範囲次第では――たとえば種々雑多な政府機関から人員を集められるとしたら――こちらのパラノイアがどれほど度を超していようと、その予想をさらに上回る早さで迫ってきてもおかしくはない。

スクリーンを見ながらわずかに頭を右に向けて、ロックポートの男を視界に入れ、急に椅子から立ち上がったときにわかるようにする。

男はまだこちらを向いたまま、コンピュータの電源を入れていなかった。

バートールド・シェネックは、四十四の白いマウスにナノマシンの脳インプラントを組み込むことで、さらに大きな動物もいずれ、より効率的に管理できるようになるという展望を視覚的に提示していた。技師がコンピュータのキーボードをたたいてインプラントへのコマンドを送信すると、マウスたちはいっせいにぴたりと動きを止める。ほかのコマンドを与えると、四十四のマウスが同じ方向に動き、壁から壁まで歩いてはまた戻ってくる。一列に並んで実験室をぐるりと一周する。十四ずつ寄り集まってグループに分かれ、部屋の四隅まで行って、つぎに何を求められるかを待つ。

動画はマウスの場面から一分ほどで終わった。正直ありがたかった。骨まで凍りつくような寒気に襲われ、暖かい空気でも熱いコーヒーでもやわらげられず、時間がたたないと消えそうにないほどだった。

ジェーンがログオフしたとき、ロックポートの男が声をかけてきた。「わたしは友達からはソニーと呼ばれているんだ。きみ、名前は?」

「メラニーよ」と嘘をつく。

「いかした格好だね、メラニー。とんがっているが、スタイリッシュだ」

すっかり忘れていた。紫のウィッグとアイシャドー、ウェストハリウッドの服を身に着けたままだった。

「とてもいいね。二年生か、一年生かな?」

ジェーンはコンピュータの前から立ち上がった。「一年生よ」

男も立ち上がる。

男が右手をジャケットの下に差し入れた瞬間、ジェーンも前を開けたバイカーズジャケットの下のヘッケラー&コッホに手を伸ばした。

だが、男が銃のかわりに取り出したのは、バッジが入っていてもおかしくなさそうなID用の長財布だった。なかから名刺を出す。「今日はうちのスタッフたちを連れて、図書館サービスの責任者と打ち合わせをしていたんだ。ロケにこの図書館を使う予定でね。映画のロケだよ」そう言って、名刺を差し出した。

ぎゅっと縮かんだ胃から緊張が抜けた。胃酸が喉もとから下りていき、あとに苦味が残った。ジャケットから手を出し、バッグをつかみ上げる。

名刺に関心を示さずにいると、男が近づいてきて、顔の前に差し出した。

「映画には興味ないの」と言った。

「チャンスが向こうから寄ってくるときは、話を聞いても損にはならないよ」男は必殺の笑みを浮かべた——と、本人は思っていた。「それに、ビジネスの話だけに限らなくてもいいし」

「わたしは結婚してるから」

ジェーンが横を向くと、男は言った。「わたしもだよ。二人目の妻とね。人生は複雑なものだろう?」

また面と向き合った。男が放射能でも発していそうな真っ白な歯を見せる。「そうね」ジェーンは言った。「複雑だわ。とんでもなく複雑」

「名刺を取って。名前を見てごらん。きっとわかるから。なんの損にもならないだろう？新しい友達ができる。それだけだよ。静かな夕食とか」

また苦い酸の味がこみ上げてくる。

左の肩にバッグをかけ、右手をジャケットの下に入れて拳銃を抜くと、腕をいっぱいに伸ばして男の顔から三十センチのところに持ち上げ、石造りの彫像のようにぴたりと構えた。

男のシャンブレーのシャツは経糸《たていと》が灰色、緯糸《よこいと》は緑だったが、マシンで日焼けした顔がその両方の色に染まったようだった。言葉を口にするどころか、何を言うこともできなかった。

ジェーンも自分のやっていることが信じられずにいた。それでも衝動を抑えられない。

「夕食っていうなら、あんたの口にリンゴを押し込んでから炭火の燃えてる穴に埋めて、あとでハワイ流の宴会《ルアウ》でも開こうか」

男はなんとか言葉をしぼりだした。「うちには……子どもが二人いるんだ」

「それはよかったわね、お子さんには気の毒だけど。後ろに下がって、座りなさい」

男があとずさり、さっきとはちがうコンピュータの前の椅子に腰かけた。

「そこに五分いなさい、ソニー。きっかり五分。もし追いかけてきたら、そのふたりの子から最悪な父親をもった不幸を取り除いてあげる。わかった？」

「はい」

拳銃をホルスターに戻した。ソニーに背を向ける。これはテストだったが、彼は合格した。ちゃんと椅子に座ったままだ。

部屋から外へ出るとき、ドア口の手前で、照明をぜんぶ消した。暗さは頭を冷やすのに役に立った。

20

郊外から郊外へと車を走らせるうちに、オレンジ色の太陽が後ろに去り、影に満たされた世界がゆがんだシルエットをすべて東のほうへ投げかけていた。

赤信号で停止したときに一度ならず、バックミラーを調節してそこに映る自分の眼をのぞき込んだ。まだ狂気の徴候は見えなかったが、いずれ現れてくるのではという気がした。

自分は岩のように堅固だと、ずっと以前から思っていた。でも、岩も砕けることはある。十分な圧力がかかれば、花崗岩《かこうがん》でも崩れ、粉々になってしまう。

あのソニーとかいう間抜け相手に銃を抜くなんて、なんて馬鹿なまねをしたのだろう。

向こうが無謀な反応をしたかもしれない。あの男をやり込めているさなかに、ほかの誰かが入ってきたかもしれない。

睡眠不足が招いた問題だと、自分に言い聞かせた。夜のあいだにたっぷり休む必要がある。悪い夢を見て目が覚めたとしても、そう、とにかく横になって、悪夢の合間にとれるかぎりの休息をとらなくては。

食事をどうしようか。レストランへ行き、ウェイターに注文をして、皿を運んでくるボーイに微笑みかけ、ほかのテーブルのおしゃべりを聞かされると思うと耐えがたかった。ときどき人を避けたくなる日があるのは、ろくでもない種類の人間たちを相手にせざるを得ないせいかもしれない。バス停のベンチにいた母親とぜんそくの男の子のことを、ウエストハリウッドの親切な女店員のことを思い出しても、今日一日のバランスをとるには足りなかった。

夕食の持ち帰りができる店を探しまわり、プラスチック容器と味気ないパンの安っぽいチェーン店ではないデリを見つけた。五百グラムはありそうなルーベン・サンドイッチを買った。コンビーフとスイスチーズが挟んであり、胡瓜のピクルスは大きくてよい香りがした。デザートにシャンパーニュ産チーズ百グラムと、ダイエットコーク二瓶も袋に詰めてもらった。

モーテルに入り、製氷機のコーナーでアイスバケットに氷を入れ、ドアに錠を下ろして厚いカーテンを閉めた。

革ジャケットを脱いだ。紫のウィッグを外し、自分の髪にブラシをかけた。洗面台でアイシャドーと紫の口紅を落とす。

疲れた顔に見えた。それでも、打ちひしがれた顔ではない。

ナイトテーブルにタイマー付きラジオが置いてあった。クラシック専門の局が見つからず、オールディーズをかける局で妥協した。テイラー・デインの〈愛に帰りたい《ラブ・ウィル・リード・ユー・バック》〉。

小さな丸テーブルは、ふたりで食事できるくらいのスペースがあった。空の椅子の向かいに腰を下ろし、拳銃をテーブルに置いて、デリの袋を開ける。

モーテル備え付けのグラスに氷を入れ、コークとウオッカを注いで混ぜる。サンドイッチは美味しかった。

ラジオのＤＪが、これからイーグルスのヒット曲を、ＣＭを挟まずに三曲連続で流しますと言った。一曲目は〈ピースフル・イージー・フィーリング〉。

鋭いカミソリのような思慕の念に襲われた。最初はニックへの想いだった。でも、彼がいない寂しさは毎日のことで、望んでも得られないものにどうしようもなく恋い焦がれるほどジェーンは非現実的ではなかった。そしてトラヴィスへの想いもあったが、それは息子の存在にまつわるものともちがった。欲しくてならないのはわが家だった。自分が属する心の場所。それはニックの死を取り消したいという望みと同じくらい無意味なことだった。もう彼女にわが家はなく、それを持てる見込みもなかったからだ。

21

モーニングコールを六時三十分にセットし、暗いなかでアームチェアに腰を下ろした。明かりはバスルームのドア枠の隙間から洩れている灰白色のナイフ形の光だけ。ウオッカのコーク割りを飲み、ラジオを聞きながら、バートールド・シェネックのことに思いをはせた。サンフランシスコの南、メンローパークといえば、シリコンヴァレーの中心ではなくても末端に当たる。最先端テクノロジーの王国。厳格に管理されたマウスが連想されるが、十中八九それよりも悪いだろう。

明日は忙しい一日になる。手始めに、パリセーズ公園でジミー・ラッドバーンに会い、彼が持参してきた情報を手に入れたうえで、生きて脱出しなくてはならない。

まだ酔いは回らなかったが、これ以上飲む気にはならなかった。服を脱いでクイーンサイズのベッドに入り、ニックの頭が置かれるはずの枕の下に拳銃を押し込んだ。

ラジオを聞きながら横たわっていると、ボブ・シーガーを三曲続けて流しはじめた。〈スティル・ザ・セイム〉はよかったけれど、二曲目の〈トライン・トゥ・リブ・マイ・ライフ・ウィズアウト・ユー〉で、ラジオを消さずにいられなかった。このところ、ある種の音楽や本、言葉が彼女にとって、以前にはなかった意味をもつようになっていた。

奇妙な夢にうなされても、それで起きることはめったにない。つかのま眠りから覚めるのは、強まったり弱まったりするサイレンの音が響くときだった。十年か二十年ほど前には、平和な郊外の空気を貫くこうしたサイレンの音が、量子力学にも似た〝折り紙〟の達人のように、夜を徹してこの世界の悪を折りたたみ、かつてはあまり目につかない場所へと押し込んでいたものだった。

22

ジミー・ラッドバーンがいまいるのは、文字どおりの地獄だ。

三月にしては暖かい一日で、首筋に汗がぷつぷつ噴き出し、腋の下から滴り落ちる。空は抜けるように青く、海はその色を映し、海面にぎらぎら反射する陽ざしが木立の隙間から目を刺してくる。波は穏やかに打ち寄せ、腐敗した海草の臭いを岸辺に漂わせる。そうしたなかには何ひとつとして、仮想現実ほどあざやかで魅力的で心地よいものはない。

木陰の多いパリセーズ公園には、ローラースケートを履いたバカどもや頭の弱いランナーが跋扈《ばっこ》し、ルルレモンのレギンス姿の娘たちが芝生の上で即興のピラティスに励んでいる。

ウザいカモメどもがぎゃあぎゃあ鳴きわめく。カラスどもがベンチの背もたれやごみ缶、フェンスの支柱に留まり、あたりかまわず糞をひっかける。鳥は大嫌いだ。いつかリタイアしたら鳥のいないところへ引っ越してやる。

ジミー・ラッドバーンが九歳のころ、彼の頭の上に鳥が糞爆弾を落とした。周りの連中が大笑いし、彼は屈辱にまみれ、ずっと忘れずにいた。ジミーは侮辱されたことを忘れない。決して。どれほど昔のことだろうと、どれほどささいなことだろうと。

ジミー・ラッドバーンがこの名前を使っていたのはほんの五年間のことだ。それでももうこの身元に完全になりきっていて、ジミーの子ども時代のことを何時間でも、その場で話をこしらえながら語りつくせる。そうしてジミーの新たな過去の話——鳥に頭を汚されたというような——をつくりだして何日かたてば、それが本当だと自ら信じるようになるのだ。

自分の考えだした嘘を本当だと信じ込むこの力は、彼が選んだクラッカー、サイバースペースの海賊という稼業にはきわめて役に立つ。このすばらしきデジタル新世界では、現実は可塑性であり、なんでも望みどおりの身元になることができる。未来もおなじことだ。好きな未来を望み、つくりだし、生きればいい。

彼がいま両手に持っているのは、中身がぎっしり詰まったブリーフケース。左の手首にはヘリウムを詰めた銀色の風船が結びつけられ、頭上二メートルのあたりにふわふわ浮いている。べつに誕生日のように特別な時のための風船でないと言うと、あの花屋のやつ、大きな赤い文字で〈ハッピー、ハッピー〉と書いてあるやつを渡してよこしやがった。バカみたいじゃないか。この風船のせいで大恥だ。

イーサン・ハントとかいう――本名かどうか知らないが――あの紫の髪のビッチは、不吉な風みたいにジミーの人生に入り込んできて、ばらばらに吹き飛ばそうとしている。あの女の言うとおり、電話線にはインフィニティ送信機が仕掛けてあった。だから、FBIに知られる前にあの店をたたんでずらかることができれば、あの女は彼が刑務所入りになるのを救ったことになる。それでもあの女が憎かった。部下たちの前で恥をかかせられた。二十一年前にあの鳥がジミー・ラッドバーンの頭に糞爆弾を落として以来、彼に恥をかかせる者は永遠にその恨みを受ける。たとえ鳥や爆弾の話が想像上のものであったとしても。

おまけにあの女が「フラッシュドライブはいやよ、原始的なのが好きなの」とかぬかしたおかげで、こっちはブロードウェイから公園までの道をプリントアウトの詰まったブリーフケースを提げて歩かされ、死にそうな目にあっているのだ。

ローラースケートを滑らせて、ショーツにホルタートップ姿で走り過ぎていく娘たちのなかには、ジミーのロマンティックな興味をかきたてる娘もいるが、誰ひとりこっちには見向きもしないだろう。いま彼の顔は汗でてらてら光り、シャツには盛大な汗染みができている。ジミーはどこからどう見ても、汗がセクシーに感じられるような筋骨たくましい容貌ではない。

それでも内心、笑みを浮かべて我慢していられるのは、こっちにサプライズがあるからだ。〈ビニール〉の経営パートナーで、財政面を支えてくれているキップ・ガーナーという男。

ジミーに殺しの本能はないと、あの女が言ったのは当たっている。いたぶって殺してやりたいと思うやつらはいくらでもいるが、実際に手を下す度胸はない。

だがキップ・ガーナーのやつ――あの筋肉オバケは、とにかく暴力が大好きだ。生まれつきどこかゆがんでるんじゃないか。それともあれだけ筋肉の量を増やすのにステロイドやテストステロンのサプリをしこたま使っているせいで、セックスだけではその獣性をなだめられず、ときどき誰かをぶちのめすことで発散しなきゃならないのかもしれない。

ジミーの右耳にはめた受信機からでも、キップの声は遠い雷鳴のように響いてくる。

「もうじきサンタモニカに出るぞ。女が見えるか？」

襟元のボタンに見せかけた小型マイクは、ジミーのシャツの下を通って、ズボンの右ポケットに入れたチューインガムのパック並みに小さな電池式インフィニティ送信機につながっている。「あいつはブロードウェイとカリフォルニア・アベニューのあいだのどこかと言ってた。カリフォルニアまでずっとこのクソを運ばせるつもりだろ。たぶん紫のかつらはかぶってないな」

キップが言う。「紫のかつらなんざかぶってるわけないだろうが」

「見分けられないかもと言ってるだけだよ」

「おまえはその女に入れ込んでるんだろう?」

「まあね」

「えらく執心だったじゃないか」

「うん」

「だったら見分けられるはずだ」

ジミーの行く手に、年寄りのホームレスがよろよろ進み出てくる。体の縮んだイエティみたいな男で、リュックサックを背負い、財産一式を詰めこんで出っ張ったごみ袋を肩にかついでいる。「ベトナム帰りの軍人に、一ドル恵んでくれんか?」

「ベトナムなんか行っちゃいないだろ」ジミーは言う。「さっさとオレの前からうせろ、でないとその舌を切り取ってあの薄汚いカモメのエサにくれてやるぞ」

23

十一時五十五分、カリフォルニア・アベニューから歩き出したキップ・ガーナーは、公園を訪れる連中がパシフィック・コースト・ハイウェイに転げ落ちるのを防いでいるフェンスに沿って、ゆっくりと進んでいく。右手に見える海はハンマーで模様を打ち出した鋼の薄板のようで、左手には狭い公園の向こうにオーシャン・アベニューを行きかう車の波が見える。

キップのいでたちは、黒と白のルイ・リーマンのスニーカーに、ＮＳＦのダメージジーンズ。ＮＳＦのパームプリントのＴシャツは盛り上がった肩と二頭筋、胸筋ではち切れそうだ。やせた男の前腕ほどもありそうな手首に巻いているのは、青いテキサリウム合金を使ったウブロのコラムホイール式ウォッチ。五百本の限定モデルで、見る者の目に力と金を誇示する代物だ。

キップ・ガーナーが拳銃を携行することはごくまれにしかなく、いまも丸腰でいる。彼の最高の武器は二つ、その頭脳と体だ。ただし今日は片方のポケットに、女が暴れないようにするための用意として、クロロホルムを浸した布きれをジッパー付きビニール袋に入れてしまってある。

この一時間半のあいだに、仲間はジミーと女が落ち合う場所を想定して、カリフォルニア・アベニューからサンタモニカ・ブールバードまでの三ブロックの各所で、指示どおり配置についていた。うち二人は教科書を持った大学生のていで、日光を浴びつつ勉強するふりをしている。別の一人は芝生の上に葦《あし》を編んだマットを広げ、ヨガのポーズをとっている最中だ。また別の一人はセブンスデー・アドベンチスト教会のパンフレットを通行人に配ろうとしている。公園管理員の制服姿の二人は、精いっぱいそれらしく植木を刈り込んでいる。内訳は男が四人、女が二人。全員がクロロホルムを浸した布を持ち運び、三人は拳銃で武装している。

オーシャン・アベニューの西側、公園のすぐ横にある程度の間隔を置いて、SUVが六台停めてある。いざあの女を拉致するというときは、どれか一台がその場所の近くにあるだろうから、あまり騒ぎにならずに女を連れ込んで運び去れるはずだ。

三月に入って初めての暖かい一日とあって、あたりにいる人間のほとんどはキップの部下ではない。熱心なランナーたちが引きもきらずにサンタモニカ埠頭からウィル・ロジャース・ステート・ビーチの西端まで、都合十キロの往復コースを行き来している。それに加えて、犬の散歩をさせている人たち。手を握ってそぞろ歩く若いカップルたち。いつに変わらぬ人間のクズどももいる。全財産を肌身離さず持ち運び、夜になれば決まって公園の植え込みの陰のねぐらに隠れ、酔っ払って眠るアル中の二人。髪を長く伸ばして上半身裸でブルージーンズを穿いた、なまっ白い拒食症の、シャワーのときでもシャツを脱ぐべきじゃないジャンキー野郎。ベンチに座って無頓着にギターを弾いているのを見ると、あれをひったくってぶっ壊したくなる……。

心配性でやたら愚痴の多いジミーは、人が大勢いると目撃者が増えると言ってびくついてる。だが、コンピュータにかけては頭が切れても、あいつは暴行と誘拐の細かい要領をよく知らない。公園にいる人間が多ければ多いほど、みんなたがいに気をとられ、キップと部下たちが女に何をやっていても目に入らない。それに人が多いほど混乱がひどく、まともな目撃証言は得にくくなる。

キップは小型で高性能の双眼鏡を持ち歩いている。二、三分ごとに公園の左前方に向けて木立のあいだに見えるものを調べ、部下たちの様子をチェックし、ジミー・ラッドバーンの姿が見えてくるのを待ちうける。

キップの右耳に差し込まれた受信機に、ザヒドの声が入ってくる。教科書に首っ引きの大学生のふりをしている男のひとりだ。「ジミーがこっちに近づいてきます。サンタモニカの北側ブロックの三分の一あたり。えらくまいってるみたいです」

「ちくしょう」ジミーが言う。「このクソいまいましい鞄に発泡スチロールでも詰めてくりゃよかった」

キップは言う。「それじゃ汗をかかないし、中身が重くないのが丸わかりになる。それにもし下手を打って、女が鞄を持って逃げたあと、なかに何にもなかったら――向こうが電話一本かけるだけでおれたちは終わりだ。だから黙って汗をかいてろ」

いまのところ、イーサン・ハントと名乗る女を必ずしも殺すつもりはない。肝のすわったそのビッチをしぼりあげ、なぜ検死報告書やデヴィッド・ジェームズ・マイケルとかいうやつにそこまで興味があるのか聞き出す。そのあとは、始末してもしなくてもいい。しないとすれば、FBIにタレ込まないよう閉じ込めておき、〈ビニール〉の事業を片づけてから解放してやる。ただし、ほんとうにジミーが言うほどいい女なら、その前にキップ・ガーナーを忘れられなくなるほどたっぷり味わわせてやろう。

最終的にオーシャン・アベニューに合流するウィルシャーとアリゾナとの中間をやや越

えたあたりで、キップはパリセーズ公園の手すりから離れ、木立の奥がよく見えるようにと公園のなかへ移動していく。そこで足を止め、前方に双眼鏡を向ける。

そこへジミーが現れる。ぱんぱんに膨らんだブリーフケースを提げ、陽光を反射する銀色の風船を頭の上にぷかぷかさせながら。アリカのほうへ、ほとんど無関心な連中に宗教のパンフを配っている娘に近づいていく。

キップの目には、髪が紫だろうとどうだろうと、ジミーの説明に見合うほどのいい女はいっこうに入ってこない。が、だからといってその女がここにいないとは言いきれない。なにしろジミーは好き者で、どうしても女が欲しくなると、その場にいる唯一の雌がヤギだったとしてもかまわず飛びかかるやつだ。しかも妄想好きで、一度しゃべりだすと、そのヤギをミス・ユニバースのコンテストの準優勝者に仕立てあげかねない。

そのとき、まったく想定外のことが起きる。

24

パリセーズ公園から通りを隔てて、七階建てのホテルが建っていた。比較的簡素な造りだが、細かなところはアールデコ風になっている。エントランスにもそうした様式を示す要素が見られた。六段の階段は、側面にあるステンレスの手すりがくるりと巻いて親柱を形作り、そこからポルチコにつながっている。大理石の柱に支えられた軒縁《アーキトレイブ》の下には光沢のある鋼と工芸ガラスからなる一対のドアがあり、水辺らしき場所に白鷺《しらさぎ》に似た鳥が立っている場面がガラスに描かれていた。

ドアはいま、どちらも閉まっていて、ジェーンはその片方の後ろに立ち、オーシャン・アベニューを渡った向かいにある公園を見張っていた。

外のポルチコには、黒い制服姿のドアマン兼ボーイが立って、つぎに到着する客を待っている。彼もジェーンのために、彼女の視線からは外れた公園の南側に目を光らせていた。

休職に入る前に、勤務で使う拳銃は返却した。ＦＢＩ関連の身分証も提出する決まりだったが、そちらはわざと手元に持っていた。それでも課長で上司に当たるネイサン・シルヴァーマンは、すぐに追及することはなかった。ジェーンが捜査官としてきわめて優秀な成績をあげていたこと、そしてタフな彼女ならなんとか悲しみを乗り越え、数カ月どころか数週間で復帰してくると見込んでいたのがその理由かもしれない。

あるいはふたりがたがいに敬意を抱き、階級や年齢、性別の違いが許すかぎり強い友情を育んでいたという理由もあるのだろう。ネイサンが彼女からＩＤを取り上げるよう指示したとしても、それは休職してから二カ月はたったころだろうし、それまでにジェーンは家を売却し、休職期間の延長を申請する書類を提出して、姿をくらましてしまっていた。

ＦＢＩ捜査官としてのいまの自分の地位は、疑わしいか、あるいはまったくのゼロだ。

それでもほかにどうすることもできず、ジェーンはホテルの総支配人に身分証を提示し、ちょっとしたおとり捜査への協力を要請した。総支配人はパロマ・ウィンダムという礼儀正しい女性で、ジェーンがロビーから公園の監視を行うのを許可してくれた。このホテルには六十室の贅沢《ぜいたく》なスイートがあるだけで、シングルやダブルの部屋はないため、ロビーも人気は多くなかった。

ジェーンは総支配人に、ワシントン支局長から直接話をさせようと申し出た。これはすべてが水の泡になりかねないような賭けだった。だが、昨今の政治的に緊張した、人々が法執行機関を信用しないどころか、あからさまに軽蔑するように仕向けられている状況にあっても、ＦＢＩはほとんどのアメリカ人がいまだに敬意を抱いている数少ない、というかおそらく唯一の連邦機関だ。ジェーンの要請はこのホテルを一時間ほど監視拠点に使うというだけのことだったので、総支配人はただ身分証をコピーして、任務が終わったら連絡してほしいと言っただけだった。

実際のところ、もしジミー・ラッドバーンがあのとき取り決めたルールどおりに動かなければ、ジェーンがパロマに伝えた以上の騒ぎがホテル内で起こるかもしれない。ジェーンは朝の早いうちにこの場所を歩き、どうするのがベストか確かめていた。

そのときドアマン兼ボーイが、ポルチコの上の持ち場からジェーンのほうを向き、片手の親指を立ててみせた。彼女の視線が届かないところで、銀色の風船を持った男が公園の南端から近づいてくるのが見えたという合図だった。

25

汗がだらだら流れ、喉が渇く。顔に日焼け止めを塗っておけばよかったとジミーは思う。すぐ日に焼けるたちなのだ。ブリーフケースの重さを心のなかでぼやきながら、遊歩道の上に影を作っている巨木のささやかな木立に着く。彼の人生をいきなりひっくり返したビッチらしき人影はどこにも見えず、カリフォルニア・アベニューまではたっぷり二ブロック分ある。たどり着くころには脱水症状になっているだろう。

そのときどこからか、召喚されたデーモンのように、さっきベトナム帰りだと言った屑拾いの男がきいきいと怒りにわめきながら、がらくたを詰めたごみ袋とリュックサックを振り落として骨ばったこぶしで殴りかかってくる。「このバーニーじいさんの舌を切り取ってカモメに食わせるだと？　だったらおれはおまえの眼を抉り出して食ってやる！」ごわごわの汚い服にもつれ合った髪の毛にぼうぼうのひげ、血走った眼に黄色い歯の男が、脅し文句といっしょにつばを吐き散らす。このつばには間違いなく無数の病原菌が混じっているはずだ。

ジミーは身を守ろうとブリーフケースを取り落とし、慣れない手つきで老人を平手打ちしようとする。闘士とは対極の存在であることを証明するのはこれが初めてではない。目の前の歩く案山子《かかし》は大人の男にとってはほとんど危険になりようがない。それでもジミーの肝をつぶさせてから素早くあとずさると、つばを吐いて悪態をつき、ジミーが子どものころ母親に読み聞かせられておねしょをしたおとぎ話のルンペルシュティルツヒェンのように地団太を踏みならす。

それで修羅場はすんだかと思いきや、まだ終わってはいない。遊歩道からヘルメットをかぶった五十がらみの、黒いスパンデックスのショーツとカナリアイエローのスポーツブラを着けた女が、ローラースケートを滑らせて突進してくる。そしていきなりスピンして止まったかと思うと、ブリーフケースを二つともひったくる。

女は日に焼けて浅黒く、筋骨隆々の引き締まった体で、見下したようにニタニタ笑っている。ジミーはその女を見て思ったとおりのことを大声で口にする。「それを返せ、クソったれのレズ女」——そしてブリーフケースの片方を取り戻そうと手を伸ばす。女はローラーダービー並みのテクニックを駆使し、片方のスケート靴のゴムを張ったつま先をガッと舗道に食い込ませて左足一本でバレリーナのようにバランスをとり、右足のスケート靴で彼の股間に渾身《こんしん》のキックをくれる。

ジミーは腰とひざから崩れ落ちると体を折って突っ伏し、高圧バルブから空気がごくかすかに洩れ出すような音をたてる。涙にかすんだ目の隅で、アリカがセブンスデー・アドベンチスト教会のパンフを放り出し、拳銃の入った足元の鞄に手を伸ばすのが見える。銃を撃てば警察が飛んでくるだろうが、それでもあのレズ女を撃ってくれと願う。

だが実際に起きたことはといえば、ローラーダービーの女王はその場でくるりと一回転、いや二回転するなり、円盤投げの円盤を投げるかのごとくブリーフケースの片方をアリカの頭めがけて振り回し、地面にたたき伏せて気絶させる。

いかれたクソ女はさっと離れ、芝生を横切って公園内の遊歩道からオーシャン・アベニュー沿いの歩道に出ると、角の横断歩道のところで車道に入る。そのとき脇道から出てきたホンダにけたたましくホーンを鳴らされるが、信号は女の味方をし、やつはブリーフケースを持って走り去っていく。

26

ジェーンはずっと、ジミーが小細工をせずに、おとなしくノーナにブリーフケースを渡して帰ってくれればと願っていた。だがそれでも、刑務所行きになるのを救ってやったお返しに、あの男がこちらの頭に蹴りをくれようとする場合に備えて、準備も怠らなかった。ああいうサイバースペースのカウボーイどもは、自分を全宇宙の支配者だとでも思っていて、相手に上に立たれると逆上するのだ。

ジェーンは八時から十時までは公園にいて、ホームレスからフィットネスのマニアにいたるまでの常連たちを眺めていた。重大犯罪対応群で何年も過ごした経験から、急遽その場で自分の部下として使えそうな人間を物色するすべは身につけていた。そして彼らに協力する気を起こさせられるだけの現金の用意も怠りなかった。

こんな目的に一般人を使うのは気が進まない。当人たちは使われることを気にしていなくても、その意気込みが免罪符になるわけでもない。間違いが起こることもありうる。誰かが傷を負ったり、体が不自由になったり、死んだりしてもおかしくない。でもほかの誰とも同じように、わたしには優先順位がある。いま最優先するのは息子だ。あの子を守り、あの子のために自分が生きるためには、誰だって利用できる。

十時十五分、ジミーとの待ち合わせ時間まであと一時間四十五分という時点で、ジェーンは公園からアリゾナ・アベニューを隔てた向かい側の駐車スペースに車を停め、車内から双眼鏡で何か異状がないか見張っていた。そこへSUVが何台も連なって南のほうから現れると、サンタモニカ・ブールバードとカリフォルニア・アベニューのあいだの道路ぎわに、間隔を置いて停まった。

SUVに乗っていた連中が少しのあいだ、マーベル映画から抜け出してきたようなマッチョ男の周囲に集まった。

あれがジミー・ラッドバーンの仲間だと限ったわけではないが、いかにもそれらしく見える。もしほんとうにジミーの加勢なら、ジェーンが現れるよりおおよそ二時間も前に配置につけば十分だと考えていたとしても意外ではない。一般にワルというのは想像力に欠けた怠け者なのだ。

そしていま、ジミーとパンフレット配りを巻き込んだ騒ぎのあとで二つのブリーフケースがノーナの手に渡ると、彼女はローラースケートを駆って車道に出た。あやうくホンダとぶつかりそうになり、ジェーンがひやりとして顔をしかめる。ノーナは飛ぶようにオーシャン・アベニューを渡り、街角の縁石の切れ目からさっと歩道に乗り上げ、スケート靴のままつま先で六段の階段をとんとんと上ってくる。あっという間に入口に向かってきて、ジェーンはかろうじて寸前にドアを開け、ノーナをホテルのロビーに入れた。

ポルチコのドアマン兼ボーイは驚いた表情だったが、ジェーンがジャケットのポケットから引っぱり出したものを見てさらに目を丸くした——さっき金物店で買っておいた南京錠とチェーンだ。ガラスのドアの縦長の把手《とって》にチェーンを巻きつけて南京錠をかけ、ホテルのなかに入れないようにした。

ノーナが渡ったあと、信号は赤に変わっていた。例のマッチョ男を含めて三人がオーシャン・アベニューを渡ろうとしているが、かまわず走ってくる車をよけなくてはならず、速くは動けない。

急ブレーキの音が響き、三人のうちのひとりが車にぶつかって倒れた。

ノーナはジェーンの前をさっと過ぎると人造大理石《テラゾー》を敷きつめた床を横切り、エントランスを越えて優雅なアールデコ様式のバーのほうへ向かい、エレベーターホールに飛び込んだ。ジェーンがあとから続いたときには、エレベーターのドアが開こうとしていた。

ふたりで乗り込み、地下駐車場の表示がある階のボタンを押す。

「最高だったわ」ノーナが意気揚々《ようよう》と言う。

「ひやひやさせてごめんなさい」

「ひやひやするほど楽しいってもんよ」

「バーニーはケガをしてない？」

「ぜんぜん。あのお爺ちゃんは見た目よりタフよ」

ドアが閉まり、エレベーターが下がりはじめる。そのときジェーンが停止ボタンを押した。階と階の中間で止まる。

ジェーンはジャケットの内ポケットから、折りたたんだ百七十リットルサイズの緑のごみ用ビニール袋を引っぱり出し、ノーナに渡した。

ノーナがごみ袋を振って開いているあいだに、ジェーンはブリーフケースの中身を確かめた。プリントアウトは透明なビニール袋にしまわれ、封をしてあった。

「お金かと思ってた」エレベーターの床に座り込んでスケート靴を脱ぎながら、ノーナが言う。

ブリーフケースの跡を追えるように、内張りのどこかに送信機が仕込んであるだろう。中身をごみ袋に空けながら、ジェーンは言った。「期待外れでごめんなさい。お金とは言ってなかったけど」

「謝ってばかりいないで。今週はずっと退屈してたんだから」

ジェーンがまた停止ボタンを押す。駐車場に向かって下りていくあいだに、ごみ袋の口をスマートタイの留め具で閉じた。

ノーナが先に地下の駐車場に飛び出した。手に持った左右のスケート靴のローラーが軽くぶつかり、ベアリングがカチカチと鳴った。

つかのま立ち止まって行き先階を選ぶパネルの数字の7を押すと、ジェーンはごみ袋をひきずって急いでエレベーターから出た。

ボーイしか入らない駐車場は、エンジンオイルとコンクリートに含まれる石灰の匂い、ついさっき出されるか入れられるかした車の排気ガスの臭いが漂っていた。低い天井。照明が薄暗くあちこちに怪しい暗がりがある。壁の水染みはゆがんだ顔やねじくれた幽鬼のよう。ジェーンは墓場を、カタコンベを連想した。

自分たちは速く動いてきた。それでもまだ遅かったかもしれない。

27

赤信号でオーシャン・アベニューを渡ろうとして、ザヒドは青のレクサスにぶつかるが、轢《ひ》かれはせずにすむ。歩道に倒れ込みながら、キップとアンジェリーナに向かってホテルのほうへ手を振ってみせ、こう言った。「行って、おれはだいじょうぶだ」

キップには行けとうながされるまでもない。ザヒドがだいじょうぶであろうとなかろうとどうでもいいし、はなから足を止めて応急処置を施すつもりもない。自分たちの仕掛けた罠に自分たちがかかってしまった以上、いまの狂った状況を正すことが先決だ。この稼業は人間関係よりビジネスがつねに優先する世界で、犯罪映画やマフィア映画のようなロマンティックな要素など何ひとつありはしない。盗っ人同士で家族がどうの名誉がどうのと、何を感傷的なことを言っているのか。このデジタル時代では、人間はただのデータの集積だ。その主たる価値は、こっちが必要とするどんな有益な情報をもっているかで決まる。現時点でザヒドには必要なデータはない。もう壊《クラッシュ》れてしまった。

キップがホテルにたどり着くと、ドアマンがエントランスの前に立って、ロビーをのぞき込んでいる。それをわきに押しのけ、把手をつかむ。が、ドアは開かない。

ふだんのキップ・ガーナーは実際的な請負人で、日々生じる問題には整然とした態度で臨む。思うようにことが運ばないときもわめいたり、怒りにまかせて暴力を振るったりもしない。たまに誰かをぶちのめして従わせ、何かしらダメージを残すことでにらみを利かせられるようにしたりはするが、そういう相手はバーで見かけるか人気のない場所で出くわした赤の他人に限った話だ。仕事の一環として知り合いを殺さざるを得ない場合には、ほとんど感情をまじえず、効率的にその仕事を遂行する。

生まれてから三十六年間、キップはたっぷりおのれを分析し、自分の人間的な弱みもわきまえている。彼の本当の欠点は、女にばかにされたり出し抜かれたりすると、怒りにわれを忘れてしまうことだ。幸いなことに、たいていの女は初対面でキップのそういう部分を感じ取り、彼がいる前ではそろそろと振る舞う。

なのに、あのイーサン・ハントは――ローラースケーターの仲間を入れるためにホテルのドアを開けたとき、ちらと一瞬、それも遠くから見ただけだったが――彼をこけにした。顔が怒りに燃え上がる。部下たちの前で恥をかかせられた。手下たちみんなが陰で笑っているような気がする。部下だけじゃない。公園にいる全員が、オーシャン・アベニューを走る車のドライバーが、さっき押しのけたやせっぽちのドアマンが――誰もが彼をあざ笑っている。

この欠点が、たったひとつの弱みが表に現れると、キップ・ガーナーはそれに屈して不合理な行動に出る。長いあいだではなく、一分か、せいぜい五分のことだ。このときは一分あまりのあいだ、彼はステンレスの把手をつかんでホテルのドアを押しては引き、押しては引いて、ドアが壊れるかと思えるまで激しくゆさぶりつづける。南京錠が内側の把手の片方にぶつかり、チェーンがガラスに当たってじゃらじゃらと鳴る。

頭を被っていた赤いもやに、やっとアンジェリーナの声が染み入ってくる。「ねえ！ちょっと、これを見たくないの」公園で学生に化けていたうちのひとりで、いつも自分の役どころをわきまえているタイプの女だ。さっき公園からザヒドといっしょに通りを渡ってきた。手に持ったスマートフォンを振ってみせる。ジミーの最高作のひとつである、ブリーフケースを追跡するアプリを使っているのだ。「あいつら垂直方向に動いてるよ」

このアプリはトランスポンダーの位置を地図上に示し、水平方向へのあらゆる動きを追えるだけではない。ジミーが三次元立体シグナル探知処理性能と呼ぶものも備えている。

キップはドアから後ろに下がり、ホテルを見上げる。「上へのぼってるってことか？」

「そう、垂直方向に」アンジェリーナが言う。

「上のどこへだ？」

「上のほうに部屋を取ってるんじゃないの。でなけりゃ屋上か」

「屋上からはどこへも行けん。部屋を取ってるんだ」

28

駐車場に通じている出入り口のランプは二つで、ひとつは入庫用、ひとつは出庫用だった。ジェーンは自分の発注した調査結果を入れたごみ袋を、裸足のノーナはスケート靴を手に、出庫用ランプを駆け上がってホテル裏の路地に入った。ジミー・ラッドバーンの頼れる相棒たちと出くわすのを半ば覚悟していたが、いまのところ裏道には人気がなかった。

ホテルがあるのはブロックの北側で、路地を半分ほど進んだ反対側に、二番ストリートに面したオフィスビル用の広い駐車場があった。この路地はそこへ通じている。いまから九十分前に、ジェーンはフォード・エスケープをアリゾナ・アベニューのパーキングメーターの前からこの駐車場の来客用区画に移動させておいた。それがホテルにいちばん近い駐車スペースだったからだ。

ノーナとともに路地を駆け抜けながら、後ろから叫び声が響くのを待ちうけていたが、何も聞こえなかった。駐車場に入ると、車の後部座席にごみ袋を投げ入れ、ノーナはスケート靴を持ったまま助手席に、ジェーンは運転席に乗り込んだ。車を出したとき、バックミラーに映る追っ手の影は見えなかった。

29

キップは一瞬前に押しのけたドアマンに詫びの言葉をかけ、その手に百ドル札を握らせる。

キップとアンジェリーナがポルチコから歩道に出ると、そこへザヒドがやってくる。レクサスとぶつかったせいで足をひきずっているが、大したケガじゃないと言い張る。

「あいつらはホテルに部屋を取ってるようだ」キップは言う。「いつまでもこのなかにはいられんだろう。こっちは正面の入口と裏口を見張る。車を回してこい」

「ねえちょっと」アンジェリーナが手に持ったスマートフォンに注意を向けたままで言う。

「あいつら、下りてきてるわ」

「なんだと？」

「さっきまで、ずうっと高くまで上がってた。いちばん上か、その下の階くらいまで。このアプリ、垂直方向の動きは完全じゃないみたい。いま下りてきてる」

30

路地の終わりまで来ると、ジェーンはサンタモニカ・ブールバードを左に向かい、ついで右に曲がって四番ストリートに入った。

ノーナ・ヴィンセントはアメリカ陸軍の元軍曹で、いまは引退し、サウスカロライナからひとりで一週間の休暇でここへ来ていた。そのノーナが言った。

「久しぶりに、最高に楽しかった。あの風船男のタマを喉もとにせり上がるまで蹴り上げてやったけど、でもあれ、本物のワルに思い知らせてやったってことなんだよね。ちょっとでもまともなやつだったりしないといいけど」

「だいじょうぶ、どうしようもないワルよ」

「あいつに言ってやったよ、あたしは自分を好きなように呼べるけど、おまえにはあたしも誰のこともレズ女なんて呼ばせないって。聞こえてたかどうか知らないけど。あいつのタマを蹴り上げたあとで、悶絶《もんぜつ》してるときだったから」

「身に沁みて伝わったでしょうね」

四番ストリートとピコ・ブールバードの交差点まで来て、ジェーンは赤信号で停まった。ノーナが言う。「それで、あんたはＦＢＩを停職中なのね？」

「ええ」嘘をついた。「前に言ったとおり」休職していると伝えていないのは、ニックの自殺のいきさつを話すはめになりたくなかったからだった。

「なんで停職になったか、聞いたっけ？」

「話してないわ」

「悪い捜査官のようにも見えないし」

「実際、ちがうから」

「でなけりゃ、あたしもいまここにいない」

「そうね。助けてくれて感謝してる」

信号が変わった。ジェーンはピコからオーシャンパーク・ブールバードに向かった。

「あたしの推測だけど」ノーナが言う。「あんたは政治家がらみの汚職事件の捜査をしてて、偉い人たちからやめるよう言われたけど、あんたはやめなかった。それであんたの頭が冷えるまで停職にした」

「超能力者かしら」

「で、あんたは大嘘のかたまり」

ジェーンは笑った。「ちがいないわ」

「でもやっぱり、あんたはいい女なんだって思うよ」

ノーナはル・メリゴに泊まっていた。マリオット・ホテルの系列で、サンタモニカ埠頭の南にあり、彼女がジミー・ラッドバーンの股間をローラースケートで蹴り上げた現場からは五、六ブロック離れたところだ。ジェーンはホテルの車回しには入らず、正午近くでわずかな木陰ができたパームツリーの下の道路わきに停まった。

ノーナ・ヴィンセントには前もって五百ドルを渡し、あとで五百払うという約束をしていた。その追加の五百ドルを差し出した。

「それはもらっちゃいけないでしょ。あたしよりあんたのほうが必要なんじゃない」

「約束は守りたいの」

「もらっちゃいけないんだろうけど、でももらっとく」ノーナは五百ドルを黄色いスポーツブラにつっこんだ。「うちに帰って友達にこの話をするときは、絶対受け取らなかったって言やいいし」

「でも、あなたはきっと本当のことを言うわ」

ノーナがいつになくまじめな顔で見た。「あんた、心理学の学位か何かもってる？」

「何かのほうならね。いい？　あの連中はこのあたりから離れるだろうけど、今日はもうスケートで外に出ないほうがいいわ」

「うん、どうせ最後の日だし。ホテルにスパがあるの。ずっとこもりきりで、自堕落に過ごすわよ」

ジェーンは手を差し出した。「会えてよかった」

握手をしながら、ノーナが言った。「あんたがこのゴタゴタから抜け出せる日が来たら、さっき知らせた番号に連絡して。いったいどういう事情なのか、一部始終聞かせてもらいたいから」

「正直に言うと、あの番号は捨てるつもりよ。もし悪いやつらに見つかったら、あなたによくないことが起こるかもしれない」

ノーナは百ドル札を一枚抜き取り、ジェーンのひざの上に置いた。

札を手に取ると、ジェーンは言った。「これはなに？」

「番号を憶えといてもらう代金。もし今度のことを何も聞けなかったら、好奇心のせいで死んじゃうから」

ジェーンは札をポケットにしまった。

「あたしはあんたのだいたい二倍生きてる」とノーナ。「あたしがジュラ紀に育ったころは、世界がこんなに酷いところになるとは思ってなかった」

ジェーンが言う。「わたしも十年前には思ってなかったわ。一年前にも」

「気をつけて」

「そうするわ」

ノーナが車を降りた。裸足でスケート靴を手に持ったまま、ホテルの車回しを歩いていった。

31

キップとアンジェリーナはホテルの地下駐車場にいる。エレベーターの横に。待ちはじめてもう十五分になる。どちらもまったく口を開かない。キップは話す気分ではない。アンジェリーナはその心境を察している。いつものように。

ふたりは以心伝心の仲だ。キップは彼女を信用している。彼女のほうはキップに信用されなくなる理由を与えたくない。彼にはどんなセックスでも許している。ほかの女とやるのも。彼女は嫉妬などしない。彼からいちばん信用される存在になりたいだけ。彼のただひとりの女ではなく、最高の女に。最高の友人に。もし彼がときどきこっちを痛めつけたいと思うなら、痛めつければいい。いつか彼が現金のほとんどをどこに置いてあるか知れる日が来る。そしてすっかり信用されて、彼の頭を後ろから撃てるようになる日が。そのとき彼は地獄へ落ちる。どこかの殺し屋がおれといっしょにアンジェリーナも始末したのだと思いながら。

ホテルのドアマンが、ボーイに連絡をとってくれている。ボーイ長に。〝長〟なんて軍人か何かみたい。エレベーターのチャイムが鳴る。ボーイ長が現れる。ボーイらしく見えない。医者のように見える。賢そうな、きまじめそのものの顔。白い髪。メタルフレームのメガネ。そいつが言う。「空のブリーフケースが二つ、エレベーターのなかにありました」

「そのケースはどこに？」キップが訊く。

「総支配人のミズ・ウィンダムが、オフィスに保管しております。FBIが欲しがるかもしれないとのことで」

キップが警戒するのを、アンジェリーナは感じる。空気に突然、びりびりと電気が走る。

キップが言う。「FBIとなんの関係があるんだろう？」

「ローラースケートの人といっしょにいた女性ですが、ミズ・ウィンダムにFBIのバッジか何かを見せたそうなのです。ミズ・ウィンダムの考えでは、それは偽のIDだったので、FBIに知らせなくてはならないと」

アンジェリーナにはすぐに状況が飲み込める。イーサン・ハントとかいうビッチはもういない。レズ女の友達も消えた。あいつらのことは忘れろ。ほうっておけ。ここからずらかれ。

キップに向かって、ただこう言う。「大至急〈ビニール〉をたたんだほうがいいよ」

キップが顔を見て瞬きをする。そしてうなずく。いつも彼女より気づくのが二秒遅い。

彼がボーイ長に百ドル札を二枚渡す。

駐車場は静かだ。ほかに誰もいない。

「ちょっとキツいやつもね」アンジェリーナは耳打ちする。

「ああ」キップが言い、ボーイ長の喉首をつかむ。背中から壁にたたきつける。顔に顔を寄せる。「おまえはおれたちのどちらも見なかった。どちらとも話さなかった。いいな?」

喉を絞められ、ボーイ長は声が出ない。ただうなずくだけ。

「おれたちのことを一言でもしゃべってみろ、いずれ夜中におまえを見つけて、鼻を切り落として自分に食わせてやる。ドアマンも同じだぞ。あいつにそう言っとけ」

真っ赤な顔でボーイ長がうなずく。眼が膨らんでいる。口が息をしようとしてOの字に開く。もう医者のようには見えない。赤ら顔の魚のようだ。派手な制服を着ていても、こいつは何者でもない。ゼロ同然だ。腰抜け野郎だ。

キップが相手の喉首から手を離す。腹に一発きついパンチをくれる。腰抜け男がひざから崩れ落ちる。

二百ドルは持たせたままにする。これは相手を卑《いや》しめる手段だ。二百ドルやるから殴らせろというようなものだ。

アンジェリーナとキップは歩み去る。

あとに残された腰抜け男は、駐車場の床にゲロを吐く。

アンジェリーナは思う。いずれあたしはキップを殺す、でもこういう場面が見られなくなるのは残念だ。キップがそこいらのやつに、おまえはちっぽけだ、ゼロ同然だと思い知らせるのを。そして彼がそいつを痛めつけるのを。

32

午後二時、バーニーは手はずどおり、オーシャンフロント・ウォークでジェーンを待っていた。サンタモニカ埠頭とつながった屋内のアミューズメントセンターに通じている、周囲より高くなった階段に腰かけて。ジェーンが今日の朝早くに、初めてバーニーを見かけたのもこの場所だった。彼はリュックサックの重みに背中を丸め、財産一式を入れたごみ袋をわきに置いて、足元の舗道に目を落とし、自分の体の陰になったコンクリートの上に人生の意味が書かれているかのようにじっと見つめていた。

その日の朝、ジェーンはお近づきのしるしに、近くのカフェで買った朝食のプレートを彼のところへ持っていった。もし彼がぼろをまとった姿で華々しくカフェに入っていこうものなら、先客たちがすぐに逃げ出すだろうから、店の側が彼に食事を出すのをしぶったとしてもしかたがない。

ジェーンの意図をいぶかしみながらも、彼は提供された食事を平らげた。十五分ばかり話をしてから、ジェーンは自分の計画を明かし、彼の手に二十ドル札を五枚握らせた。そして正午きっかりに、ブリーフケースを二つ持ち、銀色の風船を手首に結びつけて、パリセーズ公園を歩いてくる男の話をした。

バーニーは見かけほど汚くはなかった。手には苦労の跡が見えるがほどほどに清潔で、ジェーンといるあいだも何度か除菌用ジェルで洗っていた。髪とひげは伸び放題で、危険なレベルの電気を帯びたように突っ立っているが、垢《あか》や汚れはこびりついていない。どこかのシェルターでシャワーを浴びているか、夜のうちに海に浸かっているのだろう。

だが、着ている服は見た目どおり不潔そのもので、彼の恐ろしい息の臭いに若くして老いさらばえることなく話をするには、一メートルほど離れる必要があった。

そしていまジェーンは、階段に座っている彼の隣に、口臭を避けられるだけの距離を置いて腰を下ろした。「公園ではうまくやってくれたわね」

彼はぼさぼさの頭を上げ、まぶたに鬱蒼《うっそう》とかぶさった眉毛の下から見上げたが、つかのま相手が誰だかわからずにいるようだった。涙っぽい眼はこれまで見たことのない、色あせたデニムの淡青色だ。アルコールと不運が重なりすぎたために、元の深い色が抜けてしまうというようなことはあるのだろうか。

眼はまだ澄んではいなかったが、理解の色が表れた。「たいていのやつらは言ったことを守らないが、あんたは守るとわかってた」

「だって、あと百ドル借りがあったでしょう」

「べつに何も借りはないさ、あんたがそう思うのはかまわんが」

「ノーナが言ってたわ、あなたがジミーを死ぬほどびびらせたって」

「あの赤んぼ顔の風船男か？　ふざけたケツの穴だ。いや失敬。ベトナム帰りに一ドルも恵もうとせん」

「あなたはベトナム帰りなの、バーニー？」

「おれがいくつに見える？」

「自分はいくつに見えると思ってるの？」

「話をはぐらかすのがうまいやつは嫌いだな。七十八に見えるだろう」

「なんとも言えないわ」

「本当をいうと五十さ。いや四十九だったか。五十一はいってない。ベトナムがやばくなってたころは鼻たれ小僧だったよ」

彼はコートのポケットからピュレルのボトルを取り出し、両手を消毒しはじめた。

「そのジェルをずいぶん使うのね」

「体のなかでも手とおんなじように効いてくれるなら、一瓶でも飲んでやるんだが」

「もうお昼は食べた？」

「きっちり三食は食わない。そんな必要もないしな」

「じゃあ、カフェからランチを買ってきましょうか。朝に食べたもの、気に入ってたでしょ」


毛むくじゃらの顔をしかめたバーニーは、淮木の向こうからこっちをのぞいてでもいるようだった。

「前の百ドルは使わなくていいわ」ジェーンはさらに二十ドル札を五枚渡した。

彼は金をしまいこむと、疑いの目で周囲を見まわした。数えきれない泥棒たちが背後の階段に集まってきて、彼の体をひっくり返してポケットを裏返すチャンスを待っているとでも言わんばかりに。

「それはいいんだが」とバーニー。「レディたちの気分を害するわけにはいかん」

「何が食べたいかしら？」

「チーズバーガーはあるかな？」

「あるはずよ。フライドポテトとかも食べる？」

「チーズバーガーとセブンアップだけでいい」

ジェーンはテイクアウトの袋に入ったチーズバーガーと、紙コップ入りのセブンアップのMサイズを持ってきた。「氷は少なめにって言っておいたわ」

バーニーはこそこそとウイスキーのボトルを出し、少量をソーダに混ぜた。「あんたは怖い女だな、人の心を読めるのかい」

食べるあいだ、彼は話さなかった。ジェーンは見ないようにするのがいちばんだと感じた。

空高く、白いチュチュ姿のカモメたちがバレエを踊っていた。ぎゃあぎゃあ鳴きかわす声は、すぐそばならうるさいだけだったろうが、高いところから響いてくるそれは、どこか別世界のもののように心を騒がせた。

バーニーは食べ終えると言った。「あんたにとっちゃまったくどうでもいいことだろうが、おれがあんたのどこをいちばん気に入ったと思う？」

「どこかしら？」

「金をくれて、酒に使うなとうるさく言わんところさ」

「もうあなたのお金よ、わたしのじゃない」

「たいていのやつらは、何かにつけてこうるさいことを言うんだ」

バーガーの袋と紙コップを放り捨てると、持ち物が入ったごみ袋を拾い上げた。「あそこの埠頭を通り過ぎるまでつきあってくれないか？　欲深な追いはぎがついてきてないかわかるまで」

「いいわ」

少し歩いてから、バーニーが口を開いた。「おれはこれまで何度も間違った選択をしてきたが、ちょっと言っていいか？」

「なに？」

くつくつと笑う。「もう一度チャンスをくれ、また全部同じことをくり返すからってね」

何歩か進むあいだ黙っていた。そして、「美しい、怖い世界じゃないか?」

ジェーンが微笑んでうなずく。

「こうなる前のおれが、どんなだったと思う? 高級レストランでウェイターをやってたんだ。チップもばんばん入った。稼ぎもよかった。若い連中のカウンセラーと、教会の信徒牧師もやってた。リトルリーグのチームのコーチもだ。野球のことなら誰よりもよく知ってた」ふと口をつぐんだ。陽ざしのなかで舞うカモメたちを眺める。「妙な話だが、あれがどうしてぜんぶ消えちまったのか、いつ思い出そうとしても思い出せない」

「消えてなんかいないわ」ジェーンは言った。「それはまだあなたの一部なのよ。この先もずっと」

眼がさっきよりも澄んできていた。「それもひとつの考え方か。実際そうなのかもしれん」ずっと歩いてきた道を振り返る。「誰もついてきてない。もう安全みたいだ」

バーニーがまたこちらを見たとき、子どものころの記憶がよみがえり、つかのま二十年前に引き戻された。芝生の上に落ちた鳥の巣を見つけた。何かの捕食動物に木の上から落とされたのだろう。小さな卵が鉤爪《かぎづめ》で割られ、中身が食べられていた。バーニーの眼はもう、色あせたデニムの青ではなかった。悲しくも割られてしまった、あの駒鳥の卵の殻の淡い青だった。

「いったいなんだ?」彼が訊いた。

「なんだって、何が？」

「あんたが訊きたいのは何なんだ？」彼女が答えずにいると、バーニーがうながした。

「そら、なんでもいい。もうおれは何だろうが誰だろうが、気を悪くしたりせん」

少しためらってから、ジェーンは言った。「ほかの人たち……あなたみたいな暮らしをしてる人たちだけど。そのなかに自殺する人はいる？」

「自殺？　まあ、そういうやつらの半分は考えに入れんほうがいい。ネズミ並みにいかれた連中だしな。いや失敬。ああいうのが自殺と区別できんのは、自分が生きてるのか死んでるのかもよくわかってないからだ。あとの半分はどうか？　自殺だって？　冗談じゃない、おれたちは毎日、命にしがみついてる。ただ生きるために。四十年も酒を飲んで、ダニに食われてぼろぼろの歯で、寒い夜に野宿するのは、スローモーな自殺といえなくもないかな。おれはシェルターのばあさんにああしろこうしろって指図されるのがいやでね。けどこれは自殺じゃない。早期引退とか、貧乏人の冒険っていうほうが近い。神様はおれをここから引き抜きたがって、本気でぐいぐい引っぱろうとするが、おれはオークの木みたいに根を張ってるんだ」

ジェーンは言った。「それを聞けてよかった」

遅ればせながら理解したのか、長いホームレス暮らしで頑なになった顔がゆるんだ。

「あんたの周りに、自分で死んだ人間がいるのか？」

われながら驚いたことに、彼女は言った。「夫よ」

バーニーはその事実に、しばらく打ちのめされたようだった。口を開いたが、何も言うことを見つけられずにいた。はるか上空のカモメを見上げ、また彼女を見た。その眼に涙が光っていた。

「だいじょうぶよ。ごめんなさい。びっくりさせるつもりじゃなかったの、バーニー。わたしはちゃんとやれてる。だいじょうぶ」

彼はうなずき、口を動かそうとしても声は出ず、またうなずくと、やっとこう言った。

「なんでそんなことになったにしても、絶対あんたのせいじゃない」

バーニーが背を向け、ひょこひょこと歩きだした。リュックサックの下で背を丸め、ごみ袋を手に、できるだけ急いで離れていく。まさにこうしたことから、この世界の悲劇から、自分はずっと長いあいだ逃げてきたのだというように。

ジェーンは後ろから声をかけた。「オークの木みたいに根を張ってね、バーニー」

聞こえたというしるしに、彼は片手を上げて振ったが、こちらを振り向きはしなかった。

33

ジェーンは海岸沿いを離れ、ウィルシャー・ブールバードを東へ、ウェストウッド方面に向かった。この日の大きな危険をくぐり抜けたあとで、また小さな危険が先に控えていた。

陽光のなかにひどい渋滞が延々と続き、ドライバーたちは気が立っていた。交通法規の下では誰もが平等だというあきらめを示す者はほとんどなく、進んでは停まりのくり返しにブレーキが盛大に軋《きし》り、ホーンの音がけたたましく鳴り響いている。

なぜかふと、動画のなかのバートールド・シェネックの姿を思い出した。あのやさしそうな顔と、魅力的な笑みを。そして脳にインプラントを施され、ぴしりと密集隊形を組んで一列で進んでいくマウスたちを思った。まるで練兵場を、軍楽隊に合わせて行進するかのように……

パリセーズ公園での作戦で、ひとつ後悔があった。あのホテルをどう利用し、正面ドアの内側から外を見張ればいいか徹底的に調べたとき、その許可を得るのにＦＢＩの身分証を使わねばならなかったことだ。

総支配人のパロマ・ウィンダムはおそらく、傲慢なＦＢＩの局員に一杯食わされたと思っているだろう。もしくはあのＩＤが偽造だったと思っているか。どっちにしろ、ロサンゼルスの支局に苦情を申し立てるか、市民の義務を果たすべくＦＢＩを騙《かた》る不届き者のことを通報するにちがいない。

何より避けたいのは、ＦＢＩにまで本格的に追われるようになることだ。ただでさえ、いまだに得体の知れない勢力が、彼女の自殺率上昇の調査を終わらせようと躍起なのだから。

公園の向かい側に立ち並ぶビルのうち、あのホテルはこれまで当たったなかでは、ブリーフケースからプリントアウトをごみ袋に移し変えるための中継地点として最高の位置にあった。それまではまだフォードを使うことも考えていた。オーシャン・アベニューから少し離れたアリゾナ・アベニューのどこかに車を停めておき、エンジンをかけたまま運転席で待つ、そこへノーナがスケートで走ってくる、という手はずだ。だが、もしジミーの仲間がすぐ後ろに迫っている状態でノーナがフォードに着いたら、彼女がひきずり倒されないように彼らを足止めする手段――チェーンと南京錠のようなもの――はどこにもない。

さらに言うと、もし車を使えばジミーとその部下たちにプレートを見られ、ナンバーを記憶されるだろう。そして自殺急増の陰にいる黒幕たちが〈ビニール〉とジミーの跡をたどっていけば、ジェーンがなんの車に乗っているかをつきとめられる。となるとフォードを手放すしかなくなる。こちらには連邦政府の財源はついていない。数日ごとにぽんぽん車を乗り捨てるわけにはいかないのだ。

UCLA（カリフォルニア大学ロサンゼルス校）にほど近い、ウェストウッドまで来ると、ジェーンはある家を探しまわった。以前ディナーパーティーに招ばれて来たことがあるのだが、住所が思い出せない。それでも実際に見ればわかる自信はあった。

十分ほどして、家が見つかった。ジョージアン様式の建築。風格はあるが大邸宅ではない。支柱のある、手すりのない玄関ポーチ。白く塗られた煉瓦塀。

平行に走る隣の通りに入り、二ブロックほど走り過ぎてから車を停め、モーシェ・スタイニッツ博士の自宅まで歩いていった。

モーシェは法精神科医で、つい最近、八十歳で引退したばかりだった。個人で開業医を務めるかたわら、ＵＣＬＡの教授としても高い評価を得ていた。ヴァージニアのＦＢＩアカデミーでも定期的に講師を務め、連続殺人犯がからんだ難事件で行動分析課の第三係および第四係に協力することもあった。

三年前にモーシェは、アトランタの郊外で暗躍していた殺人犯がなぜ被害者の眼を抉り出して持ち去ったかを推理し、半ば直観にもとづいた答えを出した。この説が手がかりとなって、ジェイ・ジェイソン・クラッチフィールドという倒錯者が、まさに八人目の女性を殺そうとしたその夜に逮捕されたのだった。

モーシェ・スタイニッツを訪れるのは、大きな危険を冒すことではないかという疑いもあった。彼は引退し、ＦＢＩでの講義もやめていた。ジェーンとはとくに親しい友人というほどでもない。だが、三つの事件でアドバイスをもらった。おたがいに好感を抱いてもいた。

玄関に通じる階段をのぼり、呼び鈴を押した。

戸口に出てきた家の主は、白いワイシャツに青のボウタイ、チャコールのスラックスという姿だった。足元はスケッチャーズの薄青にひもがオレンジ色のスポーツシューズ。以前は必ずオックスフォードを履いていた。

何か迷惑の種でも予想していたのか、鼻の下のほうへずり下げた読書用メガネ越しに顔をしかめていたが、誰が訪ねてきたかを知ってぱっと笑みを浮かべた。「なんとなんと、あの空より青い眼をした女の子ではないか！」

「ごきげんいかがですか、スタイニッツ博士？」

彼女の腕をとって家のなかへ招き入れながら、モーシェは言った。「しごく快適に暮らしているが、いまはさらにすばらしい気分だよ。きみがさわやかなそよ風のように吹き込んできてくれたからね」

「前もって連絡もせず、すみません」

ドアを閉めて、モーシェは言った。「そしたらサプライズにならなかっただろう、わたしはサプライズが大好きなんだ。しかしあの長くて美しい金髪はどうしたんだね？」

「短くして、染めたんです。ちょっと変える必要があって」

身長一メートル六十五で、ジェーンより二センチほど低いが、もっと低いように見える。わずかに小太りの体、温かい笑みと悲しげな眼。顔には時の流れと重力によってすばらしく穏やかで落ち着いた年輪が刻まれ、寄る年波もこの人の場合は深い気品となっていた。

「お忙しいところに、おじゃまをしたのでなければいいんですが」

何カ月かぶりに曾孫に会い、その成長ぶりに目を細めるように、モーシェは彼女をとっくりと眺めた。「知ってのとおり、二度目の引退をした身でね。もう無職で、ひまつぶしのようなこととしかやっていない。だからおじゃまされるのは大歓迎だよ」

「一時間ほどお時間をいただけるとありがたいのですけど。あることで、あなたのお考えをうかがいたくて」

「もちろんさ、こっちへ、キッチンのほうへ来て」

彼のあとについてアーチ形の天井をくぐり、リビングルームに入ると、スタインウェイのピアノがあった。蓋の上に銀のフレームに入ったモーシェと亡き妻ハンナ、そして子や孫たちの写真が並べられていた。

ハンナが亡くなったのは九年前で、ジェーンは面識がなかったが、ここへディナーに招ばれてきたとき、モーシェやほかのゲストたちのためにピアノを弾くよう勧められた。それで自ら選んだ二曲を弾いた。ベートーヴェンの〈月光〉と、コール・ポーターの〈エニシング・ゴーズ〉を。

物心ついてからずっとそうだったが、このときも父親のことを訊かれて、自分に音楽をやるよう勧めたのは母親なのだと説明し、娘は誰より父親のプライバシーを守らなくてはいけないでしょうと言って質問をはぐらかした。そのあいだモーシェがひどく興味深げにこちらを見ていることに気づいた。彼女の慎重さの裏にはもっと暗い理由があると疑っているのは確かだったが、彼がその話題をジェーンの前で持ち出すことは一度もなかった。

そしていま、リビングのアーチを過ぎて一、二歩行ったところで、モーシェは足を止めてジェーンのほうを向き、ひどい失言をしたことにたったいま思い当たったというように手を口もとに当てた。「わたしが引退する前に、大学の学生たちが、十六歳以上にもなって〝女の子〟という言葉を使われるのはたいへん心外だと言い出してね。それでわたしも〝女性〟と言うように諭されたんだ。さっきドアの前で〝女の子〟と呼んでしまって、きみが気を悪くしていなければいいのだが」

「わたしは政治的公正《ポリティカリー・コレクト》のどうでもいい主張には与《くみ》しませんわ、モーシェ。いつも空より青い眼をした女の子でいたいと思ってます」

「それはよかった、とてもありがたいよ。これもわたしが二度目の引退をした理由なんだが、最近の学生たちはどうも子どもっぽくて、そのぶん自分のことをえらく真剣に受けとめるようになっている。総じてユーモアがなくなっているんだよ」

キッチンに入ると、ダイニングテーブルの椅子を引き出してジェーンに勧めた。

「コーヒーか紅茶か、ソフトドリンクは？　食前酒がいいかな？　いまは五時十五分前だから、じきにまともなカクテルアワーになる」

ジェーンは食前酒を所望し、モーシェが小ぶりなグラス二つにマクラン・ディンダレッロを注いだ。

自分のグラスの前に腰を下ろして、モーシェは言った。「ニックのことはほんとうに驚いたし、ショックだった。恐ろしいことだ。心からお悔やみを申し上げるよ、ジェーン」

一年も前に引退し、ＦＢＩの事件の顧問も辞めているモーシェなのだから、ニックの死の件を知っているはずはない。そう思い込んでいた。

いまもまだＦＢＩとのつながりがあるのだろうか――やはりここへ来たのは重大なミス

だったのではないか。

34

モーシェ・スタイニッツが一度目の引退をしたのは、六十五歳のときだった。五年後にハンナがこの世を去ると、彼は仕事に復帰し、精神科の開業医、教授として働きながら、折に触れてFBIの顧問も務めた。

七十九歳で二度目の引退をするにあたっては、三つの仕事すべてに幕を引き、もうどれにも復帰しないつもりだった。少なくとも本人はそう言っていた。

彼の話によれば、ニックのことを知ったのは、ジェーンの上司であるネイサン・シルヴァーマンからだった。一週間たってからメールで知らせてきたのだという。

「もうそのころだと、きみはずいぶん大勢の人たちと話したあとだろうから、またわたし相手に同じことを言わねばならないのはいやかと思ってね」

「あのころ、わたしは悲しいと同時に、ひどく怒っていました。でも何に向かって怒ればいいのかわからなかった。誰とも話せる状態ではありませんでした」

「それが偽りのないところだろう」モーシェは言った。「あまり同情されても憐《あわ》れまれているように思えてきて、よけいに悲しみが重くのしかかってくる。ネイサンには、わたしからもお悔やみを伝えてほしい、もしよかったら電話してほしいと頼んだのだが。彼がその伝言を伝えていなかったのは残念だ」

「彼は伝えてくれようとしたのかもしれません。でもあのことがあってから二週間ほど、わたしはいろいろなことに耳を貸そうとしませんでしたから」

経験から言えるけれど、モーシェは嘘つきからは最も遠い人だ。彼を信じたいという強い思いに駆られる。

ディンダレッロを飲みながら、ジェーンは訊いた。「それで、二度目の引退はいかがですか?」

「小説を読んだりね、働いていたころはそんな時間もあまりなかった。長い散歩もしている。庭仕事や、少し旅行をしたり、やはり老いぼれの友達連中とポーカーをしたり。まあ、だらだらと自堕落に過ごしているよ」

ジェーンがここを訪れた目的を切り出し、自殺率の上昇について話しはじめるころには、モーシェは二杯目の白ワインを注いでいた。窓の向こうの空は最前より青みを増し、夕暮れの先駆けの黒っぽい粒子を集めはじめていた。

ジェーンは手提げのバッグから、らせん綴じの小さなノートを取り出した。これまでの調査に関連する名前と情報が暗号化して書き込んである。単純な英語で書かれた情報もあり、自ら命を絶った人たちが最後に残した書き置きの内容もそこに含まれていた。これまで集めた自殺の情報は二十二例にのぼるが、そのなかで書き置きが残っていたのは十例しかなかった。

「ただの文字の羅列になるまで調べました。もしかすると意味があるのかもしれないですが、わたしにはわかりません。もしかしてあなたならおわかりになるかと」

ときには話を聞いた相手にそうした書き置きを見せることもあり、折りたたんでノートに挟んだコピーが二枚あった。

一枚のコピーをモーシェに渡すと、彼はその紙を伏せてテーブルに置いた。「まず、わたしに読んで聞かせてくれないか。そのあとで読ませてもらおう。話された言葉と書かれた言葉では印象がちがってくる。聞いたときにしか感じ取れないニュアンスというのもある。それから目で読んで、それぞれの印象を比較してみよう」

十通のうち、最も彼女個人と関わりの深いものから始めた。「これはニックが残したものです。〝ぼくは何かがおかしい。早く。早く。早くしなきゃ。早く死ななきゃならない〟」

ジェーンがニックの書き置きを読んだあと、モーシェはしばらく無言でいた。やがて言った。「よくある遺書ではないね。理由を説明していないし、許しを請うてもいない。別れの言葉もない」

ジェーンは言った。「ニックらしくありません。彼の筆跡ですけれど、もしそうでなかったら、ほかの誰かが書いて彼のそばに置いたのだと思ったでしょう」

モーシェは目を閉じて、頭のなかで問題の言葉を聞いているかのように首をかしげていた。やがて口を開いた。「これはつまり、彼が自分を殺すよう追いたてられていて、またそのことが間違いなのを知っているということだ。大半の自殺者は、自分が間違ったことをしているとは考えない。そんなふうに考えていれば自殺はしないだろう」そして目を開ける。「この直前のニックの精神状態は……？」

「とても上機嫌でした。将来のことを話したりして。海兵隊から引退したら何がやりたいとか。わたしは彼の気持ちは、新聞を読むように読みとれたんです、モーシェ。幸せなふりをしてわたしを騙すなんてありえない。わたしは夕食の支度をしていました。彼がテーブルのセットをして、ワインのボトルを開けて。音楽に合わせて鼻歌を歌って。ディーン・マーティンのアルバムでした。音楽となると、とてもレトロ趣味なんです。それからトイレに行ってくると言いました、すぐに戻るよって」

「つぎのを読んでくれるかい」

二つめの書き置きを残したのは、三十四歳の主要テレビ局の重役だった。高給取りで、会社でもとんとん拍子に昇進していた。女優である婚約者にあてた手紙にはこうあった。

「〝ぼくのために泣かないで。これは喜ばしい旅なんだ。前からそう言われてきた。この旅を楽しみにしてる〟」

「宗教に熱心な男性なのかな？」モーシェが訊ねた。

「いいえ。誰に聞いても、信心深いという話はありませんでした。教会にも行っていなかったし」

「〝そう言われてきた〟。これがもし神様でなく、聖書やコーランやトーラーでもないなら、この旅は喜ばしいものだと彼に言ったのは何者なのだろう？　最も推測しやすいのは、この人物が複数の声を聞いていたということだ」

「統合失調症でしょうか？」

「パラノイアの徴候、抑うつの印象がないのは別にして、複数の声が聞こえるのは統合失調症の特徴だ。その症状が進行して妄想を抱き、その苦しみの根本的な解決策を考えるようになるということはありうる。家族や婚約者、職場の同僚の誰かが――この人物が誤った思い込みや、あきらかな妄想を抱いているのを見聞きしていたかね？」

「いいえ」

「この人物の職業ではコミュニケーションのスキルが欠かせない。誰かが解体型統合失調症の徴候を見てはいなかったろうか？」

「どういったものですか？」

「最も一般的なのは、一見ふつうの調子で話しているが、センテンスに意味がないといったことだ」

「それは誰も言っていませんでした。もしあったとしたら、忘れたりしないでしょう」

「そう、忘れられるものではない。ぎょっとする徴候だからね。死んだときの状況は？」

「マンハッタンの二十階に住んでいたんです。飛び降りでした」

　モーシェが顔をしかめる。「つぎのを読んで」

リストにある三人目の自殺者は、四十歳の男性。この国でも有数の不動産開発会社のCEOだった。既婚者で、子どもも三人いた。「〝遺書は残さないことになっているんだ。でも、わたしがわくわくしていることを知っておいてほしい。きっと喜ばしい旅になるだろう〟」

「ひとつ前のものと同じ言葉がある」モーシェが椅子にまっすぐ座りなおした。「喜ばしい。旅。どちらの場合も、指示に、あるいは少なくともなんらかの指針に従っているということだ」

ジェーンはテレビ局の幹部の書き置きから引用した。「〝前から言われてきた〟」そして不動産開発会社のCEOの言葉も。「〝残さないことになっている……〟」

「そのとおり。このCEOは、テレビ局の幹部とは交友範囲が同じだったのだろうか？」

「いえ。ロサンゼルスなので」

「自殺の状況は？」

「自宅のガレージです。古い型のメルセデスの車内で、一酸化炭素中毒でした。この二つの書き置きが偶然ここまで似る確率はどのくらいでしょう？」

「天文学的に小さい。つぎのを読んで」

つぎの書き置きは、二十六歳の女性が残したものだった。才能あるソフトウェアライターで、マイクロソフトでの職を経て、同社とパートナーシップを結んで起業した。未婚で、身体障害者の両親をたったひとりで養っていた。「〝頭のなかに蜘蛛がいる。それがわたしに話しかけてくる〟」

ノートから視線を上げたとき、テーブルの向こうのモーシェと目が合った。そして自分が初めて読んだときのように、彼もこの書き置きの言葉にぞくりとしたのがわかった。

「四人のうち三人は、声を聞いていたようだ」精神科医が言った。「だがこの四人目の例では、ほかの三人とはちがって、妄想型統合失調症の一般的な特徴はさほどあきらかではない。典型的な例だと、患者は恐ろしい声が外から、自分を苦しめ騙そうとする強大な勢力から来ると感じている。しかし、脳のなかの蜘蛛とは……わたしも初めて聞く例だ」

35

テルライドに遅い雪が降り、コロラドの夜は静かに息づいていた。吹雪《ふぶき》はもう激しさを失い、雪片はほとんど垂直に降って地面をオコジョの毛皮のように数センチ被い、自然は針葉樹の粗い樹皮の上にレース模様を編んでいた。

エイプリル・ウィンチェスターは懐中電灯を古い米栂《ヘムロック》に向けたが、巨木はあまりに高くて光はいちばん上まで届かず、闇と雪のなかに消えていた。夜よりも高く、吹雪を抜けて、はるかな星空にまで達しているよう。そんな想いに、彼女はにっこりと微笑んだ。

光を幹の下のほうに当てると、二つの名前が見つかった。彼が樹皮の一部をはがして、その下の木質に彫りつけた文字が――〈EDはエイプリルが好き〉。エドワードは、わたしのエディーは、昔からロマンティックな人だった。およそ十六年前、ふたりとも十四歳だったころに、彼はヴァーモントのベニカエデの幹にも同じ言葉を刻み込んだ。

このいちばん新しい、深い愛情のこもった言葉がヘムロックに刻まれたのはほんの十一カ月前、ふたりがテルライドの郊外に冬の別荘を買ったときのことだ。ふたりはそろってスキーが大好きだった。

それ以外の季節には、カリフォルニアのラグーナビーチに住んでいた。暖かい海辺かサンファン山脈で、エディーは小説を、エイプリルは曲を書いた。十代のころに想像していた人生は、ふたりの最高に贅沢な夢さえ超えるほどすばらしい現実となった。

彼は四つの小説をものし、どれも注目を浴びてかなりのベストセラーになった。彼女は五十以上の曲を書いて発表し、そのうち二十二曲はいろいろなアーティストがカバーしてトップ40に入り、十二曲はトップ10入りした。そして四曲が栄えある第一位に輝いた。

振り返って家を見た。自然石と再生木材でできた慎ましやかな建築で、繊細な輪郭が風景と調和している。一階の窓には暖かな光が満ちていたが、二階はエディーの書斎だけが煌々《こうこう》と光っていた。

彼はいま、難しい最後の場面にせっせと取り組み、夕食の時間までには終わらせようとがんばっているのだ。

さっきまでキッチンで彼のために何かしていたのに、どうしてもしばらく離れなくてはいけなくなり、ふと思いついてこのへムロックまでやってきたのだった。いまの格好はといえば、ブーツではなくハイカットのスニーカー、白いシルクのプリーツスカート、腰までの丈の薄いセーター。こんなちぐはぐな格好がエディーはぐっとくるらしく、夕食のあと喜び勇んでベッドに連れていかれることになるのだけれど、冬の嵐にはそぐわない。

雪に魅せられて家から駆け出してきたときは、すっかり外の寒さを忘れていた。いまになってぶるっと震えがくる。寒いのを意識したとたん、その冷気にぎゅっと強くつかまれ、体が激しく震えはじめた。

急いで家に引き返し、雪のこびりついたスニーカーを脱ぐと玄関わきの部屋に置いていった。キッチンに入ると、服と髪から雪がこぼれ落ち、栗の再生材の厚板を敷いた床の上で溶けた。雪を落とさないように気をつければよかった、ちゃんと拭かなきゃと思いながら、実のところあまり気にしてはいなかった。

流しの横の水切り板の上に、エディーが小説の難しい最後の場面をうまく書き上げられるようにと、さっき用意しておいた軽食があった。トレイに載った、ハバティチーズと塩胡椒《こしょう》をまぶしたアーモンドのお皿。ワイングラスとソーヴィニヨン・ブランのボトル。すべて彼の机の上に置いてから、ワインを注いであげよう。

〝彼のところへ持っていこう、彼のところへ、彼のところへ……〟

エディーのために、こんなちょっとした特別な気遣いをするのは楽しかった。彼はいつだってすごく喜んでくれる。

まだ雪を払い落としながら、髪から滴をしたたらせ、トレイを裏の階段まで運んでいった。二階へ上がる途中でふと、ひどくおかしなことに気づいた。トレイを持っていないのだ。かわりにナイフを持っていた。ソムリエナイフを。

戸惑いながら、そのナイフを見つめた。エディーの軽食を支度しているあいだ、ワインの栓《せん》を抜こうとしたりはしなかった。ときどき上の空になる傾向はあっても、ここまでひどいのは初めてだわ。

チーズも、ナッツも、ワインもない。ソムリエナイフだけ。おかしすぎる。頭がどうかしていたの？　とにかく、これではだめ。ぜんぜんだめだ。

トレイを取りにキッチンへ引き返した。

36

キッチンの窓の外に広がるロサンゼルス周辺の空は、扇形の孔雀《くじゃく》の羽そのものの、虹のような青と緑、くすんだオレンジに染まっていた。いやおうなく迫りくる夕闇への最後のまばゆい抵抗だった。

ジェーンのリストにある五人目の自殺者は、三十六歳の弁護士だった。第五巡回区控訴裁の裁判官に任命されたばかりで、未婚。書き置きは両親の名前が書かれた封筒に見つかった。自ら銃で頭を撃ったのが死因だった。「〝愛してるよ。ふたりは決してぼくを見捨てなかったね。どうか悲しまないで。夢のなかで百ぺんもやったことだから。きっと苦しまない〟」

「これは比較的、こういった遺書の伝統に則《のっと》っているな」モーシェ・スタイニッツが言う。「とくに、愛情の言明や、責めを負わせないようにしているところだ。しかしそれ以外は……自殺の夢を何度も見るという例は聞いたことがない」

「夢がプログラムされていたという可能性は？」ジェーンが訊いた。

「プログラム？　どういう意味かな？」

「たとえば催眠術や、麻薬、サブリミナルな暗示があったとか？　あらかじめプログラムされた夢を見させることで、実際に自殺したくなるようにさせる、というのはありえませんか？」

「マンガや、映画のなかではね。催眠術は行動修正や制御の一形態というより、舞台の演技のようなものだ」

ジェーンのリストにある六つめの例は、アイリーン・ルートの残したメッセージだった。彼女は首を吊る前に、子ども時代の想像上の友達に対する義務を果たすつもりだとほのめかしていた。「〝やさしいセイソーが言ってる、ぼくはもう何年もずっとさびしい、リーニーはどうしてぼくがいらなくなったの、ずっとリーニーのためにここにいたのに、と。だからいま、わたしは彼のために行かなきゃならない〟」

「これで声を聞いたのは六人中四人か」とモーシェ。「そして、子どものころの想像上の友達が今また現れてくるというのは、あきらかに統合失調症の特質だ。本人はこの〝セイソー〟のことを、夫や誰かに話していたのだろうか？　自殺をする何週間か前に？」

「話してはいなかったはずです」

「この女性と夫との仲は？」

「とても親密だったと思います」

「現実からの乖離《かいり》の徴候はあっただろうか？」

「いいえ」

七つめの書き置きを残したのは四十歳の、この国でも屈指の大銀行で住宅ローン担当副社長を務めていた男性だった。「〝呼ぶ声が聞こえる、絶え間のない、目覚めと眠りをくり返す、甘く妙なるささやきとバラの香りが〟」

37

エイプリルは玄関わきの小部屋で、自分の靴を見つめていた。溶けかけの雪がこびりついたままの、ハイカットのスニーカー……

またベニカエデの木のところへ行きたくて、エディーが幹に彫りつけた愛の宣言を見たくて、矢も盾もたまらなかった。でもあのカエデがあるのはヴァーモントで、それも十六年近くも前のことだった。

だったら、ヘムロックだ。家から百メートルのところに立っているあのヘムロックを見たい。これまで一度も経験がないほど、どうしてもいますぐ見なくてはいけないという欲求にかられた。その幹に指を触れて、彼が彫りつけた文字をなぞることに、自分の命が懸かっているとでもいうように。

いつのまにかキッチンにいて、流しの前に立ち、水切り板の上のトレイを見つめていた。ハバティチーズにアーモンド、ワイン。

耳ざわりな電子音がリズミカルに響き、壁かけの電話に注意を引き寄せられた。受話器がカウンターに転がっていた。

これはいつからカウンターの上にあったのかしら?

わたしが誰かにかけたの? 誰かからかかってきたの?

ソムリエナイフを下に置いた。受話器を戻す。

〝彼のところへ持っていこう。彼のところへ、彼のところへ……〟

トレイを持ち上げ、裏の階段へ運んでいく。

二階へ上がる途中でふと、ひどくおかしなことに気づいた。自分がトレイを持っていなかったのだ。かわりにナイフを持っていた。右手に、シェフの使うフレンチナイフを握りしめていた。ソムリエナイフよりずっと大きく、鋭いナイフを。

38

遠くの空の下のほうに、血だまりを思わせる、何か生きたもののようなつやのある赤い光がよどんでいる。しかしここの地上では、暗闇がすでにキッチンの窓にのしかかっていた。

八人目の自殺者は、フロリダ州立大学に勤める三十五歳の女性で、四人の子の母親だった。あきらかに自分自身に抗ったらしく、最初の二発を外したあと、三発目で自分の首を吹き飛ばしていた。ジェーンは読んだ。「〝銃を取れ銃を取れ銃を取れそこに喜びが待っている〟」

モーシェは椅子から立って、歩きまわっていた。「家族にあてて書いたものではないな」

「ええ」ジェーンがうなずく。

「自分に向かって書いたものだ、自分を説き伏せて、この恐ろしい挙に及ぼうとしている」

「あるいは、もしかして……」

モーシェがジェーンのほうを向いた。「もしかして？」

「自分が聞いているとおりのことを書いていたのかも。頭のなかの声を。脳のなかで話しかけてくる蜘蛛の声を」

39

エイプリルは二階の廊下にいた。開いたドアの敷居の先にある部屋は、夫の書斎だった。トレイを持って、そっと部屋に入った。

エディーはコンピュータの前で、こちらに背を向け、小説の場面に没入していた。納得できないフレーズを消しては、素早く新しい文字を打ち込み、前のページまでスクロールして自分の書いた内容を見なおす……

いま書いている虚構の世界に、よほど深く入り込んでいるのだ。ちょうどエイプリルがピアノに向かって作曲に取り組み、三十二小節のなかの第三の八小節のグループを正しくつなぐメロディを探しているときのように。

エディーの作品は、本人のすてきさに負けないほどリリカルなものだ。彼の仕事ぶりを見つめ、彼がぶつぶつと独り言をつぶやくのを聞くうちに、自分が声をたてずに泣いているのに気づいた。ふたりいっしょに過ごしてきたすべて、ふたりで経験してきたすべて、さまざまな成功と悲劇、たったひとりの死産だった子ども、あらゆる喪失と挫折に耐え、これから来るものにも耐えられるだろうふたりの愛を思うと、胸がいっぱいになった。

〝彼のところへ持っていこう、彼のところへ、彼のところへ……〟

窓の向こうに暗い山がうずくまり、雪の妖精がガラスに触れながら舞い踊っている。あらかた資料の本でふさがっている作業テーブルに、トレイを置いた。ソーヴィニヨン・ブランのボトルを手に取り、彼のところに持っていくと、左から右方向へぶんと振った。船に洗礼を施すように、彼の頭を船首に見立てて。ボトルが破裂し、エディーはオフィスチェアもろともひっくり返り、かぐわしいワインのシャワーを浴びて床に倒れた。

エイプリルは椅子を押しのけ、エディーを見下ろした。彼は茫然《ぼうぜん》としていた。混乱し、まるで状況をつかめずにいる。彼女の名前を呼んだが、ほんとうにエイプリルなのかもわからないというように。

やらねばならないことをやり遂げるには、ボトルとフレンチナイフが必要だった。たしかに、間違いなくやり遂げるために。トレイからナイフを取り上げ、エディーに向きなおった。

「愛してるわ」と言った。「大好きよ。愛してる」一言一言がすすり泣きに変わり、彼女はナイフを構え、彼の上に倒れ込んだ。

40

九人目は三十七歳の大学教授で、名高い詩人でもあったが、地下鉄の列車の行く手に飛び込んで命を絶った。

ジェーンは読んだ。「〝行動と苦悩からの解放、内と外の衝動からの解放〟」

流しの上の窓から外の夜闇を見つめながら、モーシェ・スタイニッツが言った。「詩のようだね」

「たしかに詩ですが、本人の作ではありません。調べてみると、T・S・エリオットの『バーント・ノートン』の一部でした」

遺書はあとひとつ。十人目の故人はこれまでの最年少で、二十歳の大学院生だった。十四歳で大学に入り、十六歳で学士号、十八歳で宇宙物理学の修士号を取得し、宇宙論の博士論文に取り組んでいるところだった。この女性は焼身自殺を遂げた。

ジェーンは読んだ。「〝もう行かなくては。行かなくては。わたしは怖くない。怖くないの？　誰か助けて〟」

41

エディーがいるべき場所へ行き、死者たちに加われば、エイプリルは自分の体に愛の証を彫りつけなくてはならない。もしその仕事を終えるまで、生き永らえられればのことだけれど。でもエディーが逝ってしまったいま、もうこの暗い世界にはいたくない。彼の横にひざまずき、フレンチナイフを両手で持つと、自分の腹を刺し、柄の部分まで突き通した。稲妻のような痛みに撃たれ、暗い静寂へ投げ込まれた。そう時間がたたないうちに意識が戻ったが、もう弱りきっていて痛みも感じずに、床の上のエディーの隣に横たわっていた。彼の手を探し、探り当てると握りしめ、遠い昔のヴァーモントを、あざやかな秋の衣をまとったベニカエデを、まだ若い恋のことを思い出した。そして最期のわずかな瞬間に思った。わたしは何をしたの？

42

十の遺書が読みあげられるのを聞いたあと、モーシェはキッチンテーブルの前に座って、ジェーンから渡されたコピーを読んでいた。

彼のかけた音楽が、全室にあるスピーカーを通して家じゅうにあふれていた。モーツァルトの〈K．四八八〉。クラリネットのために作られた、ほかのどんな作曲家にもまねのできない快活なテンポで展開されるコンチェルトが、ジェーンの人生に訪れた厳粛《げんしゅく》なこの瞬間に天翔《あまか》けるような楽観的な気分をもたらし、いつまでもこれをつかんで手放さずにいたいと思わせた。

テーブルの前に座りながら、ジェーンは目を閉じ、片手でディンダレッロのグラスを回しながら聴いていた。

やがてモーシェが、さっきまでと変わらず静かに話しはじめ、その声が音楽に乗って運ばれてきた。「わたしの印象では、この人たちは――少なくともその大半が――自ら命を絶ったときになんらかの意識変容状態にあったのではないだろうか。自殺につながる抑うつは感じられないし、彼らの聞いていた声が統合失調を示していると言いきれる材料も、典型的な形の精神障害を示すものもない。ただ、特異な何かがある――きわめて奇妙なものが」

そのコンチェルトには、過去にも現代にも通じるさまざまな性格の反復進行が含まれていた。深いメランコリーに満ちた驚くほどゆるやかな旋律が、いまは流れてくる。ジェーンはモーシェの言葉には反応せず、目を閉じたまま、モーツァルトに運ばれるまま、どこよりも深い悲しみの芯へと旅をし、ニックを、亡くして久しい母親を想った。そのパートが終わり、また恐れとは無縁のスリリングで楽観的な旋律《せんりつ》が戻ってくると、ジェーンは心の奥底から感動しながらも、まだ眼は乾いているのを意識した。涙が出ないこと、眼をうるませないよう自制できていることで、たとえこの先何が起ころうと、それがどれほど苛烈なものだろうと、自分にはその準備ができていると信じることができた。

43

バートールド・シェネック博士と妻のインガの本宅は、パロアルトの、メンローパークの博士の研究所から車ですぐのところにある。

ほかにもナパヴァレーのコースト山脈の麓《ふもと》に、三十万平方メートルの別荘をもっている。林と草原の広がる、野生生物の豊かな地所。

人によってはその屋敷は、周囲の田園風景のなかでは場違いにも映る。ガラスと鋼と花崗岩の厚板からなるウルトラモダンな建築。しかしバートールドとインガはともに支配欲求の強い性格で、この創意に富んだ家が周囲の土地から高くそびえ、大自然に対する優越性を象徴しているのが気に入っている。

ふたりは裏のテラスに座り、ケイマスのカベルネ・ソーヴィニヨンのグラスを手に、このワインの国に日が落ち、夜が訪れるさまを眺める。

インガはバートールドより二十一歳若く、ランジェリーのモデルと言っても通りそうな姿形の女だ。強烈な食欲と並々ならぬ欲求をもつ女だが、見た目が示すようなただのパーティーガールではない。夫にも劣らないほどの強い関心と野心、そして権力への意志を秘めている。

夫よりずっと若い妻なら、夫が別荘にまで仕事を持ち込んでくれば、怒るのがふつうだろう。だがインガはむしろバートールドに、仕事と遊びを混同することを勧めている。夫は彼女の隣の椅子にラップトップを持って座り、屋根の上のマイクロ波送信機から送られるコマンドを打ち込む。

夕暮れも終わって夜が深まるころ、コヨーテたちがやってきはじめ、刈り込まれた芝生の向こうの丈の高い草のなかからぬっと姿を現す。その眼が低い庭園灯を浴びてぎらりと光る。テラスから一メートル半のところまで来ると、つぎつぎにおすわりの姿勢をとり、やがて十二頭が横一列に並んで座る。見かけはたしかに野生のコヨーテだが、いまは家庭犬のように従順そのものだ。

「伏せをさせて」インガが言う。

バートールドの指がキーボードの上を舞う。

いちばん左にいたひょろ長いやつから始まって、コヨーテたちがまるでゆるやかなドミノ倒しのように順々に芝生の上に腹ばいになり、前脚を伸ばしてあごを乗せ、らくな姿勢をとる。

「世界でこれほどすごい警備システムをもった人間がいるかしら?」

狼《おおかみ》の近縁種を眺めながら、インガがそう口にする。

十二頭の捕食動物は善意の博士と妻がカベルネ・ソーヴィニヨンを飲み、ローストビーフのサンドイッチを食べるのを見つめる。そしてバートールドとインガがひとつのラウンジチェアの上で睦み合うときもじっと眺めている。この夫と妻はそろって、熱心な観客に見られていると、より興奮するのだ。

第三部

ホワイトノイズ

1

夕食をつきあってくれないか、ひとりでは寂しいのでねと、モーシェ・スタイニッツが申し出てきた。ジェーンはその誘いに応じ、やがて相手に秘めた目論見があったことを知った。

まだ日の高いうちに、モーシェは蟹《かに》のキッシュを作ってあって、いまそれを温めた。ジェーンはサラダをこしらえた。モーシェがテーブルをしつらえ、フランスパンを切り、よく冷えたピノ・グリージョの栓を開けた。

モーシェがスポーツコートを着て夕食の席に着くのを、ジェーンは微笑ましい気持ちで眺めた。

ふたりでいろいろ話をしたが、自殺のこと、ジェーンの調査のことは話題に出なかった。やがて生のイチゴとキウイという簡単なデザートを楽しんでいると、息子さんはうまくやれているかとモーシェが訊ねてきた。

ジェーンがここへ来たのは、書き置きについての彼の分析と意見を聞くためだったが、そのときは彼に対してどんな責任を負うことになるか、よく考えていなかった。そしていま、彼が自らを危険にさらさないようにするためにも、事実を伝えておかなくてはと感じた。

「この、自殺についての調査は――FBIの仕事ではないんです」

「だと思っていたよ」

「わたしは休職中です。ここ二カ月は、あの終末論を振りかざす人たちと同じくらい、身を隠して暮らしてきました」

そしてミスター・ドルーグのことを話した。トラヴィスとナッドサットとミルク・プラス、そしてレイプというゲームのことを。

メガネに映ったロウソクの火がゆらめいているせいで、彼の眼はよく見えなかったが、顔にはありありとショックが表れていた。ちょうど食べようとしていたイチゴを、食欲が失せたというように皿に置くしぐさにも。

「いま、うちの子は安全なところにいます。それにモーシェ、あなたを危険な目にあわせたくありません。わたしがここに来たことは、誰にも話さないで。わたしは追われていますし、もしあなたに多くのことを話しすぎたと思われたら、彼らが何をするかわかりません」

モーシェが口にした解決策は理にかなっていたが、いまのこの理不尽な時代には、実現不可能なものだった。「自殺は公的な記録だ。何人かのジャーナリストにこの話への関心をもたせて、彼らがそれを公表すれば、きみは安全でいられる」

「信頼できるジャーナリストたちを知っていれば、です」

「どこかにいるはずだ」

「以前ならいたかもしれません。骨のある若い人たちが。でも、書き置きを残さずに自殺する人たちのなかに、そんなジャーナリストがとても増えているんです」

モーシェがメガネを外した。ジェーンがロウソクの火明かりを通して彼の目をじっと見すえていたのに気がついたように。

「もしこの件で調べものをなさるのなら、ご自分のコンピュータは使わないでください。あなたに注意を引きつけるのはだめ。彼らは網を広く張りめぐらしています。それも、どれほど小さな魚でも逃がさないほど目の細かい網を」

「括弧でくくった〝彼ら〟か。その彼らの正体の見当はついているのかね？」

「〝彼ら〟。名前のない同盟です。中心がどこにあるのかはわかりませんが、民間のバイオテクノロジー企業もからんでいるかも」

「政府もかね？」

「そう考えざるを得ません」

「ＦＢＩは？」

「局全体ではないでしょう。でも、内部の人間は？　たぶん一部にはいます。だからＦＢＩに助けを求める危険は冒せません」

モーシェはワインをすすった。味わうというより、考えるために答えるのを遅らせてでもいるようだった。

ようやく言った。「きみは自分ひとりで立ち向かうという構図を描いている。どうすれば最後に勝てる？　わたしにはわからない」

「わたしもです。でもやります。やらなくては」

「きみはもしかして……自分がこの件にのめり込みすぎていて、真相をつきとめるには最良の状態ではない、と考えたことはあるかね？」

「ニックのことですね。ええ、個人的な動機はあります。でもこれは復讐ではありません、モーシェ。正義に関わることです。そしてトラヴィスを守るための」

「きみをこの件で突き動かしているのは、ニックのことだけでない。そして息子さんのことだけでもない。そうではないかな？」

いまはモーシェの眼がよく見えた。そのまなざしは率直で澄んでいて、そこにあるものがたしかに読みとれる気がした。「母のことですね」

「わたしと知り合ってから何年かのあいだに、きみは何度かお母さんが亡くなったという話をしたが、自殺だということには一度も触れなかった」

ジェーンは感情を交えずに、表向きの事実を語った。「睡眠薬を大量に飲みました。そして念を入れようとしたのか、湯を張った浴槽に座って、両手首を切った。わたしは九歳でした。母を見つけたのもわたしです」

「ある事件できみと初めて仕事をしたとき、きみの知性と熱意に感心させられた。きみのことをもっとよく知りたいと思った、それで少し調べさせてもらったんだ」

「まあ、そういうことです。でもいまの状況は、母とはなんの関係もありません」

モーシェがまたワインを勧めた。ジェーンはかぶりを振った。

彼はロウソクをわきに押しやり、レンズに火明かりが反射しないようにしてから、またメガネをかけた。ジェーンの顔を明瞭に見て、表情のあらゆるニュアンスを見落とすまいとするように。

「ニックが死んだとき、きみは彼が自殺するはずがないと思い込んだ。そしてそれを証明したいという思いに取り憑かれ、そのことがこの自殺率増加の発見につながり、さらに強迫観念が強まった」

「これはぜんぶ現実です。手段を選ばずにわたしを黙らせようとしている人たちがいる。妄想じゃないんです、モーシェ」

「そんなことは考えていないよ。きみが言ったことはすべて信じている。わたしが言いたいのはただひとつ、人は強迫観念に突き動かされてしまうと、こんな複雑怪奇な陰謀を調べて結果を得られるだけの忍耐力や思慮、思考の明晰《めいせき》さが損なわれかねないということだ」

「わかります。よくわかっています。でもこれをやるのはわたししかいない」

「きみが自分の強迫観念のことを、その元にあるものの強さを十分に認識していてくれれば、わたしの心配も少しやわらぐだろう。そしてきみは自分がどんなとき無謀《むぼう》に、無分別になるかをより意識できるようになるかもしれない」

「モーシェ、あなたにはっきり言えるのは、わたしはこれまでずっとそうだったように、いまも捜査官だということです。それ以上は何も言えません」

たっぷり一分にも思えるほど長く、モーシェは玉ねぎの皮をはぐように鋭い目で見つめ、ジェーンはその視線を正面から受けとめた。「三年前にきみとネイサン、それとほかの何人かで食事をしたときのことを憶えているかね？ きみたちがJ・J・クラッチフィールドを捕まえたあとの祝いで？」

「もちろん憶えています。楽しい夜でした」

「きみはわたしのリクエストで、ピアノを弾いてくれた。すばらしく上手だった」

ジェーンは無言でいた。

「ほかのゲストたちがきみのお父さんのことを訊いたが、きみは慣れた様子で、その話題をやんわりと避けた」

「親が有名だと、子どもは早いうちに、家族のことを世間に明かさないよう学ぶんです」

「守るべき家族の秘密があると？」

「ただのプライバシーのためです」

「きみに音楽をやるように勧めてくれたのはお母さんだと、そう感謝していたね」

「母自身、すばらしいピアニストでした」

「きみがお母さんのことを話すのはまれだが、いつも最高の敬意がこもっている。お父さんのことを話すのはさらにまれだ——それもごく冷淡に」

「父とは親しくありませんでした。いつもコンサートツアーに出ていたせいで」

「きみの冷淡さには、好き嫌い以上の意味がある」

「どんな意味があるんです、博士、言ってください」自分の拒絶するような声音に、ジェーンは戸惑いを感じた。

「深い不信の念だ」

ジェーンはにらみ合いから目をそらしたが、また視線を戻した。こちらが顔をそむけたことに、相手が何か深い意味を読みとったりしないように。「子どもは誰でも、親との問題を抱えています」

「いや、不愉快なところをつついてしまったのなら申し訳ない」

「あなたがお仕事でよくやってきたことじゃありません？」

「きみのようにピアノは弾けんが、こういうことはまあまあ得意でね」椅子に深くもたれ、テーブルの上で両手を組む。「性的なものではないな」

ジェーンが眉をひそめる。「何がですか？」

「きみとお父さんとの問題だ。性的虐待はなかった。きみにそうした子ども特有の問題は見当たらない」

「だらしない人ですが、好きなのは若い女性で、子どもではありません」

「お母さんの自殺から一年後に、再婚したのだったね」

「わたしに何かできたでしょうか？」

「何かをしたかったのかね」

「父はユージニアと結婚することで、母の記憶を消そうとしたんです」

「それはいま問題ではないだろう？」

「わたしにとっては問題です」

「しかし別の問題だ」

「母が生きていたときから、あの人はユージニアとファックしていた」

「その露骨な物言いは、わたしにこれ以上踏み込んだ話をさせないためなのか？」

ジェーンは肩をすくめた。「お好きなように」

「きみはなぜ、お父さんがお母さんを殺したと思っているのかね？」

さっきジェーンは、半分残ったワイングラスをわきに押しやっていた。だが、モーシェの洞察に茫然としたまま、いままたグラスを手に取って飲んだ。

モーシェもワインを少しなめた。ふたりいっしょに酒を口にすることで霊的な交流のようなものが起こり、自分たちを結びつけるとでもいうように。

「自殺の場合はかならず検死解剖がある」

「建前はそうですが、いつもあるとはかぎりません。管轄や状況によっては、検死官の裁量にゆだねられます」

「では、きみにはなんらかの証拠があったと？」

「父はその日の朝、飛行機に乗って出かけました。六百キロ離れたホテルに泊まる予定でした。つぎの日の夜に、別の街でコンサートがあったので。でもわたしが寝ていて、ふと目が覚めたとき、ふたりの言い争う声が聞こえたんです」

「その声が聞こえたとき、きみはどうした？」

「頭に枕を戻して、また眠ろうとしました」

「眠れたかね？」

「少しのあいだだけ」ワイングラスをわきに置く。「父はあの夜、家にいました。声が聞こえたんです。あの人がいたという理由はもうひとつあります。でも確かな証拠はありません。それに父は人を怯えさせて、操る名人でした」

「お父さんを恐れていたのだね」

「はい」

「そして彼を恐れていた自分のことを、いまも怒っている」

ジェーンは何も言わなかった。

「自分を責めているのかね？」

「なぜ？」

「ふたりの言い争いが聞こえたあとに、また寝入ったことだ。もし自分がふたりのところに行っていれば、お母さんはいまも生きていたはずだと思っているのでは？」

「いいえ。そうしたら……わたしも死んでいたと思います。あの人は、母がわたしを殺してから自殺したように見せかけたでしょう」

モーシェがときおり挟む沈黙は、さっきまでかかっていたモーツァルトの〈K. 四八八〉の静寂のように、巧妙に配置され、維持されていた。

ジェーンは言った。「わたしが自分を責めるとしたら、あのあと何も声をあげられなかったことです。あの人を前にして怯えてしまった」

「きみはまだ子どもだった」

「関係ありません。危地にあったら、思いきってやるかやらないか、それだけです」

ワインのボトルはまだ半分近く残っていたが、モーシェは栓をした。

「きみの強迫観念は、ニックの死とともに始まったのではない。九歳のころに端を発するものだ」

そう言って彼は、さっき皿に置いたイチゴをあらためて口にした。

「きみはニックのため、お母さんのために復讐を望んでいる――だが、最も求めているのは、それではない」

彼がメガネを外し、胸元からポケットチーフを引き出してレンズを拭くあいだ、ジェーンは待っていた。

「きみがこの陰謀を打ち砕き、後ろで幕を引いている者たちを刑務所送りにし、善悪のバランスを取り戻したいと思っているのは、息子さんがいつまでも苦しみつづける危険をなくしたいからだ。ぼくはああすればよかった、まだ悪を正すためにできることがあるんじゃないか、そんな気持ちを彼がもちつづけるのは耐えられない。わが子に悲しみを味わわせずにいることはできなくても、きみの心を何年もずっと蝕《むしば》んできた罪の意識だけは味わわせたくない。そういうことではないかね？」

「それはあります。でも決してそれだけじゃない。トラヴィスのために、思想より人間が重視される世界であってほしいんです。鉤十字もなく、鎌とハンマーもなく、非人間的な思想に引きずられて何千万もの人が命を落としたりしない世界であってほしい。いまのあなたの顔を見ればわかります、モーシェ。わたしに世界を変えることなどできっこない。たしかにそうです。ジャンヌ・ダルク症候群にかかってはいません。そうした世界を望むのがあの子のためでも、あの子に罪の意識を感じさせずにすむとしたら、何かしらやるだけの価値はあるでしょう」

モーシェがまたメガネをかけた。「きみの強迫観念を突き動かしている強い感情に気づいていれば、いつ感情が理性を押しつぶそうとするかを意識できるだろう。その感情が育む無謀な衝動を鎮め、向こう見ずな行動を抑えられれば、きみにもチャンスが生まれるかもしれない」

「ほんのわずかなチャンスでもあるなら、わたしはやりつづけなくてはいけないんです」

「わかったよ。きみの状況評価が正しいとすれば、きみにあるのはたしかに、ほんのわずかなチャンスだろうからね」

2

サンフェルナンドヴァレーのモーテルの部屋に戻ったときには、もうジミー・ラッドバーンから手に入れた資料を見なおすようなエネルギーはなく、頭も働かなかった。文書の詰まった重いごみ袋を、クローゼットに入れた。眠るのにウオッカも音楽も必要なかった。九時にはベッドにもぐり込み、すぐに夢の世界に落ちた。

真夜中近くに、銃声で目が覚めた。猛スピードで走る車のエンジン音。二台いる。タイヤが軋る。男が叫んだが、言葉はよく聞き取れない。また銃声が三発、おそらく応射だろう、立て続けに起こった。

誰も頭を乗せていない枕の下から、拳銃を引き出した。暗いなかで体を起こし、ベッドから立ち上がらずに待った。

金属が軋る音が響いた。どちらかの車が別の車にぶつかったのだ。走っている二台のどちらかが、駐車中の車に接触したのかもしれない。

やがて車は行ってしまった。エンジン音がドップラー効果のせいで低くなりながら二方向に遠ざかる。ドライバーたちが銃火を交えたあと、おたがいに逃げていったかのように。しばらく体を起こしたままでいたが、何も起こらなかった。夜の闇から警察のサイレンも聞こえてこない。どこからも銃撃の通報はなかったようだ。

また枕の下に拳銃を戻した。どのみち、このあたりはアメリカきっての殺人都市というわけではない。その称号はシカゴのものだ。最近はほかの管轄区もあそこに迫ろうとする勢いではあるが。

また体を横たえながら、いまの出来事はただのホワイトノイズだ、現代生活の背景には絶えずああした暴力と混沌がふつふつ沸いているのだと思った。みんなこのホワイトノイズに慣れきっていて、自殺率の急増といった、より大きな意味をもつ暴力的な現象にも気づかずにすんでしまう。

横になっても目は冴えていた。ギャヴィンとジェシカのもとで無事に過ごしているトラヴィスを、交代で家のパトロールをしているシェパードたちを想い、やっと眠りに落ちた。

3

四時四分に起き出し、シャワーを浴びて服を着ると、小さな丸いダイニングテーブルの前に座り、三十二の管轄区で起きた自殺についての検死報告書にじっくり目を通した。四つが大都市、十二が中都市、八つが郊外のもの。そして八つが低人口地域で、その場合はひとりの郡検死官が周辺の小さな町すべてを担当していた。

報告書にはそれぞれ、遺体の現場写真が添えてあった。ジェーンは見るまいとした。だが、脳の前頭葉がまともに取り合うべきでないと言っているものに、すべての人間の脳の奥にある原始的な部分が引きずられてしまった。そして目はときどき頭を裏切りもする。

厳密に法に従えば、自殺の場合は必ず検死解剖が必要だが、大半の管轄区では、死亡者が間違いなく自らを死に至らしめたと検死官が判断すればそのかぎりでないことが認められている。警官が死をもたらした場合、形式的には自殺として扱われ、必ず検死が行われるだけでなく、メディアの大騒ぎと場合によっては裁判もついてくる。対照的に、うつの病歴をもち、以前に自殺未遂を起こしている者の場合、薬物を検出するための血液検査が行われ、遺体は徹底的な外観検査によって、直接の死因とは無関係な暴力の痕跡がないかどうかが調べられる。しかし故殺を示すものがなければ、解剖と内臓検査は必ずしも行われない。

ニューヨークとロサンゼルスという二つの大都市の事例を調べていると、興味深い三つの発見があった。

ひとつめは、属するコミュニティによく適応し、精神的に安定していて身体的にも頑健、家族も仲がよく、仕事も順調にいっている人たちの自殺例が、数字的に全国平均よりも高いということだ。この現象はよほど印象的なのか、簡易検査または詳細な検死を行った検死官や副検死官がしばしば報告書で言及していた。

二つめは、ニューヨークで合衆国司法長官がニューヨーク州検事総長と連繫し、検死官のための新たなガイドラインを承認したという話だった。自殺の検死を遺体の外観検査と通常の毒物検査だけですませる割合を大きく高めることを許可するだけでなく、推奨するというのだ。理由として挙げられているのは予算の圧迫と人員不足だった。こうした新しいガイドラインに一部の検死官は大いに戸惑いを感じ、報告書にもその旨を記載し、将来的に職務怠慢《たいまん》のそしりを受けることになっても自分たちのせいではないとはっきり書いていた。

三つめは、カリフォルニアで一部の検死官たちが、前年に州検事総長が予算および人員の不足を理由に行った同じ趣旨の勧告――ニューヨークのような単なるガイドラインではない――への当惑を表明していることだった。しかも州検事総長の勧告には、検死局が自らの裁量で「第一級謀殺、第二級謀殺、故殺を示す明確な証拠または正当な疑いのない事例」においても詳細な検死を続けているような市または郡に対しては予算削減の措置が講じられるという警告も添えられていた。特定の事例で検死を簡略化する理由としては、麻薬密売組織やテロリストによる殺人数の増加により完璧な形で専念したいためだとされていた。一部の検死官たちは自衛のために、報告書でこの勧告を取り上げ、あるいは全文を添付していた。

だが近年の公務員数の増加は、人員が足りないという主張とはあきらかに矛盾している。もしジェーンがいまのこの疑念をどこかの当局にぶつけようものなら、ホーソーンの小説でヘスター・プリンが緋《ひ》文字を胸につけさせられたように、パラノイアの烙印《らくいん》を間違いなく押されるだろう。

それでも疑念を抑えることはできなかった。この国最大の東西二州の検事総長が、証拠を湮滅《いんめつ》する方向に動いているのではないか。自殺するとはとうてい思えない人たちの自殺が急増しているという事実に関連する証拠を。

彼らは誰の指示で動いているのだろう？　この最近の自殺の蔓延についてはどこまで知っているのか？

民間部門のバイオテクノロジー企業と政府がともに、自殺率の急上昇を招くプロジェクトに関与しているのだとしたら、その目的は何なのか？

自殺は想定外の副作用なのか……それとも、彼らがそうした結果を意図してやっていることなのか？

皮膚を粟立《あわ》たせる寒気はいっこうに消えず、体の奥深くにまで入り込んできた。

バスルームへ行くと、モーテル備え付けのマグと、インスタントコーヒーのアルミパック、安物の湯沸かし用ポットが置いてあった。マグにたっぷり二パック分入れ、湯を注いでかき混ぜる。部屋を歩きながら、ぎりぎり我慢できるくらいの熱いコーヒーをすすったが、寒気は去らなかった。

4

検死報告書のなかに、脳の解剖が行われた事例はまだ見つからなかった。自殺者の灰白《かいはく》質に不自然な構造物があったという言及を、ずっと躍起になって探していたのだ。

コーヒーではほとんど体が温まらないとわかったころ、検死官の報告からいったん離れ、名立たる慈善家デヴィッド・ジェームズ・マイケルについての情報を調べようと決めた。デヴィッド・マイケルは〈ガーンズバック協会〉、〈シードリング基金〉の理事会に名を連ねていた。前者は年に一度の〈仮想未来会議〉を主催し、後者の理事のひとりで富豪のT・クイン・ユーバンクスは謎の自殺を遂げていた。

デヴィッド・マイケルに関する報告は、非の打ちどころのないほど完璧だった。やはりジミー・ラッドバーンはすご腕だ。もしそんなものがあるなら、ハッカーの殿堂入りにふさわしいだろう。

デヴィッド・マイケルは四十四歳。何世代も前に鉄道事業で築かれ、前世紀に高い収益を生んだ石油や不動産などへの投資で膨れ上がった資産を、たったひとりで相続した。受け継いだ資産とはいえ、彼は第一級の財産管理人でもあることを証明し、ベンチャーキャピタルの会社に投資したりハイテクのスタートアップ企業を支援したりした。新しく有望な企業を見分ける彼の目はきわめて鋭く、当時選んだ八十パーセントが成功をおさめた。三年前に彼は、ヴァージニアのミドルバーグからパロアルトの地所に移り、彼が関心をもつシリコンヴァレーの会社群の近くに住むようになった。

写真も何枚かあった。元は糊《のり》のきいたピンストライプの世界から出てきたのだろうが、いまの好みは本人の反骨精神を物語るスタイルらしかった。ブロンドの髪は無造作に刈られ、櫛《くし》ではなく指で梳《す》いただけのように見える。だが実のところは、一回につき五百ドルとる美容師の作品なのだとジェーンの目には映った。重要なビジネスミーティングにもスニーカーとジーンズ、裾を外に出したシャツという格好で現れることで有名だが、何枚かの写真ではぜんぶちがう腕時計をしていた。どれも一個五万から八万ドルする高級時計のコレクションの一部だということだった。

数多くの出版物の記事によれば、慈善活動には気前よく金を出し、サンフランシスコ交響楽団から湿地帯の環境保護まで、あらゆる公共心に富んだ活動に加わり、進歩的な政治姿勢を隠そうとしていない。

こういうタイプのことは知っている。一般大衆に向けたこの男の言動はすべて、入念に作られたものだ。若き反骨の億万長者、自らが貧しくなるリスクも顧みず惜しみなく富を分け与える。そして誰もが褒めそやす。しかしその実、彼が与えているのは全資産の一パーセントにすぎない。その表向きの人格がどこまで本物かは、本人とその妻、そしてイメージコンサルタントにしかわからないことだ――もしかすると妻ですら知らないだろう。

彼のベンチャーキャピタルとともに発展してきた企業のひとつが〈シェネック・テクノロジー〉であり、最近になってその範囲を広げた結果が〈ファー・ホライゾンズ〉だった。シェネックとデヴィッド・マイケルは〈ファー・ホライゾンズ〉の共同パートナーでもあった。

この陰謀の中枢はまだ探し当てられていないとしても、核のひとつは見つけていた。バートールド・シェネック、デヴィッド・ジェームズ・マイケル、〈ファー・ホライゾンズ〉を結ぶ線だ。

問題は、このふたりにどうやって近づき、その急所をつかんで話をさせられるかだ。億万長者なら何重もの警備体制を施し、最も有能なボディガードをつけているにちがいない。シェネックの財産は、一方の大投資家とくらべればはるかに少ないが、ほんとうにやつが〈ファー・ホライゾンズ〉を通じてこの陰謀に関わっているのだとしたら、両方の男に重大なダメージを負わせるか、破滅させられるほどの情報を握っているはず。ということは、よほど慎重かつ表立たない方法で近づかないかぎり、指一本触れられないだろう。

だがジミーの報告書の最後に、裏口からシェネックに近づけるかもしれない材料が見つかった。その最後の情報は、たったひとつの文章だった。〝バートールド・シェネックはあるダークウェブの事業に内密に深く関与していて、それは奇妙な娼館であるとかないとか〟

つぎに何をするべきかがわかった。

危険はあるだろう。

それがなんだというの。最近では何もかもが危険なのだ。フィラデルフィアで車で通勤することが死への片道切符になったりもするのだから。

5

朝の八時から、モーテルのメイドたちの静かなスペイン語の話し声、備品のカートがたてるカチャカチャという音が部屋まで入り込み、時間がたつにつれて次第に大きくなってきた。そろそろ十時だが、十一時までぐずぐずしていたくはなかった。ドアノブに〈起こさないで〉のサインをかけてはいても、いつドアにノックがあって、メイドサービスはよろしいですかと丁重に訊ねる声がしてもおかしくない。モーテルのスタッフとの接触が少ないほど、こちらのことが記憶に残る恐れは減るのだ。

それに、ここではもう二泊目だ。長くても一カ所には二泊しかしないと決めていた。動く物体は動きつづけようとするものだし、長くとどまりすぎる物体は喉をかき切られやすい。

バッグと袋をフォードに積み込み、フロントに部屋の鍵を戻すついでに、最寄りの図書館の住所を訊いた。

近くのマクドナルドで、朝食のコーヒーとバーガー二つを買った。バンズは半分捨てて、車のなかで食べた。見かけより味はましだった。コーヒーは香りほどうまくはなかった。制酸薬の瓶から小さな錠剤を一粒出して飲んだ。

図書館でコンピュータを使って、なるべく近くにある美術用品、実験用品、家庭用品の店を探した。どれも彼女を追っている連中の注意を引きそうなものではない。

一時までにアセトンの溶剤瓶を何本か、容器入りのさらし粉、最低限必要になる実験用の容器、あとはドラッグストアで売っている品を二、三買い込んだ。

ターザナでまあまあのモーテルを見つけ、泊まることにした。この町に来るのは初めてなので、誰とも面識はないはずだ。

前のモーテルで提示したのとは別の偽造IDを使い、宿代は前もって現金で支払った。キングサイズのベッドがクローゼットの扉に張られた鏡に映っていた。扉を開け、ごみ袋をなかに詰め込む。スーツケースをいっしょに入れる前に、双眼鏡と、ロックエイドの解錠ガンを出した。法執行機関にしか売られていない品だが、フォード・エスケープを改造したのと同じ連中から違法に入手できる。そして最後に、頼みのヘッケラー＆コッホ四五口径の銃身に合わせて調整された消音器も取り出した。

それから夕方の五時まで、外科用マスクとニトリル手袋を着けて、バスルームで作業に励んだ。アセトンとさらし粉を反応させてかなりの量のクロロホルムを作った。化粧品店で買った六オンスのスプレーボトルにクロロホルムをいっぱいに詰め、後始末をした。

外に出ると、夕方の太陽が郊外の雑然とした街並みを汚れた光で浸していた。生暖かい空気のなかに排気ガスが漂っている。有害な物質は触媒コンバーターで除去されているとはいえ、それでも空気に残る臭いは不快だった。

モーテルから通りを隔てた向かい側のレストランで、フィレミニョンの夕食を楽しんだ。これがこの世で最後の食事になったりはしないと、一度ならず自分に言い聞かせながら。

6

同じ日の少し前、東部時間でもうすぐ四時になるころ、課長のネイサン・シルヴァーマンはクアンティコのFBIアカデミーのオフィスにいた。そこへロサンゼルス支局を預かる特別捜査官から予告の電話があり、昨日サンタモニカで起きたある事件に関する報告をこちらへ送ると伝えてきた。重大犯罪対応群のジェーン・ホーク特別捜査官を騙る女、もしくはホーク特別捜査官本人が、その件に関与しているという。

奇妙な事件ではあるが、FBI局員を詐称した可能性をのぞけば、とくに犯罪性はないとのことだった。支局の特別捜査官に言わせれば、ロサンゼルスはこの国でも指折りに忙しい支局なので、こんな取るに足りなそうな件にかける時間はほとんどない。ただ、行動分析課の五つの係には、近々の重要な事件でひとかたならぬ協力をしてもらった。また自分はシルヴァーマンと部下の捜査官たちに敬意を抱いてもいる。報告は東部時間の九時までに仕上げて送る予定である。

その日の夜、七時三十分。ネイサン・シルヴァーマンは、クアンティコから四十キロほど離れたアレクサンドリアの街外れにある自宅で、三十年連れ添った妻のリショナと夕食をともにしていた。ふたりが座っているのは、ダイニングテーブルの対角線上の位置だった。

子どもたちはもう大学を出て、自活している。だから彼とリショナは、あまりたいそうなまねをせずにキッチンで食べてもいいのだが、リショナがダイニングルームのエレガントな雰囲気のほうがいいと言い張るのだ。

夜はだいたいリショナが料理を作ってくれるが、彼女は夕食のテーブルに上等な陶磁器や銀器やクリスタルガラス、趣味で集めているリングに通したダマスク製のナプキン、キャンドルなどを使ってちょっとしたイベントに仕立ててあげる。

ネイサンには、自分は最高に幸運な男だという自覚があった。妻は愛らしいと同時にいちばんの友人でもあり、なんでも相談できるし、その思慮深さを頼りにしてもいた。

すばらしくしゃきしゃきしたロメインレタスのシーザーサラダを平らげたあと、分厚いメカジキの切り身の蒸し煮にとりかかりながら、今日一日のことを話した。月曜日のフィラデルフィアでのテロ攻撃のあと、作戦支援課および行動分析課第一係と第五係──すべて重大犯罪対応群に属する──には協力の要請が殺到した。木曜日になって初めて、八時前に家に帰ることができた。ネイサンには話すことがいくらもあったが、いきおい今夜はジェーンとロサンゼルス支局からの連絡のことが会話の中心になった。

きわめて有能な部下たちに恵まれたネイサン・シルヴァーマンは、彼らとは規律正しいプロとしての関係と、プライベートなつきあいの両方を実現していた。この局内ではそうよくあることではない。リショナはジェーンととても親しく、彼女とニックのことを自分の家族同然に思っていた。ニックが死んだときはジェーンに劣らず嘆き悲しみ、いつも彼女のことを気にかけていた。

「おれはジェーンにIDを返すようせっつかなかった」とネイサンは言った。「あいつのことはよくわかってる、きっと二カ月もしたら復帰してくるはずだ、そう思ってたんだ。それどころか六週間ぐらいで」

「ジェーンの心は石でできてるわけじゃないのよ」リショナがたしなめた。

「そりゃそうだが、あいつはライオンの心《ハート》をもってるやつだ。何があってもずっと引っ込んだままじゃあいない。二カ月前に休職の延長を申し出てきたときはびっくりしたぞ、電話してきたのを憶えてるだろう」

「ええ、トラヴィスといっしょに国内を旅してまわるって言ってたわね。あのおチビちゃんにはいいかもしれないわ。ほんとにニックが大好きだったもの」

「それであいつは、おれのほうから連絡がとれるように、自分の新しい電話番号を教えてよこした。ただし、あいつの言い方だと、しばらく〝そっとして〟おいてほしいとのことだった。おれはあいつの家の番号も携帯の番号も知ってたから、これは新しいスマホの番号なんだろうと思った。同じ市外局番だったしな」

彼は言葉を切り、メカジキを味わっていたが、妻のほうは夫が沈黙を意味ありげに使って自分の話をドラマティックにするくせをよく知っていたので——どんな平凡なニュースでも彼女を楽しませようと進んで工夫するのだ——五秒もすると辛抱が尽きてしまった。

「シェイクスピアみたいにもったいぶるのはやめてよ、ネイト。電話がどうしたの？」

「だから、おれはあいつの言うとおりに〝そっとして〟いた。だがロサンゼルスから今度の連絡があったときは、もうちょっとで電話しそうになった。でもどうしてか、やっぱりかけなかったんだが、若手のコンピュータ使いに頼んで、あいつの番号の登録先の住所を調べてもらった。局の仕事でなくおれ個人の都合だと言って。まあ結局、犯罪はからんでなかった。ただ、スマホの番号じゃなかった。安いプリペイドだった」

「使い捨て携帯？」

「アレクサンドリアのウォルマートで買って、おれと最後に話したその日に使える状態にしてあった。それからまだ一回も使っていない」

稲光や雷鳴の前触れもなく、いきなり夜空から激しい雨が落ちてきて屋根をたたき、ネイサンもリショナも驚いて天井を見上げた。

リショナが言う。「これで雨樋《あまどい》がちゃんと直ってるかわかるわね」

「もしうまくいったら、四百ドルの節約になるな」

「切実にそう願ってるわよ。あなたが日曜大工で大惨事をやらかすたびに、あたしがどんなに苦労してるか知らないでしょ」

「大惨事ってのは、ちょっと言葉が強すぎるんじゃないか?」

「お客用のトイレのことを思い出してたんだけど」

少しの沈黙のあとで、ネイサンは言った。「そうはいっても、災難ぐらいのほうが正確だろう」

「まあそうね。言いすぎたわ。あれはただの災難。で、どうしてジェーンがあなたと話すのに使い捨て携帯を買ったりするの?」

「わからないよ、さっぱりわからん。だがうちに帰るとき、少しスプリングフィールドに寄って、あいつの家の前を通り過ぎてみたんだ。そしたら、なかった」

「何がなかったのよ」

「スプリングフィールドはあったが、家がなかった。取り壊されてたんだ。建設現場のフェンスに、建築会社が新しい建物の外観予想図を張り出してて、〈チェン宅〉って表示もあった。まだ工事は始まってなくて、スタッフもいなかった。まだ申請してる段階なんだろう。明日誰かと話をしてみようと思う」

リショナは疑念を絵に描いたような顔だった。「ジェーンが家を売って引っ越して、いまの住所をあなたに教えないなんてありえないわ。規定違反でしょう」

シルヴァーマン邸は頑丈な造りで、石積みも建具もしっかりしているが、突然の嵐のせいでどこからかダイニングに隙間風が入り込んできた。クリスタルのカップのなかで、キャンドルの炎が蛇《へび》の舌のように長く伸びて震える。

「あいつが名前をチェンに変えて、おれたちに報告しなかったとしたら、それも規定違反だろう。それにロサンゼルスから何か入ってくるとしたら……まずいことになるぞ、リショナ」

「ねえ、ネイト。あたしの知ってるジェーンは、不正とかにはいちばん遠い人よ。あなたを別にしたら」

「そういう意味じゃない」ネイサンが言ったとき、雨がいっそう激しくたたきつけた。日曜大工の素人修繕で四百ドル節約しようとしたのが無謀だったようにだんだん思えてくる。

「おれの見込み違いならいいんだが、あいつは何か、自分で招いたのでないトラブルにはまり込んでるんじゃないだろうか。おれにさえ言えないほど悪い状況に」

7

シャーマンオークスは、ロサンゼルス郡のほかの町に比べて、六十五歳以上の住民の比率が高いところだ。一世帯平均の構成人数は〝二〟で、南カリフォルニアでは最も低い。総じて平穏な町で、丘の上の高級住宅地の通りはとくに閑静だ。

その豪邸は煉瓦造りで、鋳鉄《ちゅうてつ》製の窓まわりや破風《はふ》が目を引いた。玄関の階段の左右には一対の獅子《しし》が誇らしげに鎮座し、まるで図書館か裁判所のようだ。もっともここの住人は、図書館にはなんの興味もなく、自分は誰より頭がいいから裁判所で裁判長の前に立つことなどありえないとも思っている男だった。

玄関に通じる道の両わきの低い位置に、通路を照らすランタンが連なっていた。ドアの横のレトロな馬車ランプがポーチの上に温かな明かりを落としている。一階の窓にはどこも暖かな光が満ちているが、二階は暗いままだった。

いまから二年前、五十四歳のリチャード、五十三歳のバーニースのブランウィック夫妻は早めの引退を決め、アリゾナのスコッツデールに移り住んだ。ふたりともせっせと働いてはきたものの、悠々自適に暮らせる時期が早く来たのは、自分の選んだ職業で大成功をおさめたひとり息子ロバートのおかげだった。

この家から二軒ほど坂道を上ったところに、ジェーンは車を停めた。双眼鏡でブランウィック宅を拡大し、しばらく観察した。

家の外側に誰かが配置されていることはないはずだ。ここは武装した警備員が当たり前のようにいる地域ではない。近隣の住人が暗がりに潜んでいる人間を見かければ、すぐに警察に通報するだろう。ロサンゼルス警察管内のシャーマンオークスの担当は、シルマー・アベニューにあるヴァンナイズ署だ。この界隈からそうした通報があれば、よもや無視はするまい。

いずれにしろ、ロバート・ブランウィックはこの家には警備が必要だと考えていないらしく、標準的な住宅用警報システムがあるだけだった。

やつがもし、ジェーンにここの住所と名前を知られたという疑いをもったとすれば、もうこの家にはいないだろう。いまだけではない。この先もずっと。

もし家にいるとしたら、おそらくひとりではない。やつのようなタイプは、ひとりでいると落ち着かなくなることが多い。人は孤独でいると、いやでも自分と向き合わなくてはならないからだ。

坂を二軒先まで上ったところの家は、窓にかすかな明かりも見えなかった。あきらかに留守か、家の人間が外出しているのだろう。

黒地に銀の手袋をはめると、ジェーンは通りを渡り、番犬がいないか注意しながら、暗い家の裏手に回った。

パティオの先に、奥行きの深い裏庭があった。目隠し用の壁が隣の地所とのあいだを隔てているが、芝生が終わるあたりには明確なフェンスはなく、雨水でできた浅い谷の縁に小さな果樹の木立があった。

真っ黒な木々が月の光で銀色に染まり、まるでエッチングの針と蝋を塗った黒い銅板、そして不気味な美への審美眼をもつ芸術家の手で具現化された夢のなかの森を思わせる。

斜面の下側にある家の地所は、スタッコを塗ったコンクリートブロックの壁に囲まれていた。小型の懐中電灯を手に、スタッコの壁と林のあいだの隙間を進み、側面のゲートをくぐって、ブランウィック宅の裏手の壁に達する。

なかに入れるゲートはなかったが、壁の高さはほんの二メートルほどで、難なくよじ登ることができた。壁の上まで上がると、成形コンクリートの被《おお》いにしばらく腰を下ろし、夜の帳《とばり》に包まれた庭とプールを眺めた。黒くさざ波立つ水面に、壊れた月のかけらが浮いている。

芝生の上に飛び降りた。プールをぐるりと回り込む。

窓の青白い光が屋根のあるパティオに落ちている。その窓ガラスの向こうに、家の西の端に当たるキッチンと朝食スペースが見えた。どちらにも人の姿はない。

東側にはファミリールームがあった。ガラスの引き戸の向こうに、パティオからは顔をそむける格好で、男と女が大きなグレイの組み合わせ式ソファに座り、壁掛けのフラットスクリーンテレビでカーチェイスの場面を観ていた。スーパーチャージャーの轟音とビートのきいた音楽が窓の外まで洩れ出てくる。

思いきってキッチンのドアまで進み、ノブを回そうとした。錠が下りていた。

映画の音はうるさかったが、オープンプランの間取りのこの家では、キッチンはファミリールームにいるふたりから位置的に近すぎた。ちょうどカーチェイスが終わって静かな場面になった瞬間、こちらがロックエイドの引き金を引き、バネと錠のピンタンブラーがパチッ、カチャッという音をたてれば、誰かの注意をひきかねない。

家の西側に回った。長い壁の中ほどにフレンチドアがひとつあり、狭い内庭に面していて、いまは作動していない台座と水盤だけの噴水の横に、錬鉄《れんてつ》製の椅子が二脚置かれていた。

ドアの奥の部屋には明かりがついていなかったが、内側のドアの隙間から廊下の光が洩れ入っていた。部屋は書斎のようだった。机や本棚、アームチェアの影らしきものが見える。

ジェーンは拳銃をホルスターに戻した。懐中電灯をほんの一瞬つけると、座金にシリンダーのついた埋め込み錠が照らし出された。

さっき使おうとしてあきらめた解錠ガンが、靴ひもでベルトにつないであった。その細いピックを鍵穴の、ピンタンブラーの下側に差し入れる。引き金を引くと、板バネが細いピックを跳ね上げ、ピンの一部がシヤーラインの上まで上がった。四度目に引き金を引いたとき、錠が完全に外れた。

また拳銃を抜き、部屋のなかに入った。後ろ手にドアを閉める。やはり書斎だった。机の上のコンピュータ。書棚には本のかわりに、『スター・ウォーズ』の高級なフィギュアのコレクションが並んでいる。

家の裏のほうから、タイヤの軋む音や競り合って走る車のエンジン音、銃声、そして映像やストーリーとは無関係に興奮を呼び覚まそうとする音楽が響いてきた。

明るく照らされた廊下に出ると、少しためらってから、家全体の様子をざっとつかむために家の正面のほうへ移動した。玄関ホールからは、一方の側にダイニング、もう一方の側にリビングルームがあるのが見え、どちらも心地よい明かりがついているが無人だとわかった。

廊下を引き返し、キッチンの戸口に達したそのとき、若いブロンドの娘がファミリールームから現れ、冷蔵庫を開けた。ジェーンのほうに背を向けていて、侵入者には気づいていない。

娘は光沢のあるタイトなパンツに、へそもあらわなレース飾りのあるブラウスという蠱《こ》惑《わく》的な格好だった。

ジェーンは拳銃をホルスターに収め、小さなクロロホルムのスプレーを取り出すと、広いキッチンに入った。ファミリールームから丸見えになるアーチの部分を、映画がその部屋にいる男の注意を引きつけていてくれるよう祈りながら、通り過ぎる。

幸運は大胆な者に味方する。そうならない場合をのぞいて。

冷蔵庫の前で、五つあるソフトドリンクのうちどれにしようかと迷っている娘の背後に忍び寄る。

ブロンド娘が手に持ったソーダの缶を取り落とすようなことになる前に、ジェーンはそっと言った。「ペプシよ」

ぎょっとして振り向いた娘の顔に、スプレーボトルから噴き出した霧がまともにかかった。甘い匂いのクロロホルムが娘のピンク色の口紅と舌の先を濡らし、鼻腔に入り込む。悲鳴をあげるひまもなく、眼が大きく開いて目玉が上を向いた。ジェーンはその体に片手を回し、床に倒れこまないように冷蔵庫にもたせかけると、スプレーボトルをカウンターに置き、意識を失った娘をセラミックタイルの上に寝かせた。

クロロホルムはきわめて揮発性《きはつ》が高い。ブロンド娘の唇はもうすでに乾いていた。鼻の穴の縁についたわずかな液体が光っているだけだ。何分かはそれを吸って気を失ったままでいるだろう。十分な時間か、そうでないかはわからない。

ジェーンは手近にあったラックからペーパータオルを二枚引きちぎった。重ねて折りたたみ、片側にクロロホルムを軽く染みこませ、ほとんど湿っていない側を娘の顔にかぶせる。間に合わせのマスクが息を吐くたびにかすかにゆらめく。しばらく観察して、呼吸に問題がないことを確かめた。

スプレーボトルを内ポケットに入れ、拳銃を抜き、キッチンとファミリールームをつなぐアーチの部分まで引き返した。彼はまだ、グレイの張りぐるみのソファに座り、コーヒーテーブルに足を乗せたまま、映画に熱中していた。テレビ画面では、オートバイに乗った男がハイウェイで別のバイクの男を追いかけ、高速で動くほかの車の列を縫うように走っていた。脚本を書くのは小鳥並みの脳みそですむが、演じるには怖いもの知らずの天才が必要になる場面だ。

ジェーンは彼の背後に回り込んでいき、騒音がその音を隠してくれた。一方のバイクが崖を乗り越え、もう一方がけたたましく急ブレーキをかけて崖っぷちで止まったとき、仰々しい音楽が弱まってかすかな音だけになり、死への長い落下を強調した。

ジェーンは言った。「オレオは食べたの、ボビー?」

その声はキッチンの床で麻酔をかけられて伸びているブロンド娘と一致していなかったはずだが、彼はその問いかけにまともに反応せず、いらいらと片手を振って「ああ、うん」と生返事をしながら、落下していくバイク乗りの背負ったリュックサックらしきものが実はパラシュートで、その絹の傘がぱっと開いたおかげであやうく命拾いするのを観ていた。

ジェーンが彼の頭を四五口径の銃口でトントンとたたくと、彼は「なんだよ」と言った。首をめぐらして彼女を見るとソファから飛び上がり、あやうくコーヒーテーブルの上に転げ落ちそうになった。

「わたしを公園ではめようとしたわね。それから、シェネックについての最後の情報でわたしをごまかそうとした。〝奇妙な娼館〟としか書いてない。いくつか訊きたいことがあるわ。嘘や言い逃れをしたら——頭に穴が開くわよ。わかった、ロバート？　ジミー？　どっちで呼ばれたいの？」

8

ファミリールームの映画は、スタントからロマンスに移っていた。セックスの場面はカーチェイスのときより効果音は少なく、音楽もソフトだった。

キッチンにいる大人になったキューピー人形——かつてのジミー・ラッドバーンで、ふだんの名はロバート・ブランウィック——はダイネットチェアに座っていた。体毛のない、ゴムのようになめらかな両手がキッチンテーブルの上で組まれ、赤ん坊のようにつるつるの顔が不安に青ざめているが、グレイの眼は二本のアイスピックのように光っていた。

ジェーンは拳銃に消音器を取り付けてあった。意図したとおり、消音器は拳銃そのものにも増して彼を怯えさせた。こっちが本気であることが伝わったのだ。

テーブルの上に、ジェーンが壁掛け電話の下のカウンターから持ってきたメモパッドとペンがあった。

ジェーンは彼とブロンド娘のあいだに仁王立ちした。娘はペーパータオルのマスクの下で、浅い寝息をたてている。「シェネックの娼館に、ウェブサイトはあるの？」

「闇《ダーク》のウェブだよ。ボクらが閉めたばかりのやつに似てるけど、あっちは闇が深すぎる。ボクらのなんてウォルマートみたいなもんさ。ウェブアドレスは正式には登録されてない、もぐりサイト《ブラインドピッグ》だ」

「それはどういう意味？」

「ドメインシステム、ドットオルグにただ乗りしてるけど、システムを管理してるやつにも見られないんだ。サイト名はでたらめな文字や数字がだらだら続くやつだから、どの検索エンジンにもひっかかってこない。そんな長いでたらめなアドレスを打ち込んだところで、当たる確率はほとんどゼロ。自動で検索したって何世紀もかかる。早い話、そのアドレスを知ってなきゃたどり着けないってこと。友達どうしの口コミなんだろうね」

「あなたはどうやってそのアドレスをつかんだの、ジミー・ボブ？」

「うちの客のひとりがアドレスブックにちゃんとプロテクトをかけてなかった、って感じかな」

「その人のためにハッキングしたついでに、その人もハッキングしたわけね」

「ウィン＝ウィンってやつさ」

眠っているブロンド娘が寝息をたて、顔にのせたペーパータオルがひらひら揺れた。

「そのアドレスを知ってる？」ジェーンは訊いた。

「ばらばらの英数字が四十四並んでるんだよ、かんべんしてほしいなって。そんなの憶えられっこない。誰だって無理だよ」

「〈ビニール〉から持ち出したファイルにはあるでしょう」

「いまはアクセスできないよ。ウチはもうたたんじゃったし。憶えてる？」

「その闇サイトに行ったことはある？」

「まあね」

「聞かせて」

「まず画面が黒くなる。それから〈アスパシア〉って名前が出てくる」

「綴りを書いて。手間はかけさせないでよ」

　ノートにメモをしながら、彼は言った。「なんのことか調べてみたら、アテネの政治家の愛人か何かだってさ、紀元前五世紀ぐらいの。そのあと八つの国の言語から選べるようになってる。ワールドワイドな事業だね。英語だと三つの売り文句が出てくる。〝とびきり美しい娘たち。従順そのもの。どんな過激なご要望もＯＫ〟ってね」

「あなたが夢見そうな売春宿ね、ジミー・ボブ」

「もうひとつ、えらくヤバそうなことも書いてある。〝どの娘も抵抗を知りません。半永久的な沈黙を保証〟」

「どういうこと――客が利用したあとで、女の子を始末するの？」

「えらくヤバいって言っただろ。ボクだってそこまでゲスじゃない。それと、入会費ってのがある。超高級なカントリークラブに入るみたいなもんかな。三十万ドルだ」

「ばかばかしい」

「連中がその場所を見つけられないようにしてるのは、ただの洒落《しゃれ》ってわけじゃないよ。ボクがアドレスブックを盗み見したやつは、その百倍の金だって平気で出せる」

「バートールド・シェネックがそれに関わっていることをどうやって知ったの？」

「そのアドレスを持ってたやつが、〈シェネック・テクノロジー〉の投資者なんだよ。オフィスの電話、自宅の電話、携帯、どれにもシェネック専用の番号をもってる。〝アスパシア〟のところにもアスパシアとは書いてなかった。〝シェネックの遊び場〟ってなってたよ」

「そいつの名前を書いて」

「でないとタマをひねりつぶす、ってかい」

「まだやらないけど。でもやるときは喜んでやるわ。書きなさい」

顔をしかめながら、名前を書く。「ウィリアム・スターリング・オーヴァトン、弁護士。強請《ゆす》りの名人で、でかい調停をいくつもまとめてる。住んでるのはだいたいビヴァリーヒルズ。結婚は二度とも人気女優が相手で、スーパーモデルともつきあってる。それでも〈アスパシア〉が必要だっていうんだから、よっぽど男性ホルモンがドバドバなんだろな、しぼったらスポンジの水みたいに出てくるんじゃないの」

「あなたも金持ちなんでしょ、ジミー・ボブ。ほんとうに入会してないの？」

「金でセックスは買わない」

「嘘にしか思えないけど」

「ほんとさ。もういいんだよ。とにかく、ああいう連中の仲間には入らない」

「新しい会員はどうやって入会費を払うの？　そういうのは紙の記録で跡をたどられるから、金持ちの変態どもはいやがりそうだけど」

「スクリーンに出てきたよ、〝絶対に秘密厳守。支払いの追跡は不可能〟って。それにオーヴァトンみたいなやつらは、外国の口座やらペーパーカンパニーを持ってる」

「支払い明細も手に入れてるんじゃないの？　本当のことを言いなさい」

ジェーンではなく四五口径の銃口を見つめながら、彼は言った。「支払いの手続きに入る前に、こっちの身元と、誰に紹介されたかを訊いてきたよ。オーヴァトンの名前を使ってもよかったけど、向こうにはあらかじめ紹介者のリストがあるんじゃないかと思ったんだ。もし向こうの手元にない人間を紹介者だって言ったら、とんでもない連中相手に超ヤバいことになったろうね」

「あなたは天才ハッカーなんでしょ」とジェーン。「黙って入り込めばいいじゃない」

「あいつらが相手じゃ無理かな。あの最後の線を越えたら、連中の飼ってる長い舌のドラゴンがペロペロなめながらこっちの居場所までたどってきて、バクっといかれちゃうよ。なにしろつぎの日もういっぺん行ってみたら、〈アスパシア〉の名前さえ出てこなかった。最初の画面にただ〈死ね〉って出て、真っ黒になって、ずっとそのまんま。もう二度と行かなかったよ」

「じゃあ、その娼館の具体的なアドレスはないのね」

「実際に入会しないとわからないな」

家のなかのどこかで、トイレの水洗の音がした。

くぐもってはいても、聞き間違えようのない音だった。おそらく一階の、開いたキッチンのドアに面した廊下の先にある化粧室からだ。誰かが雑誌を手に長い戦いをくり広げた結果、便秘に勝利したのだろう。

ブランウィックが手に持ったペンをジェーンの顔に投げつけ、ぱっと立ち上がると椅子を振りまわし、彼女をしとめられると思いながら叫んだ。「キップ、そいつは銃を持ってる。そのビッチを殺せ！」

人間が人間を殺すのは、悪が現実に存在すると信じていなければ不可能だろう。かつて悪に遭遇したことがあり、絶体絶命の状況で反射的に行動する訓練を受けているのでなければ。だが、ジェーンは悪を知っていた。それで至近距離からやつの頭を撃った。

彼の両ひざががくりと折れ、ジェーンがテーブルの端を回り込んで廊下の見通しが利く位置まで来たとき、死んだ体が後ろに傾き、床の上に伸びている生きた体の上に倒れ込んだ。

9

ジェーンは敷居の前で、両手で拳銃を構えた姿勢のまま、照星のその向こうの廊下に視線を向けていた。細長い廊下の中間あたりで、さっきまで開いていなかったドアが開いていた。廊下の左側。ジェーンがこの家に入るときに通った書斎の反対側に当たる。化粧室に通じるドアだ。

キップというのが何者か知らないが、そいつは廊下を横切って書斎に入ったか、さらに進んでリビングかダイニングに入ったのか。まだ化粧室にいて、こっちを欺《あざむ》こうとしている可能性もある。

廊下に出れば、階段に劣らず銃の格好の的になる。しかもどの部屋のドア口からも丸見えだ。

パティオのドアから外に出るほうがいい。ここにはもう用はない。これ以上の衝突は無用だ。

あとずさって廊下から離れ、ふと左に、グレイのソファとテレビのほうに目をやる。もし家の正面側からファミリールームに通じる別のルートがあるとしたら、やつはそちらから向かってくるかもしれない。

頭上からけたたましい駆け足の音が響いた。二階に上がっていたのだ。それがいま戻ってこようとしている。あきらかに闘う気満々で。駆け足の音の質が変化し、軽くて鈍い反響音になった。表側の階段を勢いよく駆け下りている。

武器を取りに二階へ上がったにちがいない。それを手に戻ってくる。あらゆる危険を顧みずに。家から逃げ出すこともできたはずだ。なのにこっちへ突進してくる。赤いカーパをまとった闘牛士に襲いかかる、怒り狂った猛牛のように。

ジェーンはダイネットテーブルに近寄り、メモパッドの一番上のページをはぎ取り、ジーンズのポケットにつっこんだ。

足音がさらに大きくなった。いまは一階の廊下にいる。

ジェーンが裏口のドアのほうを向いた。

ショットガンの衝撃が家じゅうを揺さぶった。散弾が雨あられとキッチンに撃ち込まれ、その拡散がドア口で制限されて、側柱の一部が木っ端微塵《こばみじん》になって飛び散った。鉛の玉が陳列棚の上側のガラスを粉々に砕き、レンジの上面のステンレスのフードにピシピシと当たる。

これでは裏のドアまでは行き着けない。やつはすぐそこにいる、やつの悪態が聞こえる。怒りにわれを忘れているのだ。撃ちながらキッチンに入ってくるだろう。

さっと床の上に、廊下のドアと自分のあいだにテーブルを挟んで伏せる。出口は左の後ろ側。右には死体があった。残った顔の造作がゆがんでいて、鼻のあった場所に開いた傷口がブラックホールになってその引力に引っぱられたように見えた。

テーブルの下から廊下のほうをのぞいた。目の前に椅子の脚が何本も重なり、じゃまになって正確に撃つことはできない。敷居の向こうに、黒と白のデザイナーブランドの、男物サイズのスニーカーが見えた。その瞬間、ショットガンがまた唸りをあげた。つぎの弾が薬室に送り込まれる音がしたところからすると、ポンプアクションだ。おそらく短銃身でピストルグリップ、一二番径の、家庭用護身銃だろう。二発目の残響がまだ部屋に残り、ジェーンの耳ががんがんと鳴っているうちに、やつが三発目を撃ち、キッチンの最後の一画に銃弾がたたき込まれた。三発の弾はどれも胸の高さの空中を切り裂き、散弾を跳ね返せないものすべてをばらばらに砕き、穴だらけにした。

　一時的に耳が聞こえない状態で、ファッショナブルな靴を履いた男の足がくるりとファミリールームのほうを向くのが見えた。すぐまた発砲してこないことから、一二番径のマガジンチューブが三発入りだとわかった——この判断が正しいとすれば。

　ジェーンは立ち上がった。男は雲つくような巨体だった。ローラースケートを履いたノーナを追ってオーシャン・アベニューを渡ってきたあの男にちがいない。広い背中をこちらに向けて立ち、キッチンはもう片づいたと踏んで、ファミリールームにあるどの家具の陰に人が潜んでいそうか考えている。クアンティコで訓練された男ではない。この銃器の扱い方はできの悪い映画から学んだものだ。デニムジャケットのポケットから予備の弾を取り出そうとしている。

後ろにいるジェーンからは、もしその気になれば、心臓を撃ち抜けただろう。だがそうはせず、出口のほうへ下がっていった。散弾やいろいろな破片を踏みしめる音がするが、このでかぶつの聴覚もジェーンと同じにつかのま麻痺してるはずだ。しかもテレビからまたうるさい音楽が流れ出していた。

男が弾を取り落とした。そして手に持った別の弾を込めるのでなく、しゃがんで床に落ちた弾丸を拾い上げた。よほど頭が鈍いのだろうか。それともこの図体にみんな恐れをなして、おまえは生まれたての赤ちゃん並みに無防備だぞと思い知らせる者もいなかったのか。

ジェーンはじりじり進んでいったが、裏口のドアを開けても男に気づかれないという幻想はもっていなかった。いま彼女の聴覚は、急速に回復しつつあった。おそらく男のほうも。

男が落ちた弾を持って立ち上がる。ジェーンはその頭上の天井に向けて二発撃ち、埋め込み型の照明器具を吹き飛ばした。

ショートした銅線からガラスと火花が男の上に降りかかったが、やつの耳には銃声も聞こえていた。消音器の名に値するほどの消音器は、現実には存在しない。

でかぶつが首をすくめ、半分顔を回してこちらを見た。眼が狂気の怒りに燃えている。いまこの瞬間は、相手がなぜ自分ではなく天井を撃ったのかにも思い当たっていない。まだショットガンに弾は込められておらず、標的が間違いなく自分だと信じ込むと、男はファミリールームに駆け込み、低いほうのキッチンキャビネットのある一画を盾にした。

そのキャビネットに向け、ジェーンはまた二発撃った。四五口径はまるでバルサ材のように木材を引き裂き、なかの鍋やフライパンがガラガラと崩れ落ちた。

それから外のパティオに出ると、冷たい空気を肺いっぱいに吸い込んで熱い息を吐き出し、家の西側へ、闇にわが身を託して駆けだした。

あの男に一発だけ装填《そうてん》してあとを追いかけるという頭があるなら、何もためらわずに後ろから撃つだろう。そして一発ではしとめきれなくても、ジェーンが倒れて血を流していれば、つぎの弾を装填してとどめを刺す余裕ができる。

噴水と二脚の椅子の横を、家に入るとき通った書斎のフレンチドアの前を通り過ぎ、家の側面を半分まで来たころ、首の後ろに何か感じた気がした。これはレーザー照準モジュールの赤い点だ、つぎの瞬間には弾丸に脊髄を断ち切られ脳幹を引き裂かれる……だがもちろん、あの男が持っているのはショットガンで、レーザーサイトなど必要ない。どのみちレーザーの点が皮膚に当たったところで感触があるはずもない。クアンティコのような場所でどれほど訓練を受けても、危機のさなかの想像力を抑え込むことはできないのだ。

家の玄関までたどり着いた。息の詰まる一瞬、錬鉄製のゲートに下りていた掛け金をまさぐる。ゲートを肩で押し開けた。振り返ってみたが、誰の姿もない。玄関ドアのほうに目をやる。男は見えなかった。

ショットガンの銃声は、家のなかで多少こもっていたとはいえ、近所の人間をテレビやコンピュータから引きはがす程度には大きかっただろう。誰かがたまたま窓のそばにいたとしたら、走っていくところを見られるのはまずい。ジェーンが出てきたところの前庭の芝生は、通路のランプと近くの街灯の光で、目撃者が容疑者の細かな特徴をつかめるぐらいの明るさがあった。消音器を外してポケットに入れ、拳銃をホルスターに収めた。落ち着いた足取りで芝生を横切り、歩道を坂の上に向かって歩いていく。頭上で並木がさわさわ音をたて、街灯に照らされた歩道の上に葉の影が揺れた。

通りを渡ってフォード・エスケープまで行き、運転席に乗り込んでドアを閉め、しばらく前にブランウィックの家を観察した双眼鏡をまた手に取った。

あのでかぶつが最初にキッチンに飛び込んだとき、ロバート・ブランウィックが死んでテーブルの陰に倒れているのを見なかったとしても、いまはもう見つけているはずだ。よほどのバカでないかぎり、ショットガンを撃ったのが控えめに言っても衝動的すぎたこと、いまは光の速さでこの地所を出ていかなくてはならないことがわかっているだろう。はたせるかな、家の東の端にあるガレージのドアが巻き上がり、黒のキャデラック・エスカレードが出てきた。

ジェーンが双眼鏡で見つめるなか、キャデラックが傾斜のある車回しの端まで来たところで、街灯の光に運転席のショットガン男が照らし出された。坂を下って平地のほうへ向かうものと思った。だがやつは、銃声の通報を受けて出動してきた警察と出くわすのを恐れたのか、坂を上ってきた。

ジェーンは双眼鏡を置いて体を下にずらし、目がサイドウィンドウの枠ぎりぎりの高さになるまで沈み込んだ。

キャデラックが通り過ぎたとき、あのブロンド娘が助手席で鼻をかんでいた。クロロホルムの効果が残って、まだ頭がふらついているのだろう。ショットガンの銃撃は高い位置を狙ったもので、娘は床に伸びていたおかげでまったく無事だったのだ。

キャデラックが視界から消えるのを待ち、フォードのエンジンをかけると、ヘッドライトをつけて坂道を上っていった。遠くからサイレンの音が聞こえたが、バックミラーを見ても、回転しながら赤い明かりを夜の闇にまき散らす警光灯は見えなかった。

10

自宅オフィスでコンピュータに向かっていたネイサン・シルヴァーマンのもとへ、九時十分に、ロサンゼルス支局からの報告が届いた。

法執行官を仕事にしていると、人生の奇妙さ、人間の予測のつかなさをいやと言うほど味わうことになる。犯罪者の大多数は日が昇って沈むほど予測しやすいが、それはああした連中の乏しい想像力のなせる業だ。だが、まるで無害そうに見える穏やかな人間が、予想もしなかったような怒りをあらわにして周りを唖然とさせることも多々ある。また同じように、危機的な状況にあるごく平均的な男女が、戦闘の訓練など受けてもいないのに、歴史上あまたの戦場で活躍した伝説的英雄にも匹敵する勇敢さを見せたりもする。人間のそうした良き一面があるからこそ、シルヴァーマンはなんとか救いようのないシニシズムに陥らずにすんでいられるのだ。

ジェーンは優秀な、つねに勇気と誇りをもって行動する捜査官だと思ってはいる。いまのところまだ、そうでない振る舞いをしたという証拠もない。しかしサンタモニカのホテルでの件は単なる厄介ごとの域を超えていた。なぜあいつは休職中に、ＦＢＩのおとり捜査で監視をしているなどと言ったのか。ローラースケートの女は何者なのか、あの二つのブリーフケースには何が入っていたのか。

短い報告書に写真が添えてあった。ホテルのロビーの監視カメラが捉えた映像の静止画像だった。画質はよくはなかったが、髪を切って染めてはいても、それがジェーン・ホークだとわかる程度ではあった。

首をひねりながらシルヴァーマンは、ロサンゼルス支局を預かる特別捜査官あてにメールを送り、ほかにもホテルの監視カメラがあればその映像を送ってくれるよう要請した。さらに、通りの向かいの公園に設置された防犯カメラや、周辺の交通監視カメラもあるかもしれない。そしてドアマン兼ボーイの証言によれば、オーシャン・アベニューを猛スピードで渡ってきたスケーターにつながるような動きが映っていないかどうか知る必要がある。

夕食のときに落ちてきた豪雨はあいかわらず激しく降りつづいていたが、いまは不吉というよりも粛々《しゅくしゅく》とした印象で、葬列の太鼓や馬群のひづめの音を思わせた。

ジェーンがいちばん鮮明に写っている写真を呼び出した。その顔をフレームに入れ、スクリーンいっぱいに拡大する。画像の鮮明さが薄れたが、画素を倍増させていくプログラムを使った結果、彼女の顔が細かな部分まで浮かび上がってきた。その引き締まった口もと、食いしばったあごに、決意のほどが読み取れた。そしてもうひとつ、これはシルヴァーマンが彼女に抱いている愛情と敬意にうながされた想像の産物かもしれないが、そこには絶望が見える気がした。狩りたてられ、近づいてくる猟犬の吠え声を聞いている人間の憑かれたような表情が。

11

シャーマンオークスから車でターザナのモーテルに戻ってきたジェーンは、自分がブランウイック宅でやった行動をすべて振り返ってみた。

手袋はしていた。指紋は残っていない。警報システムがあった。ドアの横のキーパッドだ。しかし目につく位置に監視カメラはなかった。ドアと窓の警報装置だけ。

こちらが撃った五発の弾丸は、CSI（科学捜査班）のチームに回収されるだろう。できるだけ早くこの拳銃をばらして部品を処分するべきなのだが、代わりが手に入るまではどうしようもない。

モーテルに入り、自動販売機のコーナーで氷とコークの缶を買った。

部屋のドアに錠を下ろし、スーツケースからメンテナンス用品を出すと、四五口径の手入れにとりかかった。この三日間で何発撃ったか思い返す。とくに銃を掃除する必要もなかったが、その一発がリチャード・ブランウィックとバーニース・ブランウィックの息子に何をしたかを思うと、汚れを落とそうとせずにいられなかった。

ヘッケラー&コッホをいじりながら、あえてジミー・ボブのことに思いをはせた。この銃がやつを撃ち倒したときの光景がよみがえった。でもやつがジェーンの顔にペンを投げつけ、椅子を持ち上げて振り回し、そのビッチを殺せとでかぶつに呼びかけた以上、あれは避けられないことだった。

ＦＢＩで過ごすあいだ、十件の大量殺人および連続殺人事件の捜査に加わった。解決したのは八件。五件は暴力沙汰になることなく逮捕にこぎつけた。だが一件では、チームの別の捜査官が、複数の少年を殺した犯人を射殺した。別の一件の犯人は、被害者の眼をコレクションしていたJ・J・クラッチフィールドで、ジェーンはその脚を撃った。そしてもう一件では、ジェーンがソシオパスの強姦魔ふたりに付け狙われ、人里離れた農場でもうひとりの捜査官を殺されて、窮地に陥った。ジェーンはそのふたりの男を殺した。後悔はなかった。罪悪感もない。だが、そんな最悪の連中が、ホローポイントの弾丸に肉塊を抉られ、子どものように神様や母親の名前を呼んで泣きだしたときの記憶を抑え込むことはできなかった。

三人目に殺した相手がロバート・ブランウィックだった。薄気味悪いゲス男で、私欲と権力欲に突き動かされる犯罪者。それでも何かしらの生い立ちをもち、愛情豊かな両親に見守られて育った人間だった。息子が実際に何をして稼いでいるのか知らずに、早期の引退という贈り物をもらった親たちから感謝されてもいた。見た目が不快だとしても、本人にはどうしようもないことだし、その埋め合わせに抜け目ないカサノヴァを気取っているのは笑わせるけれど、女性に対する自分の魅力を過剰に意識している男は彼だけではない。自己防衛のための殺しは、謀殺とはちがう。あのハッカーを殺したことに良心の呵責《かしゃく》はなくても、自分の人間性をなくさずにいるためには、彼の人間性も認める必要があった。

警察の捜査活動と、兵士の軍務はまったくちがう世界だ。戦争では往々にして、こちらを殺したい、滅ぼしたいと思っている相手を、その顔を見ずに死へ追いやることになる。もし至近距離の戦闘で向こうの顔が見えたにしろ、こちらはその相手のことを何も知らない。

ある人間を調査し、観察し、それから殺すというのは、たとえ罪のない人たちの命を救うため、もしくは自己防衛のためであっても、確固とした義務の意識が必要になる……そして疑念を解消するための時間が。ジェーンは自分のしたことの正当性を疑ってはいないが、なぜ自分にそれができるかという理由を十分に理解できていないのではと感じることはあった。

ロバート・ブランウィックは、法を守る人たちの手で育てられた。ジェーンの父親は自分の妻を殺した殺人者だった。遺伝と環境のどちらがより重要なのか？

そんなことをあえて考えようとするとき、ジェーンは決まってこう感じるのだった。自分が音楽の道を捨てて法執行の職業を選んだのには二つの理由がある。有名な父親への拒絶。そして母親の死が自殺として片づけられたあとの年月のあいだ、臆病風に吹かれて何も言い出せなかった小さな自分に対する償い。

だが、もし遺伝によって彼女がアベルよりカインの血を多く受け継いでいるとしたら、いまの仕事を選んだのは、自分にどれだけの暴力が振るえるかを正当化するための手段ではないのだろうか。

ごくまれに、この問題をニックの前で持ち出したとき、彼はいつも言っていた。〝ああ、人生はたしかに複雑だけれど、もし複雑でなければ、平坦な線路の上を走るローラーコースターでしかなくなってしまう。乗り込むほどの価値もないものにね。それに、うん、ぼくらは自分のこともよくわからない。でもそれは、ぼくらがおたがいに興味をもてるほど謎に満ちた存在だということだろう。もしこの世界で自分たちのことがぜんぶわかってしまったら、ぼくらがまだここにいなきゃならない理由はなんだろうか?〞

拳銃のクリーニングを終え、メンテナンス用具を片づけた。

弾薬の箱から五発のカートリッジを取り出し、半分空になったマガジンに押し込む。

コークとウオッカを氷の上から注いで混ぜ合わせる。

ベッドに腰かけ、テレビをつける。

ニュース速報が流れていた。マイアミのレストランで暴漢が二人、マチェーテとナイフで店内の人たちに襲いかかり、三人が死亡、五人が重傷を負った。たまたま客のなかにいた非番の警官が犯人の二人を無力化していなければ、さらに大勢の命が奪われていただろう。

チャンネルをつぎつぎ切り替え、まだ無邪気だった時代に作られたような、古い白黒映画を探してみた。昔ながらのラブロマンスと軽いコメディの要素が入った、皮肉や気取りのかけらもないミュージカルでもやっていないだろうか。そんなものはなかった。

テレビを消して、ベッドサイドの時計付きラジオのスイッチを入れる。

珍しいことに、五〇年代のオールディーズを流している局を探し当てた。この時代の記憶がある人間は、もうあまり大勢はいないだろうけど。題して〈プレスリー&プラターズ・アワー〉。ちょうどプラターズが〈トワイライト・タイム〉の歌い出しにゆったりと入ろうとしていた。いまの気分にはちょうどいい。

ジェーンはひざの上に枕を載せた。そしてジミー・ボブに命じて書かせた、しわくちゃのメモパッドのページを平らに伸ばし、枕の上に置いた。

ウオッカのコーク割りをすすりながら、紙の上の名前を見つめる。〈アスパシア〉、古代アテネの政治家の愛人にちなんで名づけられた娼館。ウィリアム・オーヴァトン、強気でやり手のうさん臭い弁護士。

美しく従順そのもので、どんな過激な要望にも応えてくれ、半永久的な沈黙を保証されているという娘たちに思いをはせた。隊列を組んで行進する、実験用マウスの動画がよみがえってくる。

頭のなかの思いは、グラスの氷よりも冷たかった。

デヴィッド・ジェームズ・マイケルは大富豪なだけに、簡単には近づけないだろう。バートールド・シェネックのほうが無防備だとしても、難しいことに変わりはない。

朝になったら、ウィリアム・スターリング・オーヴァトンのことを調べよう。いまのところいちばん近づきやすい標的に思える。

弁護士だというこの男をなだめすかして、シェネックの遊び場、〈アスパシア〉の場所を吐かせられればいいのだが。向こうが何かばかなまねをしでかして、殺す以外にどうしようもなくなるのは避けたい。

まだ本人を調べたわけではないし、わたしと同じ人間ではあっても、もし殺さざるを得なくなったところで良心の呵責を感じる理由はないだろう、そんな気がした。

12

金曜日の午前九時、スプリングフィールド・タウンセンターの事務所で、グラディス・チャンは自分の椅子とお尻のあいだにクッションを置くことでやっと机との適正な位置関係を保っていた。

ネイサン・シルヴァーマンは客用椅子のひとつに腰かけ、重要な聞き取り調査に臨むFBI局員にしては多すぎる笑みを浮かべていた。われながらニコニコしすぎているという自覚はあったが、この女性を眺めながら話を聞いていると、しかつめらしい表情を続けていられなかった。

ミセス・チャンは三十そこそこの、小柄な中国系二世のアメリカ人だった――ハイヒールを脱げば百五十センチだろう。けれどもスマートな服を着て、小さくてもエネルギッシュで、繊細な顔立ちと漆黒の髪、音楽を思わせる声をもった女性だ。グラッドと呼んでください、とのことだったが、シルヴァーマンはこの女性にすっかり魅せられてしまった。その気持ちに性的な要素はなかった――というか、そう多くはなかった――ものの、自分が幸せな既婚者であることを思うとどことなく後ろめたくもあった。

「ああ」ミセス・チャンが言う。「ミセス・ホークの家ですね、つむじ風みたいな売買でした、ビューツ、ブーン、バンという勢いで、売りに出したその日に投機買いをする開発業者に買われて。なんて悲しい取引でしょう。わたくしなんてうちのパティオに置くハチドリの餌《えさ》やり器をどれにするか決めるのにも、もっと長い時間をかけますのに。ハチドリはお好き、ネイサン？」

「ええ。とてもきれいな鳥だそうですね」

「すばらしいのよ！　羽が虹色で！　それにとっても働きもの。たくさん種類がありますけれど、ヴァージニアで見かけるのはたいてい喉の赤いものです。ご存じ？　南米からメキシコ湾を越えて、ノンストップで八百キロの距離を渡ってくるんですよ」

「八百キロをノンストップか。大したものですね」

「植物の綿毛や蜘蛛の糸で巣を作るんです。蜘蛛の糸よ！」と言って、片手を胸に当てる。まるで蜘蛛の糸のように繊細なものを材料にすると考えるだけで息が詰まりそうだというみたいに。「そして巣を苔《こけ》で飾るの。飾りだなんて！　すてきだと思いません？」

「じつに魅力的ですね、ミセス・チャン」彼女がさっと手を上げ、訂正を求めた。「すみません。ではグラッド。ついさっき、こうおっしゃいましたね……〝なんて悲しい取引〟と。ジェーンの家がすぐに売れたのなら、喜ばしいことなのでは？」

「正当な額ではなかったの。とんでもない安値です。わたくしも胸が痛みました。あの気の毒な人は、とにかく値段よりもどれだけ早く売れるかということばかり気にして、道理に従って考えようとしなかったのです」

「あの家で暮らすのに耐えられなかったのかもしれない……夫にあんなことがあったせいで」

　ミセス・チャンは右手をぎゅっと握りしめ、自分の心臓の上を三度たたいた。「なんて恐ろしいこと。ご主人にも何度かお会いしたことがあります。あの家を売ったときに。ほんとにいい方でした。自殺されたことも、もちろん知っています。売り家の近隣のことはぜんぶ耳に入りますから。でもあれから二カ月、ミセス・ホークはあの家で暮らしたあと、わたくしのところにいらしたの。ちょっと言わせていただいていいかしら、ネイサン、自慢しているように思わないでもらえます？　わたくしは人の心を読むのがとても得意なの。大した才能はありませんけれど、これだけは本当。そのわたくしが絶対たしかだといえるのは、あの人が急いで家を売ったのは、悲しみのせいではありません。恐れです」

「ジェーンは怖がりではないですよ」シルヴァーマンは言った。「おいそれと恐れ入ったりはしない」

「臆病な人はＦＢＩになりはしませんものね。もちろんですわ。でも、彼女が恐れていたのは自分のことではありません。あのかわいらしいハチドリのこと、男の子のことです。ああ、なんてかわいらしい子でしょう！　彼女はずっとあの子をすぐそばに置いて、目の届かないところにやろうとはしなかったんです」

「本人がそう言ったんですか？」

「いいえ。言わなくてもわかります。知らない誰かがあの子に近づくたびに、ミセス・ホークはひどく緊張していました。一度か二度、銃を抜くのじゃないかと思ったほど」

シルヴァーマンは椅子から身を乗り出した。「武器を隠し持っているように見えた、と？」

「あの人はＦＢＩでしょう。銃を持っていて何がおかしいの？　あの人がデスクの向こうから身を乗り出したんです。ブレザーのボタンが外れていて、前が開いていた。そのときたまたま、左わきのあたりにホルスターと、拳銃の握りのところが見えたんです」

ミセス・チャンにというより自分に向かって、シルヴァーマンは言った。「しかし、いったい誰がトラヴィスに危害を？」

不動産業者の女性がデスク越しに身を乗り出し、人差し指をシルヴァーマンにつきつけた。「それはあなたがたＦＢＩの問題です、ネイサン。まさしくそれを調べるのがＦＢＩのお仕事でしょう。どんな恐ろしい輩《やから》が、あのちっちゃくてきれいなハチドリを傷つけようとしてるの？　あなたが見つけてください。あなたがその恐ろしい輩を見つけて刑務所にぶち込んで！」

13

金曜日の朝、モーテルの部屋で、ジェーンは二時間かけてさらに検死報告書を読んだ。解剖時に検死医が自殺者の頭蓋骨を開き、脳を調べた事例は三つあった。

三つのうちひとつはシカゴだった。報告書のなかの、遺体の灰白質に触れている箇所が大きく改竄《かいざん》されていた。半分以上の文言が電子的に消されていたのだ。

検死報告は公的な記録だ。その電子ファイルは正本とされる。裁判所がそのファイルを中立人に公開するよう命令を下した場合、当局はその写しを法の許す範囲内で修正しようとする。しかし正本を変更することは違法となる。

二つめの事例では、ダラス在住のある女性の検死解剖に関して、その脳の検査内容が目次のなかで番号を振られた項目のひとつにあった。しかし報告書からその箇所がそっくり消えていた。

三つめの事例となるベネデッタ・ジェーン・アシュクロフトは、センチュリー・シティのホテルで自ら命を絶った。ロサンゼルスの検死局の担当検死医エミリー・ジョー・ロスマン医師は、脳を開いて広範な観察を行っていたが、その報告書の用語は専門的すぎて、ジェーンには十分理解できなかった。

報告書には、参考として脳を写した写真を添付するとあった。だがファイルのなかにそんな写真は一枚もなかった。

14

九時十五分、新しい一日のために出かける前に、ジェーンはモーテルのフロントに寄ってもう一晩の延泊料金を支払った。

フロント係は若い、十九か二十くらいの娘だった。黒い髪が四方八方に突っ立っている。耳からぶら下がっているのは銀の蜘蛛のイヤリング。シャツに名札が留めてあり、名前は〈クロエ〉だとわかった。何やらスマホを夢中になって見ていたが、ジェーンが近づくとしぶしぶわきに置いた。

スマホの画面に、男優のトライ・バイアーズの写真が見えた。

金を支払ったあとで、ジェーンは言った。「セレブの追っかけができるアプリを入れてない？ 〈スター・スポッター〉とか〈ジャスト・スポッテッド〉とか、ああいうやつ」

「そんなのよりいいのがあるよ。半年たったら、前のよりぜんぜんヤバいのが出てくるし」

「ちょっと頼まれてくれる？　この人に興味があって――いまロサンゼルスにいるかどうか知りたいの」

「いいよ。名前言って」

「ウィリアム・スターリング・オーヴァトン」ジェーンは苗字のつづりを伝えた。

「なんに出てる人？」

「弁護士よ。でも女優と結婚してて、スーパーモデルともつきあってるの。だからセレブの仲間に入ると思って」

十秒もたってから、クロエが言った。「あー、けっこうイケてる。でもさ、あんたには歳食いすぎてるんじゃない」

クロエがスクリーンを見せる。ロブ・ロウに似ているが、もっと険のある印象だった。

またスマホをいじりながら、クロエは言った。「四十四だって」

「オジさんね」ジェーンは言った。「でもいかしてるわ。お金持ちだし」

「お金がいちばんだよね」とクロエ。「お金は歳とらないし。うん、この街にいるみたい。午後の一時に〈アッラ・モーダ〉に予約入れて、ランチするんだって。超お高いとこだよ」ジェーンの身なりを見て言う。「あそこでアプローチするんだったら、ちょっと着替えたほうがよくないかな」

「そうするわ」ジェーンは言った。「ほんと、そのとおりよね」

「もっとオシャレしたら、すっごいホットになるよ」クロエがアドバイスをくれた。

15

ウッドランド・ヒルズの図書館に行く途中、あるハイスクールの前を通りかかると、パトカーが八台ばかり集まっていた。

制服姿の警官たちが道路わきの歩道の上に、ほぼ二人一組になって並んでいた。何やらすでに起こった事件より、さらに悪いことが起こると予測してでもいるようだった。

大勢の生徒たちが、学校に通じる階段の下り口をうろうろしながら、警察の様子を眺めている。

階段のいちばん下の段には、手錠をかけられたティーンエイジャーふたりが座り、ちょうど何かしゃべりながら、笑い合っているところだった。

その道化者ふたりから十メートルほど離れたところで、男の死体が歩道に倒れていた。まだ新しい現場らしく、死体は被われていなかったが、ちょうど警官がパトカーのトランクからブランケットを持ってくるところだった。

被害者は白髪まじりの頭をしていた。教師だろうか。あるいはただ間の悪いときに通りかかったのか。

そう遠くない以前、殺人の九割は、被害者をよく知る人間の犯行によるものだった。いまではなんとその三割が、見ず知らずの相手どうしになっている。かつては親密さゆえの犯罪だった殺人が、落雷による死のようにランダムなものに変わってきたのだ。

そのあとは不穏な出来事もなく、ジェーンはウッドランド・ヒルズの図書館に着いた。何もない平和な時間がありがたかった。

コンピュータ室のワークステーションで、ウィリアム・スターリング・オーヴァトンをグーグル検索する。たっぷり時間をかけた。ジェーンを探している連中は、図書館でのインターネットアクセスから彼女の居場所を特定する名前、ワード、フレーズ、ウェブサイトなどのリストを作っているだろうが、この弁護士の名前までは含めていないはずだ。オーヴァトンと〝シェネックの遊び場〟との――ひいてはシェネックとの――胸くそ悪いつながりのことはすでにわかっていた。ジミー・ボブはその犯罪的な専門知識を駆使して、自分の客たちに加え、シエネックと結託した者たちの秘密も調べていたのだが、彼らはまだそのことに気づいていなかった。

半時間ほどで、必要なものはすべてそろった。さらに十五分で、この件に関係があるとわかったロサンゼルスの検死医、エミリー・ロスマン医師の基本データも得られた。

いちばん最後に、ドゥーガル・トラハーンもグーグル検索してみた。月曜日のサンディエゴ以来、ずっと頭の隅にひっかかっていて、今朝ふっと思い出した名前だ。なかなか興味深い。

図書館で過ごしているあいだに、朝方からの変化が現れてきていた。南のほうの見えない海から霧が生まれ、高く立ち上っていたのが、いまは海から吹く風に乗って内陸へと寄せられていた。サンタモニカ山地の向こうの空が白く濁っている。遠くの岩がちな地面の隆起と低木林は、もやがすべてを溶かしてしまうかのように、視界から消えようとしていた。霧はそうした稜線《りようせん》を通り抜けてここまでは届かないだろうが、押し出されるように吹きつけてくるひんやりした風は得体の知れないかすかな金属臭を漂わせていた。

自分でも理由はわからなかったが、そのわずかに渋みのある臭いを吸い込み、南の空を見つめているうちに、ギャヴィンとジェシカの家はだいじょうぶだろうかという思いが浮かんだ。あのシェパードたちはあいかわらず警戒を続けてくれているだろうか、トラヴィスはいまも無事だろうか。

16

雑誌の『ヴァニティ・フェア』と『GQ』に載っていた礼賛過多のプロフィールによれば、ビヴァリーヒルズの邸宅はウィリアム・オーヴァトンが所有する五軒の家のひとつでしかなかった。ほかにはマンハッタンと、ダラスにもアパートメントを持っていた。加えてランチョ・ミラージュのゴルフコースの家。きらめくサンフランシスコの摩天楼のペントハウス。

ビヴァリーヒルズの家が本宅とのことだった。住所は市民名簿を見ればすぐにわかる。だが新聞記事に載った家の写真では、住所表示が隠されていた。

グーグルアースを使うことで、敷地の衛星写真が見られた。ストリートビューではブロック全体を三百六十度、見渡すこともできた。

午後二時三十分、これからの計画を胸に、ジェーンは現地に着いた。

モーテルのクロエからオーヴァトンについて聞いたあと、図書館で読んだ雑誌の記事によれば、金曜日のランチは彼が一週間でいちばん好きな食事で、セレブ御用達のイタリア料理店〈アッラ・モーダ〉でその時間を過ごすのは、彼にとって神聖な儀式だとのことだった。共同経営者であるシェフといっしょに二時間のランチをともにするのが、週末の始まりの儀式なのだという。

彼がその習慣を守ってくれることを、ジェーンはあてにしていた。

モダンな様式の、玄関ドアが奥まったところにある二階家は、『ロサンゼルス・タイムズ』の記事でも紹介されていた。この独身者の住みかは、家一軒が百五十万ドルは下らない住宅地にあり、六百五十平方メートルの広さしかないとのことだった。

この家の広さと、ドン・ファンだというオーヴァトンの評判を考慮すれば、住み込みの家政婦は必要ないし、本人がそれを望むとも思えない。フルタイムのメイドだけで十分きれいに保てるはずだ。今日この家の主が神聖なランチから帰ってくるのは、おそらく三時三十分から五時のあいだ。そのときにはメイドはもう今週の仕事を終えているだろう。

角を曲がったところに車を停めると、ジェーンは大振りのバッグを手に、家まで歩いて引き返した。石灰石を敷きつめた歩道を進んでいき、呼び鈴を押す。誰も応えない。もう一度押した。さらにもう一度。

そばの花壇に立て札があり、三十センチ四方の看板には赤と黒の文字でこう書かれていた。

ヴィジラント・イーグル社が警備中
武装警備員が即時対応

家庭用セキュリティの会社はセントラル方式を採用していて、敷地への侵入があれば、すべてまず中央局に報告が行く。そして警報が誤りでないと判断すると、社の規定に則って中央局が警察を呼び出す。

しかし会社が武器所持を許可された自社の警備員を、警察よりずっと早く現場に派遣するという場合、通常に比べてずっと金がかかるが、押し込み強盗には大きな脅威となる。

グーグルアースで見たオーヴァトンの家は、近隣の敷地からは目隠し用の壁でさえぎられ、その壁沿いには葉が密生したガジュマルの木が連なり、刈り込まれて背の高い生垣となっていた。玄関ドアの前にいるジェーンの姿は、隣の住人からは見えない。家の横手を回り込み、やはり三方を目隠しで囲まれた広い裏庭まで行くあいだも、誰からも見られていないはずだった。

青いガラスタイルで縁取られた、きらきら光る細長いプールは、三十メートルほどの長さがあった。手前のほうの端は丸い形のスパになっていて、八人は座れそうだった。

広々したパティオには石灰石が敷きつめてあった。端に屋外キッチンが見えた。チーク材の椅子や長椅子は青いクッションが置かれ、少なくとも二十人は座れるだけの数がある。一段高くなったデッキの上にもチーク材の家具があり、下のスペースの半分が陰になっていた。

家は小型のリゾートそのものだった。何も象《かたど》っていない、輪郭だけのウルトラモダンな彫像。なめらかで、趣味のよさが表れている。招待された〝社交界の人々《ビューティフル・ピープル》〟はここにいると寛げるだろうし、なかには内面まで美しい人も少しはいるのかもしれない。

いろいろなゴシップサイトによると、オーヴァトンは目下のところ、超優良物件として扱われていた。その種のうわさが信じられるとしたら、ここには同居している女の相続人も、モデルもスーパーモデルも、女優もいないはずだ。

オーヴァトンが戻ってきて警報装置を切ってくれるまで、ジェーンはなかに入りようがないので、家の一角がガレージと接しているあたりに置いてある椅子に腰を下ろした。

図書館に行ったとき、警察のパスコードを使ってサクラメントの自動車局の記録を見たところ、オーヴァトンのビヴァリーヒルズの自宅住所で登録された車は白のベントレーと赤のフェラーリの二台、法律事務所のほうに登録されているのは黒のテスラ一台だとわかった。もしエンジン音のしないEV（電気自動車）に乗っていたとしたら、ガレージのドアががらがらと上がりだすまで、帰ってきたことがわからないかもしれない。

海から押し寄せる霧は、ビヴァリーヒルズには達していなかった。日中の空気はまだ暖かい。陽ざしは明るく、さわやかなそよ風がジャスミンの香りを運んでくる。

ジェーンは待った。待っているのは行動するよりストレスがかかった。たとえその行動が、ショットガンを持った筋骨隆々で冷酷な大男を相手にするようなことだったとしても。

三時三十分、大振りの手提げのバッグからロックエイドの解錠ガンを取り出して、ひざの上に置いた。

黒のシルクに、銀の飾りステッチが入った手袋をはめる。

二十分後、富の存在を慎ましく表す静けさが、イタリアの伝説的レーシングカーの十二気筒エンジンという形をとったあり余る金のけたたましい唸り音に取って代わられた。家の外の正面のほうから、アスファルトの上でタイヤがたてる軽い軋り音が聞こえ、フェラーリが急ハンドルを切って速すぎるスピードで通りから私道へ入ってきた。

右手に解錠ガン、左手にバッグを持って、ジェーンはパティオの椅子からぱっと立ち上がった。キッチンのドアに駆け寄り、バッグを下に置き、解錠ガンの細いピックを鍵穴に差し込む。オーヴァトンがまだ家に入らないうちに、どうか錠の外れる音がしてほしいと祈りながら。

ガレージのドアが巻き上がり、甲高い警報音が家じゅうに鳴り渡りはじめた。警報システムがどうプログラムされているか次第だが、オーヴァトンがガレージから家に入るドアの横の壁に取り付けられたキーパッドで警報解除のコード番号を押すまでには一分か、長くても二分。もしコード番号が入力されないか、彼が何者かに強制されていることを示す第二の解除コードを入力した場合、ヴィジラント・イーグル社は武装した警備員と、おそらく警備犬も急行させ、引き続いて地元警察もやってくるだろう。

フェラーリがガレージに入り、しわがれたエンジンが消えようとするとき、錠の内部のピンタンブラーがすべて外れ、ノブがくるりと回った。

手提げのバッグを持ち上げてそのなかに解錠ガンを落とすと、邸のなかに足を踏み入れた。家じゅうに警報音が鳴り響いているうちに、ドアを閉めて錠をかける。

隣接するガレージからガイドホイールが溝の上をガラガラと回るくぐもった音がして、仕切りのドアが下りているのだとわかった。

広々したキッチンを急いで横切り、スイングドアを抜けて、一階の廊下に出た。左右に扉が続いている。

左はダイニングルーム。ここはだめだ。

右は家庭用ジムで、各種トレーニング器具が詰め込んであった。三方の壁が床から天井まで鏡になっている。やつがドアを開けた瞬間、こちらの姿が映らないように隠れる場所はない。ここもだめ。

警報音に混じって、オーヴァトンがガレージのキーパッドに解除コードの数字を入力するデジタル音が響いた。

化粧室。だめ。やつが真っ先に寄る可能性がある。

小さなカチャッという音がした。ガレージと家をつなぐドアが閉まった音。

ウォークイン・クローゼット。いろいろな家庭用品。掃除機。ここがいい。ドアをそっと閉め、バッグを下ろし、拳銃を抜き、暗闇のなかで待った。

17

裁判所ではミスター・オーヴァトン、ほかの場所ではビルかウィリアムと呼ばれているが、とくに親しい友人たちのあいだや本人の頭のなかでは、彼はスターリングである。

今週の法廷も上首尾だ。ある集団訴訟を調停に持ち込んだおかげで、また金が入ってくるし、彼の名を冠した法律事務所はいっそう恐れられるようになる。アンドレとのんびりランチを食べるときは、料理も会話もじつに楽しめた。高級な素材しか使わないと謳っている料理名人のわりに、アンドレには高級とは言いがたい下卑《げび》たユーモアのセンスもある。

キッチンに入ると、裏口ドアの横にある、家庭用セキュリティ監視システム〈クレストロン〉の制御パネルまで行く。スクリーンを呼び出す。〝H（ホーム）〟と表示されたキーを押すと、各ドアと窓に取り付けた周辺監視センサーが作動しはじめるが、内部の行動探知機はそのままだ。

録音されたシステムのロボットのような声が言う。「家が警備されています」

いまのスターリングは浮かれ気分だ。家全体に響く音楽システムを呼び出し、プレイリストからサルサを選ぶ。ビートが家じゅうに反響しはじめ、スターリングは音楽に合わせた足取りで冷蔵庫まで行き、ペリエのボトルを取り出す。

彼は歌のある曲よりもインストルメンタルが好きだ。どんなすぐれた作詞家が書いたにしろ、たいていの歌詞は感傷的なたわ言でイライラしてしまう。しかし自分の話せない国の言葉で歌われる曲は入れてある。わからない言葉にはイライラのしようがない。

ペリエを手にスイングドアを押し開け、スペイン語のボーカルとデュエットをしながら一階の廊下を進んでいく。歌詞は耳で聞いて憶え、どんな意味かはまるで知らずにまねているだけ。

サンバのステップらしきものを踏んで階段を上りながら、スターリングはこれまで出廷してきた法廷の裁判官たちが、彼にこんなお茶目な面があるのを見たらどれほど驚くだろうかと想像して、愉快な気分になる。彼の肉切りナイフのように鋭い法廷戦略でずたずたに切り刻まれてきた被告側弁護人もだ。彼は法廷では情け容赦ない虎であり、自分に従わない女に対しても同じように臨む。ちがいはただ、女たちは彼のタフさを好むが、被告側弁護人はそうではないという点だけだ。

広さ百三十平方メートルもあるスイートの寝室は、モダン様式の傑作だ。メキシコの女優ドロレス・デル・リオがかつて所有し、いまもサンタモニカ・キャニオンの袋小路の端に立っている一九二九年築の邸宅に触発されて造られた。子どものころのスターリングは、ハリウッドに魅了されていた。そのままなら演劇の道に進み、主演男優になっていたはずが、法律の道にすっかり魅せられてしまった。なにしろ法のもつ力は大きく、そのシステムを操作して望みどおりの目的を達せられる道は無限にある。

大きなウォークイン・クローゼットに入り、赤のアクセントが利いたグッチの青のポロシャツと、オフィシン・ジェネラルの青のパンツに着替え、素足で自分だけの世界を歩きまわる。このあとはシャワーを浴びて、〈アスパシア〉でやるだけやって存分に楽しむのだ。

鼻歌でサルサを歌いながらクローゼットから出ると、何やら〈アスパシア〉が向こうからここまでやってきたらしい。じつに見目うるわしい娘と対面している。アニリン染料で染めたような黒髪に、ガスの火並みに効率よく水を沸かせそうなほど熱い青色の瞳。

娘はスプレーボトルを、アルマーニかジバンシィの新しい男性用香水をどうぞお試しあれと言わんばかりに掲げている。

彼は不意をつかれ、一瞬立ちすくむ。そして一歩あとずさったところで、いきなりスプレーを顔の下のほうに噴きかけられる。何か甘い味の、だがかすかに漂白剤の臭いのするものに包まれ、突然闇が下りてくる。

18

溺《おぼ》れる夢を見ていたせいで、目が覚めたスターリングは、初めはほっと息をつく。陽気なサルサが流れているが、あんな浮かれた音楽をかけながら眠ろうとするはずがない。視野がぼやけ、薬品のような味に顔をしかめる。しばらくのあいだ、立っているのか座っているのか、横になっているのかもはっきりしない。

瞬きをくり返すうちに、視野が明瞭になり、頭にかかっていたもやもいくぶん晴れてくるが、まだ一部でしかない。仰向けに横たわっている。場所もあろうにバスルームの床の、貴重なアールデコのアンティークの浴槽のそばに。

動こうとして、拘束されていることに気づく。左右の手首が頑丈なプラスチックの結束バンドで縛り合わされている。二本目のバンドが一本目のバンドと三本目をゆるめにつなぎ、そして三本目は、様式化されたライオンの恐ろしげな鉤爪につかまれた玉四つで立っている、浴槽の脚の一本に結びつけられた状態だ。

左右の足首も同じようにたがいに縛られ、さらにゆるめにした結束バンドで、バスルームの洗面台の下にあるステンレスの配水管につながれている。琥珀《こはく》色の石英から切り出された洗面台は、宙に浮いているように見えるが、実は太さ三センチほどの鋼棒で壁の奥にある赤鋼の横木につながっているのだ。排水管と二本のステンレス製の水道管は台の底から美しく平行な弧を描き、花崗岩で被われた壁のなかに消えている。この洗面台のエレガントで自由な発想のデザインは、スターリングの以前からの自慢の種だ。

頭がまた少し晴れると、自分が服の上に横たわっているが、それを着てはいないことに気づく。グッチのポロシャツは体から切り離されている。すばらしい穿き心地のオフィシン・ジェネラルのパンツも、両脚の下からウエストバンドまで切り離されて生地が両側に広がり、股当ての部分も完全に切り裂かれている。

千二百五十ドルもした、ブランドのなかでも最高級の品なのに。激怒していいところだが、まだ半分夢を見ているようないまの頭の状態では、グレイの地に黒のウエストバンドが付いたドルチェ&ガッバーナのブリーフ一丁の自分の姿も、大事なところがこんもりとポーチに収まっていてなかなかいけると、悦に入った気分になる。

誰かがサルサの音楽を切る。

次第に感覚が戻りはじめるころ、寝室から娘が入ってくる。美しい顔だが、表情がない。

さながら女神のごとく、上に立ちはだかる。彼のそばにひざを突いてかがみ、黒い手袋をはめた左手を、彼の筋肉質の胸に当てる。そしてゆっくりと、その手を腹のほうへ滑らせていく。拘束されているというのに、危険だとは感じられない。だがそのとき、娘が片手に持った鋏《はさみ》を見せ、刃をジャキッ、ジャキッと開いては閉じてみせる——あいかわらずマネキンのような無表情だが、眼は明るいブルーで、内側から照らされているようだ。表情と同じ平坦な声で、彼女が言う。「ほかにどこを切ると楽しいかしら?」

いまスターリングはすっかり目覚める。

19

オーヴァトンの眼は毒人参の緑で、ごくかすかに紫の縞《しま》が入っていた。これほど毒に満ちたまなざしをジェーンは見たことがなかった。

だが、その眼の毒には恐怖がまぶされてもいて、そのことは好都合だった。ナルシストはたいてい骨のない臆病者だが、なかにはおのれを誇大視するあまり、誰も自分には手を出せないと思い込んでいる人間もいる。それがさらに高じると、こんな苦境にあってさえ、自分は不死身だと信じきっていたりするのだ。

この弁護士には、自分は死ぬのだと思わせなくてはならない。

実際に死ぬかもしれないのだから。

オーヴァトンが法廷で磨きあげた、精いっぱい居丈高な虚勢を奮い起こした。「きみは大きなミスをしでかしている。そのミスを正す時間はもう残されていない」

「人違いしちゃったのかしら？」娘が訊く。

「人違いしていい相手と悪い相手がいるぞ」

「あんたの名はウィリアム・オーヴァトンじゃないの？」

「もうわかっているのだろう、わたしがそういう意味で言ったのでないことも」

「ウィリアム・オーヴァトン、ごく内輪の友達にはスターリングと呼ばれてるのよね？」

眼が大きく見開かれる。「誰から聞いた？　わたしの知り合いの誰から？」

雑誌のプロフィール記事に載っていた事実だった。こういう脚光を浴びるのが大好きな連中が、インタビュアーに取り入ろうとして個人的な情報を明かしておきながら、あとで自分が何を言ったかよく忘れるのは妙な話だ。

「あんたはダークウェブのハッキング屋を雇った。どこかの会社の秘密を盗んで、商売ができないようになるぞと脅して、公判前に調停を受け入れさせる。そんなようなことでしょう？」

オーヴァトンは何も言わなかった。

「あんたはハッカーには会っていない。自分が雇ったナメクジ男を見たこともない。そいつはジミーという偽名を使ってた」

「何をたわごとを言ってるんだ。きみは嘘の情報に踊らされてる」

「ジミーはあなたのためにハッキングをするあいだ、あなたのこともハッキングしていたのよ。それであなたのいちばん後ろ暗い秘密を手に入れたわけ」

これが法廷で、ちゃんと服を着て、拘束もされていなければ、無表情な凝視を保っていられただろう。だがこんな状況では、ポーカーフェイスでいつづけるのはかなり難しかった。

おのれの秘密がつぎつぎと頭のなかをサメのように横切っていく。その秘密はたくさんありすぎて、どれのせいでこの女が聖域たるわが家に押し入ってきたのかを推測できる望みはまずなさそうだった。

「口止め料が欲しいのか？　それだけのことなのか？」

「口止め料なんていやな言葉ね。こっちが強請ってるみたい」

「ほんとうにわたしの弱みをつかんでいるなら――いや、弱みなどないが、とにかく何か握ってると思っているのなら、こんなやり方をするのは愚の骨頂もいいところだ」

ジェーンは、仲のいい友達のバートールド・シェネックのことや、ナノマシンの脳インプラントのことを言うつもりはなかった。あの秘密はあまりに大きく、闇が深すぎる。もしばらしてしまったら、この男はもう自分に未来がないことを悟るだろう。どれほどわずかだろうと、まだ望みはあると信じさせておかなくては。

「ジミーの話だと、あなたはずいぶんホットなクラブに入会してるそうね」

「クラブ？　カントリークラブにはいくつか入っているが。まっとうな事業だし、契約もかわした。ホットという言葉が当てはまる場所じゃない。きみがゴルフをプレーしながらのおしゃべりと、白ジャケットのウェイター以外の何を考えているのか知らないが」

「いま言ってるクラブは、胸くそ悪い金持ちが通う娼館のことよ」

「娼婦？　わたしがわざわざ金で娼婦を買うと思うのか？　ふざけるな。何がジミーだ。ジミーなどというやつは知らん」

「でもジミーはあなたのことをよく知ってたわ。入会に三十万ドルかかることも。あなたは超セレブなお仲間のひとりだものね」

「ジミーとやらがでっちあげたばかばかしい妄想だ。わたしの知るかぎり、そんなところはどこにもない」

「三十万で何が買えるのかしらね、一回あたりの料金はいくら？　あんたは出した金の元はとる人なんでしょ？　そのクラブで何が手に入るの？　とびきり美しい、従順な娘たち？　どんな過激なご要望もＯＫ？　あんたのご要望はどのくらい過激なの、スターリング？」

ジェーンはポーカーフェイスのほころびに気づいていた。オーヴァトンが自分自身について知られたくないと思っていることをこっちが口にすると、やつは右の眼を瞬きする。右眼だけを。

ハーパーコリンズ

刊行案内 10
Oct 2018

スリラーの帝王、カムバック！

これほど昏《くら》い場所に

ディーン・クーンツ 著
松本剛史 訳　定価本体1093円（税別）
ISBN:978-4-596-55096-5

自殺率の異常な増加、動機のない殺人、
富裕層だけの秘密クラブ――
全米を何かが
浸食している……。

10/17 発売

マイ・プレシャス・リスト

カレン・リスナー 著　川原圭子 訳
定価本体870円（税別）　ISBN:978-4-596-55097-2

IQ185だけど対人能力ゼロの引きこもり。
そんな彼女がNYで見つける大切なこと。

それは人生を変える、
幸せになるための
リスト。

映画原作！

ハーパーBOOKS 文庫版

「名前は〈アスパシア〉。あんたのお仲間が考えそうなことね。ペリクレスみたいな古代ギリシャの政治家の愛人にちなんだ名前をつけたら、いかにも高級な場所に仕立てられると思ったんでしょう」鋏を持ち上げ、刃を動かしてみせる。「チョキッ、チョキッと。嘘ばっかり言ってると、スターリング、あなたをちょっとばかり切り刻んであげなきゃならなくなる」

彼は鋏を無視し、彼女と目を合わせたが、その長く考え深げな凝視は、若者じみた反抗の視線とはちがった。こちらを値踏みしているのだ。おそらく法廷の陪審団を値踏みするときのように。

やっと口を開いたとき、彼は何も知らないふりをしつづけるのが最も危険な選択だと判断したようだった。だが、自分が抑え込んでいる恐怖を認めて相手を満足させようともしなかった。首を振って笑みを浮かべ、ひとりの捕食者が別の同類を称賛するふうを装ったのだ。「きみはなかなかのものだな」

「そう？　わたしはなかなかの何者なの、スターリング？」

「知るものか。いいか、もうたわ言はなしだ。ああ、〈アスパシア〉はたしかにある。ただしきみが言ってるような娼館じゃない。もっと新しいものだ」

「どんなふうに新しいの？」

「きみが知る必要はない。ここで情報を売るつもりはない。わたしは金で厄介ごとから抜け出そうとしてるだけだ。きみは公然とわたしを辱《はずかし》めることができる。わたしの事務所に損害を与えられる。強請りだ。きみは金が目当てで来たんだろう」

「本気でそんなことを思ってるの？」

「世の中はすべて、いつも金だろう。きみは金が目当てで来た。わたしには金がある、だったら取引しようじゃないか」

「わたしが強請り取った小切手を銀行に持っていくわけにはいかないわよ、スターリング。あんたが電子送金できるケイマン諸島の口座も持っていない」

「現金の話をしてるんだ。もうたわ言はなしと言ったろう。わたしもそっちもだ、いいな？　そうだ、現金のことだ」

「いくら？」

「いくら欲しい？」

「家の金庫のことを言ってるのね？　ここにある現金のことを？」

「そうだ」

「最低で十万はある？」

「ああ」

「じゃあぜんぶもらっていくわ。組み合わせ番号は？」

「そういうものはない。錠は生物学的な認証装置の付いたやつだ」

「使うのは？——あんたの指紋？」

「わたしの親指を切り取って、読み取り装置に押しつけるか？　そう簡単にはいかん。わたしがいないと無理だ。生きたわたしが。死んでいたら、錠は決して外れない」

「いいわ。どうせ元々、あんたが悪あがきしてどうしようもなくならないかぎり、殺すつもりはないから」

彼は自分と浴槽をつないでいるプラスチックの結束バンドをカタカタ鳴らした。「だったらそうしようじゃないか。さっさとすませよう」

「いまはだめよ。わたしが戻ってきてから」

オーヴァトンは面食らった顔をした。「どこへ行く？」

「〈アスパシア〉へ」

ぎょっとして、驚きの色を隠すこともできず、オーヴァトンは言った。「あそこに行くのは無理だ。なかには入れない。どの場所にも入れるのは会員だけだ」

「どの場所にも？〈アスパシア〉にはいくつのクラブがあるの？」

しまった、という顔になった。重要なデータの一部を明かしてしまった。もう遅い。

「四つだ。ロサンゼルス、サンフランシスコ、ニューヨーク、ワシントンにある」

どうやらパンドラの箱と、比喩的な意味でのミミズの缶詰を開けてしまったようだ。

「ジミーの話だと、ダークウェブのサイトに行ったら、八カ国語から選んで取引ができるそうね。つまり会員は世界中にいるということね？　過激なご要望のある大物さま方が」

ジェーンの推測に答えようとはせずに、オーヴァトンはくり返した。「入れるのは会員だけだ」

「あんたは会員なんでしょう。どんな仕組みなのか教えなさい。セキュリティは?」

「そんなものは無意味だ。セキュリティなどない。きみが言うような意味では。きみはわたしじゃないからな」

「〈アスパシア〉は顔認識ソフトを使ってるの?」

「そうだ」

「たわ言はもうなしだと、そっちが言ったわね」

「本当のことだ」

「有名人や大富豪の人たちがそんなところで自分の顔を登録したりするの、スターリング? だんだんうんざりしてきたわ。言ったでしょう、ほかにどうしようもなくなったらあんたを殺すって。どうするつもりなの? あんたがその調子だと、ほかにどうしようもなくなるのよ。〈アスパシア〉の仕組みでわかるのは、名前は訊かれない、自分からも出さないということだけ。そこにいるのが自分だということを証明する方法はなんなの?」

オーヴァトンは首を振り、つぎの嘘を思いついたものの、言葉にする危険は冒すまいと決めた。

「あんたやあんたみたいな連中がそういう場所をこしらえたんでしょう。幽霊みたいに匿名のまま入って出てこられるはずよ」

反論し、説得し、論争したかったが、ここにはいつでも納得させられる陪審団はなく、彼に有利な判決を下す裁判官もいなかった。いるのはジェーンひとりで、しかも法廷の役割はもたない。ただし、死刑執行人となる可能性はある。

憤懣《ふんまん》がやり場のないほど高まり、結束バンドにつながれたこぶしがきつく握りしめられ、首の筋肉が張りつめ、こめかみが目に見えるほどぴくぴく脈打ち、顔は不安を圧するほどの怒りに真っ赤に染まった。「いい加減にしろ、この強情でばかなビッチめ、なかには入れないと言ったら入れないんだ。金が欲しいならここにあるし、まだあるところにはある。だが〈アスパシア〉におまえが求めるものはない！」

彼の上にのしかかるように、ジェーンは嘘をささやいた。「妹がいるわ」

その意味をすぐに悟り、彼は茫然とした。怒りがすっと引いていった。「わたしは無関係だ」

「何と無関係なの？」

「女たちの調達には」

「美しい、従順な娘たちの？」

「わたしは無関係だ」

「でも、あんたはあの子を選んだかもしれない。あの子に酷いことをしたんじゃないの？」

「ちがう。わたしはちがう。わたしはそんなまねはしない。何かしたとしても――そのときはきみを知らなかった」

その自己弁護のばからしさに、ジェーンの口から苦笑いが洩れた。彼の頬をそっとつねる。お祖母さんがお気に入りの小さな男の子をつねるように。「あんたはりっぱな人なんじゃないの、スターリング？　そのときはわたしを知らなかったのね。でもいまは、わたしたちは友達なんだから、さぞかわいい妹を王女様みたいに扱ってくれるんでしょう」

オーヴァトンの不安はたちまち恐怖へと膨れ上がり、もうその動揺ぶりは隠せなかった。オーヴァトンの日に焼けて引き締まった体にぷつぷつ鳥肌が立ったが、バスルームが冷えきっているせいではなかった。「ロサンゼルスの施設には、いないかもしれない」

「施設？　そんな恐ろしい堕落の館にしてはまっとうな呼び方ね。わたしが行ってくるわ、スターリング。どうやって入ればいいか教えてちょうだい、必要なことをぜんぶ。それから妹を連れて戻ってくる、そしてあんたは金庫を開け、わたしたちはこれ以上あんたに何もせずに出ていく。人生がいかにはかないものか、あんたがゆっくり考えられるように」

「きみはわかっていない」

「何がわかっていないの？」

彼は激しく身震いし、こうしぼり出した。「ちくしょう」

「何がちくしょうなの、スターリング？」

鋏の一方の刃をむき出しの太ももと、下着の布地のあいだに滑り込ませた。クロッチの部分を切りはじめる。

「わかった、待て、やめろ。あの場所に入って出てこられるようにする」

鋏を止めた。「どうするの？」

「監視カメラはない。警報もない。警備は男ふたりだけだ」

「武器は持ってる？」

「ああ。だがゲートと玄関ドアで、パスワードを入力すればいい。会員専用のパスワードだから、彼らには見られない」

「見られない？　透明人間にでもなるの？」

「ある意味では、そうだ」深く息を吸って吐き出し、本気で言っていると伝えるためにジェーンと目を合わせた。「彼らには会員は見えない」

「まさか、その武器を持った警備係には視力がないってこと？」

「ちがう。視力はある」寒気と発汗のせいで、彼はもう真っ青になり、グレイのデザイナーおむつを着けた育ちすぎの赤ん坊のように横たわっていた。平らな腹の上のウエストバンドにドルチェ＆ガッバーナの文字が見える。「だが、会員の姿は見えない、彼ら……彼らは……もしこれ以上説明したら、あと一言でも話したら、きみはいますぐわたしを殺すかもしれない。もし殺さなくても、ほかの連中が殺すだろう」

ジェーンはその発言を分析した。「〝あと一言でも〟」と引用して言った。「つまり、あんたにはまだ一言いえることがあって、でもそうしたら仲間の連中に殺されるかもしれないってことね？」

彼が目を閉じる。しばらく黙っていたあとで、うなずいた。

ジェーンがまた引用した。「〝彼らには会員は見えない、彼らは〟――何？」

「プログラムされてる」目を開けずに、彼は言った。

20

「プログラムされてる」スターリングは、上に立ちはだかる女のほうを見ようとはしない。女はいまの答えをでたらめだと決めつけるか、でなければさらにくわしく知りたがるだろうからだ。だが、バートールド・シェネックやデヴィッド・ジェームズ・マイケルたちのことを明かせば、待っているのはほんとうに確実な死だ。死だけではない。破滅と死だ。共犯証言をして彼らを裏切る取引を行い、それによって形だけ生きつづけられる望みも、自分たちがこれまでやってきたことを考えればありえない。これは最初からのるかそるかの企てだった。その重みを知った上で一枚かんだのだ。

女がしばらく黙ったままでいると、スターリングは目を開け、相手がずっとこちらと視線を合わせようと待っていたのを知る。人の顔がどうしてここまで軽蔑にゆがめられうるのか、と思う。それでいてどうしてここまで美しいままなのだろう。こんなにブルーでそそられる眼が、どうしてこれほど無慈悲に見えるのか。

鋏の刃を閉じると、女が言う。「もうあんたを切り刻んで何か引き出すのはやめるわ。

そうするには拷問しかないだろうけど、あんたに触らなきゃならないし、そんなこと考えただけで虫唾が走る。じゃあ、これからどうなるかを教えるわよ。あんたはわたしに〈アスパシア〉の住所と、あんたの会員用パスワードを教える。わたしはあんたのベントレーに乗ってその場所へ行く。それから戻ってきて、金庫を開けて、欲しいものをもらっていく」

「わたしはどうなる?」

「あんた次第ね」

「何かあったらどうなるんだ? きみが戻ってこなかったら?」

「あんたが月曜日の約束をすっぽかしたら、誰かが探しにくるわ。それまでに喉が渇いて死ぬこともないでしょう」

女は立ち上がり、近くのラックから洗面タオルを取り上げる。鋏で布地の三分の一を切り取り、その端切れを投げ捨て、残った大きなほうを丸めて硬いボールにする。

スターリングの目の前で、女はもはやただの女ではない何かに、謎を具現化した存在になっている。かつて誰ももったことのない生殺与奪の力を彼に対してもつ、血肉を備えてはいるが謎と畏怖に満ちた、未知の生き物に。彼は恐怖を胸に、女の一挙一動を見つめる。いまは謎めいたその動きが、自分に死をもたらす一撃の準備なのではないか。

固く丸めたタオルを差し出して、女が言う。「いまからこれをあんたの口に詰めて、外れないようにダクトテープで留める。もし噛みつこうとしたら、歯をぜんぶたたき折ってからこれを詰める。わかった？」

「ああ」

「まず、ベントレーのキーと、この家の鍵のある場所を教えて。それから〈アスパシア〉の住所と、着いたら何をすればいいかも」

彼は一も二もなく教える。

「この家のアラームを解除するコード番号もね」

「9、6、9、4、アステリスクだ」

「もしそれが危機対処用の、あんたが警報を解除しろと強制されているのをどこかに伝えて助けを呼ぶためのコードだったら、そのときはこうなるわよ。わたしはあんたが帰ってきたときにセットした周辺監視センサーを切ったあと、すぐに車に乗っていくことはしない。ここに五分か、十分ほど立って、ヴィジラント・イーグルの武装警備員か警察があんたを助けにくるかどうか見届ける。もし助けが来たとわかったら、わたしはあんたの顔を撃つ。さあ……本当の解除用コードを教える気になった？」

彼にはもう、自分の声が自分のものでないように聞こえる。「9、6、9、5、アステリスクだ」

「一桁だけちがってる。9、6、9、5――4でなく5。それでいいのね？」

「ああ」

女がかたわらにひざを突く。彼が口を開けると、女が丸めた布をつっこむ。手提げのバッグからダクトテープを取り出す。ただの手提げじゃない。魔女の道具袋だ。鋏でテープを切りとり、口のさるぐつわに貼りつける。さらに長いテープを頭のまわりに二回まわし、短いほうのテープを固定する。

女が寝室にある〈クレストロン〉のパネルまで行く。コードが入力され、録音された声が言う。「制御が解除されました」

やがて戻ってくると、スポーツコートの下から拳銃を引き出す。彼の上に立ちはだかり、腕を伸ばして構える。銃口が彼の顔から三十センチ足らずのところにある。

スターリングが教えたのは安全なコードだ。武装警備員が飛んでくることはない。それでも待つあいだの五分か十分かは、これまで生きてきた以上に長い時間となる。

第四部

沈黙の場所《サイレント・コーナー》

1

ネイサン・シルヴァーマンはヴァージニアのオフィスにいつもより一時間長く残り、午後にロサンゼルスから届いた、サンタモニカのパリセーズ公園とホテルの映像を編集してまとめたものをあらためて見なおした。

ホテルの監視カメラは、館内のパブリックスペースに設置された少数に限られていたが、映像の画質はよかった。

ロビーのエントランス近くにジェーンがいて、カメラに背を向けている。ジェーンがドアを開く。ローラースケートの女がブリーフケースを二つ持って飛び込んでくると、直接エレベーターホールへ向かう。ジェーンが入口ドアにチェーンと南京錠をかける。ジェーンがエレベーターの前でスケートの女と合流する。ふたりとも乗り込む。地下の駐車場に下りる。女はスケート靴を、ジェーンはごみ袋を手に持っている。ふたりはランプを駆け上がっていく。

近くの路地かどこかに車を置いていたのだろう。一般人へのプライバシー侵害だと非難されるのを警戒して、ホテルは路地にはカメラを設置していなかった。市のカメラもその場所まではカバーしていない。ジェーンとスケートの女がこの地点からどこへ行ったかは知りようがなかった。

公園の映像と交通監視カメラの映像は、レンズが埃《ほこり》まみれの、安くて古いカメラのものだった。画質も低い。公園の映像は、何度も丹念に高画質処理をしなければ、映っている人間の身元を特定できる見込みはないだろう。

しかしひとつだけ、議論の余地なく確かなことがある。ジェーンが公園でなんらかの物品のやり取りを仕組んだこと、そして罠に落ちるのを恐れていたということだ。ブリーフケースを持っていた男と関わっていた人間の数、そして銀色の風船――〈ハッピー、ハッピー〉――から判断すると、彼女が裏切りを予測したのは正しかった。

シルヴァーマンはまだ、このジェーンに関わる捜査に事件番号を振っていなかった。初めのうちは、彼自身が、この一件の特別捜査官の任につくことになるだろう。

そしてまだ長官に、一捜査官が不正を行ったという可能性を報告してもいなかった。実際、これ以上悪い事態はない。捜査官の肩書きをもちながら、自ら守ると宣誓した規定を破った個人に対しては、FBIも厳罰をもって臨まざるを得ない。もしもジェーンが容疑をかけられ、その後に冤罪だと証明されたとしても、告発されたというだけで永遠に汚名を着せられる。そればかりか、すでにニックを失って壊れた彼女の人生は、粉々に砕けてしまうだろう。

心のなかの耳に、グラディス・チャンの声がよみがえってきた。〝彼女が恐れていたのは自分のことではありません。あのかわいらしいハチドリのこと、男の子のことです〟

今日は金曜日だった。犯罪の捜査は週七日、二十四時間体制で続けられるが、人命や国家の安全保障が懸かっているのでない場合は、ＦＢＩも土曜と日曜には仕事の強度をゆるめる。シルヴァーマンもジェーン・ホークの件を月曜日までペンディングにしても言い訳は立つ。

だが、これからの七十二時間に何をするかで、彼が案じるジェーンの運命とともに、彼自身の運命も決まるかもしれない。彼とリショナは今夜、フォールズ・チャーチのお気に入りのレストランに夕食の予約を入れてあった。この件でつぎにどんな策を講じるべきか、自分の考えをすべて妻に打ち明けるつもりでいた。

結局のところ、もし単独で危ない橋を渡ろうとするのなら、リショナも連れていくことになる。いまのところ、誰も彼の足を引っぱろうとはしていないが、来週中には十中八九、誰かしらそうするだろう。同情のせいで原則を曲げて行動すれば、遅かれ早かれ、足を引っぱる人間は必ず出てくる。

予想よりひどくない渋滞のなか、家まで車を走らせた。

天気は一転して、早春へと向かいはじめていた。

黄昏《たそがれ》はマックスフィールド・パリッシュの不思議な青色だった。

星が刻々と新たに生まれ出るように、薄暗さを増した空につぎつぎ現れる。

彼が修理した雨樋は、嵐にも壊れてはいなかった。

いまのところ運命はまだ味方をしてくれているようだ。これなら単独で危ない橋を渡るだけの価値はあるだろう。

2

金で幸せを買うことはできなくても、ベントレーを運転するのは、苛立った神経を抑える効果があった。グレーターロサンゼルスのラッシュアワーは最短でも四時間は続くといわれ、全米で最も多くハイウェイを建設してきたこの州は現在、道路の質では最低の評価を受けている。オーヴァトンのベントレーに乗っていると、管理の悪い舗装路の不愉快さも、あらゆる衝撃を吸収するサスペンションシステムのおかげでどこの世界の話かと思えるほどだった。

あらためてジェーンは、オーヴァトンのような男が抱える問題を思った。富があの男を堕落させたのではない。富を得るために選んだものがやつを堕落させたのだ。まず、ふつうの人間としての経験から自分を切り離し、自分は一般人の上に位置している、だから道徳規範や伝統といった一切のくびきからも自由なのだと思い込み、その結果、良心などというものは原始的で迷信にとらわれた精神の無価値な産物にすぎない、そんなものは棄ててもかまわないと感じるに至った。そうしておのれを人間社会のがん細胞にしてしまったのだ。

ベントレーのなめらかな走りは腹立ちのささくれを均してはくれても、義憤はいっこうに収まろうとせず、硬く冷たい怒りの塊に凝縮していくようだった。

ロサンゼルスの〈アスパシア〉は、パサデナにほど近い、古い家屋敷の立ち並ぶ美しいサンマリーノに隣接した、郡のどの街にも取り込まれていない地域にあった。ベントレーのGPSが、本屋や教会の位置を見つけるときと同じ抑揚のない声で、ジェーンをその場所へ導いていった。

オーヴァトンによれば、問題の施設は――このごまかした言い方には吐き気がする――一万二千平方メートルの敷地にある改築された邸宅だった。GPSの声が静かな郊外道路から左に入るように言い、やがて私道の途中でブレーキをかけて停まった。ヘッドライトの光が放射状や渦巻形の重たげな飾りのついた、高さ三メートルある一対の金属のゲートにはねかかっていた。その先の地所にある屋敷や地面はまったく見えない。左右からゲートを挟んでいる三メートルのフェンスは蔦《つた》に彩られ、上には槍の穂先をかたどった鉄製の短い柵が付けられていた。

郵便受けに名前の表示はなく、街路番号だけがあった。

ジェーンはパワーウィンドウを下ろして戸外を見たが、こちらを監視するレンズは見当たらなかった。たしかにオーヴァトンが保証したとおり、このゲートにもカメラは設置されていないようだ。

戸外電話のやたら大きなキーボードを使い、オーヴァトンの四桁の会員番号、続けてパスワードを入力した。VIDAR――古代北欧神話で、世界のすべてと神々を終わらせたとされる〝神々の黄昏《ラグナロク》〟を生き延びた神の名。巨大なゲートが内側に向かって開くあいだ、この権力狂いの阿呆どもはみんな、おのれに異教の神々の名前をつけているのだろうかとジェーンは思った。

ヘッケラー&コッホを引き出し、消音器を取り付けると、助手席の目の届く位置に置いた。

さっきオーヴァトンを締め上げたときの状況と、ジェーンが戻らなかったときに彼がいつまで苦しみに耐えることになるかを踏まえれば、騙そうとするとは考えにくい。会員の姿が見えないようプログラムされた警備員？　ふざけた嘘八百だ、空想の産物だと一度は思ったけれど、シェネックの動画にあったマウスの隊列がよみがえってきた。

これから先は、ただ目の前の建物を偵察し、調査をするというだけではない。何か新しくて恐ろしいもの、調べても調べつくせなかった未知のものが待ちかまえているのだ。

ジェーンは不安に捉えられ、進むのをためらった。

だが、ほかに選択の余地はない。わたしをよく知らない相手には、こんな話はパラノイアのうわごとと受けとめられるだろう。信じてくれそうな友人たちはいる。でも助けてくれる地位にある人たちでも、そのために命を代償にすることになるかもしれない。

オーヴァトンは、わたしに話したこと以外にも、さらに多くのことを知っている。だがもう進んで話そうとはしないだろう。拷問したり、プライヤーで捻《ねじ》りあげたり、刃で切ったりして口を割らせるのは、わたしには無理だ。

ジェーンはスポーツコートのポケットに手をつっこみ、銀色の楕円形のものを取り出した。ソープストーンに刻んだ女性の横顔が埋め込まれた、壊れたカメオのロケットの半分を。

記憶のなかにあるトラヴィスの声が聞こえた。がんばって、という励ましがすぐに伝わってきた。

ソープストーンの肖像を親指でそっとなぞり、手のひらにそのお守りを包み込むと、ぎゅっと強く握りしめた。

少ししてからカメオをポケットに戻し、ここを出るときは無事ではすまないだろうと覚悟を決め、車でゲートを抜けていった。

3

ボリソヴィチは邸宅の一階に、専用のバスルームのついた三部屋のスイートをもってい

居心地はすこぶるいい。必要なものはすべて与えられる。幸せな暮らしだ。ストレスとは縁がない。

ヴォロディンにも、一階に自分のスイートがある。やはり必要なすべてを与えられている。幸せな暮らしだ。やはりストレスとは縁がない。

ボリソヴィチとヴォロディンは、ボリソヴィチの部屋のダイネットテーブルでカードのゲームをしている。どちらも負けず嫌いだが、金は賭けない。ふたりには金は必要ない。

ふたりのほとんどの時間はゲームに費やされる。あらゆるカードゲーム。バックギャモン。チェス。麻雀。その他いろいろなゲームに。

共同のゲーム室では、よくビリヤードやダーツ、シャッフルボードをやる。ピンが自動でセットされる、ボウリングのレーンもある。

〈アスパシア〉の会員がこのゲーム室を使うことはない。ボリソヴィチとヴォロディン、そして娘たち専用の場所だ。

雇い主は親切で気前がいい。この仕事につけて幸運だったと、ボリソヴィチは思う。ヴォロディンもほんとうに運がよかった、ありがたいことだと思っているだろう。雇い主は親切だ。そして気前がいい。

朝の九時から十一時までの、会員が出向いてこない時間帯には、ボリソヴィチとヴォロディンは娘をひとりずつ選んで奉仕させる。いまこの館には八人の娘がいる。すばらしくきれいな娘たち。しかも従順だ。

娘たちにはどんなことでもさせられる――ただし傷つけるのは許されない。ボリソヴィチとヴォロディンは会員ではないからだ。

ちょうどいまは、ふたりでジンラミーをやっている。

それぞれの前に、コークの入ったグラスが置いてある。

以前はふたりとも大酒飲みだった。もうどちらもアルコールに溺れてはいない。そんなものは必要ない。

あの悲しい人生は遠い過去のもの。ほとんど憶えてもいない。ふたりともいまは幸せだ。

ボリソヴィチはゲームの最中、あまりしゃべらない。ヴォロディンもしゃべらない。ふたりが話すとき、話題はほぼゲームか娘たちのことか、夕食を何にするかといったことだけ。

多くの人たちの会話はもっぱら、愚痴か心配事が多い。ボリソヴィチとヴォロディンには愚痴をこぼしたり、心配したりするようなことがない。

ふたりにこの邸を出ていく気はない。この壁の向こうの世界での苦闘はもう、ふたりになんの影響も及ぼさない。

それぞれの手の届くところに、消音器を取り付けたウィルソン・コンバット・タクティカルエリート四五口径がある。この施設が開かれてから十カ月のうちに、殺して処理しなければならなかったのは、その同じ夜にこの地所へ侵入してきた二人組だけだ。

殺しは気持ちがいい。気分転換になる。

ヴォロディンが完全にそろったカードをさらしてボーナス点を稼いだとき、ヴォロディンの耳に、〝エナンシエーター〟の女の声が聞こえる――ゲートで会員がひとり入場を許可された。

エナンシエーターは人間ではない。〈アスパシア〉で起こる重大な変化を監視する機械化されたシステムのことだ。

ボリソヴィチもメッセージを受け取り、びくりと体をこわばらせ、首をかしげる。まるで耳を経由して届いたかのようだが、実のところはちがう。

ふたりがやることは何もない。会員に対してはなんの権限もなく――ついでに興味もない。

ヴォロディンは点数をつける。

ボリソヴィチはカードを切る。

4

開いたゲートの先には長い車道が延び、左右にライトアップされたフェニックスヤシの並木が続いていて、その大きくかさばった葉むらが、敷石で舗装された二車線の上に屋根を作っていた。この壮観な私道の終わりにあるのは、贅を尽くした豪華ホテルか、それとも派手な装飾の宮殿だろうか、とジェーンは思った。

実際に現れたのは、宮殿に近いほうの建物だった。スペイン風の大邸宅。筒瓦の屋根の下の織目模様のついたスタッコ塗りの壁は淡い金色なのか、それとも周到に配置された庭園灯の光でその色に染められているのか。ローマ風のアーチのある入口の前の広々したテラスを、堂々たる欄干が囲んでいた。

オーヴァトンに言われたとおり、この邸を通り過ぎて二つめの、やはり堂々たる建物へ行くと、そこが十区画に分かれたガレージだった。扉のひとつが自動的に、ベントレーを受け入れるように開いた。

その区画に車を入れるのは気が進まなかった。いったん扉が閉まってしまえば、いざというときに開けて車を出すことができなくなる。だが、もしこの冒険が成功しなかったとき、ガレージ以上に問題になるのは表のゲートだろう。あの障壁を車でぶち破るのは不可能だ。もし運が悪ければ、おそらく自分の足であの高いフェンスを乗り越えて逃げなくてはならなくなる。

オーヴァトンの話では、天気がよくても悪くても、クラブの会員はガレージと邸をつなぐ地下通路を使えるとのことだった。だがジェーンの場合、そんなまねをするのは死の罠に飛びこむようなものだ。

ガレージの区画から外に出たとき、背後で仕切り扉が下りて閉まった。

拳銃を抜いてコートの外に出し、銃口を下に向けてわきにつけると、消音器で長くなった銃身がふくらはぎの中ほどに達した。

ヴァレーのなかでものどかなこの場所では、夜の静けさは恐ろしいほど深く、東西南北すべての先にあるはずの騒がしい都会から人がほとんど絶えてしまったように思えた。月が揮発性の毒を盛った杯《さかずき》のように煙って見える。

私道から、手すりでいくつかに仕切られた三段の階段を上り、正面のテラスに上がった。ローマ様式のアーチに収まった堅木のドアのわきに柱が立っていた。アーチと三角小間《スパンドレル》の上に柱頭に支えられた軒《アーキトレーブ》縁があり、軒縁の上には縦溝彫りの小壁《フリーズ》、小壁の上には蛇腹《コーニス》があり、石から彫り出された等身大の、それぞれ盾と槍を持った征服者《コンキスタドール》がふたり載っていた。

邸のファサードの明かりが青銅の枠の窓を暖かく染め、縦桟《たてざん》に挟まった面取りされたガラスをきらきら光る宝石のように見せていた。

ヤシの木のあいだに立つ大邸宅は、おとぎ話に出てくる城のようだったが、その美しさや魔法のような雰囲気とはうらはらに、ジェーンはポーの書いた詩の「幽霊宮」と恐ろしき群影を連想した。

敷居の上を監視するカメラはなかったが、ドアの横に、メインゲートを通り抜けたときと同じようなキーパッドがあった。もう一度オーヴァトンの会員番号を押し、ＶＩＤＡＲの名を入力する。

電子錠のボルトが引っ込んで、ドアが玄関広間に向かって開き、豪華な二色の大理石――金の筋が入った黒と、黒の筋が入った白――が寄木風に組み合わさった床が現れた。

拳銃をわきにつけたまま、ジェーンはなかに入った。

自動ドアが背後で閉まり、錠のボルトがガチャッと戻る音がした。

5

常人の耳には聞き取れない声でエナンシエーターが、ひとりの会員が家への入場を認められたことを告げる。

ボリソヴィチがトランプのカードを配っている。

「また〝処理〟はあるだろうか？」ヴォロディンが訊く。

「あるかもしれないし、ないかもしれない」ボリソヴィチが言う。

「一日に二度はなかった。少なくともおれに思い出せるかぎりは」

「ひと月に二度というのもなかった。処理は珍しい」

「たしかに珍しいな」ヴォロディンが同意する。

「とても珍しい」

ヴォロディンが手札を眺める。「まだジンラミーをやりたいか？」

「おれはかまわない」

「チェスのセットを持ってこようか」

「どっちでもかまわない」

「おれもだ」とヴォロディン。

「ジンラミーを続けるか？」ボリソヴィチが訊く。

ヴォロディンがうなずく。「もうしばらくやるか。いいだろう？」

「いいだろう」ボリソヴィチが同意する。

6

玄関広間の向こうにロビーが広がり、格間《ごうま》の施された天井は六メートルの高さで、床にはフランス産石灰石のタイルが使われていた。屋敷全体はU字形に造られ、三方を囲まれた中庭が石灰石の柱のあいだに見える。外の空間はアンティークの灯柱でやわらかく照らされていた。中央には湖ほども広い青く光るプールがあり、巨大なサファイアの石のようにきらめきを放っていて、水面からはいく筋もの蒸気がゆらゆらと、何かを希《こいねが》う霊のように立ちのぼっている。

邸は常ならぬ静寂に浸されていた。ジェーンがこれまで経験したことのない、深い静けさだった。

廊下に沿って、大きなブロンズ像が台座の上に並べられ、優美なサイドボードに一対の大ぶりな薩摩《さつま》焼の花瓶が置かれている。

〈アスパシア〉がたしかに触れ込みどおりの場所だとしても、売春宿特有の安っぽい装飾は排除されていた。上品な趣味、洗練されたスタイルのかもし出す雰囲気のなかで、会員たちは過激な要望を思うさま満たしながら、退屈な田舎に暮らしていたり価値のない大学に通っていたり何もしていなかったりする大衆を下に見て優越感に浸っているのだ。

オーヴァトンから聞いた話で、一階は警備員の居室、談話室、キッチンその他のスペースに当てられているとわかっていた。しかしこの場所の本質は二階に、娘たち一人ひとりの専用スイートにある。

広間の向こうに二本の大階段が見えた。一本は東翼へ、もう一本は西翼につながっている。石灰石の踏板と蹴込み。精巧なブロンズの手すり。どちらの階段の壁も大理石で被《おお》われ、壁龕《へきがん》には古代ギリシャ・ローマ神話の神の等身大を超える大きさの像が置いてある。
ヴィーナス、アフロディテ、ペルセポネ、ケレス……

ジェーンは階段の下に立ち、さらに森閑《しんかん》とした上階を見上げながら、この凝った造りの娼館は実は霊廟《れいびょう》なのだと感じた。夢や希望が埋葬される場所。これ以上進みたくない。

密な隊列を組んで行進する実験用マウスたちを思った。もしこれ以上シェネックや陰謀の首謀者たちのことを知れば、想像を絶するほど奇怪なものを目の当たりにして、もうその先の未来を見ることが叶わなくなるのではないか。

古来、すべての文明に堕落はあった。もし堕落が心のものであるなら、文化が大きな努力を払って十全な状態に戻すすべを考え出せるかもしれない。もし堕落が頭のものであるなら、心が人を欺くがゆえに、回復に向かっていると感じるのはより難しい。もし頭と心がともに悪に蝕まれているなら――そのときはどうなるのか？

結局のところ、わたしに選択の余地はない。

階段を上っていった。

二階の廊下は幅が四メートル近くあり、一階の空間に負けず劣らず贅を尽くした造りだった。

オーヴァトンによれば、二階にはスイートが十室――東翼と西翼に五室ずつ――あるはずだった。各部屋のドアの横に、装飾的な金色の葉の形の額に入った、その奥のスイートの主である娘の肖像が掛かっていた。写真をコンピュータ処理して、高品質の油絵に似せた肖像で、額の内側はカンバスではなく、大型のフラットスクリーン・ディスプレイになっていた。

この娘がちょうど別のクラブ会員といっしょにいるか、体調が悪くなったときには、スクリーンは美術品泥棒にカンバスだけ切り取られたように空白になる。邸のこちら側の翼では、二つの額から肖像が消えていた。

もし今現在、過激な要望が満たされているところだとしても、どのスイートからも悦びや苦痛の声は、廊下まで洩れ出してはいなかった。

驚くほど美しい東洋系の娘の肖像の前で、ジェーンは足を止めた。まっすぐな紫檀《したん》の背もたれに争う二頭の竜を精巧に彫り出した、中国のサイドチェアの上でポーズをとった姿。着ているのは赤い絹の、片側に白い菊の柄が入ったパジャマ。左の乳房の上に開いた花が萎れはじめ、雪のような花弁がブラウスの片側から絹のパンツの片方の脚にこぼれ落ちていた。

ノブを回すと、ドアは自動で開閉する仕組みで、ひとりでに内側に向かって開いた。厚みは十センチはある。ここまで重くしているのは、自動でしか開かないようにするためなのか。

足を踏み入れた入口の間は、趣味のいい上海デコのスタイルで、蜂蜜《はちみつ》色の木のパネルに黒檀がアクセントにあしらわれ、それ以外は銀と瑠璃《るり》の色調に限られていた。

ドアが後ろで静かに閉じ、気密シールが施されてでもいるように、シュッと空気が吸われる音がした。

ジェーンは廊下から部屋に移動したのではなく、ある世界から別の世界へ足を踏み入れ、これからあまりに異質な、自分ももう以前と同じではいられなくなるような存在に出会おうとしている気がした。

7

広間の先にリビングルームがあり、肖像どおりの娘が、花びらを散らしている菊の柄の赤いパジャマ姿で、竜を彫り出した椅子に腰かけ、ポーズをとっていた。写真がコンピュータの力で油絵のように仕立てられるように、この娘の美しさも現実以上に理想化されているのだろうと思っていた。けれども娘は、歳は二十代の前半か半ばか、絵や写真にも劣らないどころか、はるかに上回るほどの美しさだった。

娘はにっこりと微笑み、椅子から立ち上がった。その立ち姿には、売春婦らしい誘うようなしどけなさも、高級娼婦の洗練され世知にたけた雰囲気もなかった。左右の腕を両わきに垂らし、頭をほんのわずかにかしげ、肩までの長さの漆黒の髪がほっそりした顔の左右を縁取っている姿は、両親に褒められるのを待っている行儀のいい子どもを思わせた。じっと見つめる黒い目はまっすぐだが、どこか内気そうでもある。口を開いたときの声は実際よりも若く、練習のたまものというより心からのもののようだった。

「こんばんは。わたしを訪ねてくださって、とてもうれしいです」

ジェーンがわきに垂らしている拳銃が見えているはずなのに、娘には警戒した様子はなく、ほんのかすかな興味も示さなかった。客がここに何を持ち込もうと、判断したり疑問をもったりするのは自分の役目ではないというように。

「カクテルをお持ちします？　紅茶かコーヒーでも？」

「いらない」ジェーンは言い、それからつけ足した。「いいの、ありがとう。あなたの名前は？」

娘が小首をかしげ、笑みを大きくした。「どういった名前がお好きでしょう？」

「なんでも。本当の名前がいいわ」

このやりとりの声が静かなのは、ふたりが小声で話しているだけでなく、周囲の壁自体が音を吸収しているせいでもあった。ラジオ局の放送ブースで使われるのに似た防音素材が張ってあるようだ。

娘がうなずいた。「ルゥリンと呼んでください」この娘の本名が何にしろ、ルゥリンでないのは確かだった。「あなたのことはなんとお呼びしましょう？」

「あなたはどんな名前がいいと思う？」

「フィービとお呼びしてもいいですか？」

「どうしてフィービなの？」

「ギリシャ語で〝光輝〟という意味なんです」ルゥリンは言って、恥ずかしそうに頭を軽く下げた。「何か音楽はいかが、フィービ？」

ルゥリンの横を通り過ぎ、いちばん近い窓のほうへ向かいながら、ジェーンは言った。

「いまはいいの。その前に……少し話をしてもいい？」

「それはすてきですわ」

ジェーンはこぶしで窓ガラスを軽く打った。窓は異様なほど厚く見え、最低でも三重の構造になっていそうだった。

「いっしょにソファにおかけになる？」ルゥリンが訊いた。

娘は腰を下ろすと両脚を引き上げ、片方の腕を優雅にソファの背もたれの上に伸ばした。

ジェーンはルゥリンから一メートルほど離れて座り、拳銃を彼女とのあいだではなく、自分の側にあるクッションの上に置いた。

「女性の方が訪ねてくださるのは、格別の楽しみですわ」ルゥリンが言う。

このクラブは会員を男に限っているのだろうと思っていたが、どうやらそうではないようだ。「あまり多くはないのでしょうね」

「あまり多くはありません。女どうしの楽しみは特別です。あなたはとてもおきれいだわ、フィービ」

「あなたにはとても敵わない」

「きれいなだけでなく、とても控えめな方ね」

「いつから……ここにいるの、ルゥリン？」

娘の笑みは完全に凍りつきはしなかったものの、戸惑いのせいで曇っていた。「ここには時間はないのです。時計もありません。わたしたちは世界の外に、時間の外にいます。

ここはとても気持ちいいです」

「でも、どれだけいるかはわかるはずよ。一カ月？　三カ月？」

「時間のことを話してはいけないのです。時間はよいものの敵です」

「この家から出ていこうと思ったことはある？」

ルゥリンは眉を吊り上げた。「どうして出ていきたいと思いますか。外には嫌なこと、悲しいこと、恐ろしいことのほかに何がありますか」

娘の話し方は、さほどお仕着せのようには聞こえなかったが、あらゆるしぐさや反応に条件付けを示す特性があった。若々しい声も、表情のひとつひとつも心からのように思えるが、何かひどく非現実的な、地球外のものにすら感じさせるところがあった。

8

ボリソヴィチが合計10にもならない手札をテーブルに置き、ゲームを終わらせるのと同時に、エナンシエーターから報告が入る。会員が娘のひとりに不適切な質問をしたという。エナンシエーターは二階のスイートで行われている会話には関与しないが、娘たちからプロトコル違反の可能性ありとみなされる質問やフレーズを受け取る。今回のケースは――

〝この家から出ていこうと思ったことはある?〟

エナンシエーターから同じ報告を受けたヴォロディンは、カードから視線を上げ、ボリソヴィチと目を合わせる。

ボリソヴィチが肩をすくめる。たまに会員が問題になりそうなことを口にしたりはするが、それが深刻な事態につながったことは一度もない。

起こりうる最も厄介な事態は、ごくまれにだが、〝処理〟が必要になるときだ。彼とヴォロディンは必要なものすべてを与えられている。ふたりとも幸せだ。雇い主は親切で気前がいい。悲しい人生はもうはるか昔のこと。あれこれ考えたりはしない。ほとんど憶えてもいない。思い出したくもない、だから思い出さない。

ヴォロディンはカードを切る。

9

どれほど美しく、落ち着いた様子を保ってはいても、ジェーンの目に映るルゥリンのはかなさは、その赤い絹のパジャマと同じくらい鮮明になっていた。この娘は虚《うつ》ろで孤独だ。そしてその事実を、自らの頭のなかで否認している。

いいえ、この娘の心理状態は、ただの否認より悪いものかもしれない。精神が混乱しきっているせいで、自分の状態を認識し、本当の気持ちを伝えることもできないのではないか。

「ルゥリン、あなたは、お客が訪ねてきていないときはどう過ごしているの？」

「このお部屋をきれいにしておく責任がありますけれど、大変ではありません。必要なものはぜんぶそろえてもらえます。わたしの雇い主は気前がいいのです」

「すると、報酬をもらってるの？」

ルゥリンはにっこりとうなずいた。「厚意と、必要なものすべてと、酷い世界から逃げられる。それがわたしへの報酬です」

「この〈アスパシア〉には、酷いことはないのね」

「ええ。何もありません。どこよりも美しいところです」

「じゃあ、掃除をしていないときは？」

「自分で食事の支度をします、とても楽しんでいます。ほんとに楽しいの。必要なものはそろえてもらえますし、レシピは千と一つ知っています」急にぱっと顔を輝かせ、手を打ち鳴らす。「あなたにも夕食をご用意しましょうか、フィービ？」

「そうね、もう少しあとで」

「まあすてき、なんてすてきなこと。きっとわたしのお料理を気に入っていただけるわ」

「掃除をして、料理をして。ほかにはどうしてるの――お客がいないとき？」

「エクササイズをします。エクササイズは大好きです。下のジムには器具がたくさんそろっています。決まったエクササイズのメニューもあります。曜日ごとにちがってるんです。健康と美容を保たなくてはいけません。決まったエクササイズのメニューと食事のメニューがあって、きちんと守っています。さぼったりはしません。そういうことはとても得意なんです」

ジェーンは目を閉じて、ゆっくりと、深く呼吸をした。何度も連続殺人犯たちを訊問して、その欲求や殺しの手法を聞き出そうとしてきたけれど、この娘との会話にはいまだかつて経験しなかったほど精神を削られる気がした。

動画で見たマウスの隊列がまぶたに浮かんでくるのを止められない。自分のケーバーのナイフで喉を切って血にまみれていたニックの姿もよみがえってくる。ニックとマウスとこの娘の運命は、ジェーンにはごく漠然とした用語でしか説明しようのない、ある強力なテクノロジーの不吉な応用によって決められたのだ。そしてこの計画の、この陰謀の、この新たな地獄の地図の背後にいる者たちには、ジェーンにもよくわかるものだけではなく、まったく及びもつかない意図——なぜ自殺なのか？——もあるのだ。

「カクテルはいかが？」ルゥリンが訊いた。「ここにいるほかの娘たちだけど。その娘たちを知ってる？」

ジェーンは目を開け、かぶりを振った。

「ええ、みんな友達です。すてきな友達。いっしょにエクササイズをします。いっしょにお客さまをもてなすこともあります」

「その娘たちの名前は？」

「女の子たちの？」

「ええ。名前はなんなの？」

「どういった名前がお好きですか？」ルゥリンが訊く。

「あなたはその娘たちの名前を知らない」ジェーンは言った。「その娘たちが誰かも、どこから来たのかも知らないのでしょう？」

「もちろん知っています。みんなわたしの友達です。いい友達。すてきな友達。いっしょにエクササイズをします」

「その娘たちといっしょに笑う、ルゥリン？」

さっきまでなめらかで染みひとつなかった顔に、何本かしわが寄った。だがそれは、池に石を投げ込んだときのさざ波のようにできたと思うまもなく薄れていき、こう言ったときにはすっかり消えていた。「あなたのおっしゃることがわかりません、フィービ」

「いっしょに泣く？」

訳知り顔の笑みが娘の顔に広がった。彼女がジェーンのほうに体をずらし、赤い絹がソファの布地にこすれてささやくような音をたてた。「わたしを泣かせるのがお好きですか、フィービ？　痛みには美があります、辱めにはそれ以上の美があります。〈アスパシア〉には美以外のものは、醜さはありません。どうぞわたしをお好きにしてください。わたしはあなたのものです」

この暗い美の宮殿には、これ以上ない醜さがある。ジェーンはソファから立ち上がった。身震いするほどの嫌悪を、吐き気を感じた。「あなたはわたしのものじゃない。誰のものでもないのよ、あなたは」

10

会員が発した問題をはらむ言葉を、エナンシエーターが娘から受け取り、ボリソヴィチとヴォロディンに伝える――〝あなたはわたしのものじゃない。誰のものでもないのよ、あなたは〟。

ふたりの男はカードをわきに置く。テーブルの上のウィルソン・コンバット四五口径のことを考えるが、手に取ろうとはしない。

「ただの会員だ」ヴォロディンが言う。

「敷地への侵入は起きていない」警報が入っていないことを、ボリソヴィチが伝える。

会員に対して暴力が振るわれることはない。

ごくまれに、会員が特定の娘に夢中になるあまり、〈アスパシア〉の壁の外でもその娘を手元に置いて独占したがることがある。そんな会員は無分別なまねをしないよう説得しなければならない。ちょうど居合わせたほかの会員ふたりがその会員と相談し、思いなおすように説得することを義務づけられている。

問題の会員はいまのところ、要介入とされる基準に達する言動はしていないようだ。そうした決定は、エナンシエーターがプログラムに応じて下すことになる。

11

ジェーンがソファから立ち上がると、ルゥリンも立ち上がり、なだめるようにジェーンの肩に手を回した。「フィービ、ここでは悪いことは何も起きません。あなたにはあなたの欲しいものがありますし、わたしにもあります――それだけのことです」

娘の眼を見ると、心がざわついた。その眼がまっすぐこちらの眼を見つめてくるからでもなく、人形のガラスの眼のようにその視線が一定で浅いからでもない。実際そうではなく、ルゥリンの眼は光沢のある闇の淵《ふち》で、その視線は人間というすべての謎めいた存在と同様に底知れない深さがあった。しかしその深さにはちがいがあった。ほかの人たちの眼のような生気が、魚の群のような無数の希望や野心や不安が宿っていないのだ。深さはあってもその眼は虚ろで、深い海の底を見ているようだった。途方もない水圧のために生命はまばらで、溺れ沈んだものの沈黙が乱されることもごくまれな場所。

ジェーンは言った。「あなたに欲しいものはあるの、ルゥリン？」

子どものような内気さが、また娘の顔に広がった。やわらかな声がさらにやわらかくなる。「ええ、あります。あなたの欲しいものが、わたしの欲しいもの。使っていただき、お役に立つこと――それでわたしは満たされるのです」

肩に置かれた手の下から抜け出すと、ジェーンはソファの上から拳銃を手に取った。

さっきと同じように、娘は武器にも不安を見せなかった。銃弾を受けるときもにっこり笑っているのだろう。なにしろ〈アスパシア〉では、醜いことは何も起こらないのだ。そして会員が犯した間違いはすべて、正当な権利となる。

「もう行かないと」ジェーンは言って、ドアのほうへ向かった。

「わたしがお気に召しませんでした？」

ジェーンは足を止めて振り返り、いままで知らずにいた悲しみをこめてルゥリンを見つめた――もどかしさと怒りと恐怖と不信と確信から織りなされる悲しみを。ここにいるのはカルトに洗脳されて自由を奪われている娘ではない。これは洗脳を超えるものだ。精神をこすり取られ、ちぎれた糸の残骸しか残っていない、そしてその糸から新しい何かに織り上げられたもの。ジェーンには自分が話している相手が誰なのか――何なのか――わからなかった。かつて潑剌《はつらつ》と生きていた娘の一部がいくらかは残っているのか、いまは異質なソフトウェアで動かされている娘の体にすぎないのか。

「ちがうの、ルゥリン。あなたのことが気に入らないわけじゃない。このクラブの会員があなたを気に入らないなんてことありえないわ」

染みひとつない晴れやかな顔が、笑みにぱっと輝いた。「ああよかった。ほんとうによかった。きっと戻っていらしてね。あなたのために最高の夕食を作ります。わたしはレシピを千と一つ知ってます。何よりもあなたを幸せにしたいのです」

もしもこの娘のずっと奥深くに、閉じ込められた小さな意識があって、その深い淵の底からはるかに高いここまでは届かない悲鳴を発しているようなら、なんとしても〈アスパシア〉から連れ出そうとするだろう。でもどこへ？　誰のところへ、なんのために？　指紋か何かで身元をつきとめ、家族のもとへ帰すのか？　本人ももう家族だとはわからないだろうし、かつての彼女に残された細い糸から新たに織り出されたこの娘は、家族にとっても他人でしかないだろうというのに。カウンセリングで回復することはありえない。脳外科医が頭蓋骨を開き、脳にナノテクの網が張りめぐらされているのを見つけても、その除去の仕方はわからないし、取り除けばもう生きてはいられないだろう。

「何よりもあなたを幸せにしたいのです」とルゥリンがくり返す。またソファに腰かけた。微笑みながら、片方の手で、客が座っていたところの織地をなめらかに伸ばしていた。あきもせずに、何度も何度も。

ジェーンは思う……部屋の掃除といっても、大した時間はかからないだろう。そして食事の支度をしているのでも、エクササイズをしているのでも、客のものになるのでもない時間、この娘はどれだけこうして宙を見つめているのだろうか？ ただひとりで、じっと静かに、もう幼い時期のおもちゃを卒業した子どもに愛されなくなり、見捨てられてしまった人形のように。

ドアノブは手のなかで氷のように感じた。ジェーンの手が触れたのに反応して、ドアがすうっとひとりでに開き、彼女は廊下に出た。背後でドアが閉まった。

廊下はさっきよりも冷え冷えとしているように感じた。体ががたがた震え、足元がおぼつかない。壁にもたれかかり、ゆっくりと、深く息を吸い込んだ。手のなかの拳銃が恐ろしく重かった。

12

その後エナンシエーターは、六番のところにいる会員に新たな違反があったという報告をよこしていない。

ボリソヴィチとヴォロディンは当面、カードゲームへの興味をなくし、つぎの進展を待ち受ける。

すぐに進展がないとわかると、ヴォロディンは言う。「暗くなってきた。そろそろ処理をしてもいいだろう」

「そのほうがいいだろう」ボリソヴィチが同意する。テーブルの前から立ち上がり、拳銃を手に取るとショルダーホルスターに収める。

ヴォロディンもそれにならう。

ふたりともジャケットは着ていないので、武器はむき出しのままだ。いまから行く場所で会員に出くわすとは予想していない。

ふたりいっしょに、ボリソヴィチの部屋を出る。

13

別の肖像を選んでその部屋のドアを開け、なかの娘と話をしようかとジェーンは考えた。だが、すでに知っている暗い事実以外にわかることは何もないだろう。その会話はルゥリンのときと同じように気持ちをざわつかせ、めいらせるものだろう。

〈アスパシア〉の本質にあるのはセックスだが、それだけが本質ではない。さらに大きな本質とはむき出しの力、支配、屈辱、残酷さだ。そうした性的交渉には愛情はともなわず、わずかな好意すらも、もちろん生殖もない。この邸と同じように、娘たちも並み外れて美しい。そのために堕落しきった客たちは、おのれの残酷な行為にも美がある、おのれの絶対的な力がその卑しく下賤《げせん》な行為を美しくすると、自分自身を、そしておたがいを欺けるようになるのだ。

ジェーンがこれほどの恐ろしさを、これほどの無力感を覚えたのは、あとにも先にも一度きり——それもずっと昔のことだった。

ほかの娘たちも基本的にはルゥリンと同じ状態で、話を聞いてもらちは明かない。だとすれば、一階に何か役に立つことがあるかもしれない。奥の階段はすぐ近くにあった。表のほうの大階段とはちがって両側が囲まれている。まさしく垂直に伸びる射撃練習場だが、ジェーンはそこへ行って可能なかぎり速く駆け下りた。

階段はFBIアカデミーで、どう対処すべきかを教えられた難問のひとつだった。ホーガンズ・アレイは煉瓦と木で造られた建物が並んだ小さな町で、裁判所やドラッグストアや映画館やモーテルや中古車店やその他もろもろの施設まで備えている。世界で最も周到に考えられ、本物らしく造られた実地訓練センターである。現実のこの町には誰も住んでいない。犯罪者はすべてタレント事務所から派遣されてくる俳優なのだ。

奥の階段を下りながら、架空の町ホーガンズ・アレイでの訓練が、まるでこの〈アスパシア〉のための準備だったような感覚に捉えられていた。この場所もある意味では舞台装置のようなものだ。娘たちと警備の男たちが住んではいても、実際には誰も住んでいない。クアンティコで過ごした十六週のあいだには、なんのシナリオも演じられていないときのホーガンズ・アレイを通り抜けたこともあった。ほかには誰ひとり歩いていない町。ジェーンは迷信にとらわれやすい人間ではないが、ときどきそこが憑かれた場所のように感じ、わたしは世界の終わりに立っているのじゃないか、あらゆる人たちの住まいが棄てられ、この星で動いている心臓はわたしのものだけなのじゃないかという気分になったりもした。

裏の階段を下りきったころには、その世界の終わりのような感覚にまた飲み込まれていた。〈アスパシア〉では人間の最も暗い欲望——絶対的な力を手にしたい、支配したい、服従を命じたい、異議や批判の声をすべて消し去りたいという欲望が百パーセント表現される。ルゥリンが嬉々として男に買われ、おとなしく痛みと辱めを待ちうけるように仕向けたテクノロジーは、世界を自分たちの考えるユートピアにするよう命じ、そしてそう命じることで世界を破壊するミツバチ使いのテクノロジーなのだ。

一階の西翼はあいかわらず人気《ひとけ》がなく、長い廊下が表側の階段とロビーのほうに続いていて、まるで入れ子の筒が彼女の前に伸び、一歩進むごとに長くなっていくようだった。

左手にドアが二つ見えた。そのひとつを開け、明かりのスイッチを見つける。そこはジムだった。ウエイトトレーニングの器具にトレッドミル、エクササイズバイク……

右手の最初のドアは、キッチンに通じているのかと思ったが、開けてみると窓のない部屋で、天井の蛍光灯がつけっぱなしになっていた。セラミックタイルの床。白い壁。部屋の中央には台座に載った、床に合わせたタイルとステンレススチールの台があった。何かのSF映画に出てくる宇宙船の船室のようだ。
その台の上に、裸の娘が横たわっていた。

14

遠目には、テーブルの上の娘は眠っているようだったが、部屋の奥へ進んでいったとき、その錯覚は消えた。死体の青紫色の眼は、最後に見たものにショックを受けたかのように大きく見開かれていた。たおやかな喉の周りには絞めつけた跡があり、暴力による絞殺なのはあきらかだったが、ネクタイやスカーフ、ロープなど、この行為が行われた証拠の品は見当たらなかった。あごに垂れた血は舌から出たもので、娘が断末魔の苦しみにきつく噛んだのだろう、まだ上下の歯のあいだにその先が挟まれたままだった。

生きていればこのブロンド娘は、ルゥリンにも勝るとも劣らぬ美しさだった。顔は非の打ちどころがなく、体はエロス自身の手で彫り出されたようだ。ルゥリンはもちろん、顔かたちだけでいえば、わたしもこの娘の足元にも及ばないだろう。

それでもジェーンは思う。これはわたしであってもおかしくない、いや、わたしだ。明日か来週か、いまから一カ月後のわたしなのだ。これだけの力をもった人間たちを打ち破るすべなどありはしない。

この部屋には、もうひとつの部屋がつながっていた。二つの部屋のあいだのドアが半分開きっぱなしになっている。

もしもトラブルに飛び込むのではなく、避けようとする人間だったとしたら、ジェーンは逃げ出していたかもしれない。けれどもいま逃げるのは自分を辱めることだし、十九年前に裏切ってしまった母親をさらに裏切ることになる。この世界は逃げてどうなるという場所ではない。何かから逃げれば、かならず同じような何かに飛び込んでしまう。

半分開いたドアに向かった。広く押し開ける。敷居を越えた。

そこにあったのは、超効率的なガス式の炉だった。この邸宅を暖房するためのものではない。〈パワーパックⅢ焼却システム〉というメーカーのラベルがある。ふつうは火葬場でしか見られないものだ。

記憶のなかに、ルゥリンの声が響いた。〝わたしを泣かせるのがお好きですか、フィービ？　痛みには美があります〟

絶対的な力の行使、それにともなう堕落した行為をすべて実現しようとする場所では、かならずこうしたことが起こる。ジェーンにはもうわかっていた。だが、その思いを抑えつけていた。自分がダビデとしてゴリアテに相対するときには、敵の強大さやその暴力の激しさ、残酷さへの嗜好《しこう》などをあまり深く考える気にはならないものだ。

セックスのさなかの殺人は、そうそう起こることではない。でないと絶えず新しい娘たちをスカウトするか、何かしらで調達し、プログラムしなくてはならなくなる。だが、たびたび起こりはしなくても、ときどきは起こることを予期していたからこそ、そうした不都合な死体を処理する準備を整えざるを得なかったのだ。ナチスやスターリンが何百万もの人たちを殺したときほどにも良心の疼《うず》きを感じることなく。

焼却システムの前に立ちながら、ジェーンはおのれの小ささを感じた。子どものように小さくなったような気がした。

〈パワーパックⅢ〉の内部で、ガスが圧力を受けて噴き出していた。それが燃焼するとともに、炎がごうごうと唸りをあげる。焼却システムがこれからの仕事のために予熱されているのだ。

そうさとったジェーンは、最初の部屋へ引っ込み、ドアに向かいかけた。そのときふたりの男が廊下から入ってきた。

15

野卑《やひ》な見てくれの大男たちは、消音器付きの拳銃を収められる――そして素早く取り出せる――ように改造されたショルダーホルスターを着けていた。

ジェーンはヘッケラー&コッホを手に持っていた。抜きだす必要はない。ほとんど無意識につけていた拳銃を持ち上げ、両手で握り、腕を前に伸ばした。男たちはどちらも反応しなかった。まるでジェーンが完全に透明なガラスでできているように。

男ふたりは台の上の死体に、悪夢が生み出したもののようにスチールの板に横たわる娘のほうに近づいていった。大きなほうの男が言った。「これは暗くなってからでないと」

「しばらく前から暗くなってた」別のひとりが言う。「二時間ほど前から」

「暗くなきゃならないのは煙が出るからだ」

「誰にも煙は見えないだろう。このシステムは目に見えるほどの煙は出さない」

死体があるということ、その事実は、このふたりにはなんの影響も及ぼしていないようだった。

「これはいい装置だ。おれも気に入ってる。それでも少しは煙が出る」

「たしかにいい装置だ。どのみち、もう夜になってる」

ジェーンはつかのま、このふたりが心理戦を仕掛けてきているのだ、油断させておいて急に銃を抜き、さっとこっちを向くのだと思った。だがそのとき、オーヴァトンの言葉を思い出した——彼らに会員は見えない。そう……プログラムされてる。

ウィリアム・オーヴァトンから聞いたことを信じて、ジェーンはここまで乗り込んできた。だが、自分が透明人間になるというこの経験は、実際に起きるまでどういうものか想像がついていたとはとてもいえない。

彼らの目に、ジェーンは映っていなかった。視神経を伝わって脳へ送られるこの部屋の映像には、テーブルの上の死んだ娘と同様、ジェーンも間違いなく含まれているはずだ。だが何かしらのフィルタリングプログラムが、脳による映像の解釈からジェーンの存在を消しているのだ。さっきゲートで、それから玄関ドアでも、彼女はオーヴァトンの会員番号とパスワードを使った。そして家の周辺が侵されたことを伝える警報が鳴り響かなかったことで、この警備員たちは邸のなかにいるのは娘たちと、娘を買いにきた会員だけと信じ込んだ。彼らの目に入る映像は本物でも、脳で読み出される内容は偽物なのだ。〈アスパシア〉の会員が、この事業に関連した記録に自分の顔を載せたがらないために、ここのセキュリティプログラムにはある欠陥が生じた。そしてその欠陥がジェーンの命を救った。

これはテクノロジーだが、その効果は魔法に見える。とても信じられない、暗く忌《い》まわしい魔法だ。ジェーンは拳銃を男たちに向けたまま、そっとあとずさって離れていった。大胆にふたりの横を通り過ぎて廊下のドアのほうへ歩いていくと、きっと魔法の呪文が解けるという気がした。それで部屋の隅に引っ込んだ。

背の高い、百九十はありそうなほうの男が、焼却炉に通じるドア口へ入っていった。もうひとりはステンレスの台のそばに残ったまま、娘の裸の死体を見下ろしていた。もし頭を上げると、視線がまともにジェーンのいる部屋の隅を向く位置だった。

そのとき、男が眉をひそめた。それまでずっと、男の顔はまったく穏やかで、その心のなかを何かしらの思いが過《よぎ》ることはあるのだろうかと感じていたのだ。いま男は顔をしかめながら視線を上げ、頭を左右に振って部屋を見まわした。おそらく錯覚だろうけれど、男の視線がほんの一瞬、まさしくジェーンのいる空間にとどまったように思えた。

顔をしかめたまま、男が頭をかしげる。

ジェーンは息を詰めた。プログラムによって見ることができなくされているなら、音を聞くこともできないだろう。それでも一瞬、呼吸を止めずにいられなかった。

男の顔は骨太で、人間の男女から生まれたというより、雑にこしらえたような造作だった。ひたいが前にせり出し、その下から二つの眼が疑わしげに世界を眺めている。

やがてまた死体に目を落としたが、まるで空っぽの台を見ているように、なんの感情もこもってはいなかった。

ひとりめの男が焼却炉のほうから、台車のついたステンレスの担架を押して戻ってきた。担架を台の横まで動かして停め、裸のブロンド娘をじっと眺めると、やがて言った。「四番だ」

「四番だな」背の低いほうの男が同意した。

「部屋を片づけなきゃならない」

「新しい四番を受け入れる準備だ」

コンピュータ使いたちの世界では、ある種の人間たちを指す言葉がある。自分が電子網《グリッド》から外れていると思っているが、実はそうではないという連中——その言葉は〝マヌケ〟だ。実際に電子網から外れている人は、そう思っているなかのごくわずかな一部にすぎない。ジェーンのようにほんとうに跡をたどられず、それでいてなんらかの手段でインターネットを利用しつづけている人間は、〝沈黙の場所《サイレント・コーナー》にいる〟と言われる。

ジェーンはもう二カ月も〝沈黙の場所〟にいた。そしていままた、この部屋の隅という沈黙の場所《サイレント・コーナー》にいる。あらゆるモダンなテクノロジーのみならず、この警備員たちの五感にも跡をたどられずに。

「燃やそう」背の高いほうが言った。

「燃やすか」背の低いほうが応じる。

ふたりはブロンド娘を担架に移した。まるでごみの袋でも扱うように、彼女が何者でもなく、何者かとして存在したこともなかったかのように。

これはあまりに残酷な、言い訳の余地のない侮辱だった。娘にこんなに無慈悲な扱いをするやつらを撃ち殺してやってもよかった。だがこのふたりもまた、ある意味で被害者なのだ。もし脳インプラント処置される前から粗野で性悪な男たちだったとしても、いまそれを証明するすべはないし、死刑に処せるような証拠もない。どのみちこのふたりはもう、ゾンビと同種のものになってしまっている。

男ふたりが開いたドアの先へと担架を動かし、〈パワーパックⅢ焼却システム〉に死体をくべようとしているあいだに、ジェーンはあとずさって離れ、部屋の外に出た。また一階の廊下に戻り、足早に歩いて玄関ドアのほうへ向かう。階段の横を通り過ぎるとき、壁龕《へきがん》にある等身大より大きな白大理石のヴィーナスとアフロディテをちらと見上げた。下からライトで照らされているせいか、ジェーンの暗い気分が知覚に影響しているのか、その二柱はもう異教の女神のような恐ろしくも美しい存在ではなく、いまはただ恐ろしかった。生きた子どもを生贄《いけにえ》にしてその心臓を捧げる、アステカの祭壇を統《す》べていた存在のように。

玄関ドアにたどり着くと、外に出る許可を求めて、別のキーパッドにオーヴァトンの会員番号とパスワードを打ち込んだ。ほんの二、三秒の遅れが、耐えがたいほど長く感じられた。

月が脅威になることなどありえないのに、夜空にかかる月は竜の卵のように、世界を滅ぼす獣が生まれてくるもののように見えた。

ガレージの区画では、また別のキーパッドへの入力を求められたが、ジェーンの予想を裏切って仕切り扉が巻き上がり、ベントレーが現れた。

フェニックスヤシの並木が車道の上にかぶさっていて、その幹や葉むらが作るトンネルのなか、外からの車線の上をヘッドライトが近づいてきた。もしその車が車体を振って両車線をふさいだ場合に備え、ジェーンはスピードを上げてその障害をぶち抜く態勢をとった。だが、色付きウィンドウのマセラティは何事もなく通り過ぎていった。

ゲートのこちら側に、入力用のキーパッドはなかった。ベントレーが近づくと、鉄製の大きな二枚のパネルが自動的に手前に向かって開き、外へ出ることができた。

ジェーンはベントレーを駆って、元の世界へ戻っていった。〈アスパシア〉へと向かっていたさっきよりも、はるかにかけがえがないと感じられるようになった世界へ。何も知らぬげな明るい星空の下で危機に瀕《ひん》している世界へ。

16

本来ならウィリアム・オーヴァトンの家に入る前に、別のブロックにベントレーを停め、通りの反対側から邸のある位置を通り過ぎながら、彼が縛《いまし》めを解いていないか、助けを得ていないか様子を見るべきところだった。だがジェーンは直接、ガレージの三つ並んだ区画の、赤のフェラーリと黒のテスラに挟まれた真ん中に車を入れ、巻き上がった仕切り扉が背後で閉まる前に離れていった。ガレージから家へ通じるドアの前で、キーパッドに解除用コードを打ち込み、家の鍵を使ってなかに入ると、拳銃を右手に持った。

〈アスパシア〉を出てからというもの、骨の髄まで冷えきっていて、車のヒーターを効かせてもいっこうに温まらなかった。だが体が凍えそうな一方で、腹のなかはまだ煮えたぎっていた。憤りはいつでもコントロールが利くけれど、それが激怒にまで膨れ上がり、思慮や分別の境界を超えそうになっていた。あの罪人どもに罪の償いをさせてやりたかった。やつらが所有しているものすべてで、血の最後の一滴までしぼり取って償わせてやりたい。やつらの肥大したプライドや収まりかえった優越感をはぎとってやりたい。不安はいまや恐怖とからみ合っていた。ただトラヴィスと自分自身のための恐れではなく、愛する人やものすべて、友人やこの国、自由の未来、人間の心の尊厳のための恐れと。

オーヴァトンはあのバスルームの、置き去りにしていったのと同じ場所で、洗面台の配水管とアンティークの浴槽の脚につながれたまま横たわっていた。ジェーンが行ってからもかなりの時間、自由になろうとしてもがいていたらしい。ひどく擦りむけた足首からは血の混じった透明な液がにじんでいた。頑丈な結束バンドをひきちぎるか、バンドをきつく締めるための一方向にのみ動くプラスチックのジッパーをひきはがそうとしたが、うまくいかなかったようだ。もしくは、建築や配管の仕組みをまるで知らずに、鉄製の配水管を壁から引き抜くことができると思ったのか。しかしできたのはただ、大理石の被覆にひびを入れることだけだった。右の肩と右のひざを浴槽の下に差し入れ、力をこめて床から持ち上げ、頑丈な脚の一本に巻きつけてある結束バンドを抜き取ろうとしたのだろう。だが、大きな鋳鉄《いもの》ホーロー浴槽は重さ半トンをくだらない。それどころか、さらに百キロか二百キロはあるだろう。どのみち水道管と排水管がさらに浴槽を壁と床に固定している。

オーヴァトンにできたのは、ひざを擦りむいた上に肩にあざを作ることだけだった。髪の毛がしんなりと濡れ、体は頭から足まで汗でてかり、ドルチェ＆ガッバーナの下着は汗と何か別のもので黒ずんでいて、脱出マジックの奇術師として三流であることを暴露していた。

ジェーンがバスルームの戸口から入っていったとき、オーヴァトンはぎくりとし、みじめな恐怖の表情を向けた。四カ月前の彼女なら、その顔に哀れを覚えていたかもしれない。だがいまのジェーンはあのときの女ではなかった。もう二度と戻れはしないだろう。それに男の顔は恐怖だけでなく、すさまじい憎悪にもゆがんでいた。

ジェーンが鋏を持って近づいていくと、彼はびくりとひるんだ。その頭に巻かれていたダクトテープをつかみ、髪の毛が引っぱられて痛みが走ろうとかまわず切り離す。舌を使って口から布を押し出すよう命じた。彼は何度もえずいてはむせたが、やっとさるぐつわを吐き出した。

〈アスパシア〉から妹を助け出すとジェーンは言い、オーヴァトンはその妹がどんな状態で見つかるかを──完全に変えられ、もう解放される望みもないことをすでに知っていた。そして自分ももう死んだも同然で、その死もやすらかなものではないと感じているにちがいない。

彼を見下ろしながら、ジェーンは言った。「すてきなところね」

「何がだ？」

「〈アスパシア〉のこと。すてきなところだわ」

　相手は無言だった。

「あんたは思わないの？　すてきなところだって」

　相手はやはり何も言わず、ジェーンは靴の先でつついた。彼は言った。「そう思う」

「どう思うの？」

「すてきなところだ」

「ほんとにすてきなところね、スターリング。すごかった。あれだけ見栄えをよくするのにお金を惜しまないなんて」

　また相手が黙り込む。

「警備員は、あんたの言ったとおりだった。わたしが見えないふりをしてた。あれはどういう仕組みなの、スターリング？　どうしてあそこまで完璧にふりができるの？」

「おれの知っていることはもう話した」

「話す気のあることは話した、でしょう。ぜんぜんちがうわよ」

　オーヴァトンが顔をそむける。

　今度はジェーンは蹴らなかった。ただ待っていた。

　沈黙に耐えがたくなったのか、顔をそむけたまま、彼が言った。「見つかったのか？」

「誰のこと？」

「わかってるだろう」

「さあ、わからないわ」

「なぜそんなふりをする？」

「誰が見つかったのかしら？」

「おれの口から言わせて、そうして撃つつもりだろう」

「おかしなことを言うのね」

「そうするつもりなんだ」

「あんたを撃つのに理由はいらないわ」スターリング。そうする理由はもういくらでもある」

「おれは〈アスパシア〉とは無関係だ」

「あんたは会員でしょう——ＶＩＤＡＲ、神々のなかの神、ラグナロクを生き延びたもの」

「それだけだ。ただの会員だ。あの場所を造ったわけじゃない」

「ああそう、わたしはアウシュヴィッツを造らなかった、ただガス室を動かしていただけだっていうよくある弁護ね」

「地獄へ落ちろ」

「あんたがきっといい案内役になってくれるわね」

「見かけ倒しのビッチめ」

「ばかなまねをよせば、死なずにすむのに。自分が生きてられないようなまねをしでかすの？　それがあんたの流儀？」

「どうせおれを死なせたいんだ。さっさとやれ」

「死ぬといえば、〈アスパシア〉で死んだ娘を見たわ」

汗と血にまみれて横たわった男が、ぶるっと身震いした。

「きれいなブロンドの娘が裸で、ステンレスの台の上に置いてあった。首を絞められてたわ、たぶんあんたのお仲間のクラブ会員が快感の絶頂に達したそのときに」

「ああ、くそっ」彼の声はひび割れていた。「くそっ、くそっ、くそっ」

「警備員がその娘の体を焼却炉に放り込んで、何もかも燃やそうとするのも見てた」

彼はいま泣いていた。ただし、おのれ自身のために。「ひと思いにやってくれ」

ジェーンはまた長い沈黙を続けたあと、やがて言った。「その娘はわたしの妹じゃなかった。わたしに妹なんていない。あれは嘘」

彼が自分のなかの闇にそっと手を伸ばし、消えかかった望みをさらい取ろうとする音が聞こえるような気がした。

「嘘つきはいつだって、真っ先に他人の嘘に騙されるのよ」

彼が顔をこちらに向け、ジェーンを見上げた。目が涙でうるんでいた。口が小さな子どものようにわなわな震えている。

ジェーンは言った。「〈アスパシア〉のことを知る必要があったの。それからシェネックのことも」

オーヴァトンの目の表情は涙のせいでよく読めなかったが、つぎに言ったことの白々しさから、何を指すかはよくわかっていたのだろう。「シェネック？　なんのことだ？」

「あんたはどこまでも間抜けみたいね。ジミーがあんたからハッキングしたのが、〈アスパシア〉のダークウェブのアドレスだけだと思ってたの？　あんたはバートールド・シェネックのお友達でしょう。友達っていっていいのかしら？　あんたやシェネックみたいな人間が友情を育むなんてことができるの？」

「彼とは……共通の関心がある」

「うん、それが事実にいちばん近そうね。捕食者どうしは本能的におたがいを尊重し合うというようなものかしら。それにあんたは〈ファー・ホライゾンズ〉の投資者でもある」

オーヴァトンが目を閉じた。いま目の前にあるジェーンという脅威と、シェネックのどちらがより確実に自分の死をもたらすかを計算しているのだ。

「お漏らしをしたの？」ジェーンが訊いた。

目を開けずに、彼は言った。「してない」

「おしっこの臭いがするわ。わたしのじゃない」

まだ目を閉じたままで言う。「何をしたいんだ、シェネックを相手に？」

「彼のしていることを暴露する。彼を失脚させる。彼を食い止める。殺す」

「おまえひとりでか？　それで彼に盾つこうと？　誰か仲間がいるのか？」

「そんなことはどうでもいい。訊いてるのはわたしよ。そっちじゃない」

彼は目を開けた。「おまえが思っているほどのことは、たぶん知らない」

「調べてみようじゃないの」

ジェーンは寝室に入った。どこへ行くと彼が不安げに訊くうちに、背もたれのまっすぐな椅子を持って戻ってきた。

その椅子に腰を下ろし、彼をざっと眺めてから、首を横に振った。「ああ、やっぱりお漏らしをしたのね。それでどうなの、あの娘たちを操っているナノテクの脳インプラント……あれはどうやって埋め込むの？　手術ではないわね」

オーヴァトンはためらったが、観念した。「注入だ。制御メカニズムは何千というパーツでできている。一個はどれも二、三の分子だ。それが脳へ移動して、ひとりでに組み上がって複雑な構造を作る」

「血液脳関門はそれを排除せずに通すのね？」

「そうだ。なぜかは知らない。科学のことはよくわからん。あれはシェネックの……天才の仕事だ」

血液脳関門とは、血中の重要な物質は脳の毛細血管の壁を通って脳組織に入り込める一方、有害な物質は通さないという複雑な生物学的メカニズムである。

「そういう小さなパーツ――二つか三つの分子でできたマシンは、脳に入り込んだときにどうやって自分たちを組み立てる方法を知るの？」

「そうするようプログラムされてる。ただし、シェネックがすべてプログラムしたわけじゃない。厳密にデザインの問題だ。もしこのパーツがぜんぶ、長く連なるパズルのピースとして組み合わされるように、いわば錠と鍵のようにデザインされていれば、そしてそれぞれのピースがその大きな構造のなかに収まる箇所がひとつしかなければ、かならずブラウン運動の力でちゃんとつながり合うようになる」

「ランダムな動きによる進行」ジェーンは言った。「酔っ払いの千鳥足ね」

「そうだ。自然界ではしょっちゅう起こることだと、シェネックは言ってた」

「リボソームね」ジェーンはマウスを扱ったシェネックの動画のなかのそうした実例を思い出していた。

リボソームはミトンのような形をした細胞器官で、人間のあらゆる細胞の細胞質に大量に存在する。たんぱく質が作られる場所だ。リボソームには五十以上のさまざまな構成要素がある。それをばらばらの無数のパーツに分解し、懸濁《けんだく》液に入れて徹底的に混ぜ合わせると、分子が懸濁媒とぶつかることで起こるブラウン運動がそのパーツをたがいにくっつけ合い、五十以上の要素が組み合わさって完全なリボソームになる。

シェネックの制御メカニズムを構成する何千ものパーツは、それぞれがより大きな構造物のある一カ所だけにはまるよう完全にデザインされ、自然の力によって脳内で結合するようになっている。原子の構成から銀河の形成にいたるまであらゆるレベルで、自然は絶えず複雑な構造を作り出してきた。自然界によるデザインのおかげでさまざまな構築が必然的に行われうるのだ。

「制御メカニズムがあの可哀想な娘たちの脳のなかにできあがったとして」ジェーンは言う。「元に戻す方法はあるの？　もう一度以前と同じようになれる方法は？」

その質問はあきらかに、オーヴァトンの神経にこたえていた。その質問におのれ自身の審判の結果を読み取り、不安になっているのだ。「シェネックがそんなふうに作ったんだ。おれはデザインとはなんの関係もない」

「それはよかったわ」

「解毒剤が……いや、これは適切な言葉じゃないが、何か手段はあるはずだ」

もっと美しいデザインにすれば、フランケンシュタインの怪物も怪物らしくなくなり、その製作者は英雄になるとでもいうのか。

「つまり、元に戻す方法はないのね？」

「ない。制御メカニズムはいまある人格を壊し、その形成に関わる記憶を消去する。結果としてできあがるのが、新しいレベルの……意識と呼べるものだ。シェネックは強い調子で……」

彼は無意識に下唇を噛み、そのせいでふさがりかけていた傷のもろいかさぶたが破れ、新しく血がにじみ出てきた。

「続けなさい、スターリング。今日は発表会の日よ。小学校の発表会の日を憶えてる、スターリング？　つぎの通信簿の〝協調性があります〟の項に金の星がつくわよ。バートールド・シェネックは強い調子で、なんなの？」

「彼は強い調子で、このデザインでは、反逆に通じる道筋は生まれないと言っていた」

「つまりいったん奴隷にされたら、ずっと変わらないということね」

オーヴァトンは奴隷という言葉が気に入らないらしく、ほかに何かあるだろうと言いたげな顔をしたが、少しためらってから答えた。「そうだ。だが当人たちは、自分の境遇をおまえのようには見ていない。彼らは満足してる。満足以上だ。幸せなんだ」

ジェーンは口のなかを舌でなめながら、その言い分を検討しているように、賢《さか》しげにうなずいたが、実際はこの男を拳銃の握りでぶちのめしたいという衝動を抑えつけていた。

「あんたのスマホがクローゼットにあったわ。短縮ダイヤルにシェネックの番号を登録してあるはずよ。パスワードも教えなさい、あんたの情報をぜんぶ手に入れたいから」

ぎょっとした顔で、オーヴァトンは言った。「彼に電話はできない」

「できますとも。電話の使い方ぐらい知ってるわ」

「おれから番号を聞き出したことがわかってしまう」

「それがいちばんの心配みたいね」

「おまえはクソ中のクソだ」

「眼は二つとも持っていたい、ビリー？」

「おまえは誰も拷問などできん」

「それは〈アスパシア〉を見る前のことよ。いまは過激な方法もぜんぜんありだと思ってる。どっちの眼を残したいの？」

彼がパスワードを教えた。

ジェーンは寝室に入ってスマートフォンをいじり、アドレスブックを立ち上げてスクロールした。これでいい。電話のスイッチを切る。

またバスルームに戻ると、言った。「オーケー、〈アスパシア〉のことはわかった。ゆがみきった気色悪い連中のなかには、死ぬまで子どもみたいに自分の興味しか眼中にない人間もいる。世界を実体のあるものと感じられない人間もいる。言ってる意味がわかる？もちろんわかるわよね。でも、シェネックのやっている別のプロジェクトにはなんの意味があるの？」

オーヴァトンは知らないふりをした。「なんだ、別のプロジェクトとは？」

「なんのために毎年何千もの人を自殺させているの？　なぜ人が自分で命を絶つように、ときには別の誰かを殺してから自分も死ぬようにプログラムしてるの？　なぜシェネック博士はその制御メカニズムをわたしの夫に注入して、自殺するように仕向けたの？」

17

自然の日焼けならそれほど変化はなかっただろうけれど、ウィリアム・オーヴァトンのマシンによる日焼けは本人の発汗と、その体からたっぷり放出される恐怖のフェロモンと化学反応を起こしたようだった。いかにも健康的な肌のつややかな褐色に灰色の錆が生まれ、やがて赤銅に緑青《ろくしょう》がふくように広がっていった。

オーヴァトンはさっきまで、自分は他人の妹のために殺されると思っていて、その妹が存在しないとわかり、刑の執行停止があるかもと希望をもった。だが今度は、自分を捕えた相手に夫がいたとわかった。そしてその夫が死んだことも。

「ビリー？」ジェーンが言う。

彼の恐怖は手で触れられそうなほどだった。いまの状態の自分を見るのが耐えられないというように、またきつく目を閉じる。「どうしてそのことを知った？」

「仕組まれた自殺のこと？ どうして知ったかは問題じゃないわ、ビリー。問題なのはわたしが知っていて、その答えが欲しいっていうこと」

「だからおまえは、いったい何者なんだ？」

相手の問いかけをしばらく考え、答えようと決めた。「映画の話をしましょうか。映画の話はどう？」

「おまえはどこかおかしい。どうかしてる」

「いいから聞いて、ビリー。いつだってわたしの言うことは聞いたほうが賢明よ。あんたもブッチ・キャシディとサンダンス・キッドの古い映画は観たでしょう」

「ニューマンとレッドフォードのか」

「正解。そのふたりは追っ手に追跡されていて、それがいつまでも終わらない。あるとき振り返ると、すごく広い風景の先にやっぱり追いかけてきていて、ふたりにはその追っ手のしつこさが信じられない。それでブッチがサンダンスに言う――サンダンスがブッチに、だったかしら、よく憶えてないけれど――『あいつらは何者なんだ?』って。その追っ手が超自然的な存在か、人の形をとった運命なのじゃないかというみたいに。いい、ビリー、あんたが知っておくべきなのは――わたしがその〝あいつら〟だってこと」

オーヴァトンは目を開け、プラスチックのバンドにつながれた体を不快げに動かすと、ようやくあきらめたように、完全に協力的になった。「シェネックもわたしも、ほかの誰も、全人口の九十パーセントがあの〈アスパシア〉の娘たちみたいにプログラムされるようになるなんてことは考えちゃいない。五十パーセントだってありえない。誰もそんな世界に生きてたいとは思わないだろう」

「するとシェネックにも、モラル上の限度はあるの? それともただの実用上の問題? エリート以外の何十億人にも注入して奴隷にするのは不可能だってこと?」

オーヴァトンは辛抱強く続けた。「どんな職業にも、必要以上の影響力をもった人間たちがいる」

「どういう人たちのこと?」

「文化を間違った方向に進ませようとする人間たちだ」

「間違った方向ってなんのこと、ビリー?」

「歴史をよく知れば、何が間違った方向なのかがわかる。火を見るよりあきらかなことだ」次第におのれの内にある狂信が顔をのぞかせ、こんなみじめな状態で転がっていても、傲然《ごうぜん》とした口調をとりはじめる。「文明を危機に追いやる恐れのある人間たちをつきとめて、その影響力を減らさなくてはならない」

「その人たちを殺すことで」ジェーンが言う。

オーヴァトンは彼女の言葉を無視した。「――そのためには、バートールドのテクノロジーを大衆全体に適用するまでもない。この国を間違った政策でめちゃめちゃにする可能性の高い人間たちを抑止すればいい。死者は減る。貧困も、不安もだ」

彼はもう内なる熱狂をほとんど隠せていなかった。〈ファー・ホライゾンズ〉に投資したのは利益目当てのことかもしれないが、その思想にすっかりかぶれてしまっている。

「ニックはね」ジェーンは言った。「わたしの夫の名前。あんたにはどうでもいいだろうけれど、わたしには大切な名前よ。ニックは海兵隊にいた。三十二で大佐だった。海軍勲功章をもらった。あんたにはなんだかわからないだろうけど、大したものなのよ。いい人だった。思いやりのある夫で、ほんとうにいい父親だった」

「おい、待て、待て」オーヴァトンが言った。いまだに自分が上に立ったような反応ができるのかと、ジェーンは驚いた。「それをおれのせいにするな。おまえにそんな権利はない。誰をリストに載せるかを決めるのはおれじゃないんだ」

「なんのリスト?」

「ハムレットのリストだ。あの戯曲と同じだ。もし誰かが第一幕でハムレットを殺していたら、最後にずっと多くの人間が生きていられただろう」

「まじめに訊くけど、あんたはあの話をそう読んだの？　シェイクスピアの専門家になったつもり？」

彼は業を煮やして、手首と浴槽をゆるやかにつないでいる結束バンドをカタカタ言わせた。「そんなものは読んだこともない。シェネックがハムレットのリストと言ってるだけだ。おれはなんの関係もない。言っただろう、リストに誰を載せるかを決めるのはおれじゃない」

「誰が決めるの？」

「誰でもない。コンピュータが決める。コンピュータのモデルが」

こめかみの血管が脈打つのを感じた。「そのコンピュータモデルを書いたのは誰？　モデルをデザインするのは欲しいものを得るためでしょう。それにモデルのために大勢の候補者を名前から選ぶはずよ。そういう名前をインプットしたのはどこのどいつ？」

「知らん」

「あんたは投資者でしょう」

「あのクソいまいましい研究所で働いてるわけじゃない！」

ジェーンは深く息を吸った。人差し指が滑って、ヘッケラー&コッホの引き金にかかった。また指をトリガーガードに戻す。「あんたたちのハムレットのリストに載ってたなかに、シカゴのアイリーン・ルートって人がいた。ＮＰＯで働いて、重い障害のある人たちを支援してた。彼女がこの文明にどんな危険をもたらすっていうの？」

「おれは何も知らん。知りようがあるか？　リストの名前を選ぶのはおれじゃないと言ってるだろう」

「そのリストには詩人もいた。地下鉄の列車の前に飛び込んだ。天才児もいた。二十歳の大学院生で、宇宙論の博士号を取ろうとしてた。宇宙論よ！　そんな人たちにどんな文明の脅威になるようなことができるの？」

「おれの話を聞いてないのか」

「聞いてるわ。体じゅう耳にして聞いてるわよ、ビリー。あの人たちが何をしたっていうの？」

「おれは知らん。コンピュータモデルが知ってる」

ジェーンは椅子から立ち上がり、それをまた寝室につっこむと、オーヴァトンの上に立ちはだかった。

「そのハムレットのリストだけど。何人いるの？」

「言ったら、おまえは気に入らんだろう」

「言ってみなさい。何人殺す予定？」

「おまえはもう自分をコントロールできていない。血が上りすぎだ」

「言いなさい！」

「わかった、言う。ところで、シェネックに言わせれば、そういう連中は殺すわけじゃない。間引いてるんだ。群はときどきいちばん弱い個体を間引かないと、健康でいられない」

「あんたを殺したくはないんだけど」ジェーンは言って、まだ殺されずにすむかもという希望を相手にもたせようとした。「リストは何人なの？」

彼は顔の前の銃口から目をつぶった。「コンピュータモデルによれば、アメリカ程度の大きさの国なら、一世代で二十一万人が間引かれれば、安定が確保できる」

ジェーンはこみ上げてくる酸っぱいものを飲み込み、やっと言った。「世代をどう定義するの？」

「おれが定義するわけじゃない。コンピュータモデルの定義では、二十五年だ」

「つまり、一年に八千四百人ってことね」

「そんなところだ」

ジェーンは彼の尻を蹴った。あばらを蹴った。へとへとになるまで蹴りつづけてもよかったが、くるりと背を向けて寝室に入り、背もたれのまっすぐな椅子をドレッサーに向けて蹴り飛ばした。

18

手提げのバッグから鋏を取り出し、拳銃といっしょに持ってバスルームに引き返した。オーヴァトンができるかぎり体を横に向け、情けないざまになった股間をジェーンから隠そうとした。「今度はなんだ、何をする気だ?」

こいつにはもう、この女は最高に残酷で恐ろしいまねができると思い込ませた。自分自身にもそう思い込ませられたかもしれない。「もうひとつ、知らなきゃいけないことがある」

「なんだ?」

「これ以上ばかなまねはなし。もう正直な答えしか聞きたくない」

「だからなんだ」

「シェネックのところへ行くのは、どのくらい大変なの?」

「どういう意味だ?」

「彼をこういう状況に置いて、しゃべらせるのよ」

「それは無理だ」

「無理なんてことはない。あんたのざまを見なさい」

「おれはシェネックから見れば食物連鎖のだいぶ下だ。おれはいいカモだった。あいつはちがう。これを切り抜けられたら、おれもうカモにはならん」

鋏を動かす。刃のジャキッという音が彼の不安をかきたてた。「〈シェネック・テクノロジー〉はメンローパークにあるのね」

「あそこの研究所は、電子的なセキュリティが何重にも張りめぐらしてある。指紋認証装置。網膜の読み取り装置。武装警備員。監視カメラもいたるところにある」

「パロアルトの家はどう？」

「あそこを見たのか？」

「見たかもね。話すのはそっちよ」

彼はその家について訊ねたことすべてに答えた。もし嘘をついていないとすれば、まず突破不可能な警備体制だった。

ジェーンは言った。「ナパヴァレーにも隠れ家のような別荘があると、何かで読んだけど」

「ああ。本人は〈GZ牧場《ランチ》〉と呼んでる。GZはグラウンド・ゼロのことだ」

「とんでもない自惚《うぬぼ》れ屋ね」

「ちょっとした冗談が好きってだけだ」オーヴァトンが言う。シェネックに成り代わって、少々気色《けしき》ばんだような声だった。「月に二週間ほど、あそこで過ごす。いまもいるはずだ。

あそこでも研究所と変わらずに仕事ができる。研究所のコンピュータにアクセスできるようになってる」

「そこでなら、かなり無防備になる？」

オーヴァトンの笑い声は苦く、冷えきっていた。「あのコヨーテの群とレイショウを突破できたら、無防備になるだろうな。だがあれは突破できない。おまえが先にあそこへ行ってれば、今ごろは死んでたろうし、おれはこんなことになっていなかった」

「じゃあそのコヨーテと、なんだかのことを話しなさい」

「〝レイショウ〟だ」オーヴァトンは暗い笑みを浮かべながら、〈GZランチ〉を襲うのがいかに困難かを説明した。まるで自分自身が死ぬという事実を受け入れ、ジェーンもいずれ間違いなく死ぬということに喜びを感じてでもいるように。

牧場《ランチ》の配置を把握し、オーヴァトンが何も隠してなさそうだと判断すると、ジェーンは言った。「じゃあ、足首のやつを切ってあげるわ。もし蹴ろうとしたら、そのタマを吹き飛ばす。わかった？」

動じていないふりをしながら、オーヴァトンが言った。「どうせやりたいようにやるんだろう」

「そのとおりよ」

鋏でプラスチックの結束バンドを切った。

「警告は継続中よ」と言って、浴槽の脚につながったバンドも切る。ただし両手首を縛り合わせているバンドは残した。

あとずさりでバスルームから出ると、鋏をわきに置き、戸口のすぐ外に立ちながら、オーヴァトンが四つんばいになり、立ち上がろうとするのを眺めた。

筋肉がこわばっているうえに、縛《いまし》めを解こうともがいたのもこたえていた。高級な琥珀色の石英の洗面台まで這っていき、両手でつかんで必死に立ち上がるまでに一分かかった。ふくらはぎと腿の筋肉が痙攣《けいれん》しているのは、わざとできることではない。声をたてて大げさに苦痛を訴えはせず、歯を食いしばってうめき声を抑えながら、痛みを吐き出している。これまでの試練で自分がどれだけ弱ったかを隠し、おのれのマッチョな自己イメージをこの期におよんで保とうとしているのだ。

部屋を直接突っ切ってくるのではなく、回り込んできた。まだふらつく脚で、洗面台に手をついて体を支え、つぎにシャワー室の把手を、そしてタオルラックを、最後にドアの把手をつかんだ。

ジェーンはあとずさりながらリビングルームに入った。両手で拳銃を持たなかったのは、いまのオーヴァトンは危険な存在には見えないし、向こうにもそう感じさせたかったからだ。やつの気持ちはもう焼け野原で、希望はほぼ潰《つい》えている。だがそれでも、灰の下には怒りの熾《おき》が残っている。こちらがまだ敵として認めていることを示せば、やつのエゴが刺激され、その熾がまた燃え上がるだろう。

ドア口までたどり着くと、「少し座らなきゃならない」とことさらに言って、よろよろとベッドのほうへ向かった。

「そこに座って、ナイトテーブルの引き出しからスミス&ウェッソンを取り出そうっていうなら、もうそこにはないわよ」さっきドレッサーに向かって蹴り飛ばし、いまは部屋の中央に置いた背もたれのまっすぐな椅子を指した。「気分がよくなるまで、ここに座ったら」

「くたばれ、ビッチ」

「図星なのね？」

「くたばれ」

「思春期の男の子みたいね。自分の声をよく聞いたほうがいいわよ」

「自分の声ぐらい聞こえてる」

「そんなはずないわ。一度も聞いたことなんてないんでしょう」

「おまえは銃がなければただのクソだ、くされビッチだ」

「で、あんたはなんなの？」

「もうどこにも座らなくていい」

「なら金庫を見せてちょうだい、タフガイさん」

「クローゼットのなかだ」

「鏡の裏側ね、きっと」

「ふん、なんでもお見通しか」

「べつに」

ウォークイン・クローゼットは大きくて、幅が五メートル近く、奥行きは六メートルもありそうだった。吊るす衣服は扉の陰に隠れていて、ほかのものはすべていろいろなサイズの引き出しに収められている。空間の中央には布張りのベンチが置いてあり、そこに腰かけてソックスと靴を履けるようになっている。後ろの壁には、キャビネットのあいだにはめ込まれた等身大の姿見があった。

彼を姿見の近くまで行かせたあと、ジェーンも後ろからクローゼットに入った。

姿見に映るその姿を見ていたオーヴァトンは、彼女が両手で拳銃を握っているのに気づいた。「後ろから撃つのか？」

「それもひとつの手ね」

「女に似合いの手だな」

「わたしを怒らせようとしてるつもり？」

「おれが死ねば、おまえも死ぬ」

「ああそう、おれには友達がいる、そいつが最後までおまえを追いつめて首を切り落とす、ってやつね」

「見てるがいい」

「あんたのお仲間には、本当の友達なんていないのよ、ビリー」

「鏡よ、壁の鏡よ」

鏡が横に滑りだし、隣のキャビネットの陰に消えた。あきらかにいまの言葉か、でなければオーヴァトンの声の独特な音色に反応したようだった。

彼はいま、光沢のあるステンレスのパネルの前に立っていた。前に身を乗り出し、ステンレスに埋め込まれた丸いガラスのレンズに右眼を当てた。人間の網膜のパターンは、指紋と同じように人によってちがう。

錠のボルトがつぎつぎに引っ込む音がして、ステンレスのパネルがシューッという空気の音とともに持ち上がり、上のシーリングのなかに消えた。

「ほら、金だぞ、おまえが見たこともないほどの金だ」

彼の体が、金庫の中身からジェーンの視界をさえぎっていた。

「五十万ドルある」

彼が金庫のなかに手を伸ばし、現金の束をつかむような素振りをした。

「やめろ」ジェーンが言った。

彼が左のほうを向きはじめ、結束バンドで縛られた両手が体の前を横切った。本人は速い動きだと思っていた。ジェーンが五十万ドルに気をとられていると思い込んでいる。

やめろと言ったのに彼がそうせず、自分で思うよりずっとのろく動いている最中に、ジェーンの撃った一発目が左わきの腕の付け根あたりを捉えた。彼が反射的に撃った弾は、本人が描こうとした百八十度の弧の半分までもいかずにキャビネットの扉に当たった。アカデミーで射撃の訓練中、何週間もかけて熱心に手の力を鍛えたジェーンは、練習用リボルバーを使って右手で一分間に九十六回引き金を引けるようになり、教官から求められる水準を上回った。一対一の闘いでは、力の弱い手はたちまち命取りになる。だめ押しの弾丸は一発目から一秒と置かずに発射され、オーヴァトンの頭を変形させて彼の執拗《しつよう》な企みを一瞬で止め、床に打ち倒した。

19

オーヴァトンの使った武器は改造したシグ・ザウエルP226X‐6、マガジンは十九発入りだった。あの発砲音はクローゼットの閉じた空間に派手に轟いた。ジェーンの拳銃も消音器装着とはいえ、広い空間や屋外で撃った場合より大きく響いたはずだ。それでも三発の銃声は、この造りの堅固な家の壁の外にいる人間たちの注意を引いてはいないという確信があった。

この弁護士が敵に回している人間の数、またお仲間たちの性質を考えると、家のあちこちに拳銃を隠し、いつでもすぐ手が届くようにしてある可能性はきわめて高い。金庫はちょっとした武器庫の様相で、一二番径のピストルグリップのショットガン一挺《ちょう》、リボルバー二挺、さらにジェーンを殺そうとして使った拳銃のほか、別の拳銃も一挺あった。

あのとき選んで使おうとしなかった拳銃は、コルトの四五口径ACPだった。そこに刻まれている名前に、ジェーンはすぐに興味をひかれた。この国でも最高クラスのカスタムショップの名前だ。あきらかに完全に改造された拳銃で、ヘイニーの夜間用照準器も改良点のひとつだった。専用の消音器もあった。

もし犯罪で使われたことのある拳銃なら、オーヴァトンがすでに始末していただろう。これで代わりの銃が見つかったかもしれない。ヘッケラー&コッホはもう二つの殺しの凶器になった。どちらも自己防衛のため、したがって謀殺ではないが、残った人生の一割の時間を法廷での証言に費やすのはごめんだ。

オーヴァトンの高価そうなバッグ類から、ジッパーで閉めるタイプの革のトートバッグを選んだ。そのなかにコルトと消音器を放り込む。弾薬も二箱追加した。そして彼のスマートフォンも。

オーヴァトンが五十万と言ったのは嘘だった。金庫には十二万ドルしかなかった。帯封のついた一万ドル札が十二束。その金もトートバッグに入れる。

この家の監視カメラが、一階と二階の廊下にある二台だけなのは、早い段階で気づいていた。どちらも天井の、プラスチックのカバーの奥に取り付けてあった。夜間暗視の機能付きだ。

レコーダーも金庫にあるのではと思っていた。だが見当たらなかった。広いクローゼットのどこにもない。

同じような場所を十五分ほど探してから、オーヴァトンの家の鍵を使い、ガレージのなかの錠の下りた扉を開けてみたところ、収納室だとわかった。そのキャビネットのひとつにレコーダーが見つかった。ディスク一枚に三十日間の映像が記録されたあと、また最初から重ね撮りが始まる方式だった。そのディスクを取り出し、金と拳銃といっしょにトートバッグに入れた。

今日の昼間、最初にこの家に入る前に、例の銀の飾りステッチの入った黒の手袋を着けておいた。一度も脱いでいなかったから、指紋が残ることはありえない。グラスから何か飲んでもいないし、血も一滴もこぼしていない。ＤＮＡ鑑定ですぐに一致するようなものは何も残っていないはず。

家のなかで、髪の毛が何本か抜け落ちるのはしかたがない。だがＣＳＩがそれを見つけるのは、テレビで描かれているほど簡単なことではないのだ。

家のなかに引き返して、明かりをぜんぶ消してこよう、週末のあいだずっとつけっぱなしで、誰かが不審に思ったりしないように――実際にそうしかかったが、できなかった。そしてそんな自分に驚いた。死んだ男が起き上がって、また歩いたりするはずがない。自分は幽霊を信じてはいない。なのに、できなかった。明かりはつけたままにした。

裏口のドアから外に出ると、オーヴァトンの鍵で錠をかけた。鍵をトートバッグに入れ、ジッパーを閉める。

夜にビヴァリーヒルズの路上を歩くのは、地元の警察にはほぼ確実に犯罪行為の証とみなされる。当該の人間がクラッチバッグより大きなバッグを持ち運んでいればなおさらだ。それでもこのブロックの終わりまで歩き、角を曲がってフォード・エスケープを停めた場所まで行かなくてはならない。もし偶然に市の警官の注意を引こうものなら、そこでおしまいだ。警官を撃つわけにはいかない。

オーヴァトンの家の私道から、一般の歩道に足を踏み出した。月がまたたきもせずに見下ろしている。乳白色の、咎めるような眼そのままに。

何事もなくフォードにたどり着いた。このままターザナまで戻って、モーテルの部屋で二晩目を過ごし、朝になったら出ていく。

明日はまず、ロサンゼルスの検死医、エミリー・ジョー・ロスマンに当たってみよう。センチュリー・シティのホテルで自殺を遂げたベネデッタ・アシュクロフトの検死を担当した医師だ。ロバート・ブランウィック、別名ジミー・ラッドバーンがよこした検死報告書は、参照用の写真のことに言及していたが、その写真はファイルのどこにも載っていなかった。

どこへ行けばロスマン医師に会えるのかはわからなかった。遅かれ早かれ、バートールド・シェネックのところへも行かなければならない。だが、ナパヴァレーの三十万平方メートルの地所にいる男に近づくのは、海軍特殊部隊《シールズ》一チームの任務であって、女ひとりの手にはあまる仕事に思えた。

アイデアが半分、形をとってはいた。途方もない憶測にもとづいた、突拍子もない無謀なアイデアが。もう引き返せない。崖っぷちまで来てしまった。月曜日になってオーヴァトンの死体が発見されたら、やつの〈ファー・ホライゾンズ〉の仲間たちはどう思うだろうか。あいつは何やら後ろ暗いビジネスで恨みを買ったのだ、自分たちには関係ないと思うかもしれないが、これまでより警戒レベルをぐっと引き上げる可能性も高い。目の前が崖で、引き返すこともできないいま、突拍子もない無謀なアイデアも、それしか道がないとすれば魅力的に思えてくる。

20

そろそろターザナに着く。黒い空の天蓋《てんがい》に、片眼のような月が浮かんでいた。金曜日の夜の渋滞はひどく、どの車も隙あらば前に進もうと躍起だった。フィラデルフィアのテロ攻撃はまだ四日前のことなのに、誰の記憶からもすっぽり抜け落ち、みんなが何かしら週末の楽しみを得ようと血眼になっている。いずれはどんな楽しみもなくなってしまうのだからと言わんばかりに。

ジェーンは〈ピザ&モア〉に立ち寄り、テイクアウトの食事を買った。サブマリンサンドイッチを二つに、ペッパースローをひとつ。

ターザナのモーテルの部屋の前で、犯罪の証拠品入りのトートバッグとテイクアウトの紙袋を下に置いた。スポーツコートのポケットから鍵を取り出したとき、ふと思った。

（あいつがなかで待っている）

いきなり浮かんだこの想像上のあいつとは、パリセーズ公園から現れたマッチョ男のことだった。昨夜、ブランウィック家のキッチンでショットガンをぶっ放したのと同じ男だ。あいつがここまで後を追ってこられるはずがない。この予感は直観によるものでも、もっと原始的な本能からくるものでもない。今晩の出来事のせいで神経がぴんと弓の弦のように張りつめているのだ。

拳銃を抜こうかと思ったが、抜かなかった。というか抜けなかった。あきらかに思い過ごしの危険のせいで銃器による対応の手順を始めていたら、想像のなかから飛び出してくる化け物にいちいち反応しなくてはならなくなる。そして絶対に必要な本能がすり切れてしまい、いつか本物の危険が来たときもまた錯覚だと勘違いしてしまう。

ドアの錠をはずした。なかに手を伸ばした。壁のスイッチをまさぐる。

寝室には、誰も待ってはいなかった。

トートバッグとテイクアウトの袋を手に取ると、なかに入り、尻でドアを押して閉める。トートバッグを下ろし、デッドボルトをかけた。

テイクアウトの袋を小さなテーブルに置いてから、バスルームへ行き、ドアを押し開けて明かりをつけた。誰もいない。

グラスをひとつ持って寝室に戻り、テーブルに置くと、つぎはクローゼットの扉を開けてみた。なかにはスーツケースと、検死報告書の詰まったごみ袋があるだけだった。

「ベッドの下ものぞいたほうがいいんじゃないの」手袋を外しながら、苦々しい声で自分に言ったが、実際に見たりはしなかった。

部屋から出て、近くの自動販売機のコーナーまで行き、アイスバケットに氷を詰め、コークを二本買った。

部屋に戻ったが、もうバスルームもクローゼットも調べなかった。

氷の上にコークとウオッカを注いだ。ひと口すする。またコークを注ぎ足した。

バスルームに入り、手を洗って拭き、鏡に映る顔を見て、自分が変わったと思った。どこがどうとは言えなくても、根本にある何かが変わったように。

寝室のテーブルの前に腰かけ、しばらくのあいだ、ソープストーンのカメオのついたロケットの半分を手にしていた。そしてテーブルの飲み物の横に置いた。

テイクアウトの袋を破って開け、ランチョンマット代わりに使った。片方のサンドイッチから肉やチーズなどの詰め物を抜き取り、もう一方のサンドイッチにいっしょに詰め、残ったパンを捨てた。コールスローの容器にはプラスチックのフォークがついていた。

音楽はかけずにおいた。このときばかりは、聞くべきほかの音がかき消されてしまう気がした。

しばらくして、ベッドに仰向けに横たわった。ヘッケラー&コッホは隣の枕の下に入れてある。ＦＢＩ特別捜査官の任についてからほぼ七年間に、自らの手で二人の犯罪者を殺した。そしてこのわずか二日のあいだに、さらにふたりを殺した。いまから一年後、というか明日の自分はどうなっているのだろう。ルゥリンのことを、生きて泳いでいるもののほとんどいない、深海のように暗い眼を想った。

眠りに落ちると、夢を見た。自分が裸で、ステンレスの台の上に横たわり、生きているのに動けないでいる。そのとき、つい最近殺したふたりの男が、生きていたころの姿で現れる。そしてひどくおごそかなしぐさでステンレスの台を、火が燃えさかる焼却炉の口のほうへ押していく。ジェーンは体は麻痺したままだが、口は動かせる。そしてルゥリンの声で、こう言う。「何よりもあなたを幸せにしたいのです」ふたりの男はジェーンを見下ろし、何か言おうと口を開ける。だがそこから出てくるのは言葉ではなく、蜂のように群れる白いマウスたちだ。

21

金曜日の夜十時、バートトールド・シェネックはキッチン用のカートを押して、ナパヴァレーの別荘のテラスに出る。

澄みきった冷気のせいで、空いっぱいに無数の星がまたたいている。都会ではまず見られない光景だ。

月が高い場所にある。その表面に反射した太陽の光が暗い谷を浸し、西の山稜をエクトプラズムのようにぼうっと輝かせている。

カートの二つの棚には皿洗い用の桶が載せてあり、なかにはレイショウのひとりが今日の午後、町のスーパーマーケットで買ってきた鶏の生肉が入っている。

シエネックは洗い桶をひとつ持って庭に出る。鶏肉を芝の上に間隔を空けて置いていく。青白い肉が月の光の下でぬめっと光る。

コヨーテはいまのところ見当たらない。狩りの時間なのだ。草原や森を一頭で、あるいは小さな群を作ってうろつき、ネズミやらウサギやらの獲物を追いかけている。

二つめの洗い桶から、また羽をむしられた鶏を取り出し、さっきと同じように並べていく。

まだ確実ではないが、彼の管理するコヨーテたちは、脳インプラントを施す以前と比べて狩りの能力が落ちているという証拠がある。この問題をくわしく調べてさらにデータを集めるまでは、こうしてエサの量を増やすのが望ましいだろう。

この一カ月のあいだに、もう絶対くり返したくないと感じる出来事が二回あった。自然界には共食いをする動物種が多くではないが存在する。コヨーテは獰猛《どうもう》な捕食動物ではあっても、そうした種には含まれない。ところがある夜、インガとバートールドが眠っているうちに、まさしくこの庭で一頭のコヨーテが別のコヨーテを襲い、体の一部を食っていたのだ。

何もなければ、クーガーの仕業だと思うところだが、監視カメラからショッキングな事実があきらかになった。

コヨーテたちが通常の獲物を追跡、捕獲する能力が低下しているために、その一部が飢えて、同じ種の別の個体を襲っているというのが、シェネックの見立てだ。しかしこの二件の共食いには、それ以外の興味深い側面もあり、そこからまた別の理論が生まれてくる可能性があるとも考えられる。

自己構築型ナノインプラントを注入した個体はすべて電子的に追跡できるので、ほかの十二頭がまだ生きて動いていることはわかっている。ほかのコヨーテたちの餌食になったのは、この芝生の上で殺された二頭だけだ。

なぜ原野でなく、ここでなのか？

博識な博士である彼には、この二つの殺しには儀式のような意味合いがあり、何かの声明のようにも思える。もちろんありえない話だ。こんな知能の低い動物に儀礼を考え出したり、言明を発したりする能力がもてるはずがない。だがそれでも……

シェネックはカートをキッチンへ押していき、裏庭の明かりを消す。洗い桶のあと始末は朝に来るレイショウのひとりにまかせて、二階へ上がっていく。

彼はぐっすりと深く眠り、めったに夢は見ない。

彼が考えて得た結論では、人間が夢を見る理由は主に二つある。ひとつめは、人間は日々の暮らしのなかでつねに不満と苦痛を感じていて、その結果、そうした怒りや不安がすべて無意識のうちに悪夢の形をとるということ。二つめは、もし楽しい夢を見るなら、それは人生ではとても望めないような完璧な経験に憧れ、夢で実現しているということだ。シェネックがほとんど夢を見ないのは、おのれの世界をすべて手中に収めているために、不満や苦痛を感じることがないからだ。いまその経験を完全に仕上げるべく、彼は人類が長らく追い求めながらも実現できずにきたユートピアを構築し、自らつくりあげた完全無欠な世界に生きようとしている。

第五部

制御メカニズム

1

元検死医のエミリー・ジョー・ロスマン医師は、いまは実姉の経営する動物病院で、看護師として働いていた。

土曜日の午前七時、ジェーンは病院のスタッフが出勤してくるのを待っていた。ロスマン医師のことは本人のフェイスブックの写真で確認してあった。そばかすのある顔。ボブにした鳶《とび》色の髪。あふれんばかりの活力に満ちた眼。

三十八歳という年齢よりも若く見える、おてんば娘のような雰囲気の女性だった。淡い金褐色の眼は生き生きとしていて、すぐに笑い顔になる、自ら死体公示所での職を望んだとは考えにくいタイプだ。

ＦＢＩの身分証を見せると、エミリーはいまがまだノーマン・ロックウェルの時代であるような――政府機関がまだ信頼されて当然だったころのような反応を見せた。「うちの姉は今日、オフなので。姉の診察室を使いましょう」

診察室の壁にかかっているのは、動物の写真や絵ではなく、ファインアートというよりはファッショナブルな印象の、精巧な飾りのついたアメーバのような形が描かれたカンデインスキーの複製画だった。今日は不在だというお姉さんの趣味なのだろうか、とジェーンは思った。

エミリーは机の向こうに座るのではなく、二脚ある患者用の椅子のひとつに座り、ジェーンがかけている椅子のほうを向いた。「なんのご用件でいらしたのか、早く知りたくてならないんですけど」

「なんの件だとお思いですか？」

「ベネデッタ・アシュクロフトでは」

ジェーンは言った。「去年の七月、ホテルの部屋で自殺した人ですね」

椅子の腕木をこぶしの横でコツコツと二度たたくと、エミリーは言った。「ええ。そろそろ誰かが真剣に受けとめるころだと思ってました。間違いなく事実とはちがってます」

「でも、あなたの検死報告書は、自殺を裏づけていたのでは？」

「三環系抗うつ薬——デシプラミンの過剰摂取。ウオッカといっしょに。致死的な組み合わせです。百ミリグラムのカプセルを四十も飲んでいました。よっぽどの覚悟がないとできないことです。ナイトテーブルにあと三十六カプセルありました」

「一回の処方箋で買える量ではありませんね。溜めていたんでしょうか？」

「いいえ。ありえない」濃い前髪をひたいからさっと押し上げたが、髪はすぐ落ちて元に戻った。「処方箋はありませんでした。錠剤は薬局の瓶にはなかった。ビニールの保存袋に入れてあったんです、ナイトテーブルの上の」

ジェーンが言った。「街角で買ったんでしょう」

エミリーは頑なに首を横に振った。「ベネデッタは街角の売人から買う方法も知らなかったと思います。モルモン教徒でしたから。お酒は飲まない。クスリもやらない。二十七歳で、愛情深い夫がいた。子どもが二人。重度の障害がある子どもたちのカウンセラーで、その仕事を愛してました」

ジェーンはシカゴのアイリーン・ルートのことを思った。彼女もやはり、障害のある人たちの支援をしていた。コンピュータモデルがつくりだすシェネックの新しい世界には、あきらかに対麻痺や四肢麻痺、視覚障害や聴覚障害など、何かしらのハンデのある人たちの居場所はないらしい。

「ロスマン先生、もしほかに明白な死因があって、頭蓋に重い外傷が見られない場合、検死局が脳の解剖を行わないのは正当だといえるのでしょうか？」

エミリーは身を前に乗り出し、自分の検死手続きの弁護でもするように、さらに早口で言った。「わたしが見たなかで、若い男性が七メートルの高さの梯子《はしご》から地面に転落したという事例があります。即死でした。頭骨の骨折も脳挫傷《のうざしょう》も、頭皮の裂傷もなかった。でも脳を開いて調べたところ、びまん性軸索損傷が見つかった。脳幹の血管周囲のわずかな出血です。打撃性損傷では死ななくても、頭蓋内が急激に加速・減速することが死因になったりもするんです」

「なるほど。そうした場合、事故による鈍力外傷がなくても、解剖学的な損傷は起こりうることですね。だから脳を見なくてはいけない。でもベネデッタ・アシュクロフトに関しては、死因はあきらかです。ホテルの廊下にあった監視カメラでも、翌日にメイドが遺体を発見するまで、誰も部屋に入っていないことが確認されています」

エミリーの口が真一文字に引き締まり、やがて彼女が言った。「家族には、自殺だとは信じられませんでした。どうしても信じられない。それで考えたんです——脳腫瘍《のうしゅよう》があったのなら自殺の説明がつくんじゃないかって」

「もし遺族が求めた場合、検死局はプロトコルで求められるよりも広範な解剖を行ったりするのですか?」

「そんな時期もありました。いまはしていません」エミリーがふと口ごもって目を落とし、ひざの上で両手を握りしめると、まるでそれが自分の手だとわからないように眉をひそめた。「表向きには、わたしは検死の仕事に疲れて辞めたということにしています。でも辞めなければ、解雇されていたでしょう」

「どういった理由で?」

「わたしはベネデッタ・アシュクロフトのおばです。だから本当は検死解剖を拒否するべきだった。でもわたしは積極的に担当が自分になるように画策したうえ、彼女との関係を明かさなかったんです」

「軽罪ですね。少なくとも解雇の理由にはなります」

エミリーの視線はまっすぐで、レーザービームのように揺るがなかった。「家族はショック状態でした。どうしても理由が知りたかった。あの愛らしいベネデッタが……いつも幸せいっぱいで、子ども思いの母親が、ホテルの部屋にチェックインして自殺するなんて……脳腫瘍ならすべて説明がつくのじゃないかと」

「検死局が遺体を手放したときに、家族でお金を出して私的な解剖に付すこともできたのでは」

エミリーはうなずいたが、ジェーンから目を逸らしはしなかった。「それには時間がかかります――何日も何週間も、あるいはもっと長く。彼女の夫も妹も、父も母も、ほんとうに悲しんで、苦しんでた。わたしはやるべきことをやった、同じことがあればまたやります……いえ、あってほしくはないですけど」

やはりそうなのだ。何か新しい、恐ろしいものがこの世界に入り込んでいるということを信じきれない気持ちがあったとしても、ロスマン医師が姪の頭蓋骨を開いたときに見たものが、その疑念を完全に消し去ろうとしていた。

「あなたの検死報告の、この部分がよく理解できなくて」ジェーンは言った。「どのみち、語句や文まで修正されていますけれど」

病理学者が深く息を吸い込んだ。「脳の前部、大脳の二つの半球を見たときは、グリオーマ（神経膠腫《こうしゅ》）かと思いました。これはきわめて悪性の腫瘍ですが、限局性の塊はできない。大脳の四つの葉全体に蜘蛛の巣のように広がるものです」

「でも、グリオーマではなかった」

ジェーンが目を逸らさずにじっと見つめる。それはエミリーに、彼女がこれから明かそうとすることは、自分たちふたりにとって周知の事実なのだと伝えていた。「なんてこと、あなたも知ってるのね。あれを……わたしが見たものを」

「おそらく。話してください」

「有機物ではありませんでした。不規則ながん細胞じゃない。わたしが見たのは、幾何学的な、精巧にデザインされた回路……機構、器官。なんと呼んだらいいのか。大脳の四つの葉をすっぽり被《おお》っていて、いろんな脳溝――灰白質のひだ状の脳回に挟まれた部分に、消えていました。実質はあまりなくて、妖精の作ったものみたいだけど、脳梁《のうりょう》の部分には密に集中していた。あれを見てるとき、なんだか……こんな邪悪なものは見たことがないという気がしました。あれはなんなの？　なんのためのもの？」

「制御メカニズムと言っていいでしょう」ジェーンは言った。

エミリーは視線を外し、自分の手を見下ろした。その手がこぶしに握り固められる。ぶるっと体を震わせた。「誰が？　なぜ？　いったいどうして？」

その問いに答えるかわりに、ジェーンは言った。「解剖中はずっとカメラが回っていたのでしょう」

「ええ。でもあの異様なものは、思ったほどよく撮れてませんでした。開頭してからすぐに空気に触れると起こる反応なのか、わかりませんけど、あれは――あなたの言う制御メカニズムは、崩れはじめたんです」

「どんなふうに？」

エミリーが手から視線を上げる。顔が青ざめたせいで、そばかすが一段と目立っていた。

「蒸発したか、分解したようでした。いえ、ちがうわ。それよりも……ある種の塩《えん》が空気中の水分を吸って、溶けてしまったような」

これはジェーンも予期していなかったことだ。またしても自分が相手にしているのは恐ろしく狡猾《こうかつ》で有力な、超自然的といっていいほどの勢力のように感じられた。「残留物は？」

「ありました。水っぽくて、ほとんど透明だった。サンプルをラボに送りました。分析されたのかどうか、わたしは知らされていません」

「その日のうちに報告書を提出されたんですね」

「ええ」

「解剖のときは、あなたひとりではなかったのでしょう」

「助手の病理学者がいました。チャーリー・ウィームズという人が。彼も怖がっていました。SFファンなんです。これはエイリアンの侵略だと言って。正直、わたしもそう思いました」

「ウィームズはあなたの報告が確かだと証言したのですか？」

「初めのうちは。でもわたしは彼に、ベネデッタが自分の姪だと言ったんです。するとじきに……ほんの数時間で、わたしの後押しをやめてしまいました」

「あなたが辞めたのは——いつでした？」

「つぎの日です。退職手当を受け取って辞めるか、解雇になるか。実際はほとんど選択の余地がなかった」

「チャーリー・ウィームズはいまどこに？」

「昇進しました。わたしの職に就いています。それも厚遇されて」あまり強くこぶしを握っていたせいで指が麻痺したというように、エミリーが両手を動かす。「それで、FBIがいまになってこのことを？　ほんとうに調べているの？」

「公表はされていません。秘密の捜査なんです。あなたにも今日話したことは黙っておいていただかないと。理由はおわかりでしょう」

「みんなパニックになるわね、自分がコントロールされるんだって思って。実際にどうかはともかくとして」

「そのとおりです。ところでベネデッタの夫や妹さん、ご両親にはこのことを話されましたか？」

エミリーは首を横に振った。「いいえ。あまりに途方もないし、あまりに……恐ろしくて。初めのうちは、まだ剖検をやってるところだと言いました。それから、脳腫瘍があったと」

「みなさん、あなたが仕事を辞めたのを不審がっていたのでは？」

「死人といっしょに過ごす時間が長すぎた、そう言いました。この仕事は、どうして選んだのかは誰にも理解されませんけど、どうして辞めたかというのはみんな察してくれます」

「あなた自身はどうです？　八カ月もあれの記憶を抱えてきて」

「以前は何もストレスなんて感じなかった。いまはなんにでも感じます。ただもう、初めのころほど夢には見なくなりました」エミリーはカンディンスキーの複製画に目をやった――明るい色でエネルギーに満ちた、意味のないフォルムに。「いまはすごくたくさんのことが起こって、世界がすごい速さで動いている。だから、昔だったら胸がつぶれるか、頭がおかしくなっていたようなことも、いつのまにか受け入れているんです。以前は回転木馬のようだった暮らしが、いまは超高速のローラーコースターみたい」またジェーンに目を向ける。「自分が見たものの記憶を抱えてやっていきます。ほかにどうしようもないでしょう？　でも心の奥では、怖くてしかたないの」

「わたしもです。わたしたちみんな、そう思っています」何十人もの捜査員が真相を探っているという意味をもたせて、ジェーンは言った。そんな嘘が、いま彼女が口にできる唯一の慰めだった。

2

東部標準時から中西部標準時に時間帯が変わったにもかかわらず、ネイサン・シルヴァーマンがオースティンの空港に着いてレンタカーを受け取り、国道二九〇号線に乗って街を出たのは、まだ午前九時ごろだった。ハイウェイがエドワーズ高原を上っていくにつれ、大地よりも空のほうがぐっと大きく視界を占め、下へ向かって全方向に広がるテキサスの平原は広大でも、なぜか実体が感じられなかった。

ＦＢＩに入ってから、週末をつぶして働いてきたことは何度もある。だがせっかくの土日を、いまだ事件番号も捜査ファイルもない調べのために費やすのは初めてだった。

航空運賃を私費で支払うことになるのもこれが初めてだろうし、その他の出費も経費で落とせる見込みはまずない。

局専用のガルフストリームVジェット機にテキサス行きの予定があるか、また座れる席があるかどうか当たってみるのはやめておいた。ガルフストリームは主に、対テロおよび対大量破壊兵器作戦に使用される。いまはフィラデルフィアの捜査関連の移動に必要だろう。それにどうせ、検事総長にはＦＢＩに対する権限がある。つい最近も三人が、道義的に妥当かどうかはともかく、私的な移動にガルフストリームを〝徴用〟していた。

GPSの穏やかな音声に指示されるまま、何本かの道路を走り、やがて私道に入った。低い石柱で支えられた鉄製の枠が頭上にアーチを造り、そこにはめ込まれた〈ホーク〉の文字があった。そこから先は、GPSの音声案内も途切れた。

左右に牧場の柵が延び、ときおりオークの枝葉がかぶさる車道は、むき出しの地面にアスファルトが張ってあるだけだった。路面は固く、雨でできたくぼみが埋められ、時とともに縁の部分が崩れて地面との新たな境界ができていた。

周囲すべてが緑豊かな牧草地だった。左のほうでは茶色と白の牛たちが草を食《は》んでいた。右には羊の群がいる。

二階建ての白い下見板張りの家が、オークの古木の陰に見えてきた。南のだいぶ離れたところに大きな納屋と、北側の木陰に伸びた厩舎も見える。砂利敷きの駐車スペースに、フォードのF550のトラックとパネルバンがある。その隣にレンタカーを停め、シルヴァーマンはフロントポーチに上がって呼び鈴を鳴らした。

暖かくとも暑くはない、静かな一日だが、その静けさがどこか不穏な感じをはらんでいる気がした。

ニコラス・ホークの両親のクレアとアンセルには、七年近く前、ニックとジェーンがヴァージニアで結婚式を挙げたときに会ったきりだった。どちらかでもこっちを憶えていてくれるとは思えない。

戸口に出てきた女性は、歳は五十代、長身でほっそりと美しく、白いものの混じった髪を短くし、ブーツとジーンズ、白いブラウスという出で立ちだった。「まあ、シルヴァーマンさん。クアンティコから遠いところを」

「ミセス・ホーク、憶えていてくださったとは驚きです」

「あなたから連絡があるか、誰かがいらっしゃるかとは思ってました。でもあなたご自身がうちまで訪ねていらっしゃるなんて。わたしのほうがもっと驚いてますわ」

「ニックのことは、まことにお気の毒です。心からお悔やみを――」

クレアがさっと片手を上げて制した。「そのことはあまり話さないの。これからも話さないわ。それに、ただお悔やみを言うためにこんな何もないところまでいらしたわけじゃないでしょう。どうぞなかに入って」

クレアに案内されるまま、薄暗く静かな家のなかを抜けてキッチンに入ると、ダイネットテーブルがほぼ帳簿や領収書に被いつくされていた。

「わたしが経理をやってるんです、でもこんな仕事は大嫌い。今日じゅうに終わらなかったら叫びだしてしまいそう。アンセルとお話がなさりたいんでしょうけど、いま獣医といっしょに厩舎のほうにいるの。お気に入りの馬の脚が悪くなってしまって」

「実はミセス・ホーク、あなたがたおふたりと話したいのですが」

クレアが微笑んだ。「いまは頭のなかがこの数字でぐちゃぐちゃで、まともに話ができそうにないわ。よろしかったら裏のポーチでアンセルを待ってください、長くはかかりませんから。お飲み物はいかが――ソーダか水か、紅茶でも？」

とても愛想はよいけれど、こちらを警戒してもいる。

シルヴァーマンは言った。「お手間でなければ、紅茶をいただきます」

クレアが冷蔵庫からボトルを出し、彼をポーチまで案内すると、彼を疑念とともにロッキングチェアに残していった。

十分ほどして、アンセル・ホークがキッチンからポーチへと出てきた。シルヴァーマンは立ち上がり、この牧場主がカウボーイハットをかぶっていることに、自分はなぜ驚いたのだろうといぶかった。

握手をかわすと、シルヴァーマンは訊ねた。「馬の具合はいかがです？」

ふたりとも腰かけると、アンセルが言った。「左前の蹄《てい》関節が滑膜《かつまく》炎にかかってました。早めに見つかったので、大事ありません。ドナーは年寄りだがいい馬でね。ずいぶんいっしょに過ごしてきました」

牧場主は大柄な、仕事の苦労がうかがえる力強い手をした男だった。陽ざしと風がその顔を作りあげていた。

「気持ちのよいところですね」シルヴァーマンは言った。

「たしかに気持ちがいい」アンセルがうなずく。「ぜんぶうちの地所です。しかし、不動産の話をしにいらしたわけじゃないでしょう」

「公務でうかがったわけでもないんです。ことと次第によっては、そうなるかもしれませんが。ジェーンのことが気がかりでして。彼女が何を目論んでいるのかも」

アンセルは庭を、その先の草原を見渡しながら、シルヴァーマンには横顔しか見せないまま言った。「何を目論んでいるにしろ、それは正しいことだし、あの娘は最後までやってのけます。ジェーンがどういう娘かはご存じでしょう」

しばらく沈黙があったあとで、シルヴァーマンは言った。「彼女は息子さんをここへ託していきましたか？」

「いや、そういうことはありません。そこはわたしを信用してもらうしかないが、誓って本当です」

「ジェーンが息子さんの身を案じているという話を聞かされました」

「それが本当なら、確かな理由があるんでしょう」

「なぜ息子さんが危険な目に？　誰の差し金で？」

「この世界ではみんなが危険な目にあってるんですよ、シルヴァーマンさん。総じて平和な場所じゃない」

「ジェーンが法を犯しているなら、わたしにもかばいきれません、ミスター・ホーク」

「それはあの娘も望んではおらんでしょう」

シルヴァーマンは半分飲んだ紅茶のボトルを、椅子のそばのポーチの床に置いた。「わたしはジェーンの友達です。敵じゃない」

「もちろんそうでしょうが。わたしは知れる立場にはない」

「ジェーンがどうしたいのか知らなければ、助けることもできません」

「もしあなたに助けてもらえると思えば、きっとあの娘のほうから連絡がありますよ」

「カリフォルニアで事件があった。ジェーンは何かに巻き込まれています」

「カリフォルニアで何があったのかは知りません。あんたのほうがよくご存じでしょう、シルヴァーマンさん。こちらがあんたの頭のなかを探りたいところですよ」

「まったく、テキサスの人らしい」シルヴァーマンがいらいらと言う。

「こっちで何かいやな経験をされましたかな？」

「まあ、多少は」

「だったら、ここで期待を裏切られるのにも慣れておられるでしょう」

シルヴァーマンは椅子から立ち上がった。ポーチの手すりまで行き、庭の向こうに平坦に広がる大草原を、海辺へ来たように空との境目のほうを見渡す。街生まれ、街育ちの彼は、こんなにもだだっ広く開けた場所は落ち着かなかった。ここでは重力が完全に働かず、自分も家も何もかも、地面に根を生やしていないと浮き上がり、すべてを包み込む空へと飲み込まれてしまうかのようだった。

アンセル・ホークに背を向けたままで言った。「ジェーンの母親は亡くなった。父親とは疎遠になっている。あなたがたに頼らなければ、誰もそんな相手はいません」

「それはほんとうに、わたしもクレアも案じてます。あの娘を実の娘のように愛しておりますから」牧場主は言った。

「ではなぜ？」

「あの娘がわれわれを頼ってこないのは、こちらに害が及ばないようにしたいからでしょう。だが、あなたを頼らないのは、同じ理由からではないかもしれない」

シルヴァーマンは威圧するような風景に背を向けて、家の主人に向きなおった。「ジェーンがFBIを信用していないということですか？」

アンセル・ホークの眼は、年を経たヒマラヤ杉に降る雨のように澄んだ灰色だった。

「まあ、少しかけませんか」

シルヴァーマンはロッキングチェアに戻った。ふたりとも椅子を揺らそうとはしない。静けさのなかにコオロギの声が響いているが、ほかに物音はほとんどなかった。

しばらくたって、シルヴァーマンは言った。「わたしに協力してくださる気はおありなのでしょうか、それとも？」

「そうする気はありますよ、シルヴァーマンさん。ジェーンはあんたを尊敬している。そうでなければ、あんたはもうここにはおられないでしょう」

騒がしい鳴き声がしたかと思うと、まるで別世界からこの世界へ飛び込んできたかのようなゴジュウカラの群がポーチの上をばさばさと飛び過ぎ、差し迫った天気の急変から避難しようとするように、家の北西の隅にあるオークの大木のなかの巣や洞《うろ》へと消えていった。

やっと牧場主が言った。「ニックの自殺は、自殺ではなかった」

「しかしジェーンが見つけた、検死官もそう言って——」

牧場主がさえぎる。「自殺率が上がりはじめました。去年から。いまは二十パーセント以上の上昇です」

「そういうものは変動します。殺人率のように」

「変動はない。下がらないんです。毎月上がるばかりで。しかもそうした自殺者は、ニックのように、自殺する理由のない人たちだ」

眉根を寄せて、シルヴァーマンは言った。「自殺は自殺でしょう」

「人がそのように仕向けられたとすれば話はちがう。ジェーンはその謎を調べはじめ、あの娘らしく深く掘り下げていった。すると彼らは家に入ってきて、手を引かないとトラヴィスをレイプして殺すと脅した」

そんなパラノイアじみた陰謀論が謹厳《きんげん》そのものの牧場主の口から出たことに、シルヴァーマンは唖然とした。「彼ら？　彼らとは？」

「それをあの娘は見つけ出そうとしているのでは？」

「失礼ですが、よほどそういう傾向のある人間でなければ、誰にも自殺させられはしません」

「ジェーンは嘘つき相手にしか嘘はつかんし、わたしは嘘つきじゃない」

「あなたが本当のことを言っていないなどと考えてはいませんよ」

「気を悪くせんでほしいが、シルヴァーマンさん、あなたがどう思おうとわたしはどうでもいい」牧場主が立ち上がった。「知ってることは残らず話しました。調べるのも調べないのもそちら次第だ」

シルヴァーマンも立ち上がりながら言った。「ジェーンの連絡先を、もしご存じでしたら」

「われわれも知りません。ありていに言うと、あの娘はＦＢＩの人間を誰も信用していない。あんたもそのほうがいいかもしれませんよ。おたくの組織が捜査員やら弁護士やら地獄の天使やらを送り込んでわたしとクレアを追いまわそうとかまいはしない。もうここで聞き出せることは何もありません。さて、そろそろ家のなかを通らずに、家の外を回って出ていってくださるとありがたいですな」

アンセル・ホークはキッチンに入り、ドアを閉めた。

シルヴァーマンはポーチの階段を下りて家の周囲を回り込みながら、いったいどこでしくじったのか、あの牧場主を遠ざけてしまったのかをつきとめようとした。あのテキサス人らしい気品と自然な物腰を前にすれば、ふつうはこちらも度が過ぎるほど腰が低くなるものだが。そしてこう判断した。アンセル・ホークを怒らせたのは、自分自身の証言を疑われたことではなく、シルヴァーマンが義理の娘の話を疑っているように感じられたことなのだ。わたしを疑うならまだ話はできる、だがジェーンを疑うならもう用はないと、あの牧場主は言っていたのだ。

家の玄関口に着くころには、夕顔の花のように青い空からいきなり生暖かい風が吹きつけ、彼の周囲から陽ざしそのものを吹き飛ばし、さらに牧草地を眩しく震わせたように見えた。そのまぼろしは、激しく揺れるオークと、はるか上空の気流に駆りたてられる筋雲の幕が落とす影から生まれ、ストロボのように脈打ちうねっていた。

広大な大地を眺め渡しながらシルヴァーマンは、こんな寂しくて慣れない場所はこりごりだ、リショナのいるアレクサンドリアに、あの人だらけの都会に戻りたいと心から思った。

3

州間高速四〇五号線の車通りは多くなく、ジェーンはありがたい気分で南へと急いでいた。頭のなかは、昨夜浮かんできたアイデアともいえないアイデア、ただの憶測にもとづいた突拍子もない無謀なアイデアで占められていた。この現実離れした計画の明るい見通しを得ようとして、いまの自分の行動の基にあるのは無根拠な憶測じゃない、まるで熊の罠のようにごく少数だけが知る事実にがっちり食い込んで離れない記憶からくる鋭い直観なのだと自分に言い聞かせた。だが、もともと自己欺瞞《ぎまん》が得意なたちではない。自分がまったくの絶望に駆られてサンディエゴのほうへひた走っているという思いを振り払うことができずにいた。

エミリー・ジョー・ロスマン医師からいろいろ聞いたなかでとくに不安をかきたてられたのは、ベネデッタ・アシュクロフトの脳に張りめぐらされた蜘蛛の巣のイメージではなかった。その巣が見る見るうちに溶けていき、存在した痕跡もほぼ残さずに消えてしまうというイメージだった。証拠になりそうなものは、解剖中に回しているカメラの映像だけだ。

けれども、デジタル写真も簡単に細工できてしまう昨今では、あの「言葉は騙しても、写真は嘘をつかない」という古い格言を信じる人もほとんどいない。おそらくDNAをのぞいて、いまはあらゆる形の証拠が虚偽の範疇《はんちゅう》に入れられてしまっている。世間の目を覚まさせるには、よほど多くの人間を解剖に立ち会わせた上で頭蓋骨を開き、少なくとも一分かそこら、シェネックのインプラントの真実をあらわにしてみせなくてはならない。

そしてこの奇妙な時代にはなぜか、大勢の人間がエセ科学の言うことを信じ、ありとあらゆる種類のアルマゲドンを恐れていながら、目の前にどれほど常識的で明快な事実をつきつけられても、そちらは否定しようとする。たとえ何百万人にベネデッタ・アシュクロフトを自殺させた制御メカニズムを見せたとしても、ほとんどの人間がその事実から目をそむけ、文明はまもなく地球外生命体の侵略によって滅びるという口当たりのいい不安のほうを選ぶだろう。

ジェーンは生まれてこのかた、ずっと楽観論者だった。けれどもこの二十四時間の経験のあとでは、わたしは忘却に向かって走っているのじゃないか、サンディエゴでわたしを待っているのは失望にすぎず、高速で何もない壁につっこもうとしているのじゃないかという不安に駆られた。

サンファンカピストラーノで州間高速五号線に乗り換える前に、郵便局を見つけ、大型のクッション封筒とテープ、黒のサインペンを買った。

ほかに車のない駐車場の隅で、ウィリアム・オーヴァトンの現金のなかから三万ドル——百ドル札の束が三つ——を最初の封筒に、そして二つめの封筒にも三万ドルを入れた。封筒は糊いらずのタイプだったが、さらにテープで厳重に留めた。サインペンでひとつめの封筒に〈ドリス・マクレーン〉と書き、住所も書き込んだ。ドリスはクレアの妹で、ニックの叔母さんに当たる人だ。ホークス夫妻の牧場から二十五キロほどのところに暮らしている。二つめの封筒には、ギャヴィンとジェシカ・ワシントンの住所を書いた。自分の子どもを信用して託せるなら、お金も託せないはずがない。

以前、ニューメキシコであくどいまねをしていた連中からかなりの額をせしめたときにも、将来必要に迫られたときのために、ドリスとワシントン夫妻に現金入りの封筒を送っていた。あのときもいまのように、説明の手紙は同封しなかった。それでもあの人たちは送り主を察してくれるだろう。どちらの場合も差出人住所が受取人住所と同じで、そして住所の上の差出人の名前がただ〈スクーティー〉となっていたからだ。これはニックが子ども時代の十一年間、片時も離れずに過ごした愛犬の名前だった。

ジェーンは郵便局に戻ると、二通の封筒を速達で送った。オーヴァトンの現金の残り六万ドルは、さしあたりの出費のためにとっておいた。これを使うチャンスがありますようにと、神に祈る思いだった。

ほかのどの町でもなく、サンファンカピストラーノに立ち寄ろうと決めたときは、ドリス・マクレーンあての一通目の封筒だけを送り、もう一通の三万ドルはギャヴィンとジェスに手渡しするつもりだった。ふたりの家は、ここから内陸へ一時間行ったところにある。けれどもいまの精神状態では、行く気持ちになれなかった。ずっと楽観論者ではいたけれど、これがわが子に会って、愛してると言える最後のチャンスになるという強い予感がした。いますぐトラヴィスに会いたくてならない。でもトラヴィスは感受性が強く、ジェーンに劣らず勘が鋭い。きっと母親の不安を読み取り、なぜこうして会いにきたかを察するだろう。そして彼女が去っていくときには、訪れる前よりも不安定になってしまう。

駐車場の車のなかに座り、ソープストーンのカメオを握りしめた。カメオの横顔の輪郭を親指でなぞり、トラヴィスのことを思った。トラヴィスもきっとこんなふうにカメオに触れては、彼女のことを思っていただろう。とくに涙もろいほうではないジェーンだが、しばらく世界がぼやけて消えた。

やっと涙が乾くと、カメオをポケットにしまい、車のエンジンをかけて、郵便局の局員から道順を聞いた図書館へ向かった。ウィリアム・オーヴァトンから聞き出した住所を用意してコンピュータに向かい、グーグルアースを立ち上げて、ナパヴァレーのシェネックの牧場《ランチ》をざっと調べ、とくに入口の門衛詰所と屋敷のあたりを念入りに見た。

図書館から州間高速五号線を南へ、正午前にはサンディエゴに着こうと決めて車を走らせた。なんの収穫も得られないかもしれないが、ほかにはどこへ行くあてもなかった。

4

はるばる長旅をしてきたあげくに短い面談を終え、ネイサン・シルヴァーマンはオースティンの空港に戻ったが、ワシントンＤＣ行きの便にはまだ何時間かあった。搭乗予定のゲートに近い座席に陣取り、またエリック・ラーソンの『第三帝国の愛人』を読みはじめた。ヒトラーが権力の座についた時期、ベルリンにいたアメリカ人一家を描いたノンフィクションだ。じきに彼はまた引き込まれていった。

初めは話しかけられているのに気づかなかった。「きみかい？　なんてこった、間違いない」近くに座っている誰かに向けられている問いかけだろうと思った。「ネイサン？　ネイサン・シルヴァーマンだろう？」

つかのま、目の前に立ちはだかる男の顔は見知らぬ顔に見えた。つぎの瞬間、ブース・ヘンドリクソンだと思い当たった。ＦＢＩの特別捜査官を十年以上務めていたが、そのあいだに法律の学位を取り、FBIから司法省に転職した。もう三年か四年前のことだ。「ああ、いやいや、わざわざ立たなくていいよ」ブースは言い、シルヴァーマンの隣の席に腰を下ろした。「オースティンも世界の果てというどころか、それにはほど遠い街だが、まさかクアンティコの老いぼれ犬二匹がこうして出くわすとは、テキサスの州都も小さな世界だな」

ブース・ヘンドリクソンは、素質はなくとも熱心に練習を重ねたダンサーのような物腰で、ニューイングランドの名門出身のような雰囲気をまとっているが、実は生まれも育ちもフロリダだった。鷹に似た顔立ちなのに、髪型はライオンを思わせる。FBI時代から家のローンひと月分もかかりそうな誂《あつら》えのスーツと靴を身に着けていたが、いまも同じようなファッションだった。

顔を見かけることは何度もあったものの、同じ事件で働いたことは数えるほどしかない。いまになってシルヴァーマンは、この男があまり好きでなかったことを思い出した。「元気そうだな、ブース。法務畑が性に合ってるんだろう」

「あそこは野心と野望の渦だよ——渦というより、汚水溜めといったほうがいいか？　どっちにしろ、まあまあうまく泳いでるよ」自虐的なことを言って、自分で軽く笑い声をたてる。「もちろん、ましなこともやってる。どんな仕事だってそういうことはあるさ」

「こっちへは何の用で？」シルヴァーマンは訊いた。

「さっき着いた便で来たんだが、きみがブリッジから入ってくるのを見かけてね。これから荷物をとりにいかなきゃならない、東海岸のどこかでひっかかってなければだが。ただの休暇さ。まずここへ来て、それからサンアントニオだ。リショナのほうはどうだい？　きっと元気でやってるだろう」

「おかげさまで元気だよ。きみの奥方は？」名前を思い出せずに、そう訊ねた。

「別れたよ。ああ、同情みたいなのはいらない。こっちから切り出したんだ。幸いというか、子どもはいなかったんでね。きみのお子さんたちはどうしてる？　ジャレブとリスベスとチャヤは？」

ブースが三人の名を憶えていたことに、シルヴァーマンは軽い驚きを覚えた。もともとこの種のことを熱心に記憶しておいて、のちのちシルヴァーマンのような役に立ちそうな相手におもねるために、さもほんとうに興味があって憶えていたと言わんばかりに持ち出してみせる男ではあったが。

「みんな大学を出たよ。リスベスは去年、卒業した」

「みんな無事に健康で、社会に巣立ったかい？」

「無事に健康で、ちゃんと就職したよ」

ブースは場違いなほど大きな声で笑った。「きみは運のいいやつだな、ネイサン」

「毎朝目が覚めたときも、毎晩寝るときも、自分にそう言ってるさ」

シルヴァーマンが持っていたエリック・ラーソンの本を、ブースはとんとんとたたいた。

「いい本だね。わたしも二年ほど前に読んだ。じつに考えさせられる」

「ああ、たしかに」

「考えさせられる」またブースが言った。腕時計を見て、ぱっと立ち上がる。「もう行かなきゃならん。レジャーの一週間が呼んでる」

右手を勢いよく差し出し、握手をしたが、ブースは一拍か二拍、必要以上に長く握っていた。

「運のいいやつだよ」もう一度言い、そして背を向けた。

ブース・ヘンドリクソンがコンコースの旅行者たちに溶け込み、ターミナルの向こうへ消えていくのを、シルヴァーマンは見守った。

すぐにはラーソンの本に戻らなかった。

ブース・ヘンドリクソンのような男が、三つぞろえのスーツにネクタイという格好で休暇に出たりするだろうか？

ブースとは、おそらく三年は会っていなかった。ぱっと遠目に見て、彼だと気づけるかと訊かれれば、正直自信がない。なのにブースはこっちを見つけた。

それに、スーパーコンピュータ並みの記憶の持ち主というわけでもないのに、うちの子たちの名前を思い出せたというのも驚きだ。リショナはわかる。ブースも一度か二度会ったことがある。だが子どもたちには会っていない。〝ジャレブとリスベスとチャヤ〟。なのにほんの一時間前に聞いたとでもいうように、あの口からはすらすらと出てきた。

いまになってシルヴァーマンは、ブースが子どもたちの名前を口にしたとき、その視線が鋭くなり、声に前とはちがった調子が入り込んできた気がした。少しばかりおごそかな感じが。

いや、長年ＦＢＩで人を疑ってばかりいたせいで、その習慣が染みついてしまったのだろう。それともあの謹厳実直なアンセル・ホークのパラノイアが伝染したのか。

〝みんな無事に健康で、社会に巣立ったかい？〟

ふつうなら、きみの子どもたちは元気で幸せにしているか、と訊くものだ。無事でいるかなどと訊くのはおかしすぎる。

記憶のなかから、ブースの声が聞こえてきた。〝考えさせられる。考えさせられる〟

シルヴァーマンは手のなかの本を見た。

彼はブースに、どうしてオースティンまで来たのかと訊いたが、ブースは同じ質問をしてこなかった。彼がここで何をしているかをすでに知ってでもいたように。

5

ジェーンが四十ドルを渡したとき、その金を寄付すると彼が言った無料食堂《フリー・キッチン》は、五日前に初めて当人を見かけたサンディエゴの図書館の分館から一ブロックと離れていない場所にあった。図書館の司書が道順を教えてくれた。

その食堂があるのは、かつて友愛組合のクラブが所有していた建物だった。クラブの名を示す文字は石灰石のファサードから取り外されていたが、その跡だけが古びて黒ずんだ石の表面に明るく残っていた。

新しく出されたシンプルな看板は、そこが〈赤、白、青、夕食〉の場所であることを示していた。夕食しか出ないと誤解されないように、一日三回充実した食事ができるという説明書きもあった。

内部のレイアウトは友愛組合が使っていたころと変わっていないようだった。バーがそのまま残っているが、営業はしていない。ダイニングの床は人造大理石が敷きつめてある。ずっと使われていない木のダンスフロアの前に、高くなったバンド用のステージがあった。往時にはきっとここに丸テーブルが置かれ、周りを豪華な布張りのダイニングチェアが取り巻いていたのだろう。いまあるのは折りたたみ椅子と、クロスもかかっていない長方形のテーブルだった。

昼食のサービスは十一時三十分に始まっていた。十一時五十分になったいまは、三十人から四十人がすでに食べているか、カフェテリアの行列に並んでいた。大多数が男性で、酒が抜けて手が震えている灰色の顔のアルコール依存者がほとんどだった。女性は全部で八人で、みんな一人か二人ひと組で座っていて、多少酒をやっていそうなのも何人かいるが、他はみんな悲しげな、疲れきった様子だ。

昼食の献立はメキシコ料理だった。玉ネギと胡椒とコリアンダーとライムと熱いトルティーヤの匂いがあたりを満たしている。

ジェーンはカフェテリアの行列の最後に並んだが、トレイは手に取らなかった。ひとりめの配膳係の名札を見ると、シャーリーンという名前だった。ジェーンは声をかけた。

「ここへ食べにきてる男の人がいるんです。最近も来てるかどうか知りたくて」手に持っていた、金曜日の朝にウッドランド・ヒルズの図書館でプリントアウトした古い新聞の写真を見せる。「名前はドゥーガル・トラハーン。もうこの写真にはあんまり似ていないけど」

シャーリーンが言った。「あらまあ、たしかに最近のとは似ても似つかないわね。若いころは高い崖からばんばん飛び降りてたっていうけど、これならわかるわ」隣の配膳係に声をかけ、ジェーンが掲げてみせている写真に注意を向けさせる。「ねえローザ、これ見てよ」

ローザも戸惑いと驚きの入り混じったような様子で首を振った。「その写真のお兄さんなら、テレビのCMに出てそこいらの女の子に香水でも釣竿でもなんでも売りつけられるよ。いったい何べんバスにひかれりゃ、あそこまで変わっちまうもんかねえ？」

「ドゥーガルに用があるの？」シャーリーンが訊いた。

「ええ。居場所を教えてもらえるとありがたいのですけど」

「向こうはあなたが来るって知ってる？」

「いっぺん会ったことがあります、短いあいだだけど。まあでも、知らないかしら」

「そりゃよかった。あなたが来るってわかってたら、その時間に合わせて裏口から逃げ出してるわよ」シャーリーンはスープの杓子を置いた。「こっちへいらっしゃい。あいつのとこへ連れていくから」

「ここにいるの？」

「あたしたちといれば、少しはましよ」

ジェーンはシャーリーンのあとについて忙しい厨房に入り、そこから総支配人のオフィスらしい、机とコンピュータと料理本の並んだ書棚のある部屋に入った。どういう理由からか、二つの窓は黒く塗られていて、まるで地下室のように感じさせる部屋だった。

机の向こうに図書館で会ったひげ面の男が座っていた。髪は記憶にある以上に野放図に伸び、黒い剛毛のひげはフランケンシュタインの花嫁ばりの電撃を浴びたようだった。ジェーンとシャーリーンが部屋に入ると、トラハーンは手元の仕事から目を上げた。その顔は嵐が始まる直前の積乱雲もかくやというほど険悪だった。

「このすてきなお嬢さんがね」シャーリーンが言う。「あんたに用があるって」

「ここから連れ出せ」冬のさなかに冬眠のじゃまをされたと言わんばかりに、トラハーンが唸った。

シャーリーンはムッとしたか、もしくはムッとしたふりをした。「あたしはコックですからね、あんたに言われたらなんでもどこへでも運んでいくポーターとはちがうのよ。もう料理を作ってて、並んでる人たちに出してるところなんだから。この子に出てってってほしいんなら、あんたが自分でつまみ出しなさいな」

そう言って部屋を出ていきしなに、ジェーンにウィンクしてみせた。

トラハーンはあとに残った厄介者ひとりに、不機嫌そのものの視線をぎろりと集中させた。「四十ドルを取り返しにきたのか」

「え？　ちがうわ。もちろん」

「じゃあなんだ。感謝祭はずっと先だぞ」

なんのことかわからずに、ジェーンは言った。「感謝祭？」

「感謝祭になるとくだらん政治家やセレブどもがここを手伝いにきて、その写真をマスコミに撮られたがるんだ」

「わたしは政治家でもセレブでもないわ」

「じゃあなんだって、セレブみたいなまねをしてる？」

「そんなこと考えもしなかった」相手の無用な敵意に苛立ちを覚えながら、ジェーンはひげのない、髪も短く切ったトラハーンの写真を机に置いた。「この人に何があったの？」

トラハーンが写真の向きを変え、いまは若いころの彼が、彼自身ではなくジェーンのほうを見つめていた。「賢くなったんだ」

「それでいまは何をしてるの？――ブリー・キッチンの献立作り？」

「そっちはどうなんだ――燃えるビルから赤ん坊でも救出してるのか」

「DDT——そのタトゥーよ。あなたのイニシャルで、あだ名でもある。DDTが蚊を駆除するみたいに、悪い連中をやっつけてた。何年も前にあなたの記事を読んだわ。思い出すのにしばらくかかったけど」

彼の苛立ちに、警戒心が加わっていた。オフィスと厨房のあいだの開いたドアにちらと目を向ける。

ジェーンは言った。「あなたは殊勲十字章をもらってる。名誉章のすぐ下の章をね。たいへんな危険を冒して、救出作戦をやり遂げた」

「いい加減にしてもらおうか」唸るように言った。「いったいなんのまねだ、ここまで押しかけて、そんな古い話をほじくり返して」

ジェーンは開いたドアを閉めにいった。客用の椅子は用意されていないが、折りたたみ椅子が壁に立てかけてあった。それを開くと、「かまわないわね」と言って座った。「自分のやったこと、後悔してるの？　その話をされるとばつが悪いの？」

いまのトラハーンは、堕落した地上に当然の罰を投げつけんとする、怒りに燃えた旧約聖書の神のようだった。「あんたにはわからんかもしれないがな。戦争に行って、必死にやるべきことをやって、生きて戻ってくるとだ、いつへまをやらかしてもおかしくなかったってことがわかる。だから自慢たらたらしゃべるなんて金輪際ありえない。そんなまねをするのは阿呆だけだ。おれはフェイスブックはやらない。つぶやきもしない。インスタグラムもやらない。昔のことも話さない。だから古いDDTのことを思い出して、新聞の写真まで見つけてこられるのは、迷惑もいいとこだ」

長い沈黙のあいだ、トラハーンと視線を合わせていたあとで、ジェーンはほっとしたように言った。「どうやら、ただの偏屈者じゃないみたいね」

「そっちがどう思うとおれに関係があるか？　おれはあんたの名前も知らない。名前はあるのか、それとも人が暮らしてるところへ飛び込んできてみんなの気分をぶち壊してまわる名なしの子鬼か？」

ジェーンは手提げのバッグをかき回し、五つの運転免許証を束ねていた輪ゴムを外すと、机の上に広げた。「名前ならたくさんあるけど、これはぜんぶ本物じゃない。本名はジェーン・ホーク。休職中のFBI。でもいまはもう停職か、クビになってるかもね」FBIの身分証を机の上に投げ出す。「わたしの夫のニックは海兵隊員で、勲章もいくつかもらった人。三十二で大佐になった。でもやつらがニックを殺して、自殺に見せかけようとした。そしてわたしが手を引かないと、五つになる息子をレイプして殺すと脅してきた。わたしは息子を隠した。やつらはわたしを見つけたら殺そうとするでしょう。わたしはやつらの仲間をひとり殺した。どこへ行けばその最大の黒幕が見つかるかは知ってるけれど、ひとりで近づくのは無理。知り合いに頼るわけにもいかない。やつらも見当をつけて先回りしてるだろうから。あなたのような技能をもってる人が必要なの、まだ錆びついていなければ。技能が、の話よ」

ジェーンが偽の免許証とFBIの身分証を手に取り、手提げの袋に戻すのを、トラハーンは眺めていた。そして言った。「おれになんの関係がある? おれは海兵隊じゃない。陸軍だ」

ジェーンが無言で彼を見つめる。

トラハーンは言った。「落ち着け。冗談だ」

「あなたに冗談が言えるとは知らなかったわ」

「しばらくぶりだな、そういえば」黒く塗った窓をじっと、不透明なガラスの向こうに自分を悩ませているものが見えてでもいるように見つめる。「おれのところに来るなんて、よっぽどせっぱ詰まってるか、自棄《やけ》になってるのか」

「せっぱ詰まってるのは認めるわ」

「おれにできることは何もない」

「あるわ、あなたがその気になれば」

「戦争なんてずっと昔のことだ」

「戦争は何かしらずっと続いてる。決して終わらない」

「おれはあのころのおれじゃない」

「殊勲十字章をもらった人は、いつだってそのころに戻れる。自分のどこかにそういうものを残してるのよ」

トラハーンが彼女と視線を合わせた。「チアリーダーのたわ言だ」

「陸軍の腑抜け男にはそう聞こえるかもしれないけれど、海兵隊の女やもめはちがうわ」

しばらく無言でいたあと、彼は言った。「あんたはいつもそんなふうなのか？」

「どんなふうならいいって言うの？」

6

生まれて初めて味わうほど濃くて香り豊かなコーヒーのおかげで、ジェーンはそれからの一時間半をなんとか乗り切った。彼女が最初にみすぼらしいオフィスに足を踏み入れたときからドゥーガル・ダーウェント・トラハーンの機嫌はほとんど変わらず、蜂に刺された熊同然だった。ぶっきらぼうでどら声で往々にして無作法で、唸っていないときはぶつぶつ言ってばかりで、視線は手術用のメスのように鋭く、クアンティコからそのまま持ってきたような寸鉄人を刺す訊問のテクニックも持ち合わせていた。彼はメモをとり、ジェーンがもう話したことにもいきなり戻ったりして、その話に矛盾がないか確かめながら、彼女が連続殺人犯を追う立場でなく犯人自身だと決めつけてでもいるようにしぼり上げた。さらに病理学者エミリー・ロスマンの検死報告書に目を通し、ジェーンが動物病院でエミリーから聞いた話に耳を傾けた。

そしてジェーンが見守る前で、オーヴァトンのスマートフォンをいじり、彼女が履歴を見つけていた四十四文字からなるアドレスのダークウェブに入ると、〈アスパシア〉の訪問者向けメッセージを読んだ。ジェーン自身はまだ見たことがなく、ジミー・ラッドバーンから聞いた説明が一字一句正しいことを知って寒気を覚えた。やがて画面に、とびきり美しい娘たち、抵抗を知らない、半永久的な沈黙を保証、の言葉が現れたとき、トラハーンはありとあらゆる文句で毒づいた。

「この世界はゾンビの巣になってる。歩く死人がゲスな変態どもに代わっただけだが、やつらのほうがおれたちより数が多い」

ジェーンは折りたたみ椅子に戻った。「で、どうするの?」

トラハーンがオーヴァトンのスマホの電源を切った。「あんたはしばらく食堂のほうへ行っててくれるか。こっちはいろんな連中と話をしなきゃならん」

「どんな人たちと?」

「あんたはちゃんと身の証を立てた。もう放り出す気はない」

「どんな人たちなの?」くり返し訊く。「あなたがしくじって、まずい相手に話したら、わたしはもう終わりなのよ。ごみや塵とおんなじ。それに息子も」

「おれは頭のネジが飛んでるように見えるかもしれんが、そんなことはない。おれを信用するか、しないかのどっちかだ。信用しないってのなら、すぐにここから出ていって、おたがいを忘れるしかない」

ジェーンがきっと彼を見つめた。彼も見つめ返す。

しばらくして、ジェーンは言った。「あなたは意固地なろくでなしね」

「どっちがいいんだ――でかい石臼《いしうす》が迫ってきたとき、それをつぶすやつと、つぶされるやつの？」

ジェーンは立ち上がったが、ドアのほうへ行こうとはしなかった。「ひとつ大事な質問があるわ。月曜日の図書館で、あなたはポルノを見てたわね」

「楽しんでたわけじゃない。市民運動の一環だ」

「本気で言ってるの？」

「いいか、おれはこの街のいろんな市民グループと協力してる。いっしょにできるかぎりのことをやろうとしてるんだ。図書館が有害なウェブサイトをブロックして、子どもに見せないようにさせるには時間がかかった。それでもときどき、司書やら誰やらが、これは言論の自由の問題だと言って汚水の蓋を開けようとする。あの分館がまた元に戻ってるって話が入ってきた。それで自分で確かめにいったんだ。今日やっとまた蓋が戻って、子どもたちも安全になった」

あのときトラハーンがコンピュータの画面に映ったポルノを見ていたときのことを思い出した。退屈と困惑が入り混じった様子で、みだらな関心ひとつ示さず、すぐに犬の動画に替えてしまったのだ。

「そう」ジェーンは言った。「訊いてよかったわ」

「つぎは、けさ風呂に入ったかどうか訊くのか？」

「もう知ってるわ。あなたの肩越しにのぞいたとき、シャンプーの匂いがしたもの」

7

ジェーンがトラハーンのオフィスで一時間半過ごすあいだに、お昼どきの混雑はもう落ち着いていた。男二人、女五人、子ども三人が長テーブルで昼食を終えるところだった。ジェーンのほうを向いた子どもたちの顔が、つかのま、みんなトラヴィスに見えた。シャーリーンとローザ、そしてふたりの女性がカフェテリアのカウンターの厨房側を片づけていた。ジェーンが近づいていくと、シャーリーンが言った。「あらま、この娘を見て、ローザ。眉毛一本焦げてないわよ」

「歯もぜんぶ残ってるみたいだねえ」ローザが言う。

ジェーンは言った。「ウーウー唸ってばっかりだったけど、咬みつかれはしなかったわ。あの人はいつからここに？」

「この建物を買ってからだから。いつだったっけ、ローザ？　五年ぐらい前？」

「六年近いかね」

この建物を買ってから――その短い一言で、ジェーンの認識はまた新たに書きかえられた。

「あなたみたいな娘が、ここで職探ししてるなんてことないだろうし」シャーリーンが言う。「ボランティアをやりたいの？」

「実はその反対なの」ジェーンは言った。「あの人にボランティアをやってもらおうとしてるのよ」

「なんだってやるわよ、あいつは」シャーリーンが請け合った。「うちのビッグフットおじさんはね、頼まれるといやって言うことを知らないの。復員軍人の世話から動物保護のシェルター、〝子どもたちにおもちゃを《トイズ・フォー・トッツ》〟のプログラム、なんにでも首をつっこんでるわ」

「子どもの課外プログラムに、奨学金もね」ローザが言い添える。

「自分のお金がなるべく広く行きわたるように飛びまわってるの」とシャーリーン。「いつ増やすひまがあるのかって思うわ」

「ただし、ひとつだけね」ローザが言って、意味ありげな顔を同僚に向けた。

シャーリーンが言う。「ときどき真っ青になって冷や汗かいて、一分ばかり頭がどっかへ行っちゃったりするけど、気にしないで」

「病気なの？」ジェーンは訊いた。

「ちがうちがう。悪い記憶がぱっと戻ってくるの、たぶん戦争のときのね。でも自分で工夫して早く元に戻れるようにしてるから。大したことないのよ、ほんと」それでシャーリーンとローザは仕事に戻り、話はおしまいになった。

8

ジェーンが手洗いから戻ると、シャーリーンがカフェテリアのカウンターのほうへ手招きした。「ボスが言ってたわ、〝あのお嬢ちゃんにこっちへ来させろ〟って。あいつがあなたの名前を忘れてても、気を悪くしないで。なにせ頭がいろんなことでいっぱいで、どんな相手でも名前を憶えるのは後まわしなの。ところで、あなたの名前は？」

「アリス・リデルよ」

「またなんべんも会えると思うわ、アリス。ところで、オフィスの場所は憶えてる？」

「だいじょうぶよ。ありがとう」

トラハーンのオフィスに入るとドアを閉め、机の上に巨体を丸めている、ホームレス風の服装の雷に撃たれたようなひげ面の男を眺めた。彼の昔の行為に抱いていた敬意が、新たな疑念に、この国はやはり腐敗という疫病に冒されてしまっているという不安に蝕まれていた。デヴィッド・ジェームズ・マイケルのことを思った。気前のいい慈善家の評判を広く得ながら、それを隠れ蓑にシェネックを支援し、〈アスパシア〉の娘たちを利用している男。すると急に、このトラハーンの服装も一種のコスチュームなのだ、そのぼさぼさの髪もモーセのようなひげも作られたイメージの一部なのだと思えてきた。

ジェーンは言った。「つまりあなたはお金持ちってわけ?」

トラハーンは鋏を入れていない、口ひげのようにふさふさの眉毛を吊り上げた。「金持ちだと気に入らないのか?」

「どうしてそうなったかによるわ。陸軍で十二年過ごしたといっても、あそこは高給で有名なわけじゃないし」

トラハーンは自分のコーヒーから立ち上る湯気を見つめた。マグを手に取り、熱いコーヒーをふうっと吹くと、慎重にひと口する。さっきさんざん破裂させた癇癪《かんしゃく》を抑えようとしているのか。それとも説得力のある嘘を考え出すための時間を稼いでいるのか。

「退役したとき、前の年に死んだ親父の遺産を受け継いだんだ」

「お父さんはどうやって稼いだの?」

トラハーンの顔がひねこびた低木のオークのようによじれた。「ああ困った、助けてくれと言ってきながら、両手いっぱいの石を投げつけるようなまねをするもんじゃない」

これは独善的な怒りで、答えにはなっていない。

「忘れてるかもしれないけど、わたしはつい最近、お金持ちのせいで人生を台なしにされたのよ。他人を思いどおりにできる、もしできなければ殺せばいいと思ってるやつらに」

「金持ちぜんぶを悪党扱いするのは、救いようのない石頭のやることだ」

おまえは石頭だと決めつけるのは、おまえは青いキリンだと言うのと同程度に、そんな形容が的外れな相手をへこませようとするときの常套手段だ。相手に自分への疑いをもつように仕向けながら、こちらのほうが道義的に優位であることを示そうとしている。

トラハーンの頭にあるのが善意であれ悪意であれ、いいように操られるわけにはいかない。「あなたは金持ち連中とつるんだりしてるの？　ああいう手合いは内輪だけでつきあって、ほかの誰も相手にしないように見えるけど」

椅子から立ち上がった彼の体は、百九十センチ以上あっただろうか。胸を五十ガロンのワイン樽のように大きくそらし、憤懣に顔を赤くして言った。「億万長者でも貧乏人でも、聖人君子でも罪人でも誰でも、おれはつきあいたいやつとつきあうだけだ。ほら、もう座ったらどうだ」

「答えを待ってるんだけど」

「なんの答えだ？」

「お父さんがあなたに残した財産をどうやって稼いだのか」

トラハーンが言葉にならない音を発し、それは犬が蛇をくわえて死ぬまで振り回すときの音に似ていなくもなかった。「親父は投資アドバイザーをやってて、まああ有能だった。大した額じゃない。不動産の片がついて何十万ドルってとこだ。おれが陸軍を除隊したのは、ちょうど世紀の変わり目の二〇〇〇年だ。あんたがおさげ髪の鼻たれだったころだな。あのころはチャンスが転がってた。それで三十万ほど注ぎ込んでみたら、おれは親父よりずっと有能な投資家だったってわけだ」

ジェーンは立ったままでいた。「へえ？　何に投資したの？」

トラハーンは両手を宙に振り、眼をぎょろりと回した。「ああ、クスリに銃だ！　でかくて怖いナイフだ！　ナチスの制服を作る会社だ！」また深く息を吸い、さっきのようにふんと鼻から噴き出す。まだ不満顔だが、できるかぎりふつうの声音で言った。「あの九・一一でワールドトレードセンターが崩れ落ちたとき、みんながパニックになって株を投げ売りした。おれは手持ちをぜんぶ使って買いに走った。二〇〇八、二〇〇九年に景気が底を打ったときも、株と不動産をしこたま買って当てた。パターンがわかるか？　いつだってアメリカに賭けるのが賢いってことだ」

「アメリカに賭けて、それで金持ちになったのね？」

「おれにはいまでも効くやり方だ」

ジェーンは折りたたみ椅子まで行くと、腰を下ろした。この男にすっかり気を許したわけではないが、その憤りは作りものではなく、たしかに本物だと感じられた。「ずいぶん気に障るようなことを言ってしまったけど、でも謝るつもりはないわ。自分の命、息子の命がかかってるの。あなたが見た目どおりの人だって知らなきゃならなかったのよ。最近はそういうことのほうが珍しいし」

トラハーンもまた机の後ろに座った。「おたがい様ってとこだろうな。おれもあんたの夫を知ってそうなやつに電話をしてみた。いや、落ち着け。落ち着いてくれ。もう少し話をさせてくれるか？　けっこう。それでだ、その電話をした相手だが、もし食い物も何もない無人島で犬一匹といっしょに取り残されたら、その犬ころを食う前に自分の腕を食おうとするような男だ。そいつがあんたのニックを知ってた。その話をしてるときの声ときたら、ローマ教皇が赤んぼのイエスのことでも話してるみたいだった。あんたと会ったことはないと言ってたが、ニックと行動をともにしてたらしい。そいつの言うことには、どんなに見かけがよくても、頭が足りなかったりいかれてたりする女を、ニックが結婚相手に選ぶはずはないとさ」

9

ドゥーガル・トラハーンはグーグルアースでシェネックのナパヴァレーの牧場付近の地形を調べ、その目標区域の衛星写真をいくつか、いろいろな倍率で拡大し、印刷していた。プリントアウトの束は一センチをゆうに超える厚みで、大型のクリップで留めてあった。ジェーンがトラハーンの机に座って写真を見ているうちに、ここの主の大男は中身の詰まったダッフルバッグを持って戻ってくると、オフィスのドア近くの床に置いた。

「あなたの言うとおりだった」ジェーンは言った。「わたしの計画では入り込めないわ」

「だが、おれのならうまくいく」

「どこから入るの？」

「時間がもったいない、道々話す」

「どこへ行くの？」

「ロサンゼルスだ。ある男に会いにいく」

「どんな人？」

「おれを信用するのか、しないのか」

「場合によりけりよ。わたしが世界中で全面的に信用してる人は、いまは八人しかいない――だからまだ死なずにすんでるのよ」

「信用するにしろしないにしろ、いまのところはそれでいいだろう。だがじきに腹を決めなきゃならなくなる。銃は持ってるか？」

ジェーンはスポーツコートの前を開け、ホルスターと拳銃を見せた。「FBIを休職するとき、携帯許可は取り消されてる。でもこれから地獄へ行くんなら、そんな決まりを破ったからってどうということはないわ」

トラハーンは図書館で初めて見かけたときと同じ、黒のナイロンのキルトジャケットを着ていた。ジッパーを上げていないせいで、ジャケットの前が左右に分かれ、左脇と右脇にそれぞれ装着されたホルスターの拳銃があらわになっていた。「慈善でいいコネや評判を作ってると、二挺持ちの許可ももらえる」

「〝子どもたちにおもちゃを〟《トイズ・フォー・トッツ》の会議にそんなものが必要なの？」

「いつも持ち歩いてるのは一挺だけだ。牧師も教師も引退した婆さんも、どこへ行くにもみんなそうしてる」

トラハーンは言いながら、真っ黒な窓のほうに目を向けた。最初の窓からもうひとつの窓へと。

「どうしてガラスを塗ったの？」ジェーンは訊いた。

「後ろの窓から誰かに見られるのは落ち着かない」

「ブラインドでもいいんじゃない？　カーテンでも？」

「それじゃ足りない。黒く塗れ。確かなのはそれだけだ」ダッフルバッグを手に持った。

「行くぞ」

トラハーンがドアを開けてオフィスを出ていくのを、ジェーンは見て思った。この男に頼ったおかげでシェネックのところにたどり着くチャンスが増えるのか、逆にゼロに近づくのだろうか。

10

ジェーンがエンジンをかけているあいだ、トラハーンがフォード・エスケープの後部にダッフルバッグを放り込んだ。そして助手席に乗り込んでくると、衛星写真をひざの上に置いた。

閉じられた車の空間のなかだと、彼は前にもまして大きいどころか、初めて見る相手のようだった。編み上げブーツに迷彩柄のズボン、黒のTシャツに光沢のある黒のナイロンジャケット。四十八歳になるが、その体格や年齢にもかかわらず、どこか子どもっぽいところもある。たまに自分が見られているのに気づかずにいるときは、ぼんやりした様子に見えた。

「何を見てるんだ？」彼が唸るように言う。

「自分が何に関わることになるか、ほんとにわかってる？」

「不法侵入に不法監禁、暴行、誘拐、殺人だ」

「でも、わたしとは二時間前に会ったばかりなのよ」

「あんたは証を立てた。おれは〈アスパシア〉のウェブサイトを見た。あんたを信じる」

ジェーンは車のギアを入れずにいた。「ほんとうにそれだけで、こんなことに飛び込んでいいの？――わたしを信じたというだけで？」

「それだけじゃない。おれはもうずっと前から、こういうときを待っていた気がする。おれにはおれなりの理由がある。どんな理由かは訊くな。おれだけの理由だ。あんたはひとりじゃできない、ほかに行くところもない、で、大ラッキーなことにおれが首を縦に振った。それだけだ。車を出せ」

11

午前十時ごろから、灰色の帆を掲げたガレオン船団を思わせる雲が北から進んでくると、夜明けには晴れわたっていた高く青い空を被い隠した。いまは午後二時三十分。低く垂れ込めた鉛色の雲は雨の前触れにも見えるが、まだなんとも言えなかった。風は上空高く吹いて雲を追いたてているが、この地上では街は静かなままで、木や枝も揺れてはおらず、旗や三角旗や幟《のぼり》も垂れ下がって動かない。街全体が何かを、それもよくはない何かを待ちうけるように、張りつめた空気が漂っていた。

フリーウェイに乗り、州間高速五号線のほうへ向かっていると、トラハーンが言った。

「もうしゃべり疲れた。しばらく黙っていよう」

「いいわ」

「静かでないとだめなんだ。考えるには」

ジェーンは何も言わずにいた。

目を閉じて、隣に座っているトラハーンは、大きな体に異様な服を着て、髪とひげを突き立たせ、何を考えているとも知れない。運転中ちらちらと目をやりながら、ときにはその存在に心強さを感じては、また気持ちをかき乱される、そのくり返しだった。

おたがいに黙ったまま、ただ単調なエンジン音とタイヤの摩擦音を聞きながら、州間高速五号線をおそらく六十キロほど走り、オーシャンサイドを過ぎたあたりだった。まだ目を閉じたまま、トラハーンが熊のような唸り声を発した。「おれはあんたを、まったく女として見ちゃいない」

「こっちもおんなじよ」ジェーンは答えた。わざわざそんな話を切り出す必要があるなどと、この人が感じていたことが驚きだった。

彼は言いたいことがきちんと伝わるように言葉を添えた。「おれはあんたの父親といってもいい歳だ。またそれとは別に、もうそういうことには興味がない」

「わたしは夫を亡くしたばかりなの」ジェーンもあらためて言った。「だから差し当たってのところ、そういうことには興味がない」

「あんたに魅力がないってわけじゃあない。十分魅力的だ」

「わかった」

「けっこう。話が早くてありがたい。さて、しばらくおしゃべりはやめだ」

西には灰色の空と灰色の海、東には低木に被われた荒涼たる丘陵が連なり、これからの計画が成功する見込みも薄いというのに、わずかな笑みがジェーンの顔に宿った。それでも長く微笑んではいなかった。いまはなぜか、笑みが危険なものに思えた。運命に対しての、運命が決して見過ごしにしない挑戦であるかのように。

12

ネイサン・シルヴァーマンはレーガン・ワシントン空港行きの便をキャンセルすると、オースティンからサンフランシスコまでの直行便と、サンフランシスコから一時間のロサンゼルスへのシャトル便を予約した。もしブース・ヘンドリクソンが、検事総長か司法省の誰かの意向を受けて、この件から手を引けというメッセージを伝えにきていたのだとしたら、それはシルヴァーマンには完全な逆効果だった。

土曜日の午後二時五十分、サンフランシスコ国際空港。搭乗予定のゲートのそばに座ってシャトル便の案内を待っていると、ロサンゼルス支局からメールが入ってきた。公園の映像の高画質処理と顔認識による照合の結果、二つのブリーフケースを持ち、手首に銀色の風船を結びつけていた男は、ロバート・フランシス・ブランウィック、別名ジミー・ラッドバーンであることが確認された。〈ビニール〉という収集家向けレコード店の経営者だが、この店はサイバー犯罪ビジネスの隠れ蓑でもあった。ＦＢＩはラッドバーンのビジネスを電子的な監視下に置き、顧客リストに関するデータを集め、関係者を一網打尽にする準備を進めているところだった。

ホテルの入口でチェーンと南京錠にじゃまされた筋骨隆々の男は、ノーマン・〝キップ〟・ガーナーだとわかった。さる全体主義政権からアメリカの犯罪組織へ投資される黒い資金のパイプ役を務めているという評判で、さまざまな警察機関の関心の的になっている男だが、当人を告発できるだけの証拠はまだそろっていなかった。

搭乗案内のアナウンスが流れ、シルヴァーマンは立ち上がった。問題のブリーフケースの中身がなんだったとしても、その出所を考えると、ジェーンが何かしらの犯罪に関わっていないと考えるのはやはり無理がある。ロサンゼルスでの今後の進展次第だが、もうあまり引き延ばすわけにはいかないだろう。彼女のことを長官に報告し、公式に捜査を始めなくてはならなくなる。

いますぐそうせずにいるのは、ひとえにジェーンへの信頼と、そして彼女の義父から聞いた、正体不明の勢力が彼女の息子を殺すと脅してきたという情報があったからだ。幼いトラヴィスが標的になっているというアンセル・ホークの言葉は、あのブース・ヘンドリクソンとの不自然な出会いのあとでは、さらに信憑性が高まっていた。

13

州間高速四〇五号線に乗り、やがてロングビーチが近づいてくると、車の流れがところどころで詰まりはじめた。相乗りグループの専用車線までスムーズに流れなくなっている。ジェーンはほかのドライバーにされたら迷惑だと感じるような運転の仕方で、車線をしょっちゅう変えては停まった車列を回避し、百メートルでも先まで行けそうな空いたスペースを見つけてはジグザグに進んでいった。

昨夜からオーヴァトンの死体が、あの家の広いウォークイン・クローゼットにある——その思いが彼女を駆りたてていた。いまはいろいろな成り行きが想像できた。たとえば週末の約束をすっぽかされた友達の誰かが、心配して家まで訪ねてくるかもしれない。あの弁護士が死んだことが、邪悪な陰謀に加担するほかの人間たちにすぐに伝わるとは限らないが、もしそうなれば、シェネックは警備をぐっと強化するだろう。

助手席では一時間前から、ドゥーガル・トラハーンが〈ＧＺランチ〉の衛星写真を見ながら、ときどきひとりでつぶやいていた。イングルウッドを過ぎようとするころ、やっとジェーンに話しかけてきた。「一〇号線を西へ行ってPCHに入る、それから北だ」

少ししてから、パシフィック・コースト・ハイウェイに乗った。ふたたびパリセーズ公園の横を通り過ぎる。ローラースケートを履いたノーナがジミー・ラッドバーンの股ぐらにキックを食らわせ、二つのブリーフケースを奪い取ったのが水曜日のことだ。しかし今度は公園の海側を走っていて、パリセーズが右手に立ち上がっていた。

「それで、どこへ行くの？」

トラハーンはマリブにある住所を伝え、それからやっと、〈GZランチ〉の警備をどう突破するかの手短な説明をして聞かせた。

トラハーン自身は操縦するつもりはなかったが、ジェーンの予想どおり、計画にはヘリコプターが含まれていた。彼は特殊部隊でヘリのパイロットを務めていて、それもジェーンが彼を頼ろうとした理由のひとつだった。

しかしそれ以外の要素は、奇想天外としか思えず、ジェーンはしばらく言葉を失っていた。彼が長い時間をかけて考えてくれたことはわかっているが、それでも心配になりはじめた。軍では殊勲を立て、投資の才能もあり、経営の才覚も自分の作ったフリー・キッチンで示しているものの、もしかすると心理的な問題のせいで、戦略家の理想にはほど遠くなっていたりはしないだろうか。

14

ネイサン・シルヴァーマンは空港で借りたレンタカーを〈ビニール〉の一ブロック先の駐車スペースに停め、パーキングメーターを停止させて、レコード店まで歩いていった。日没まではまだ一時間ほどあったが、暗い灰色の空が太陽をほぼ被い隠していたせいで、サンフェルナンドヴァレーは早すぎる薄闇の下に縮こまっていた。〈ビニール〉の正面ドアにいた捜査員がシルヴァーマンのＩＤをチェックして、なかに通した。「みんな二階にいます」

壁にかかった額入りの年代物のポスターや、マニア向けレコードの箱は手つかずのままだった。奥の部屋にはさらにたくさんの在庫があった。

二階から話し声が聞こえてきた。階段を上ってみると、打ち捨てられた家具の山とスナック菓子で埋まったテーブルが見えた。しかしここで行われていたダークウェブの商売につきもののコンピュータやらスキャナやらの機器類は、延長コードや結束バンドの類も含めてひとつたりとなかった。

その場にいたのは、ロサンゼルス支局長のジョン・ハロウと、捜査官が二人。ハロウとは面識があったが、ほかの二人は知らなかった。

ハロウは白髪まじりの髪をクルーカットにした、肩をそびやかせた姿勢、ぴしっとしたスーツ、油断のない物腰の、いかにも元軍人らしい男だった。重大犯罪対応群の課長であるシルヴァーマンは、職務の一環として行動分析課の五つの係も監督している。サイバー犯罪関連の事案を扱う第二係は、ロバート・ブランウィック、別名ジミー・ラッドバーンの件で、ほぼ一年間にわたってハロウに情報を提供してきた。

「交通監視用のやつに似せたカメラが付けてある」ハロウが言った。「それで正面入口を見張ってた。電話での通話、電話以外の会話も、あとで分析できるよう自動的に記録させていた。昨今はなんでも削減、削減で、うちにも週七日二十四時間体制の監視ができる人員はないが、車での巡視も定期的に続けていた。だが、やつらがなんの話し合いもせずにここから逃げ出すという気配はなかった。こちらでたっぷり時間をかけて記録を調べたかぎりでは」

シルヴァーマンは憂鬱な気分に襲われた。「よっぽど素早く、慎重にずらかったということか」

「そうだ。われわれがやつらを追いつめて、片づけようとしてるのをいきなり見透かしたようにな」そこで一拍置いてから、ハロウは言った。「きみのところに不正な捜査官がいるのか、ネイサン？」

ハロウが〝われわれ〟ではなく〝きみ〟という言い方をしたことに、シルヴァーマンはある計算を見てとった。昨今でもFBIは、昔と同じように、忠実な仲間意識に支えられている――ただし、そうでない場合もある。

答えるかわりに、彼は言った。「ブランウィックは脳みそと同じくらいエゴも肥大していた。自分の身元もうまく隠して、キップ・ガーナー以外には誰も自分の本名がラッドバーンでないことを知らないと思い込んでた」

「そうだな……実はそうじゃなかったと、誰かに教えられるまでは」

「やつを捕まえたのか？」

「まだだ。一時間前、シャーマンオークスの自宅を監視下に置いた。小物たちが散らばる前に追いつめて、それと同時にやつらがたがいに警告しあえないようにする」

「ブランウィックの家にSWATを向かわせるのか？」

「ああ。いちばん激しい抵抗が起こりそうな場所だ。ここで働いていたハッキングのチームの連中——あれは頭はよくても腑抜けばかりだ。バッジを見せたとたん、われ先に仲間のことを売ろうとしはじめるだろう」腕の時計を見る。「作戦は暗くなってからだ。われわれはもう向こうへ行く」

「おれも行こう」シルヴァーマンは言った。

「われわれがブランウィックの本名をつかんでいるのをやつが知って、それで逃げ出したのだとしたら、きみのところに不正を行った人間がいるということだ」

「そんな単純な話じゃないぞ、ジョン」シルヴァーマンは言い、この前言を撤回するはめにならずにすむように願った。少なくともこれから数時間のあいだは。

15

マリブにあるその邸宅の敷地は、一万平方メートルを超えるほどの広さがあったが、誰もそこに住宅団地を建てようとは考えなかったらしい。地所を取り巻く石塀の外からは、ジェーンにはなかなかその大きさがつかめなかった。

詰所の警備員はグレイのスラックスに白のシャツ、海老茶のブレザーという格好だった。コートの仕立てからすると、武器を隠し持っていてもおかしくない。トラハーン氏とゲストが訪ねてくることはあらかじめ伝わっていたようだ。ジェーンが車を乗り入れた後ろで、緑青のふいた銅張りのゲートが閉まり、クォーツァイトを敷きつめた私道をさえぎった。

敷地は広々として南洋風で、フェニックスヤシやダイオウヤシのほかに名前のわからないヤシ、さらにあらゆる種類のシダ類で彩られていた。花もいたるところに咲き乱れている。芝生はゴルフのグリーンのようになめらかだった。

屋敷は白いスタッコとガラスとチーク材からなる見事な建築で、角はすべて優雅な曲線を描き、片持ち式のバルコニーが効果的に張り出していた。

円形の車回しに車を停めると、ジェーンは言った。「まただわ」

「ここへ来たことがあるのか？」トラハーンが訊く。

「いいえ。また金持ちのところかって。この国にいる金持ちの数は限りがないの？」

「ここのやつは気に入るさ。生粋のサンディエゴっ子だ。おれが意義のある話を持っていくたびに、たくさん寄付をしてくれる」

「世界の善行家の半分は、世間を欺こうとする悪行家よ」

「おれが意義のある話を持っていくたびに、たくさん寄付をしてくれる」トラハーンがくり返し言った。「それを自分の宣伝に使うことは一切ない」

彼について玄関まで歩いていった。ドアを開けてくれた男は、白の靴に白のスラックス、白地にごく淡い青色の糸でヤシの木の輪郭を縫い取ったほかにはなんの飾りもない、趣味のいいアロハシャツという格好だった。

その男が主人かと思いきや、実際はカジュアルな出で立ちの執事だった。「ご主人はガレージでお待ちです。ご案内しましょう」

「だいじょうぶだ、ヘンリー」トラハーンが言った。「場所はわかってる」

部屋はどれも広々として、優美でモダンな家具調度に、アジアのアンティークや美術品がアクセントを加えている。そんななかにいるドゥーガル・トラハーンは、りっぱな車回しに停まった慎ましいフォード・エスケープよりずっと場違いだった。なのに当人は自分の家にいるように寛いで見える。

ガラス壁の向こうに、息を呑むような海の風景があった。海面はねずみ色の空の下で灰色に染まり、白波が歩兵の隊列のように海岸に向けて行進している。

エレベーターで下りた先の地下のガレージは、石灰石が床に敷きつめられ、二十台はくだらなそうな車のコレクションが収容されていた。

家の主人もその場にいたが、ジェーンはひと目見て驚いた。当代きっての有名な映画スターだったのだ。長身でハンサムな黒人。その魅力的な微笑は世界中の観客のハートをとろかしたものだった。

俳優はトラハーンとハグをし、ジェーンを紹介されると、彼女の両手を握りしめた。「ドゥーガルのお友達はみんな――じつにあやしい人たちばかりでしてね！　でもあなたの場合はちがう。どこの機関《エージェンシー》に属してらっしゃるのですか？」

トラハーンが急いで口を挟んだ。「タレント事務所《エージェンシー》のことを言ってるんだ」俳優に向かって言う。「ジェーンはこの業界の人間じゃない。差し当たりなんというか、私的な調査員みたいなもんだ」

「私立探偵ならわたしも演じたことがあります」俳優が言う。「何人か雇ったこともありますが、でもあなたほどの衝撃を受けたのは初めてですよ、ミス・ホーク」

グルカRPVシビリアン・エディションはガレージの中央、ピンスポットの当たる場所に停めてあった。戦術装甲車両のようにいかつい見た目の装甲付きSUVで、カナダのテラダイン社が全世界的に販売している特殊用途の法執行機関専用車両だ。車高は二・五メートル以上、全長は六メートル以上、ホイールベースは三・五メートルはある。タイヤはパンクしても走行可能な大型のランフラット型。これと軍用バージョンのあきらかなちがいは銃器用の窓がないということだけだ。

ぱっと見には、通常の車両から巨大ロボットに変形しかけたばかりのトランスフォーマーのようだった。

俳優は熱心なコレクターらしい愛情のこもった微笑を浮かべた。「六・七リッターV8ターボディーゼル、三百馬力。オプションをぜんぶ付けて、二つある四十ガロンの燃料タンクを満杯にしたときの総重量は八トン近くになる。でもハンドルはすいすい回るし、出したいだけスピードが出せる。しかもなかに乗ってれば、戦車にぶつけようとするのでもないかぎり安全だよ」

トラハーンが封筒を俳優に手渡した。「四十五万ドルの小切手だ。なかにあるピンクの紙切れにサインをしてくれ」

俳優が戸惑い顔で言った。「ドゥーガル、やっぱりこれは受け取れない」

「なんだったら受け取るんだ?」トラハーンが反論する。「おれはテラダインから新車が送られてくるまで何カ月も待ってられない。それにおまえは例の二本の映画のロケでいなくなるんだろう……そういえばあれは、おまえがまたオスカーを獲れる見込みはまずゼロだぞ。新しいグルカを注文すれば、帰ってくるころには届いてるさ」

「だから、ただで貸りればいいじゃないか」

「それはだめだ」トラハーンが言って怖い顔になり、髪とひげで毛だらけの頭を振った。「おれはこれに乗って、たぶんトラブルにはまり込みにいくんだから、貸すんじゃなくて売ったことにしておいたほうがいい」

心配からではなく、根っからの冒険好きらしい関心をあらわにして、俳優は言った。「トラブルだって？　なんのトラブルだい？」

「どんなトラブルにもなりうる」トラハーンが答える。険しい表情で、いまは暗い未来しか予見できない百発百中の予言者のごとく眉間にしわを寄せながら。「おれに言えるのはそれだけだ。おまえはもっともらしい否認のセリフを用意しとく必要がある。どうしても意志を曲げないってのなら、何もかもぜんぶ忘れて、この古い友達を丸腰で放り出してくれていい」

俳優はとんでもないという顔をしてみせた。「そんなまねをしたら眼がつぶれてしまう。慎重にやってくれよ、大尉殿」

トラハーンが言った。「おれたちがやることをやってグルカを返しにきたら、おまえが修繕に必要な金を差っ引いた額で買い取るか、もしそのほうがよけりゃ、おれがそのまま持っていてもいい。だが差し当たり、おれたちはこれから夜を徹して走らなきゃならない。おまえの長たらしいハリウッド話を聞きたいと思う以上に、いまのおれはピンクの紙切れが必要なんだ」

俳優がジェーンに向かってにんまりと笑った。「困った人だと思いませんか？」

「困った人ね」彼女がうなずく。

「あなたもこの男といたらどういうことになるか、おわかりでしょうね」

「そのつもりです」

16

長い、傾斜のある通りが交差点から交差点まで、さえぎるものなく見通せた。FBIの車両が二車線にまたがって停められ、両方の端からブランウィックの家のあるブロックに入ろうとする車を遮断していた。

ブランウィック家から下った一軒隣の家の住人は、不在だった。反対側の隣家の住人たちは、夜にまぎれてそっと家から連れ出され、何か動きがあった場合に安全でいられるところまで移動していた。

ブランウィックの家から通りを少し上った向かい側で、シルヴァーマンとハロウ特別捜査官は監視を続けていた。ふたりとも並木の下の暗がりに停めてある排水管修理業者ロトルーターのバンの陰にいたが、これは麻薬取締局から借り出したおとり捜査用車両だった。バンの後部にはSWATチームの六人が待機し、出動の命令が下るのを待っていた。

夜は静かそのものだった。いまは西から弱い風が吹きつけ、並木を騒がせて何やらひそひそ企んでいるような音をたてる。

目標の住宅は、一階はほぼぜんぶの部屋の照明がついていたが、二階が明るいのは一部だけだった。カーテンは開いたままで、どの部屋も見たところ無人のようだ。

まず最初に、二人の私服の捜査員がブランウィックの家へ近づいていった。上にケブラーの防弾ベストを着ている。頭の保護は何もない。一見してぱっと警察とわかる外見ではなかった。

捜査員のひとりが、石造りのライオン像に挟まれた四段の階段を上っていき、玄関ドアと窓のあいだの壁の部分へ移動した。ふたりめは家の東側に行き、鉄のゲートを通り抜けると家の裏手に回って視界から消えた。

正面にいる捜査員は窓のそばに立って、ガラスに直径五センチの吸着カップを押しつけていた。このカップの中央には集音パターンの広い高感度コンデンサーマイクが付いている。捜査員のベルトには、タバコの箱サイズのオーディオプロセッサが留めてあり、バスルームの換気扇や冷蔵庫のモーターなどの機器類の規則的な音をつきとめて除去することで、人声や人間の活動がたてる不規則な物音を聞き分けられやすくする。シルヴァーマンもイヤホンを耳につけ、プロセッサが重要だと判断した音を聞けるようにした。

このオーディオプロセッサは遠くの受信機にも送信を行うが、今回の場合、それはシルヴァーマンのスマートフォンだった。

彼とハロウは二分ほど聞いていただろうか。静けさにはまるで変化がなかった。もし家のなかに人がいるとしたら、コールドスリープにでも入っているにちがいない。

家の東側の奥に消えていた捜査員が、鉄のゲートを通ってまた現れた。そして生垣のそばにうずくまり、黒っぽい服のせいでほとんど見えなくなった。

一瞬後、ハロウのスマホが震えだした。少し聞いたあと、そっと戻れと指示をすると、通話を切った。シルヴァーマンに向かって言う。「窓から、キッチンの床に死体が倒れてるのが見えたそうだ」

ハロウがバンの後部に歩み寄り、SWATチームの全員に、ブランウィック家に突入して各部屋を捜索するよう命じる。

今日は事実が明るみに出る一日になった。どの事実も前にはなかった重みをもち、それがネイサン・シルヴァーマンの信じたくない予言を形づくっていくようだ。もしジェーンが心ならずも何かの罠に捕らえられ、息子が危険にさらされているにしても、本人の動機が純粋なものだったとしても、恐ろしく暗い網の目にからまっているのは間違いない。人は絶望に駆られると、状況とは無関係に法が許さないことをしてしまう。彼はジェーンが好きだし、彼女を理解し、信じていた……それでも頭のなかの彼女の像は、縁の部分がごくかすかにすり減りはじめていた。

17

ジェーンはグルカRPVのハンドルを握り、州間高速五号線を北へ飛ばしていた。六速のオートマティックトランスミッションはなめらかに切り替わり、道路の騒音も遮音性の装甲のおかげで想像以上に小さかった。エンゼルス国立森林公園を右に、ロスパドレス国立森林公園を左に見ながら、山道を上ってテハチャピ山地に入ると、すぐ前方にごくわずかに町の明かりが点々と――こっちには二千人、あっちは数百人――見えるだけで、あとは月も星も隠された曇り空の下、広大な闇が広がるばかりだった。

フォード・エスケープはマリブの、あの俳優宅のガレージで待っている。いつか取りにいくつもりだった。もし生きていれば。

助手席のトラハーンは、フォードに乗っていたときより小さく見えた。この軍用車との組み合わせだとあまりコミカルではなく、むしろ恐ろしげだった。それどころか、銀行や証券取引所を爆破しようとする危険な過激派そっくりに見える。ときおりぶつぶつ独り言をつぶやいているが、会話をしようとはしなかった。

テホン峠に入って数キロ行ったところで、ジェーンは言った。「すると、あの人は小切手を受け取って、あなたにピンクの紙切れを渡して、それであなたが何をするつもりなのか知ろうともしない。それがあの人と結びつけられて何かしら面倒が起こって、自分の評判ががた落ちになるかもしれないのに。そういうことね？」

「まあ、そういうことだ」

「それがわからないのよ」

「何がだ？」

「なぜそこまでしてくれるの？」

「昔のよしみでな」

「そう、だったらぜんぶ説明がつくわね」

「いいことだ」

「皮肉で言ってるんだけど」

トラハーンがポケットからハンカチを出し、音をたてて痰《たん》を切ると、ハンカチに向かって吐き、またしまいこんだ。

ジェーンは言った。「どうもあなたのことがつかめないわ」

「みんなそう言うな」

「だからなぜ彼はそこまでしてくれるの、何も訊かずに？」

「そのことは忘れちゃあくれないか」

「あなたを理解しなきゃならないの」

「人は誰のことも理解できやしない」不平がましく言う。「要するにだ、あいつは歳をごまかして、十六で陸軍に入った。四年勤務して、うち三年は特殊部隊にいた。おれといっしょにクソみたいな目にあった」

「戦争？」

「戦争みたいなもんだ。そういう名前はついてなかったが」

「どんな目にあったの？　具体的には？」

「聞かないほうがいい」

「だから何なの？」

「あいつはおれに命を救われたと思ってる」

「なぜそう思うの？」

「あいつやほかの特殊作戦部隊の連中が敵に殺されそうになって、おれがその相手を殺した」

「相手は何人？」

「十二人か、もう少しいたか」

「それで殊勲十字章をもらったのね」

「ちがう。あれは別のことでだ。そろそろしばらく黙っちゃくれないか」

「黙るわよ」

標高千二百六十三メートルのテホン峠を越え、サンホアキンヴァレーに向かって下りはじめる。何千平方キロにも及ぶ、かつては世界一肥沃だった農地の広がる場所へと。ハイウェイの両側に平坦な土地がどこまでも黒く広がり、はるかその先にある山並みは月面の風景のように現実感に乏しく、空想のなかでかすかに描かれた山並みを思わせた。その広大な広がりのそこここに、ぽつんと点在する農家の明かりや、パンプキンセンター、ダスティンエーカーズ、バトンウィローといった名前の小さな町を示す光の塊があった。

このののどかな一帯には、しっかり根を下ろした人たちが安らかに暮らしているのだろうか。現代世界のほかの場所から生まれるストレスや不安とは無縁のままで。もしそんな人たちがいるなら……彼らに残された日々はあといく日なのか？

18

顔が激しく損傷し、すでに腐敗の兆《きざ》しが現れているものの、床の死体はロバート・ブランウィック、別名ジミー・ラッドバーンだとすぐに確認された。死体の体勢を崩さずに尻ポケットから抜き取られた財布の運転免許証が、本人のＩＤがわりになった。

キッチンのキャビネット類は、ショットガンの発砲で著《いちじる》しい損傷を受けていた。硬い面に跳ね返った散弾の粒がばらばらと床に散らばっている。

「ブランウィックは武器を持っていない」ジョン・ハロウが言った。

「死ぬ前には持っていて、殺害犯が持ち去った可能性もある」

「そんな感じはしないな」

シルヴァーマンも同意せざるを得なかった。

「ブランウィックがショットガンを持って、拳銃を持った人間と相対したのなら、いまも生きていただろうし、床で冷たくなってるのは別のやつだったはずだ」

シルヴァーマンの頭のなかを、三つの映像が流れていった。この死んだ男はまだ生きていたとき、ブリーフケースを二つ持って公園のなかを歩いていた……ローラースケートを履いた女がそのブリーフケースを奪う……スケートの女とジェーンがブリーフケースの中身を大きなごみ袋に空け、ホテルの駐車場から逃げていく。

ハロウも同じ映像を思い出していたのか、こう言った。「この男は武器を持っていたとも見えないのに、まともに顔を撃たれている。手を調べて硝煙反応が出れば、武器を持っていたと認めよう。だが検査で反応が出なければ、処刑されたも同然だ」

「そうとも言いきれん。だがラボの報告を待とう」

ＳＷＡＴチームはすでに引き揚げていた。別の捜査官が廊下から部屋に顔をつっこんできた。「ロサンゼルス警察とＣＳＩのバンが、あと五分で出ます」

捜査官が引っ込むと、ハロウはシルヴァーマンに言った。「ホークの夫は自殺した」

「そのとおりだ」

「ホークは休職中だ」

「たしかに」

「だが、いまはちがうんだな？　ホークがうちの管轄区域で何かの捜査をしてるのだとしたら、なぜわたしは知らされていない？」

「それは大目に見てくれ、ジョン。やるべきことは明日中にやる。きみが知らないパズルのピースがいくつかあって、まだそれを組み立てようとしてるんだ」

「わたしが持ってるピースは、うちの監視下にあった〈ビニール〉の事業がまるごと消えて、その中心にいた男が死んだということだけだ」

「わかった。しかしきみには何カ月もかけて集めた〈ビニール〉の顧客のリストがある。それで最悪の連中に捜査の手を伸ばすことができる」

「ブランウィックの証言なしでな」

「ほかの小物連中に証言させられるだろう」

「遅れが出たことの影響はあるということだ」

「遅れたことの影響はある」シルヴァーマンはうなずいた。「早まって動くことの影響もある。いつだって何かしら影響はあるんだ」

腕時計を見ると、午後十一時五分を指していた。まだ東部時間で動いていたのだ。眼がざらつき、気分が苛立ちはじめていた。もうここにいても仕方がない。予約していたホテルにチェックインして、何か腹に入れてから、今日一日にあったことを振り返り、最初に感じたのと同じ暗い意味がたしかにあるのかどうかを判断しなくてはならない。

19

ジェーンはもっとスピードを出したかったが、ハイウェイ・パトロールに停められるのも恐ろしかった。それでなくとも装甲車両は目立つし、警官の興味もひきやすい。しかもトラハーンは、爆弾を投げるボリシェヴィキがタイムスリップしてきたような風貌だ。五十万ドル近くも出してこの車を買うような人間とはおよそかけ離れている。もしパトロールの警官に車から出るよう言われれば、二人とも武器を携帯しているのもきっとばれるだろう。そして拘留されてしまえば、ジェーンはなすすべもないまま敵に見つかるのを待つことになる。

このグルカには豪華セダン並みの設備がぜんぶそろっていて、最高級のオーディオシステムもそのひとつだった。だがジェーンは、静かなほうがいいというトラハーンの意見に従った。

ＧＰＳの計算では八百キロ近くに達する移動距離のうち、三百キロそこそこ走ったところで、州間高速を下りてトラックストップに寄った。トラハーンのクレジットカードで、ほぼ空になったひとつめの燃料タンクを満杯にした。ジェーンはターキーとベーコンのサンドイッチを四つと、コークの二十オンスの瓶を二本買った。

今度はトラハーンがハンドルを握り、食べながら運転した。ふたりとも食べ終わると、トラハーンが道路わきに寄せて停まり、ジェーンがまた運転席に戻った。助手席で眠るつもりなのかと思ったが、トラハーンは起きたまま、ハイウェイの路面をじっと見つめていた。視線は固定されたままで、トランス状態にでも入ったようだった。

ジェーンは疲れを感じた。背中がこわばっている。お尻も痛い。いつ終わるとも知れないこの一日は、ロサンゼルスからサンディエゴ、サンディエゴからここまで、朝からほぼ十時間も運転しどおしだった。まだ眠くはないが、体の疲れに精神的な疲労がかぶさってくる。会話が弾みでもすれば、集中を保つ足しになっただろうが、トラハーンは珍談奇談を面白おかしく聞かせる話し上手にはほど遠かった。

トラックストップから百キロと少し北へ進んだころ、夜が来るとともに、激しい雨が落ちてきた。路面を洗う雨水にタイヤを取られかかった。ハイドロプレーニング現象が起きるときに四輪駆動が有効なのかどうか知らなかったが、ジェーンは急いでモードを切り替えた。

トラハーンとふたりきりのこの旅は、最初からずっと奇妙だった。いまはその違和感がさらに強まり、不気味なほどになっていた。ばらばらに吹く風のせいで降りしきる雨が青い翼をもった亡霊の形に変わると、ハイウェイの上をうねりながら横切っていく。この疾走する装甲の塊の向こうでは世界が溶けて、すぐ前の短い舗装面の先は虚空に消え、ただ闇と無だけがあるような気がしてくる。

　長い沈黙を破って、トラハーンが言った。「あんたは、おれがこんなふうになったのは戦争のせいだと思ってるんだろうが、そうじゃない」

　もし何か言わなくてはならないことがあるなら、たとえこっちが黙っていても、この人はきっと話すはずだ。いまはジェーンと話をするというより、自分自身と深く交感するように、フロントガラスを見つめている。ワイパーがガラスから雨水を拭い取ってはいるものの、やはりハイウェイの路肩の先に雨に洗われた世界までは視界が届かない。

「それどころか」トラハーンが言った。「陸軍はおれの人生のなかで最高の場所だった。自分にも価値がある、何かの役に立てるという気にさせてくれた。それまでずっと役立たずだと感じていたから」

　十八輪トラックのテールゲートがすぐ前まで迫ってくると、ジェーンはトラックの運転手にならって、速度を百十キロから八十キロまで落とした。

「十歳のとき、姉が殺された。おれはその一部始終を聞いていた」

20

この日オースティンを飛び立つ直前、間際になってホテルの部屋を探したとき、ネイサン・シルヴァーマンにはほとんど選択の余地がなかった。ロサンゼルス国際空港周辺のホテル、ロサンゼルス西地区のホテルはすべて予約でいっぱいだった。それで少し高級なところにまで範囲を広げ、ビヴァリーヒルズにあるホテルの小さなスイートを奮発することにした——居室に寝室、大理石をふんだんにあしらったバスルーム付きの部屋だった。九時にチェックインして、部屋まで案内されたあと、いまは東部時間では夜中の十二時だった。静かさ、心地よさ、贅沢な肌触りは、皿に盛られたフルーツとともに、散財しただけの甲斐《かい》があると思えた。

今夜中にヴァージニアの自宅に帰るつもりではいたのだが、FBIで長年過ごした経験から、出張に出るときは万一に備えて身の回り品と着替えを持つようにしていた。

ルームサービスのメニューは豊富だった。旅行のときはいつもそうだが、レストランでひとり食事をするよりも、自分の部屋で食べるほうが気楽でいい。

シャワーを浴びて、備え付けのバスローブにくるまり、ちょうどミニバーのビールを開けたところに食事がやってきた。

若いウェイターはまだこの仕事に不慣れらしく、もたもたと丸いゲームテーブルに夕食用の白いテーブルクロスをかけ、花を差した花瓶と食器、ナプキンを並べていった。いささかぎこちない手つきで、ルームサービス用のカートから料理を移していく。それでも丁重で善意にあふれ、ミスをするたびにすみませんと謝るので、シルヴァーマンは、気にするな、きみらの歳では誰でも駆け出しなんだと励ます意味で、気前よくチップをはずんだ。

フィレミニョンのステーキと付け合わせは、文句のつけようがなかった。さらにクリームを添えたイチゴとブルーベリー。コーヒーも保温ポットのおかげで熱々だった。

今日の朝は四時起きで、長い、ストレスの多い一日だった。しかし疲れてはいても、よく眠れるかどうかはあやしかった。心配することが多すぎる。答えの出ていない疑問も多すぎる。

ポットから二杯目のコーヒーを注いだが、ひと口も飲まないまま、ふっと目を覚まし、椅子に座ったまま寝入ってしまっていたことに気づいた。

疲れは恐ろしく深く、骨の髄にまで染み込んでいた。立ち上がるのさえ意識して力を振りしぼらなくてはならなかった。ホテルが船になって海の上にいるように、床が傾く。寝室はどこにあるのか。やっと見つかった。そしてベッド。眠れないという予想は完全に外れた。

茫漠《ぼうばく》として音のない、テキサスの平原の夢を見た。はるか遠くの地平線までずっと平坦で、脚は一面の草にひざのあたりまで埋まり、自分がそれをかき分けて走る音以外、まったく静かだった。焼けつくような太陽が頭の真上から動かず、何キロ走りつづけても影ができなかった。追っ手の姿は後ろにも、視界の届くかぎりどこにも見えなかったが、それでも追われていると感じた。雲ひとつない空の広さが不安をかきたて、人知を超えた何かが急に襲いかかってきて自分を捕らえ、はらわたを引き裂こうとするように感じた。ふと聞きまちがえようのない、ドアが閉まる音がした。シルヴァーマンは足を止め、その場で三百六十度回ってみたが、その果てしない平原のどこにも建物らしきものはなかった。男が名前を呼んでいた――ネイサン？　聞こえるか、ネイサン？――が、彼はまだひとりだった。ほかにはまったく誰もいない。太陽。空。草原。彼は走った。

21

ショットガンの一斉射撃のように、雨が防弾のフロントガラスにたたきつけていた。

「姉はジャスティン・カーターといった」ドゥーガル・トラハーンは言った。「おれの母親が最初の結婚で産んだ子だった。父親のちがう姉弟だ。おれが生まれたとき、ジャスティンは四つだった。ずっといっしょにいた……あのときまで」

しばらく彼は黙っていた。自分の苦しみを打ち明けようとしたが、まだ決めかねているというように。

ずっと長いあいだ話したことがなかったのだろうか。もしかすると、その事件があってからずっと。姉が殺されたことは、彼についてインターネットで調べた内容には含まれていなかった。姉の苗字がちがうせいで彼と結びつけられにくかったこと、またこのときには彼がまだ十歳で、メディアの詮索から法で守られる子どもだったことが理由なのにちがいない。

トラハーンが言葉を継いだ。「ジャスティンは頭がよくてやさしくて、すごく楽しい子だった。四つの歳の差があっても、おれとは仲がよかった。思い出せるかぎり、いつもいっしょだった。双子でもああはいかないくらいに」

声に新たな響きが加わっていた。ぶっきらぼうさが影をひそめ、やさしさが感じられた。でもそのやさしさには、悲しみがつきまとっていた。

ちらと彼の顔を見ると、ひげのなかに混じった白髪と同じくらい、青く光っていた。細かな汗の玉がひたいに浮き出している。視線は道路に向けられたままだが、いまハイウェイは彼を未来ではなく、遠い過去へと導いていた。

「おれは十歳だった。ジャスティンは十四。土曜日だった。父は……おれの実の父親で、ジャスティンには義理の父だ……出張で外に出ていた。母親は留守だった。病気の友達の見舞いにいってた。おれとジャスティンは家にいた。ドアの呼び鈴が鳴った。ごくふつうに見える男がいた。花を届けにきた人だ。バラを。バラを抱えたふつうの男だった。知らない人間が来てもドアを開けてはいけないのは知ってた。ふたりとも言われてた。おれも知ってた。でもドアを開けた。やつが言った、〝やあきみ、ジャスティンっていう女の子にこれを届けにきたんだ〟。そしてバラを差し出してきた。おれは受け取った、するとバラの向こうからやつが顔を殴った。家のなかに入ってきた。ドアを押して閉めた。おれは床に倒れ、バラが散らばった。やつがしゃがんで、また顔を殴った。ジャスティンに知らせるひまもなかった。気が遠くなった。しばらく、気を失ってた」

マリブのあの俳優の家を訪ねたあとで、ジェーンはトラハーンに、あなたを理解しなきゃならないと言った。すると彼は、人は誰のことも理解できやしないと言った。たぶん、理解しないほうがいいときもあるのだろう。

「意識が戻ったときは」トラハーンがまた、少し穏やかな声で話しだした。「ダクテープでぐるぐる巻きにされてた。まるで動けなかった。痛かった。顔が腫《は》れてた。歯が何本かなくなってた。口のなかが血だらけだった。声が聞こえた。初めは何を言ってるかわからなかった。視界がぼやけてた。何度も瞬きをした」

汗がだらだらとトラハーンの真っ白な顔をつたい、おそらく涙も混じって流れ落ちていた。腿の上に置いた両手がぐっとこぶしに握り固められては、開き、また握られ、開いていた。

「おれは床に転がってた……ジャスティンの寝室の床に。やつはジャスティンをおとなしくさせたあと、おれをそこへ運んできていた。寝室へ。そしてやつは……ジャスティンを犯してた」恐怖で彼の顔がゆがんだが、声はうらはらに落ち着いていた。「ジャスティンはやめてと言ってた。やつはやめなかった。ずっと泣いてた。やめてと言って。やつはやめなかった。おれが起きてるのを知ってた。おれに見ろと言った。いやだ。見ない。目をぎゅっと閉じてた。ジャスティンを助けたい、だが動けない。ダクトテープのせいで。動けない。手が痺《しび》れてた。脚も痺れてた。ダクトテープで。動けなかった、だが耳は聞こえた。耳はふさげない。ずっと続いた……一時間も。もっと長く。胸がむかついた。怖さと怒りと……自己嫌悪で」ささやき声になっていた。「死にたいと思った」

ジェーンはもう、彼に目を向けられなかった。どれほど時間がたっても、どれほど功績を重ねても癒やされない、彼の苦悩の深さを見られなかった。ただハイウェイに、土砂降りの雨と滑りやすい路面に集中していた。彼女に御せるのはハイウェイと雨、それだけだった。

「死にたいと思った。でもやつが殺したのはジャスティンだった。やつが果てた。それでジャスティンを……放り捨てた。やつは……ジャスティンを……ナイフで」

大柄な男の声が小さくなり、ささやき声からつぶやきに変わったが、それでも言葉はごく明瞭に聞こえた。「しばらくかかった。それからやつが言った、〝よう、これを見ろよ〟。おれは見なかった。やつが言った、〝つぎはおまえだぞ。ようく見てろ〟」

ジェーンはとうとう、雨とハイウェイを御しきれなくなった。やむを得ず路肩に寄せて停まった。座席の後ろにもたれかかり、目を閉じて、狂気と雨の音に耳をすました。

ささやきよりも大きな声で、ドゥーガルは続けた。「母さんが帰ってきたのは聞こえなかった。おれもやつも。父さんは銃を一階の書斎に置いていた。母さんが部屋に入ってきた。あいつを撃った。一度。一度だけ。ジャスティンの机のペーパーウェイトを手に取った。それを窓に投げつけた。悲鳴をあげた。母さんが叫んだ。銃をやつに向けて叫んでた。声がかれるまで叫んでた。警察が来ても、まだ叫んでた。二度は撃たなかった。やつを殺さなかった。なぜかわからない。なぜ殺せなかったのかわからない」

トラハーンは助手席を開け、夜の闇のなかに出ていった。雨に打たれてたたずみ、暗い谷の底をじっと見つめていた。

ジェーンは待った。待つ以外にできることはなかった。

やがて彼が戻ってくると、ドアを引いて閉め、ずぶ濡れのまま、水滴をしたたらせながら座った。

同情の言葉をかけるべきだったのか。でもいま思いつく言葉はどれも、ただ不十分というだけでなく、不十分すぎて苛立ちすら感じさせた。

「母さんはやさしくて、タフというにはほど遠い人だった。あのことがあってからは、前と同じじゃいられなかった。心が壊れた。空っぽになった。五年後、四十一歳で死んだ。自分が代わりになればよかったと思ってたんだろう。犯人はエモリー・ウェイン・ユーデルというやつだった。学校から歩いて帰るジャスティンを見ていた。一週間つけまわして、家を見張って、機会を待ってたんだ。やつはまだ生きてる。一生刑務所から出られないが、それでも生きてる。正当じゃない。おれも同じだ。おれもまだ生きている」

ジェーンは言った。「あなたが生きていてよかった」

トラハーンは慰めを求めていたのではなかった。彼は黙ったまま動かず、やがてジェーンはグルカのギアを入れ、ハイウェイに戻った。そのとき、「なぜあいつらは――あれほど大勢の連中が――人を支配し、指図をし、可能なら利用し、そして利用できない人たちを破滅させずにいられない？」

ジェーンは、その問いかけは形だけのものではない、彼はわたしがなんと答えるか待っているのだと感じた。「なぜヒトラーが、スターリンが、エモリー・ウェイン・ユーデルが現れるのか？　わたしにはわからない。悪魔に侵されたのか、脳の配線が狂っただけなのか？　でも結局、どっちだろうとかまわない。大事なのは、わたしたち一部の人間はそんなものに屈しないということ、わたしたちは世界中のエモリー・ユーデルやウィリアム・オーヴァトンやバートールド・シェネックに思い知らせられる、そしてやつらが夢見ていることすべてを実行する前に止められるということよ」

ストックトンの北あたりで、雨脚が弱まった。さらに三キロ走ると、雨は完全にあがった。

一時間ほどのあいだ、どちらも何も言わなかった。やがてドゥーガルが口を開いた。

「もしおれが銃を持っていたら、やつを二度撃った。マガジンが空になるまで撃ちつくしていた。やつを殺していた」

ジェーンが言った。「わたしもそうしていたわ」

サクラメントで州間高速五号線から下り、西へ向かう八〇号線に入った。そして一時間後、日曜日の午前一時四十分に、ナパの街外れに着いた。

不規則に棟の広がったモーテルのネオンサインが、空室ありと表示していた。

モーテルの監視カメラにグルカが映るのを避けるために、ジェーンは一ブロック離れたところに駐車した。ドゥーガルを見ると夜番のフロント係が警戒するだろうという理由から、彼は車のなかに残り、ジェーンがフロントまで歩いていった。現金と偽の運転免許を使い、宿泊者名簿の名前の欄にレイチェル・ハリントンと書き、自分と架空の夫、ふたりの子どものために二部屋をとった。車種はフォード・エクスプローラーにして、適当なナンバーを書き込んだ。

フロント係は白い髪を修道士のように縁だけ残していた。「ペットはいるかね?」

「いいえ。いないわ」

「北側の棟はペット可なんだが」

「犬がいたけど、少し前に死んでしまったの」

「それは気の毒に。犬を亡くすのは、子どもにはつらいもんだ」

「子どもたちの父親と、わたしにもつらいことだったわ」

「なんの種類かね――その犬は?」

「ゴールデンレトリバーよ。スクーティーっていうの」

「いい犬だ、ゴールデンレトリバーは」

「ほんとにそう。最高の犬だわ」

ふたりは一ブロック先に停めたグルカから荷物を持ってモーテルまで歩いた。ドゥーガルはダッフルバッグを自分の部屋の前に、スーツケースをジェーンの部屋の前に置いた。ジェーンはもうひとつのスーツケースと、六万ドルが入った革のトートバッグを運んでいた。

トラハーンが言った。「さっきのことはぜんぶ……」

「あのときだけのことにするわ」ジェーンが請け合った。

「助かる」自分の部屋のほうへ向かいかけたが、またジェーンに向きなおった。「おれがこの先、また何か言ったとしても、あんたは何も言わないでほしい」

「わかったわ」

「あんたを娘にもてた父親は幸せだ」

彼は部屋に入り、ジェーンも自分の部屋に入った。

しばらくたって、拳銃を隣の枕の下に入れ、暗いなかでベッドに横たわりながら、ジェーンは父親のことを、父がいたおかげで自分がどんな人間になったかを思った。あの父を手本にしないことで。

何時間か深く眠ったが、その眠りは無垢《むく》な、天使に祝福された眠りではなかった。

22

ネイサン・シルヴァーマンは頭痛と、口のなかに酢と灰の混じったような苦味を感じながら目覚めた。つかのま、自分の居場所がわからなかった。やがて思い出した。オースティン、サンフランシスコ、ロサンゼルス、頭を撃たれたロバート・ブランウィック、そしてこのホテルのことを。

ベッドに腰かけ、脚を上に引き上げると、少しのあいだめまいに襲われた。着ているのはアンダーシャツとボクサーショーツだけだった。備え付けの贅沢なローブが床に落ちている。いつ脱いだのか思い出せず、座ったまま眉根を寄せた。

〝ネイサン？　聞こえるか、ネイサン？〟

ぎょっとして部屋を見渡した、だが声は内から聞こえ、それもどこかで……聞いた憶えのある声だった。

シルヴァーマンがチェックインする前に、夜間勤務のメイドがベッドメイクをしてくれていたが、掛けシーツの下にもぐり込もうともせずに、ブランケットの上で眠ってしまっていた。

ベッドサイドの時計を見ると、午前八時十六分だった。窓に朝の光が射している。寝たのは夕食をとったあと、十時三十分ごろだったはずだ。九時間半も眠ったのか？　ベストの睡眠時間は七時間、ふだんは六時間なのだが。

部屋の照明が煌々《こうこう》と光っていた。夜のあいだつけっぱなしにしていたらしい。何か自堕落をしたような、不潔な気分だった。酒を飲みすぎたか、娼婦でも買ったあとのような。前者はめったにないし、後者の経験は一度もなかった。

スイートの居室に入ると、昨夜飲んだビールの空き瓶が目に入った。空になった夕食の皿。冷めたコーヒーでいっぱいのカップ。床に落ちたナプキン。

廊下に面したドアまで行ってみたが、デッドボルトはちゃんとかかっていた。なぜ、錠が外れているかもしれないと思ったのだろう。チェーンははめられずに垂れていた。もともとチェーンをかける習慣はなかった。ホテル備え付けのものはもろくて簡単に壊れてしまうので、泊まり客に二重に守られていると思わせる程度の心理的な意味合いしかない。

ミニバーの冷蔵庫からペプシの小瓶を取り出し、キャップをひねって開け、口のなかの苦味を洗い流そうとした。

バスルームに入り、便器の前に立ったが、自分の尿がいつになく黒っぽいのを見て驚いた。何かこんなふうになるようなものを飲み食いしただろうか。

洗面台で両手を洗っていると、右腕の肘の内側あたりに小さな赤いあざができているのが見えた。その中央に周囲より色の濃い、針で刺したような痕がある。ちょうど静脈の真上だ。看護師に採血されたばかりというように見えるが、そんな憶えはない。たまたま静脈の上を虫に咬まれたのだろうか。ほかに咬み傷はないかと調べてみたが、ひとつも見当たらなかった。

いつも身の回り品の袋にはアスピリンを入れて持ち歩いていた。ペプシといっしょに二錠飲み下す。鼻かぜからくる頭痛でなければいいが。もしそうなら、アスピリンはあまり効かない。

熱いシャワーを長いあいだ浴びると、だいぶ不快感が薄れ、人心地ついた気がした。

体を拭いて新しいショーツを穿き、ヴァージニアへ戻る飛行機の便の予約をどうしようかと考えはじめた。

電話が鳴りだした。各部屋に電話が備え付けてある。バスルームのは壁掛け式だった。

「もしもし」

ブース・ヘンドリクソンが言った。「おはよう、ネイサン。わたしがオースティンの空港で言ったことに応えて、あきらめてくれればよかったのにな」

「ブースか？　どうしてここに泊まってるのがわかった？」

ブース・ヘンドリクソンは驚くべきことをほのめかした。

「ああ、わかった」シルヴァーマンは答え、立ったまま何分か聞いていた。そして受話器を戻した。

体から力が抜けたように感じた。いま聞いた話に打ちのめされ、バスルームの床に座り込み、壁に背をもたせかけた。衝撃はじきに悲しみに取って代わられ、そこに落胆が加わった。あのジェーンがおれの信頼をこれほどこっぴどく裏切れるのかという落胆が。捜査官として、人間として彼女を高く買っていた自分の評価が大きな間違いだったことへの屈辱感を覚えた。

それからやっと立ち上がった。バスルームの鏡の前で濡らした髪を梳《と》かしていると、反対側の壁の、タオル掛けのそばにある電話が目に入った。

振り返ってその電話を見つめ、当惑に襲われた。恐ろしく奇妙な予感がした。まもなくあれが鳴りだす、電話の主は国土安全保障長官のランドルフ・コールだ、彼がまたかけてくる、と。

彼は待った。が、もちろん鳴るはずもなかった。生まれてこのかた、自分の予感めいたものが現実になったことは一度もない。今度も同じだった。

コールが電話してきたのは数分前、シルヴァーマンが新しいボクサーショーツを穿きながら、ヴァージニアへ戻る便の予約のことを考えていたときのことだ。国土安全保障長官が伝えてきたジェーンにまつわる衝撃的な知らせを考えると、あいつが犯した罪のリストにこれ以上加えるものがあるはずはない。

髪を梳かし終えると、電気カミソリのスイッチを入れてひげを剃りはじめ、鏡のなかの自分と目を合わせた。悲しみには次第に怒りが、ジェーンが七年間もおれをこけにしてきたという憤りが混じり合ってきていた。

今日は日曜日ではあっても、先には延ばせない仕事ができた。ジェーン・ホークをどうにかしなければならない。やつは暗黒面に落ちてしまった。落ちるどころか、自分から飛び込んでいったのだ。ＦＢＩの汚点だ。やつを止めなくては。

スーツを身に着け、スポーツコートをはおる前に、ナイトテーブルの引き出しからショルダーホルスターを出した。シャツの上に装着、調節し、スナブノーズのスミス＆ウェッソンをホルスターに入れる。

引き出しにはもう一挺の銃が入っていた。こんなものを入れた憶えはない。見たこともない銃だ。調節可能なベルトクリップが付いた、ブラックホークのリバーシブルのホルスターに収められている。

シルヴァーマンは狐につままれたように、引き出しからホルスターを取り出し、ホルスターから銃を抜いた。四五口径のＡＣＰキンバー・ラプターⅡ。三インチ銃身。八発入りマガジン。重さは七百グラムもなく、隠して携帯しやすい仕様になっている。

この銃があることも不思議だが、さらに不思議なことに、彼はそれが必要になることをたちまち受け入れると、ホルスターをベルトに取り付け、拳銃をつっこんだ。

ある考えが頭のなかに絶えず渦巻いていた。ランドルフ・コールはおれがもう一挺の武器を持つことを望んでいる。ＦＢＩの人間ではないコールには、シルヴァーマンに対する権限もないし、正式に登録された制式銃でない銃を携帯するのはＦＢＩの規則に違反している。なのにどうしてか、そうしたことはまったく問題にならなかった。拳銃を見つけてから一分足らずのうちに、シルヴァーマンはその存在に慣れ、もう懸念も興味ももたなかった。

スポーツコートを着て、クローゼットの扉の裏にある姿見に映った自分を見た。武器があるとはまったく見分けがつかない、そう判断した。

第六部

最後の良き日

1

　午前二時少し前に寝たジェーンは、悪夢にうなされ、六時十分にはすっかり目を覚ました。これからのことに備えて睡眠が足りているとは言いがたかったが、いまさらあと一分でも寝ておこうという気にはなれなかった。

　シャワーを浴び、服を着替え、ペンとノートとウィリアム・オーヴァトンのスマートフォンを持ってアームチェアに腰を下ろした。金曜日の夜に、死んだ弁護士をクローゼットに残してきたあとは、心身ともに消耗しきり、ターザナのモーテルに戻ってもスマホをじっくり調べる余裕もなかった。土曜日の朝に起きてからは、ずっと移動のしどおしだった。やっといま、オーヴァトンから聞き出したパスワードを使って彼のアドレス帳にアクセスしてスクロールし、名前と電話番号を書き留めていった。

　憶えのある名前もいくつかあった。法曹界のみならず、政治、マスメディア、金融、エンターテインメント、芸術、スポーツ、ファッションなど各界の有名人たちだ。このうち全員が〈アスパシア〉の会員ということはないだろうが、何人かいるのは間違いない。シリコンヴァレーの億万長者デヴィッド・ジェームズ・マイケルの名も、もちろんバートールド・シェネックの名もあった。オーヴァトンのように複雑な人生を送っていた人間にしては、この名前と番号の数は少なすぎる。ということはおそらく、ここにあるのはとくに重要だと本人が考えていたもので、残りはまた別のデジタルの電話番号簿に保存してあったのだろう。

〝ジェネックの遊び場〟と題された項目の下には、以前に手に入れた四十四文字のウェブアドレスに加え、ワシントン、ニューヨーク、サンフランシスコ、ロサンゼルスの四つの住所があった。ロサンゼルスの住所は、ジェーンが訪れた〈アスパシア〉のものだった。

アドレス帳の中身をすべて書き留めたあと、バートールド・シェネックの番号を調べた。この科学者のパロアルトの住まいには、二つの番号があった。本来の番号と、〈クライヴ・カーステアズ　ハウスマネージャー〉と書かれた番号。ジェーンは二つめの番号に電話をかけた。

応答した男の声にはイギリスなまりがあった。男は自分の側に表示された発信元の名を読み取って言った。「おはようございます、ミスター・オーヴァトン」

「カーステアズさん？」ジェーンは訊いた。

「さようですが」

「ああ、カーステアズさん、わたしはレスリー・グレンジャー、ミスター・オーヴァトンの個人アシスタントです。お話しするのは初めてになります」

「おはようございます、ミズ・グレンジャー。お知り合いになれて幸いです。ミス・ノーランによくないことがあったのでなければよろしいのですが」

オーヴァトンのスマホの、短縮ダイヤル用にプログラムされたアドレス帳のいちばん初めに、コニー・ノーランという名前があった。

「ああ、いえ、ちがうんです。コニーは元気ですわ。わたしはこの仕事では下っ端で、個人アシスタントのアシスタントなんです。ミスター・オーヴァトンがもっとご多忙になれば、近いうちにわたしもアシスタントになるかと思うのですけれど。実はですね、ミスター・オーヴァトンからシェネック博士に小さなお荷物をお送りするよう言いつかっておりまして。それで、博士はパロアルトにおいでだと思うが、念のため確認させていただくようにと」

「ご連絡くださってよかったですよ」カーステアズは言った。「シェネック博士とご夫人は木曜日まで、ナパヴァレーにいらっしゃる予定でして」

「まあ！　では、直接そちらにお送りするようにいたします」

オーヴァトンが嘘を言った可能性もある。いまシェネックの所在の確認がとれれば、ドゥーガルとふたりで、今日中にやつのところへ駆けつけられるだろう。

カーステアズが訊いた。「シェネック博士に、お荷物が届くことをお伝えしておいたほうがよろしいですか？」

「あら、まあ。どうしましょう。ミスター・オーヴァトンはただいま連絡がとれませんの。少しお待ちください。うーん。実を言いますと、これはシェネックご夫妻へのとても特別な贈り物なんです。ミスター・オーヴァトンもかなり奮発なさったみたいで。ですので、きっとサプライズになさりたいのではないかと」

「では、ないしょということにいたしましょう」

「ありがとうございます、カーステアズさん。ご親切にどうも」

通話を終えたあと、バスルームまでスマホを持っていってタイルの床に置き、足で踏みつぶした。

八時二十分、壊れたスマホを手に、ジェーンは肌寒くどんよりとした朝の空気のなかへ出ていった。樹皮の赤いアルブツスの木がモーテルの建築の印象をやわらげていて、その枝に茂った葉のなかに、姿は見えないが耳障りな鳴き声の鳥が、今日一日の始まり方への怒りを表していた。

モーテルに付属するダイナーの前に、上部がドーム形で蝶番式の蓋がついたごみ容器を見つけ、オーヴァトンのスマホを捨てた。ダイナーに入り、クルーラー一個とコーヒーのLサイズ、『ニューヨーク・タイムズ』を買った。また部屋に戻り、ドーナツを食べ、コーヒーを飲みながら『タイムズ』の紙面をめくり、一週間前に最後に新聞を読んで以来、世界がまたさらなる混沌に落ち込んでいるのを見た。

2

怒りは荒々しい、復讐的な感情だ。ネイサン・シルヴァーマンはもともと、怒りは短いあいだしか持続できない性格だった。そして今回、その怒りはすぐに、正当な義憤と刺すような失望へと落ち着いた。

服を着替えてから、ホテルの寝室の電話を使い、ロサンゼルス支局を統括する特別捜査官、ジョン・ハロウの携帯の番号にかけた。

ハロウが出ると、シルヴァーマンは言った。「ジョン、これから長官に伝えるつもりだ。うちの課から不正な捜査官が出て、あきらかにきみの管轄区にいる。ジェーン・ホークのことだ」

「残念な知らせだが、賢明な判断だと思う。これから会って、捜査の進め方を相談しなければならないな」

「もっと早く動く必要がある。あいつのことはおれの責任だ、すぐに追いかけるのに力を貸してもらえるとありがたい」

「もちろんだ、ネイサン」

「FBIのID写真を取り寄せてくれ、あいつが長い金髪だったころのだ。それにサンタモニカの、黒く染めて短くした髪の写真も加える。適当な指名手配の文句を添えて、全支局に配布してくれ」

「指名手配の容疑は？」

「FBIのIDの違法使用、捜査官へのなりすまし、恐喝、航空機の損壊、国家公務員への暴行、殺人だ」

「なんだと、ネイサン、昨夜からいままでにどんな情報を仕入れたんだ？」

「ランドルフ・コールから電話があった。彼が証拠を握っている」

「国土安全保障長官のコールか？　まさかあの点数稼ぎ屋たちがわれわれのやることを逐一追っかけてまわろうというんじゃないだろうな」

「向こうからは、おれたちはプロとして尊重され、自分たちのところのはぐれ牛に縄をかけていいという確約を得てる」

「いったいどういうことなんだ？」ハロウが訊く。「ジェーン・ホークは国家の安全保障に関わる何をしでかした？」

「いまのところは、機密扱いだ。おれは……おれは……」疑念と混乱からくる震えがシルヴァーマンの体を慄《おのの》かせたが、すぐに消えた。「くわしいことはこれから説明する、ブースから許可があり次第」

「ブース？　誰だ、ブースというのは？」

シルヴァーマンは顔をしかめた。「コールと言うつもりだったんだ。ランドルフ・コールから許可があり次第、説明する」

「こういうことはふつう、できるだけ身内のなかでそっと処理するもんだが」

「今回は異例だ。NCICにも情報がいってる」

NCIC（全米犯罪情報センター）が動けば、大都市から小さな町にいたるまでの刑事司法システムにジェーンの名前と顔がさらされるだろう。

「最重要指名手配リストに載ったということか？」ハロウが訊く。

「そうだ」

「令状はとれるのか？」

「判事がまもなく発行するだろう」

3

ドゥーガル・トラハーンは午前十時まで待ってから、モーテル内のジェーンの部屋に電話をかけた。そして了承を得てから、彼女の部屋にやってきた。

「おれは今日死ぬかもしれない」彼は言った。

「わたしたちふたりともね」

「こんなふうに死にたくはない」

この期におよんで手を引こうというのだろうか。「どんなふうに?」

ドゥーガルは鏡張りのクローゼットの扉に映った雪男を指した。「こんなふうにだ」そして買い物のリストと、自分のクレジットカードを渡した。「これを買ってきてくれるか」

ジェーンはリストに目を通した。「いっしょに来ればいいじゃない?」

「いや、ちょっとな。起きてから、なんだか気分が……」

「気分が悪いの?」

顔をしかめる。「自分のことばかり気になっちまうんだ。だから、もういいか?」

「自分のどこが気になるの?」

また自分の姿を指す。「あれを見て察してはもらえないもんかな、それともおれを容疑
者みたいに訊問するのか?」

「落ち着いて、ビッグフットさん」

「ちくしょう、シャーリーンから聞いたんだな」

「いい人よね。一時間で行ってくるわ。でも、ほんとうにいいの?」

「くそっ、いいんだよ。こんなふうなのはもううんざりだ。部屋で待ってる」

「ドアに〈起こさないでください〉のサインをかけて、メイドを怖がらせないようにして
よ」ジェーンはクレジットカードを返した。「現金があるわ」

彼は難色を示した。「おれのものに金を出させるわけにはいかない」

「ここまで乗ってきたあの車に、五十万ドル近く出してくれたじゃない」

ジェーンが買い物から帰ってくると、ふたりは散髪にとりかかった。ジェーンが買ってきたペンキ塗りに使う垂れよけの布を、ドゥーガルの部屋の床に広げた。彼がその布の上に椅子を置いて腰かけ、バスタオル二枚を使って服の上にかぶせる間に合わせのスモックを作った。

ジェーンは散髪用の鋏とスチール製の櫛も買ってきていた。「プロの手並みってわけにはいかないわよ」

「開拓時代の女は誰でも家族の散髪をして、それでみんなふつうに暮らしてた。いいからばっさりやってくれ」

まず、櫛の歯が通らないほどもつれ合った部分を確かめた。そしてその部分を容赦なく切り落としていく。

ウィリアム・オーヴァトンから聞き出した〈GZランチ〉の情報と、ドゥーガルがプリントした衛星写真を使い、どうやってあの牧場に侵入して家へ押し入り、生きて脱出するかの計画をふたりで立てた。だがそれ以外にも、まだ話し合っていない重要ないくつかの問題があった。

ジェーンに髪の毛を切られながら、ドゥーガルが言った。「この襲撃がもしうまくいったら、シェネックからどんなことを聞き出したいんだ？」

「やつのメンローパークの研究所に直接入り込むことはできない。でもやつが牧場から作業をしているときは、コンピュータでメンローパークの研究やその他のファイルにアクセスできる。やつにナノインプラントの詳細をダウンロードさせたいの。第一日目から、注入されてひとりでに組み立てられるようになるまでのデザインをすべて」

「それで十分やつを失脚させられるんじゃないか？」

「かもしれない。でももっと手に入れたいものがあるの。言ったとおり、オーヴァトンによるとシェネックは、牧場でコヨーテを捕まえて改造している。ということは、別荘に注入用の液体のアンプルを置いてあるにちがいない。制御メカニズムの何千何万という微小なパーツは、冷却した液体に浮かんだ状態で保存されてる。でも温度が三十六度以上の環境に置かれ、それが最低一時間持続すると、ひとりでに組み立てが始まるのよ」

「生きた哺乳類の体内ってことだな」

大量に切られた髪が、ばさばさとドゥーガルの頭から落ちる。「制御メカニズムのナノパーツは脳向性で、とくに視床下部で作られるホルモンの濃度に反応する。そして毛細血管の壁を通って脳組織に入り込むころには、もう温かい環境に入ってかなり時間がたってるから、じきに組み立てられはじめる。わたしはそのアンプルを見つけられるかぎり持ち出すつもり。できれば、それぞれの種類のもの――〈アスパシア〉の女の子たちを低い意識レベルに置くもの、人を自殺や他殺に向かわせるようプログラムするものも含め、そこにあるだけの種類をぜんぶ。それを権威のある誰かに分析させなきゃならない……信用できる権威が見つかればの話だけど」

「それだけのものを手に入れる時間は？」

「やつが協力するようになれば、長くはかからないわ」

「もし協力しなかったら？　どうやって協力させる？」

「死ぬほど怖がらせるまでよ」

「それでもだめなら？」

「やつがどれだけ痛みに耐えられるか次第ね」

「拷問をするのか？」

ジェーンはふと気づいた。ドゥーガルがクローゼットの扉の鏡に映る彼女を見ていた。

「未来と自由が懸かってるのよ」と反論した。「何百万という人たちが奴隷にされ、死ぬのを止めたくはないの？　シェネックはエモリー・ウェイン・ユーデルの拡大版なのよ」

姉を殺した男の名を聞いて、ドゥーガルはあきらかにたじろいだ。「拷問が絶対に認められないと言ってるわけじゃない。ただ……ほんとうに自分にできると思ってるのか？」

鏡の像と視線を合わせながら、彼女は言った。「わたしにはできないと思ってた時期もあった。でもそのあと、〈アスパシア〉に行った。あの恐ろしい所業を止めるためなら……どんなことだってできる」

4

ホテルのスイートの居室から、シルヴァーマンはフロントに電話をかけ、もう一晩連泊したい旨を伝え、今度はＦＢＩのクレジットカードを使った。彼の直観が告げていた。あの二つのブリーフケースの中身が何であれ、ジェーンが〈ビニール〉とロバート・ブランウィックに関わりをもった理由が何であれ、ブランウィックが家のキッチンの床に倒れて死んだことであいつの目論見が終わったわけではない。おそらくまだサンフェルナンドヴァレーか、少なくともグレーターロサンゼルスにいる。獲物が姿を現すまで、シルヴァーマンはここにとどまりたかった。

遅い朝食か、早めのランチをとりに出ようとしたとき、スマートフォンが鳴った。ジョン・ハロウだった。「昨夜の、シャーマンオークスでのことだが、あそこのキッチンの床にペンが落ちてて、テーブルの上にメモパッドがあったのを憶えてるか？」

「メモパッドは見たが、ペンは見てないな」

「ラボの分析で、パッドのいちばん上のページに、ペンで字を書いた跡のくぼみがあった――おそろしく几帳面な字だった。十中八九ブランウィックの字だ。強制された人間がやるように、ペンを強く押しつけて書いていた」

「銃を頭につきつけられてか」

「そうだ。実際に書かれたページは見つからなかった。たぶんやつに書かせた人間が持っていったんだ」

研究所でメモパッドの上のくぼんだ文字に斜めから光が当てられ、撮影された画像が画質向上処理を施されたのだろう。

「まず最初に」ハロウが言った。「何かの言葉か、名前があった――〝アスパシア〟だ」

綴りを言う。「その下に、名前があった――ウィリアム・スターリング・オーヴァトン」

「聞き憶えがある気がするのはなぜだ？」

「いま一番のやり手弁護士だからな。脅しも辞さない唯我独尊タイプだ。ブランウィックがジミー・ラッドバーンを名乗ってたころ、うちでやつの取引相手のリストを作ったが、それに載っていた。今度の大騒動の前まで、やつを告発する準備を進めていたんだ。捜索令状がとれるだけの証拠もそろってるし、〈ビニール〉の状況がこうなった以上、いま取ろうとしてる。それでだ、いいか、そいつを出す判事は、教会で令状にサインするというんだ。たしかに今日は日曜だが、判事が教会に行くなんて話を聞いたことがあるか？」

「二、三人なら、うわさで聞いたことはある」

「オーヴァトンはビヴァリーヒルズに住んでる。きみはもうそっちにいるし、わたしもすぐに向かう。ホテルできみを拾おうか？」

「玄関前で待っていよう」シルヴァーマンは言った。

5

ドゥーガルの髪を可能なかぎり徹底的に蹂躙しつくすと、ジェーンは自分の部屋に引っ込み、そのあいだにドゥーガルはジェーンの買ってきた電気カミソリでひげを剃った。ジェーンは待つあいだに、グーグルアースの〈GZランチ〉の写真をじっくり眺め、自分たちの計画に穴がないか探した。

しばらくたって、ドゥーガルから予告の電話があり、これからそっちの部屋をノックするから撃たないでもらえるかと言ってよこした。

入ってきたドゥーガルの髪は――あの金曜の朝、ジェーンが〈スター・スポッター〉か〈ジャスト・スポッテッド〉でウィリアム・オーヴァトンが街にいるか調べてほしいと頼んだモーテルのフロント係、クロエの四方八方に突っ立った髪型のまあ見られるバージョンだった。誰からもどこの理髪店でやったのかと訊かれることはないにしろ、あらゆる奇抜なヘアスタイルが流行っているいまのご時世なら、要らざる注意を引くこともないだろう。

迷彩柄のズボンもやめて、ダッフルバッグに入れてあったふつうのジーンズを穿いていた。上はチェック柄のネルシャツのかわりに、クルーネックのセーター。編み上げのごついブーツは変わらないし、二挺分のショルダーホルスターを隠すために黒の光沢のあるキルトのナイロンジャケットを着てはいたが、いろいろな人間がスマホで動画に撮って、〝今日イチのヤバいやつ〟と題してユーチューブに上げるようななりではもうなかった。

「ハンサムよ」ジェーンは言った。「パンクなジョン・ウェインってとこかしら」

実のところ、ひげを剃ってみると、四十八という年齢より十歳は若く見えたが、どこか沈んだ印象があった。ジェーンのほめ言葉に笑ってみせても、活気づいた顔にはならず、むしろ笑みそのものが悲しげだった。四十年近い悲嘆と苦悩の日々は肉と骨にまで作用を及ぼし、一度の笑みぐらいでは——たぶん一万回の笑みでも——そこに刻み込まれた憂鬱を消し去ることはできなかった。

「お世辞はやめてくれ」ドゥーガルは言った。「どこかのラボで縫い合わされて、雷に撃たれて命を吹き込まれたやつにしか見えん。さっさとここをチェックアウトして、昼飯を食いにいこう。それからヘリコプターの件である男に会いにいく」

6

ビヴァリーヒルズのホテルの前でハロウを待つあいだ、ネイサン・シルヴァーマンはおのれ自身のことが理解できずにいた。

テキサスでジェーンの義父アンセル・ホークに言われたことを、ずっと考えていた。ジェーンの家に入り込み、もし手を引かなければトラヴィスをレイプして殺すと脅した人間たちがいたという。それはグラディス・チャンの証言とも一致する。ジェーンは自宅をなるべく早く、本来の価値より安値でもかまわずに売ろうとしていた、それは息子の身を案じての行動だった。そしてオースティンの空港での、ブース・ヘンドリクソンとの会話では、暗黙の脅しがあった。ほんの少し前までシルヴァーマンは、ジェーンがどんな状況にあるにしろ、彼女は被害者側であって加害者側ではないとずっと確信していたのだ。

それが国土安全保障長官ランドルフ・コールからの電話一本で、どうしてジェーンが一連の犯罪の犯人だということを受け入れることになったのか？　たしかに、コールは評判のいい人物だ。しかしシルヴァーマンは、立証もされていないいまた聞きの情報で、ある人物への意見を変えるようなことはしない。

なのにすぐジョン・ハロウに電話し、ＦＢＩの容赦ない捜査機構をジェーンに対して発動させた。なぜだ？

コールがジェーンの容疑を裏づけるどんな情報をもたらしたのか、それを思い出せないという心もとない事実もある。

ウィルシャー・ブールバードを走る車が勢いよく前を通り過ぎたとき、シルヴァーマンは吐き気に襲われ、失見当識に陥った。まるでホテルから一歩出たとき、そこがビヴァリーヒルズから千キロも離れたどこかの街だと思い違いをしていたかのように。片手をそばの街灯にあてがい、体を支えた。

これと似た感覚に襲われたことが、テキサスでもあった。ホーク家のポーチに立って、恐ろしく広い空の下に果てしなく広がる平坦な草原を見渡したとき、上下が逆転しようとするような、地面から空へ落下するような気がした。

あのときは、なぜそうなったかの説明はついた。見慣れない、あまりに広大な景色のせいで、このなかでは自分がいかにちっぽけな存在かという認識が生まれたからだ。けれどもいまは、周囲を街並みに囲まれ、車がぶんぶん行きかうような本来の居場所にいる。この不調の理由は外部にはないはずだった。

吐き気と失見当識はすぐに消えた。街灯にあてがった手を下ろした。

ジェーンが息子の身を案じているというグラディス・チャンの証言は、あまり信用しないほうがいいかもしれない。あの不動産業者はしょせん、おれには初めて会った他人だ。

たしかに魅力的な女性だった。それでも、わたしは人の心を読むのは得意だという言い分を信じるいわれはない。

そしてアンセル・ホークは、おれには他人というどころか、あの平原から、ワシントンともアレクサンドリアともクアンティコともかけ離れた世界からあいさつをよこす異邦人のような存在だ。それにアンセルは、ジェーンから聞いたことしか知らない。あいつの話を立証することはできない。ジェーンはサンタモニカのホテルの総支配人に嘘をついて、自分は捜査中のFBIだと言った。ブランウィックとその部下たちにも、間違いなく嘘をついた。嘘と欺瞞がやつらの貨幣であり通貨だからだ。それだけ嘘をついていたのなら、誰に対しても嘘をつかないと考える理由はない。義理の父親やシルヴァーマンやホテルの総支配人に対しても。

以前に感じた義憤が、ジェーンへの刺すような失望が、心のなかに膨らんできた。それは前にもまして強烈な酸のように彼の気持ちを蝕み、彼女の記憶をすべて暗い色に染め上げていった。

ジョン・ハロウがFBIのセダンを道路わきに寄せてきて停まった。シルヴァーマンは助手席に乗り込み、ドアを閉めた。

「ラモスとハバートが令状を持ってきて、オーヴァトンの家で落ち合うことになってる」

ラモスとハバートのことは知っていた。「それはいい。ジェーンがブランウィックに銃口を押しつけてオーヴァトンの名前を聞き出したのなら、最悪の事態も考えたほうがいいな」

ハロウは驚いた顔をした。「ブランウィックの家にいたのがホークだと、一足飛びに結論づけたのか？」

「間違いであってほしいとは思うが」シルヴァーマンは言った。「難しいだろう」

7

シルヴァーマンは、この界隈の住宅地には一度ならず来たことがあるが、今回はどこかがちがうように感じた。

大邸宅に、深い芝生。通りに被《おお》いかぶさる巨木。あちこちの庭で早くもジャカランダが咲き、枝という枝から垂れ下がる青い花々はクライマックスの最中に凍りついた花火さながらだ。今日が晴れた一日だったら、さらに目もくらむような光景だっただろう。

だが、灰色の曇り空のどんよりした光の下では、この美しい通りにも弔いのような空気が漂い、ここにあるすべてが――ここから生み出される文化も含め――黄昏のなかにあるようだった。何か新しく不穏なものが浮かび上がって取ってかわり、やがてある日、陽光の下でもこの光景がわびしい灰色にしか見えなくなるというかのように。

ハロウといっしょに車で移動し、オーヴァトンの家の前で停まった。時をおかずにラモスとハバートが、差し迫った脅威の下にある無辜《むこ》の人たちの命を守るうえでこの捜索は不可欠である、と明記された令状を持ってやってきた。

オーヴァトンのように著名な市民が、たとえロバート・ブランウィックとどんな違法で醜い取引をしていようと、令状を携えた法執行官たちに重大な物理的危険をもたらすと考える理由はなかった。彼は成功した弁護士で、その武器は制度を利用する術策であり、暴力に訴える必要はない。したがってSWATチームは不要だとみなされた。

ハロウが呼び鈴を何度も鳴らし、応答がないとわかると、ラモスとハバートが家の裏へ回り込み、誰かが家のなかにいる形跡を探したが、何も見当たらなかった。

玄関ドアのデッドボルトがすべて、解錠ガンで外された。ハロウがドアを開けても、家庭用の警報装置が鳴りだすことはなかった。つまり、誰かが在宅中だということだ。

ハロウが大声で、自分たちはFBIだ、緊急捜索令状を受けて行動していると告げた。反応はなかった。

家じゅうの照明が煌々とついていた。曇りの日には光源が必要だが、ここまでの明るさは夜にしかふさわしくない。

家のなかの静けさは、ある状態というより実質をもったもののようだった。その重さがずしりとのしかかり、一階を捜索する捜査員たちのたてる音までが抑えられていた。ラモスを階段の下に残し、ほかの三人は上っていった。

ハロウとハバートのあとからシルヴァーマンが二階に着くころには、静けさはさらに濃密になっていた。経験と直観、そしておそらく、かすかな悪臭を無意識に知覚したことが、これは死の静寂だ、死者のゆるんだあごから発せられる声にならない悲鳴がこの高級な家のなかに渦巻いているのだと知らせていた。

主寝室に入ると、悪臭はかすかどころではなくなった。

隣接するバスルームの石灰石の床には、切り開かれた衣服、結束バンド、点々と落ちた血の跡があった。ウィリアム・オーヴァトンの身にとってはよい兆しではなかった。

長時間つけっぱなしだった頭上の照明に暖められたウォークイン・クローゼットに入ると、悪臭は鼻をつく腐臭となった。一平方メートルあたり二百ドルはくだらないだろうカーペットに排泄物を漏らしている死体は、おそらくオーヴァトンだろう。だが正確な身元は、検死官の判定を待たなくてはならない。腐敗の進行度合いは、下腹部の緑の染み、頭部と首と肩の比較的軽微な変色、顔の腫脹《しゅちょう》、マーブリングといったところだった。そこから見るかぎり、ブリーフ一丁のこの被害者は、死後三十六時間以上経過していた。

ロバート・ブランウィックが殺されたのが木曜日の夜だったとしたら、死体の状態が示すところでは、それから二十四時間ほどあとに殺されたことになる。

シルヴァーマンたちは二階の廊下に退却し、ハロウがビヴァリーヒルズ警察の面々に声をかけ、故殺であることを伝えた。

シルヴァーマンは言った。「監視カメラが廊下にある」

「ああ。レコーダーを見つけなきゃならない」

「それであいつがやったことがわかるだろう」とシルヴァーマンは言ってから、なぜ〝それであいつがやったかどうかがわかるだろう〟と言わなかったのかと思った。

この確信は直観によるもののはずだが、それよりはずっと強烈な、信仰に近いもののように感じられた。まるでジェーンの極悪さを中心教義とする新たな宗教が、神の啓示によって彼のなかに完全な形をなしたというように。以前は彼女のことを、敬愛と愛情をもって見ていた。だが、いま彼の心の目に映る彼女は暗いオーラをまとい、その顔にはかつては気づかなかった邪悪さが現れていた。ある声が語りかけてくる。内から聞こえる、彼自身のものではないその声が、ジェーンをこう呼んでいた――〝嘘の母〟と。

8

〈ヴァレー航空《エアー》〉――ヘリコプター販売、リース、修理。法人のほか個人のお客様も歓迎。

この会社は、ナパ郡およびソノマ郡の病院との契約で救急ヘリも一機保持し、農薬散布のサービスまで請け負っていた。

ヴァレー・エアー社の共同経営者、ロニー・フエンテスは、日曜日にもかかわらず、表のオフィスでふたりを待っていた。歳は二十代後半だが、ずっと年上の落ち着きをもち、前世紀の礼儀作法をわきまえた若者だった。

「軍曹殿！」ドゥーガルをひと目見るなり、フエンテスは叫んだ。「なんとすっきりさっぱりなさって！　また兵役に戻られるつもりですか？」

「よせよ、おれみたいにむさ苦しいのは、いまの陸軍じゃ浮いちまう」

ドゥーガルが友人であり仕事仲間だと言ってジェーンを紹介すると、フエンテスは肩から軽くおじぎをし、手を差し出した。「トラハーン軍曹にとって友情は、司祭にとっての神様のように神聖なものです。お会いできてとても光栄です」

オフィスの壁には、社が扱っている飛行機の写真ではなく、カラフルなミリタリーアートの作品が所狭しと飾られていた――緊迫し混沌とした状況下で砲火を受けているガンシップ、兵員輸送機、負傷兵輸送ヘリなどの絵が。

「それで、親父殿とおふくろ殿はカリブ海クルーズに出かけたのか？」ドゥーガルが言う。

「イエッサー。結婚三十五周年です。そういえば聞きました？　旅行の前に母が父をくどいて、一年間ダンスのレッスンにつきあわせたんですよ」

「キート・フエンテスがダンスフロアにか。世界の終わりだな」

「父が弱音を吐くところなんて初めて見ました」とロニー。「片腕の男にダンスをしろと言うのは酷じゃないかって」

「ブレイクダンスならいいんじゃないか」

「まあでも、ずいぶん上手くなりましたよ。あのふたりがワルツやチャチャや、フォックストロットをやってるところをお見せしたいな」にんまりとジェーンに笑いかける。「でもうちの父は、古いつきあいのこの軍曹殿に、本人の言う〝軟弱者のステップ〟を踏んでるところは絶対見せないでしょうけど」

何分かしてからビジネスの話にとりかかると、ドゥーガルが言った。「おまえはおれの要望にノーとは言わない。おれたちの関係は何も変わらない。わかったか？」

「ヴァレー・エアーはいつでも社のモットーを守ります」ロニー・フエンテスはジョー・コッカーの古い曲の歌詞をもじって、「あなたをいるべき場所までお連れします《ウィー・リフト・ユー・アップ・ウエア・ユー・ビロング》」と歌い、ドゥーガルが悶え苦しむふりをしてみせた。

フエンテスはドゥーガルの要望を何ひとつ拒まなかったが、料金をめぐってはかなりもめた。ドゥーガルは高額の料金を払うと、そしてフエンテスは一切料金を取らないと言い張ったのだ。

9

オーヴァトンの家で、ＦＢＩ捜査官たちはビヴァリーヒルズの地元警察を監督しつつアドバイスを与え、警官たちのほうは口には出さずに自分たちの権限を主張していた。一人ひとりがおたがいに大げさなほど気遣い合ってはいても、屋敷内にいる全員の肩が強ばるような緊張感を被い隠せてはいなかった。

管轄権が混乱していた。オーヴァトンはＦＢＩの捜査対象ではあったが、正式に告発されているわけではない。ビヴァリーヒルズ署からすれば、これは一市民の殺害事件であって、それ以上でも以下でもなかった。そしてＦＢＩは、犯人が州境を越えて犯行に及ぶか、連邦政府職員を殺した場合でないと、殺人事件に関わることはできない。

この場はＦＢＩが口を出さず、地元警察にまかせるのがベストだと、シルヴァーマンは判断した。こっちは黙って監督に回ったほうが、証拠品やジェーンのここからの足取りを示す手がかりを探すのに好都合だろう。

ブランウィックとオーヴァトンを殺したのがジェーンだという確信はあるものの、まだ確かな裏づけの証拠はほとんどなかった。それにジェーンの動機や、今後の意図を物語る仮説も得られていない。

ランドルフ・コールからの電話のことを、絶えず頭のなかで考えていた。あの電話のあと、自分はジェーンを不正な捜査官だ、さらに悪い存在だと正式に位置づけた。そしてジョン・ハロウに、国土安全保障省の要請に応じて判事が逮捕令状を発行するだろうと言った。しかしコールがほかに何を言ったか思い出そうとしても、以前は明るく照らされた部屋からなる宮殿だった彼の記憶が、小さくて薄暗いアパートメントに変わりはててしまったようだった。

あいまいな記憶と、つねならぬ漠とした不安のせいで、おれはどこかがおかしいのだとシルヴァーマンは思った。だが、自分のことが疑わしくなりはじめるたびに、おそろしく強力な、化学的に誘導されたような自信の波が押し寄せ、前に進ませられる。この急激な気分の揺れも不安の素だった。

携帯電話がまだ見つかっていない。そのことに気づいたのはラモスだった。ウィリアム・オーヴァトンの職業と派手な私生活を考えれば、母親がおなかの子を慈しむように、肌身離さず電話を持ち歩いていそうなものだ。

捜査官たちが最初に注目したのは、死体が倒れていたクローゼット、被害者がしばらく拘束されていたバスルーム、そして寝室だった。CSIチームの到着前に証拠が損なわれたりしないよう、引き出しがすべて慎重に開けられ、中身を視覚だけで調べられたが、どこにも電話はなかった。

ラモスが言った。「もしオーヴァトンがガレージとつながったドアから家のなかに入ったのだとしたら、キッチンに電話を置いたのかもしれません」

「もしくは、車に忘れてきたかだ」ハロウも言う。

ハバートを主寝室に残して、シルヴァーマンはハロウ、ラモスとともに一階に下り、オーヴァトンのスマホを探してまわったが、収穫はなかった。

三人が最後にたどり着いたのは裏のパティオだった。スパと広いプールを見渡し、オーヴァトンが帰宅したときにここで少し過ごしたのではないかと考えて、椅子とテーブルを調べたが、やはり電話は見当たらない。

「ホークが持っていったんだろう」ハロウが推測した。「電話に何か欲しいものがあったんだ」

「金曜の夜から持っていたとしたら」シルヴァーマンは言った。「もう必要なものを手に入れて、いまごろは電話を始末している」

「そうともいえません」ラモスが言う。「オーヴァトンは月曜まで見つからない、だからまだ時間の余裕はあると思っているかもしれない」

「望みはあるな」ハロウがうなずく。「それに、ブランウィックの件でこれまで集めてきたファイルには、やつの顧客の名前と電話番号があって、そのなかにオーヴァトンもいる。国土安全保障省がホークの逮捕令状を求めているなら、オーヴァトンのスマホがいまどこにあるかを知るための助けを得られるかもしれない。もしホークがまだ持っているとしたら、やつの居場所もわかる」

少し前に、彼らは監視カメラのレコーダーがガレージのキャビネットにあるのを見つけていた。ジェーンはディスクとともに、自分がこの家にいたという証拠を持ち去っていた。死んだ男の電話も同じように慎重に扱うだろうとシルヴァーマンは思ったが、この件での組織を超えた協力を緊急に要請するだけの価値はありそうだった。

10

ヴァレー・エアー社へ来る前にモーテルはチェックアウトしていたので、ジェーンはスーツケースと検死報告書入りの袋をロニー・フエンテスのもとに置いていった。六万ドル入りのトートバッグも彼に預けた。これから行く場所でじゃまになるものがあっては困るし、とくに現金には気を散らされかねない。

ドゥーガルもダッフルバッグをフエンテスに預けたが、その前にモスバーグの一二番径ダブルバレル、ポンプアクションのショットガンと弾薬二箱を取り出した。そして銃と弾薬をグルカの後部座席に置いた。

グルカに乗ってヴァレー・エアー社をあとにしながら、ジェーンは言った。「ロニーのお父さん――キートは、特殊部隊であなたの下にいたの？」

「いや。おれが彼の下にいたんだ。彼は一時期、おれがいた隊の中尉だった」

「それであなたが命を救ったわけ？」

「そのことはもう忘れてくれ。いまは関係ない」

「やっぱりそうなのね」

「おれを英雄扱いなんかするな」不平がましく言う。「それより前に、おれは二回もキートに命を救われてる。まだ一回借りがあるんだ」

11

シルヴァーマンはオーヴァトン宅で、長さ三十メートルのプールの横を歩きながら、国家安全保障局《ＮＳＡ》に電話をかけていた。風がブーゲンビリアの鮮紅色の花びらを、灰色のトカゲの皮膚のような水面に散らばらせ、その上を彼のゆがんだ影が幽霊のように移動していく。

　テロ活動や国家安全保障を担当する非軍事的機関、つまりＣＩＡ、ＮＳＡ、国土安全保障省、ＦＢＩは、長らくそれぞれの活動分野を嫉妬し、自らの権限を奪われることを恐れ、おたがい過度に協力しあわないよう注意してきた。

　しかし前年にヨーロッパと南米での恐るべきテロ攻撃、加えてシアトルで四百人が死亡する事件が起こったのを契機に、各機関が連携しようという機運が高まっていた。

　ＦＢＩ内の重大犯罪対応群の統括者であるシルヴァーマンは、ＮＳＡで同様の地位にあるモーリス・ムーマーに連絡をとり、ウィリアム・オーヴァトンのスマートフォンの所在を至急つきとめてほしいと要請し、問題のスマホの番号を伝えた。

「お安いご用だ」ムーマーは言った。「報酬は、そっちの組織でベストの人材、プラス六千万ドルでよろしく」

官僚主義の冗談を楽しんでいるふりをしながら、シルヴァーマンは言った。「ＦＢＩはどんどん人員を減らされてるし、それに年間予算もあと三ドルしか残ってないんだよ」

「じゃあ、尽きることのない感謝で手を打とう」ムーマーが言った。「すぐまた連絡するよ、ネイト」

シルヴァーマンはプールの端で立ち止まると、家のほうに目をやった。ハロウとラモスはパティオの椅子に腰かけていた。曇り空だというのに、ハロウはサングラスをかけたままだ。ラモスはタバコを吸っていた。

その光景がシルヴァーマンの目に、なぜかは説明できないが、ひどく不吉なものに映った。ジェーンとは関係のない、不可解な不安が強まってきた。首筋の皮膚に鳥肌が立った。

モーリス・ムーマーはいまごろ、ユタ州のデータセンターに連絡をとっているだろう。ＮＳＡが二〇一四年に完成させた、屋根のある部分だけで十万平方メートルにも及ぶ施設。このデータセンターに課せられたいろいろな仕事のなかに、空中を飛びかう電話の通話やテキストメッセージ、その他のデジタル通信を捕捉、保存し、メタデータ分析を行うという任務がある。ＮＳＡは通話を聴いたりテキストメッセージを読んだりはしないが、大量のデータをスキャンしてテロ活動を示していそうなキーワードを探したり、外国に端を発するシグナルを分析してこの国の敵対勢力の意図を推論したりすることはできる。

あらゆる自動車にGPSがついているように、すべてのスマートフォンには固有の識別子があって、電源が入っているいないにかかわらず、電話をかけたり受けたりするのと変わらないほどたやすく人工衛星で追跡できる。ジェーンがオーヴァトンのスマホから目当ての情報を引き出して廃棄したとしても、当人がいつ、どこでそれを棄てたかがわかればそれなりの役に立つだろう。

モーリス・ムーマーとの通話が切れてから十一分後、あらためて返信があった。「カリフォルニア州ナパの街外れにモーテルがある。電話はそこの地面の上だ」そして正確な住所を知らせてよこした。

12

一路、シェネックの牧場《ランチ》へ。ロサンゼルスの喧噪ははるか後ろへ去り、ナパの美しい田園風景もどんどん遠ざかっていくにつれ、ジェーンは自分が現実から――というかこれまで知っていた現実から離れ、幻想の世界へ入り込んでいくような気がした。闇の侍祭たちが支配し、口には出せない魔法がかけられ、生ける死者たちが生ける主人たちに仕えている王国へと。

二車線の田舎道が丘陵地帯のなかを上っていき、左手には世界に知られたブドウ畑の谷が、右手にはリブオークやコルクガシ、モモのまばらな林が金色のスゲの下生えとともに続いている。

やがてアスファルトの路面の左側に、舗装のない一車線の林道への分岐が近づいてきたとき、ドゥーガルが言った。「そこを左だ」

「ほんとうに?」

彼はひざに載せた衛星写真の束をばさばさと揺らした。「これはぜんぶ頭にたたき込んである。その道で間違いない」

ジェーンはハンドルを切って細い道に乗り入れた。グルカのタイヤの深い溝が小石をひっかけてはね飛ばし、車台の下側にばらばらと当たる。

「シンギュラリティというんだ」ドゥーガルが言った。

「なんのこと?」

「人間とコンピュータの知能がナノテクノロジーの助けを借りて溶け合う特異点のことだ。この人間と機械との融合が進化のつぎの段階らしい。それについて書いた本もいろいろ出ている」

「シンギュラリティね。心地いい響き」

「連中が言うには、それはユートピアとなるんだそうだ。人間の知能が機械の知能に助けられて、千倍も賢くなる。連中によれば、人間の体内で生きる何千何万ものナノマシンが、絶えず動脈からプラークを取り除き、臓器の健康を監視し、損傷を修復する結果、何世紀も長生きできるらしい」

「その〝連中〟って誰？」

「えらく頭のいい大勢の連中さ」

「なるほどね」

「おれよりは頭がいい。連中はナノテク利用に対する十五の反論を特定して、ひとつずつ反論している。そんなものは不可能だ、リソースのむだだという意見がある。それは危険だ、ナノマシンが勝手に複製を始めて、この星のバイオマスを数週間で消費しつくしてしまうという意見もある」

「シェネックの動画のなかのマウスが出てくるやつで、複製をしないナノマシンのことが言われてたわ」

「頭のいい連中は、批判の声にももっともらしい答えを用意するからな」

「その十五の反論だけど……そのなかに、人間には悪に陥る傾向がある、というのは含まれるの？　そんな強力なテクノロジーがどうして悪い目的に使われないのかの説明はあるの？」

「いや、それは十五の反論のなかにはない」

「なるほどね」

「人間はより知的になったら悪いことをしなくなると、連中は考えているようだ」

「なるほどね」

しばらくのあいだ、林がまばらでなくなり、木と木の間隔が密になった。曇り空のせいで昼間の陽ざしが奪われ、林道の上にかぶさる木がさらに薄闇をつくりだしている。

こうした山麓にはよく鹿が出るので、ジェーンはスピードをゆるめた。牡鹿はもちろんのこと、相手が子鹿でも、ふつうの車なら高速でぶつかれば大破するが、装甲のあるグルカならそのままはね飛ばして進んでいくだろうし、大した損傷もないだろう。

それでもグルカが心配なせいで、速度を落としたわけではなかった。もうすでに二人の人間――たとえ人間の皮をかぶった有毒な爬虫類だとしても、その二人が死に、さらにこの先も大勢の死が、自分のそれも含めて避けられないのだ。そんないま、車から降りて、ろくに動けなくなった鹿にとどめを刺すようなことにはなりたくなかった。何よりもそうした瞬間に、精神を支える糸が切れてしまうという奇妙な確信があった。

ドゥーガルが言った。「あと二キロほどで林が終わって、開けた土地が見えてくる。それから一キロほど行ったあとで、西に曲がる」

彼のほうにちらと目をやった。さっきよりも顔が老けてやつれ、何かに憑かれているようだが、それでいてタフで、意気揚々として見えた。彼のなかに感じ取れるのは、不安ではなく期待感で、そこからくるユーモアのない薄笑い、狼の笑いが顔に表れてはよぎっていく。

「あなたはほんとうに、こういうときを待っていたのね」

ドゥーガルが澄んだグレイの、野性に目覚めたような視線をよこし、ジェーンは戦いに臨んだときの彼を想像した。残酷ではなくとも、きっと容赦もためらいもなく、相手に死をもたらすのだろう。ただ殺すことと、殺意をもった殺人との深いちがいを知っているがゆえに。

「フリー・キッチンに子どもの課外プログラム、図書館からのポルノ排除——どれも必要なことだが、やっぱり対症療法みたいなもので、大元の原因には触れられない。いよいよその原因をなんとかできるという気分なんだ」

13

盗まれたオーヴァトンのスマートフォンは、ナパのモーテルの地面にある——その情報をモーリス・ムーマーから得たシルヴァーマンは、ヴァンナイズ空港で営業しているチャーター便の会社に連絡をとり、自家用ジェット機をレンタルした。一年前にもやはり利用したことがあったが、今回の支出については、とくに間際の予約で追加料金がかかるとなると問題になるかもしれない。しかし不正な捜査官を捕らえられれば、それも不問に付されるだろう。

ジョン・ハロウは覆面のセダンのウィンドウに吸着カップ式の警光灯を取り付け、ほぼひっきりなしにサイレンを鳴らしながらビヴァリーヒルズからヴァンナイズ空港まで飛ばした。途中サンタモニカ・ブールバードとハリウッド・フリーウェイを経由し、日曜午後のひどい渋滞のなか、車三台が巻き込まれた事故の影響も受けたが、およそ四十キロを三十一分で走破した。

ハロウ、ラモス、シルヴァーマンが着くのとほぼ同時に、八席の中型ジェット機、サイテーション・エクセルが離陸準備に入った。しかし副パイロットは乗り込んでいたものの、呼び出されたパイロットが到着するまで十四分待たねばならなかった。

NSAからオーヴァトンの電話の所在についての報告を受けてから一時間足らずで、三人は機上の人となっていた。

問題のモーテルには、すでにFBIのサクラメント支局から四人の捜査員が近づき、監視下に置いているはずだった。

シルヴァーマンの職務は、現場で過ごす時間よりも、上層部との会議やつまらない官僚主義的な駆け引きのほうが多い。いつもならオフィスを出て事件の渦中にいると、高揚しエネルギーが湧いてくる。

だが、サンフェルナンドヴァレーの郊外の街並みが眼下を遠ざかっていくと、不安が次第につのっていった。自分のこれまでの行動はすべてやるべきこと、必要なことだったはずなのに、なぜか……自分で自分をコントロールしきれていないような、滑りやすい斜面をどんどん速く滑り落ちていくような気がした。昨日のテキサスで広大な風景を前にしたとき、すべてを包み込む空に浮かび上がっていきそうな感覚が生まれた。いまジェット機が高度を上げるにつれ、その感覚がまた戻ってきた。重力が自分を手放すのを、ジェット機が地球の大気圏を貫いて永劫へと、エンジンがもう機能しなくなる真空の空間へと漂っていくのを待ち受けた。

「だいじょうぶか？」ジョン・ハロウが通路の向こうの座席から訊ねてきた。

「うん？　ああ。だいじょうぶだ。今朝、家内に電話するのを忘れてたのに気がついてね。昨夜もだった」

「飛行機に乗ってるあいだに詫びの文句を考えておいたほうがいいぞ」ハロウが訳知り顔で言う。「それにちょっと値の張るものを手土産にするのも忘れるなよ」

「いや、リショナはそんな女じゃないよ。いたって物分かりのいいやつだ」

「きみは運のいいやつだな、ネイサン」

「毎朝目が覚めたときも、毎晩寝るときも、自分にそう言ってるさ」シルヴァーマンは言ったが、その言葉は自分の耳にも虚ろに響いた。赤に張っても黒に張っても玉が思うように転がらない、そんなルーレットのプレーヤーになった気がしはじめた。

14

ドゥーガルの言ったとおり、林道が終わると林が開け、草に被われた丘陵地に変わった。四輪駆動のグルカは地形の変化をものともせず、また一キロ進んだところで、細い川に突き当たった。これもあらかじめグーグルアースで確認できていた。一年の大半は干上がっていそうだが、ちょうどいまは時間の経過でなめらかになった石の上を水が流れていた。そこでジェーンは西に向きを変え、やがて長い斜面を半分ほど上ったところで、ドゥーガルが停まるよう声をかけた。

ふたりいっしょにグルカから降り、さまざまな種類の草に被われ、咲きはじめのヤブユリの群落に彩られた斜面を上っていった。香りのよい草を食べているウサギが飛び跳ねて逃げるか、後脚で立ってふたりが通り過ぎるのをじっと見守る。蝉《せみ》の声が響き、橙色《だいだい》の翅に細く黒い縁取りのある蝶がひらひらと舞っていた。

丘の頂が近づいてくると、ジェーンとドゥーガルはまっすぐ立つのでなくしゃがんだ姿勢で進み、それから腹ばいになって進んだ。頂上から眼下の百メートル先に、〈GZランチ〉の中心となる屋敷があった。大きくて低い、ガラスと鋼のウルトラモダンな建築で、暗灰色の花崗岩の支持壁は、磨かれたところも木目の粗いところもあった。

ここでなら丈の高い草に半分隠れ、距離もあって向こうからは小さくしか見えない。ジエーンとドゥーガルはそれぞれ、日光の反射で気づかれないように、無反射レンズをはめた双眼鏡を持っていた。グーグルアースの写真では屋根と長く伸びたテラスしか見えなかったその家を、ジェーンは拡大して見渡した。

屋敷から長いアスファルトの私道が南西に延び、遠くに見える田舎道まで続いていた。その私道の端に門衛の詰所があった。シェネックがこの土地を買う以前に、元の居住者が住んでいた家だ。二階建てのヴィクトリア様式の、装飾的な木のドアや窓枠は最小限にとどめた家。

オーヴァトンから聞き出したところでは、この詰所には六人のレイショウが住んでいる。地所全体の清掃とメンテナンスもやっているが、主要な役割は警備だ。〈アスパシア〉の娘たちのように、意識は低いレベルに落とされ、自意識も大幅に弱められて、主人であるバートールド・シェネックと妻に完全に服従するようプログラムされている。

ここは営業中の牧場《ランチ》ではない。動物を飼育してはおらず、したがって柵もない。動作と人熱を検知するセンサーが三十万平方メートルの地所のいたるところに配置され、高さ一メートル以上、また重さ四十キロ以上を示す体熱を発している侵入者があったときにだけ警報を発するよう設定されている。こうしてコヨーテなどの生き物を侵入者のカテゴリーから除外することで誤認を防いでいるのだが、ときどき鹿がひっかかって警報を発し、重装備のレイショウたちが捜索に出ることもある。

丘の頂上でジェーンの横に腹ばいになり、双眼鏡で下の建物を見ていたドゥーガルが言った。「そういえば、あの小説の登場人物がレイモンド・ショウって名前だった」

「『影なき狙撃者』ね。ええ。本にも映画にもなってるわ」

「読んでないし、観てもいないが」

「ショウは朝鮮戦争で捕虜になったの。共産主義者に洗脳されて、アメリカ政界の要人を暗殺するために送り返された。本人は自分が何をされたかわかっていない。暗示が働きだすと、彼は人を殺す──そして殺したことを忘れる」

「つまり制御メカニズムがそうした連中の脳に入り込んで、記憶の大半、個性の大半をはぎとり、殺すようにプログラムする。それをシェネックが〝レイショウ〟と呼んでるわけか。ゆがんだゲス野郎め。堕落どころか邪悪そのものだ。最低の畜生だ」

シェネックが〝グラウンド・ゼロ〟にちなんでこの牧場をGZと名づけたこと、オーヴァトンがその弁護をしていたことを思い出し、ジェーンは言った。「〝ちょっとした冗談が好き〟なんだそうよ。で、オーヴァトンによると、シェネックは十四歳のときから、あの本と映画がお気に入りだった。べつに主人公にもレイモンド・ショウにも思い入れがあったわけじゃない。でも、洗脳というものにすごく興味を引かれたのよ」

15

離陸から一時間後、サイテーション・エクセルは曇った空のなかを、ナパ・カウンティ空港の滑走路に向けて降下していった。

地上に戻ってほっとしたという感覚は、シルヴァーマンには一切なかった。目の前の仕事を終えたとしても、たったいま南から飛んできた薄い青の高高度の空のように虚ろな感覚が残るだけだろう。

足取りがごく新しいものになり、獲物が手の届くところに来たいま、満足感が湧いてきても、興奮が高まってもいいはずなのに、そうはならなかった。ジェーン・ホークを探し出さねばならないし、そのつもりではいる。だが彼女を逮捕することに喜びは感じられなかった。容疑に殺人が含まれているとなれば、あいつは抵抗するかもしれない。以前ならあいつがおれに銃を向けるなど、絶対考えられないことだった。だがいまとなっては何があってもおかしくない。ジェーンの反応次第で、あいつに暴力を振るわねばならないような、銃を撃たねばならないような状況になるのが恐ろしかった。おれはあの娘を、こんなことにさえならなければ、実の娘のように愛していたはずなのだ。

ジェット機を降り、ハロウとラモスとともに滑走路を横切って、待っている車とサクラメント支局のドライバーのほうへ歩いていくうちに、冷徹な決意がシルヴァーマンの頭を被いはじめた。初めはその決意に驚き、抵抗しようとした。しかし三人で車に乗り込み、オーヴァトンのスマホが見つかったモーテルへ向かうころには、すっかりあきらめがついていた。もしジェーンが抵抗するなら、こちらも武力をもって応えざるを得ない。結局のところ、あいつはおれを裏切ったのだ。FBIを裏切り、国を裏切ったのだ。もし最期の瞬間に、あいつが警官の手にかかって死ぬことを選ぶのなら、おれがその役割をまっとうし、そのことで良心の呵責に悩むこともない。あいつはもう、おれの知っていたジェーンではない。知らない他人に、社会の敵に、無辜の人々の脅威になってしまった。引き金を引いてあいつを倒すのがおれの役目なら、ためらいなくやってやる。これはおれの仕事だ。そしてこの仕事はいつだろうとたやすくはない。

16

一部の人間が信じているように、この星がもし生きているなら、そして地球が人間の母であるなら、それは氷の心をもった母親だ。丘の頂の草地に腹ばいになっていると、下の地面は恐ろしく冷たく、凍りついたような土が肉と骨から熱を吸い取っていった。太陽は暖かく穏やかに大地を照らし、冬が春に変わろうとするのを感じさせるが、それでも亜鉛のような灰色の雲はジェーンの体を冷えきらせ、ぶるっと震えがくるたびに、双眼鏡に映るシェネックの屋敷の像は蜃気楼《しんきろう》のようにゆらめいた。

「何か見えるか？」ドゥーガルが訊いた。

「見えないわ」

襲撃を敢行する前に、バートールド・シェネックとインガが家にいることを確認しておかねばならない。

三十万平方メートルの土地のなかに動くものは、かすかな風にそよぐ草や木の枝のほかには何もなかった。何十分か過ごすあいだ、この光景は文明が果てたあとまでずっとそのままのような気がした。人間が人間でなくなり、だがその一部だけがあとに残るときまで。

そのとき……ガラスの壁の向こうに誰かの姿が現れた。初めのうちは確かな実体はなく、生きた人間に棄てられた家のなかをうろつきまわるおぼろげな影のようだった。やがて女が窓の近くを、ファミリールームとおぼしき部屋のなかを通り過ぎた。女は白のスラックスに白のブラウスを着て、長身で身ごなしはやわらかく、ファッションショーのランウェイを歩きながらポーズをとるモデルのようだった。

「一階の、左のほう」ジェーンは言った。

「見えた」ドゥーガルが言う。「男はどこだ？」

女の姿が花崗岩の陰に消え……またキッチンに現れた。

「女がいるなら、男もいると考えていいかも」

「これから派手に下りていって、男がいなかったらどうする。チャンスは二度とないぞ」

「使い捨ての携帯を持ってるわ。あの家の電話番号も知ってる。電話して男が出たら、すぐに切って素早く突入する」

「もし女が出たら？」

「そのときはまた、レスリー・グレンジャーに——ミスター・オーヴァトンの個人アシスタントのアシスタントになって、ミスター・シェネックにおうかがいしたいことがあるとか言うわ」

「どっちにしろ、もし向こうに疑われたら、その時点で残り一分の合図《ワン・ミニット・ワーニング》になっちまうぞ」

ドゥーガルが眉を曇らせた。

17

モーテルのフロントの前にあるラックには、ナパヴァレーに来た旅行客をさまざまな観光名所に誘うパンフレット類が置かれ、その大半がワイナリー見学だった。見た目も匂いも清潔で、照明も明るく、シンプルだが気持ちのよい空間だ。

総支配人はティオ・バレラという若い男で、いまの時間帯はフロント係も務めていた。FBIの身分証を見ると、なめらかなひたいにしわが寄り、右のこめかみが目に見えるほどぴくぴく脈打った。

バレラはシルヴァーマンにモーテルの宿泊者名簿を見せた。書き込みによると、この二十四時間以内の客はひとりだけで、現金で料金を支払っていた。名前はレイチェル・キャリントン。住所はインディアナ州フォートウェイン。インディアナ州の運転免許証を提示し、夜間勤務のフロント係がそこに記されたナンバーと住所を確認した。女は二部屋を借りていた。

「二部屋？」ジョン・ハロウが言った。「同行者がいたのか？」

「その女性はまだ滞在中でしょうか？」支払った料金は一晩だけだと知っていたが、シルヴァーマンは訊ねた。

バレラが鍵の入った引き出しを調べた。「いえ。どちらの部屋の鍵もここに戻っています」

「同行者がいたのかね？」ハロウが同じ質問をした。

バレラは知らなかった。深夜勤務のフロント係、フィル・オルニーは近くに住んでいるという。総支配人が電話をかけて呼び寄せた。

オルニーは病院の元雑役係で、引退後は年金を補うためにモーテルで働いていた。彼は五分たらずでやってきた。頭のまわりを帯のように取り巻く白髪が突っ立ち、まるでバレラの電話が電気ショックを与えでもしたようだった。

シルヴァーマンが黒い髪を短くしたジェーンの写真を取り出すと、オルニーは言った。

「ああ、あの人だ。きれいな女性でした」

「なぜ二部屋も？」シルヴァーマンは訊いた。

「夫と子どもたちがいっしょだったので」

ハロウが訊く。「その夫を、子どもたちを見たかね？」

「いいや。車のなかにいました」

宿泊者名簿を見て、シルヴァーマンは言った。「フォード・エクスプローラーか」

「そうです」

シルヴァーマンはプレートのナンバーを声に出して読んだ。そのフォートウェインの住所はあきらかににせものだったが、ラモス特別捜査官はポケットサイズのらせん綴じの手帳を出して書きとめた。

「そのフォードを見たかね？」ハロウがフィル・オルニーに訊いた。

「いいや。しかし、嘘をつくような人ではないですよ。ゴールデンのことを話したときは、ちょっと胸を詰まらせてました」

「なんのことだって？」

「ゴールデンレトリバーですよ。スクーティーという。少し前に、天に召されたそうで」

シルヴァーマンはバレラに訊ねた。「部屋はもう掃除してしまいましたか？」

「ああ、もちろん。何時間も前に」

「どっちかの部屋でメイドが、携帯を、スマートフォンを見つけていないでしょうか？」

バレラは驚いた顔をした。「いいえ。でも妙ですね……別のメイドが、隣のダイナーのごみ容器でアイフォーンを見つけています」

「それはいまどこに？」

「スマホですか？　壊れてましたよ」

「どこにあるんです、ミスター・バレラ？」

「まだ持ってると思いますよ。そのメイドが」

18

流し台の上の広い窓の向こうに見えるインガ・シェネックの、白く明るい光を放つ淡いブロンドの髪を盛り上げてピンでとめた姿は、台所仕事には不釣合いなほど完璧に美しかった。強力な双眼鏡の力を借りても、ジェーンには女が何をしているのかわからなかった。野菜か果物でも洗っているのだろうか。

「一階、左だ」ドゥーガルが言った。

その指示のとおりにする。もうひとりの姿が、裏のテラスとファミリールームを隔てるガラス戸の壁を通り過ぎるのが見えた。ほぼ間違いなく男だ。が、ガラスから遠すぎて見きわめがつかない。

シェネックか、レイショウのひとりか？

男は花崗岩の後ろに消えたが、すぐにまたキッチンに現れた。後ろからインガを抱きしめ、両手で乳房を包み込むと、首筋に顔をうずめた。

女が頭を後ろにのけぞらせ、男を喉もと深く受け入れる。

たっぷり鼻を女にこすりつけたあとで、男が頭を上げた。バートールド・シェネックだった。

19

ピラル・ヴェガは三十歳の、美しく堂々とした女性で、自分の仕事やメイドの制服に気後れする様子も、ＦＢＩの関心の対象になったことに悪びれた様子もなかった。チェックアウトが遅かった三六号室の清掃中にシルヴァーマンたちがやってきたせいで、自分が不法就労の外国人だと疑われていると思い込んだらしい。

「あたしはずっと、法律を守って居住してます」彼女は誇らしげに言った。「もう一年も前から、りっぱな市民です」

「あなたの移民ビザに関心はありませんよ、ミズ・ヴェガ」シルヴァーマンは言った。

「あたしにはあなたと同じ権利があります。取り上げることはできません」

上司であるティオ・バレラが居合わせなければ、シルヴァーマンとハロウは、この男たちは何をしにきたのかという彼女の疑念を晴らすのにもっと長く手間取っていただろう。

「関心があるのは、あなたが今朝、ごみ容器で見つけたスマートフォンのことです」

「盗んだんじゃありません」ピラル・ヴェガは自分が咎められるものと想像して腹を立て、昂然と頭を反らせてあごを上げ、挑むように目をきらきらさせた。「あたしは盗みなんかしません」

苛立ちを感じたが、威圧するより我慢したほうが早く進展が得られることを、シルヴァーマンはよく承知していた。「あなたが嘘をついてるなどと疑ってはいませんよ、ミズ・ヴェガ。なんの疑いももっていません」

ティオ・バレラも今度は、この女性をなだめるのにさらに長い時間がかかった。ようやく彼女も、自分はこの男たちの攻撃の的ではなく、重要な情報源なのだと信じてくれたようだった。

「あたしは早番で来ました。ダイナーの外に車を停めて、なかにいました。コーヒーを飲んでたんです。そしたら女の人がごみ容器に何かを捨てました。携帯電話みたいでした。それから女の人はダイナーに入っていきました」

シルヴァーマンは写真を見せた。

「そう、この人です。大きなコーヒーと、何かの袋を持って出てきました。その人が行ってしまってから、あたしはごみ容器をのぞきました。それで捨てられた電話を見つけたんです」

「すると、まだその電話を持っているのではないですか」シルヴァーマンは言った。

「壊れてます」

「ええ、でも持っているんでしょう?」

「あの人が捨てたんです。もうあたしのです」

「でも、壊れている」

「直せるかもしれません。電話を直せる人を知ってますから」

「ミズ・ヴェガ」ハロウが言った。「その電話は犯罪に使われたものなんだ」

「どんな犯罪です?」

「殺人だ」

「誰が殺されたの?」

「それはまだ話すわけにはいかない。しかしわれわれはその電話が必要だ」

「あれを捨てた女の人は、人殺しみたいには見えませんでした」

「たしかに」シルヴァーマンはうなずいた。「そうは見えません。その電話が証拠品なんです、ミズ・ヴェガ」

ピラル・ヴェガはしぶしぶ制服のスカートのポケットから電話を取り出し、渡してよこした。

枠の部分はへこみ、少しゆがんでいるものの、スクリーンに損傷はないように見える。電源を入れようとしたが、淡い灰色の光が一度、スクリーンの上から下に向かってぱっと走ったきりで、画面は現れなかった。

「バッテリーはたっぷりあるな」ハロウが言った。

「電話としては使えないが」とシルヴァーマン。「位置情報はまだ発信されてる」

そのとき、自分の電話が鳴りだした。オーヴァトンのアイフォーンをハロウに渡し、通話ボタンを押す。「シルヴァーマンだ」

「〝影なき狙撃者〟を始めよう、ネイサン」

「はい、わかりました」

「こちらはDHS（国土安全保障省）のランドルフ・コールだ。きみはいまひとりか？ 話ができるか？」

その声の主は司法省のブース・ヘンドリクソンで、シルヴァーマンも相手がコールではなくブースだとわかっていたが、それでも自分の声がどこか遠くのほうから「少し待ってください」と言うのが聞こえた。ハロウに声をかけた。「DHSからだ。この電話はひとりで受けなきゃならない」バスルームに入ってドアを閉めると洗面台に水を流し、モーテルの隣の部屋にいる人間に声を聞かれないようにした。「はい、ミスター・コール」と言いながら、なぜブース相手にこんなまねをしなくてはならないのかと戸惑っていた。

「最新の情報を聞かせてくれ、ネイサン。ジェーン・ホークの足取りはつかめたか?」

「われわれは近づいています。あいつはウィリアム・オーヴァトンという男を殺しました。ビヴァリーヒルズの自宅で、おそらく金曜日の夜に」

「オーヴァトン? スターリング・オーヴァトンか、弁護士の?」

「はい。ウィリアム・スターリング・オーヴァトンです」

「なんてことだ。あのくされビッチはどうやってオーヴァトンにたどり着いた?」

「ロバート・ブランウィック、別名ジミー・ラッドバーンを通じてです」

「その男のことは知らん」ブース・ヘンドリクソンが言う。「なぜわたしはそいつのことを知らない?」

「ダークウェブのビジネスをやっている男でした。われわれはやつの尻尾をつかんでいたが、向こうはそれを知らずにいた。やつを泳がせて、ほかの魚が捕まるかどうか見ていたんです。オーヴァトンはやつを雇って誰かの身辺をハッキングさせたが、ブランウィックはついでにオーヴァトンのこともハッキングした。そちらはほんとうにミスター・コールなんですか、それとも、ブース、きみなのか?」

少しの沈黙のあとで、ブースが言った。「影なき狙撃者をやろう、ネイサン」

「はい、わかりました」

ランドルフ・コールが言う。「わたしは誰だ、ネイサン？」

「誰だ、とは？」国土安全保障長官がなぜそんなことを訊くのかと、シルヴァーマンは戸惑いながら言う。「あなたはランドルフ・コールです」

「あの女に近づいていると言ったな。どうやった？」

「あいつが昨夜泊まったモーテルをつきとめました。われわれはいまそこにいます。あいつはオーヴァトンのスマホを持ってきて、欲しい情報を引き出してから、ごみ入れに捨てたんです」

コールが言う。「オーヴァトンがパスワードを教えたと思うか？」

「彼の置かれた状況を見れば、そうせざるを得なかったでしょう」

「そのモーテルはどこにある？」

「ナパの街外れです」

「なんだと、くそっ！　やつはシェネックを狙っている」

「誰をですか？」

コールが住所を教えた。「ホークはそこへ行こうとしている。きみもすぐに向かえ、ネイサン。ホークを殺せ。殺すんだ。わたしは電話をせねばならん」

ブースが通話を切った。コールだ。コールが切った。

ごうっと近づいてくる音。何かがこっちに勢いよく押し寄せてくる。ちがう。洗面台に水が流れる音だ。蛇口の栓をひねって締めた。
何かが勢いよく押し寄せてくる感覚は、まだ残っていた。

20

バートールドが二つのグラスにピノ・グリージョを注ぎ、キッチンの流し台のそばのまな板まで持っていくと、近くの壁に掛けてある電話が鳴りだす。何分か前にも鳴っていたが、いまはじゃまが入るのを進んで受け入れる気分ではない。さっきと同様に、留守電に切り替わるのにまかせる。

インガはワインを見て微笑んだが、ジャガイモをこする手を止めようとはしない。バートールドはワイングラスを持って、インガを眺める。彼女の優美な手がジャガイモをなで回すさまは、どこかしらエロティックな感じだ。

ふだんであれば、シェネック夫妻がこの牧場の家にいるときは、レイショウのひとりが昼食と夕食の支度をする。千と一つのレシピをプログラムされた食事係だ。ところが今回の滞在中、インガはある思い込みにとらわれるようになっている。レイショウたちが求められるレベルの衛生基準を満たしていない、とくに料理担当のレイショウがきちんと手を洗っていない上に、調理の仕事中に自分の体の不潔な部分に触っているというのだ。その結果としてインガは、バートールドが問題の解決策を見つけるまでは自分で食事を作ると言って聞こうとしない。

インガに言わせると、レイショウは「薄汚れた卑小な動物になりかけている」というのだが、バートールドには確信がもてない。ただ行動面でちょっとした逸脱を示した二体か三体を見て、そこからカタストロフィが迫っていると妄想をたくましくしているだけではないのか。

自分の結論が正しいと言い張り、ささいなことで大騒ぎをするインガには、いささか辟易《へきえき》させられる。

壁の電話がまた鳴りだす。番号はどこにも載せていないはずなのに、最近はタイムシェアリング式のコンドミニアムから有機飼育のステーキまで、あらゆる業者がかけてくる自動通話がうるさくてしかたがない。今度もまた、留守電に処理をまかせる。

学問としての歴史を学んだとき、権力の高みに昇りつめようとする者は、やはり野心的で無慈悲な妻をかたわらに置いていることがきわめて多いと感じた。いくら男がすぐれていても、支配者の座をともにめざす伴侶がいれば、その企てに女ならではの洞察、狡猾さをもたらしてくれる。これはゆめ侮ってはならないものだ。

しかもインガはうれしいことに、さらに富と力が欲しいというあくなき欲求に加え、じつに美しくとことん淫靡《いんび》な女でもある。

そうした妻にはもちろんマイナスな面もあり、インガはおのれの愉しみや満足を得るのに余念がないが、それにはバートールドの時間とエネルギー、また自分たちが手に入れた力のかなりの部分が必要になる。だからときどき考えてしまう。誰か〈アスパシア〉の娘をプログラムして、神々の座に昇らんとする夫を補佐するにあたっては疲れと容赦を知らず、それでいて夫には百パーセント従順であるようにできないものか。そうすれば、レイショウがちゃんと手を洗わないといったおかしな心配をする女の機嫌をとる必要もなくなるだろう。

インガがジャガイモの皮をむきはじめるが、なぜか洗っているときほどエロティックには感じられない。そのとき、けたたましい騒音が聞こえ、バートールドは窓の外の空を見上げる。初めのうちは、やはりシリコンヴァレーから低空飛行で、このワインとバラの土地にある隠れ家へ逃れてくる高級なヘリコプターかと思う。

壁掛け電話がまた、しつこく鳴りだす。バートールドはいらいらと受け台から受話器をひったくる。「セールスならお断りだぞ」

「女がそっちへ行こうとしている」ブース・ヘンドリクソンが言う。司法省にいるバートールドたちのよき友人だ。

その言葉は初めのうちは不可解だが、やがてそれが意味をなしはじめると、バートールドは外の騒音に空気を切り裂く回転翼《ローター》のリズムが含まれていないことに気づく。

「ホークのビッチだ」ブースが説明する。「いま向かっている」

「いったいなんの騒ぎ？」インガが訊く。

　バートールドの注意が空から地上へ、家の裏手の草に被われた長い斜面上を動くものへと吸い寄せられる。ノハラガラシや草を踏みしだき、蝶の群をぱっと舞い上がらせながらこちらへ疾走してくるのは、半分SUV、半分戦車のようなわが目を疑う代物だ。

　バートールドが受話器を、インガがジャガイモとピーラーを取り落とす。装甲車は窓と壁を突き破り、流し台とキャビネット類をこちらに押しやって中央のアイランドカウンターへたたきつけんばかりの勢いで迫ってくる。シェネック夫妻はまっこうからの戦闘とは無縁な人間たちで、いざという瞬間になると理性はパニックの爪でかきとられてしまう。とっさにバートールドが右へ、インガが左へ動き、たがいに衝突してバランスを崩す。どっちへ逃げても目前の破滅から逃れるのでなく正面から飛び込んでしまいそうだ。意表をつく突然の襲撃にふたりは麻痺し、高速で進むその塊は乗り物というより、逃れられない審判を下す天から投げつけられた聖なる怒りの道具に見える。

　その一瞬後、マシンはキッチンから逸れ、芝生とテラスをつなぐ低い階段を飛び越えてガラス壁をぶち破ると家全体を激しく揺さぶり、透明な破片を波しぶきのようにきらめかせながらファミリールームにつっこんでくる。まるで深海からきらめく泡のなかに打ち上げられた怪獣《リバイアサン》のようだが、なすすべなく横たわってなどいない。もし地下室があったら、装甲の怪物は床をぶち抜いて落ちていったかもしれないが、この家が立っているのは頑丈なコンクリート板の上だ。怪物は前に向かって突進し、その硬質タイヤで轢きつぶされなかった家具を押しのけて朝食エリアとキッチンのほうへ向かう。オープンプランの床がちょうど相乗り車線のように開けている。

この家には隠し部屋があり、秘密のドアと鉄板の壁で守られ、空気と電力も供給されるようになっている。そこへ逃げ込めば、バートールドとインガは安全な状態で侵入者が出ていくのを待つことができるが、しかし部屋の入口は二つしかない――ひとつはリビング、もうひとつは主寝室だ。ふたりがそのどちらにも行き着かないうちに、巨大な車が唸りをあげて朝食エリアに突進し、パレチェクの椅子二脚をばらばらに砕きながら停まる。エンジンがアイドリングし、コンゴの神話にある豹の神の息遣いのような音をたてている。

前部の助手席ドアが勢いよく開き、長身の男が、ピストルグリップのショットガンを手に降りてくる。フィルム・ノワールに出てくるような、暗い経験を経て険しくなった顔。その灰色の眼がシェネック夫妻をぎらりとにらみすえ、ふたりはかつてなかったほどの切迫感をもってひしと抱き合う。

だが、運転席から降りてくるのは女だ。まったく記憶にないその姿を見たことで、バートールドは初めておのれの倫理性を真剣に受けとめる心境になる。ほんのつかのま、あれは〈アスパシア〉の娘だという思いがよぎる。制御メカニズムのなんらかの不備によって知性と個性を取り戻したのだ、あの娘がこちらに向ける青い瞳は、苦難の記憶のみならず復讐の炎のために明るく燃え盛っているのだと。だがそのとき、混乱のさなかにはよく飲み込めなかったブースの言葉を思い出し――ホークのビッチだ、いま向かっている――そして自分の前に立っているのが、次第に数を増す追っ手たちの追跡を二カ月間も逃れてきた、情け容赦を知らない力の権化なのだとさとる。この女の夫は軍を除隊後に政治の道へ進んでいたかもしれず、それをコンピュータは問題のある個人と認定した。そしてこの女は同じ追っ手たちからわが子をうまく隠しおおせてもいる。女は両手で拳銃を握り、腕を前に伸ばして近づいてくる、もし門衛詰所からレイショウが駆けつけてこなければ、自分は死ぬのだろうと思う。

女が言う。「あんたのハムレットのリストとやらにわたしが載ってなかったのなら、載せておくべきだったわね。こっちのリストには、あんたは間違いなく載ってるから」

21

暗く垂れ込める空の下、二台のセダンが田舎道を東へ疾駆していた。周囲から人家の数が減り、どんどんまばらになっていく。急ハンドルを切って私道に入り、直径八センチのパイプでできた牧場風のゲートの前で急停止した。一台目からシルヴァーマン、ハロウ、ラモスが降り、ハンドルを握っていたサクラメント支局のドライバーだけが運転席に残る。二台目のセダンからさらに、サクラメント支局の捜査員二人が降りてきた。

坂を上った地所のずっと奥、こちらに崩れ落ちてきそうに見える積乱雲の下に、大きなウルトラモダンな家があった。片持ち式のバルコニーが谷を見晴らし、まるで幻想的なガラスの船が洪水で打ち上げられてきたようだった。

ゲートの近くに、慎ましいヴィクトリア様式の家が立っていた。

シルヴァーマンは戸外電話のボタンを押そうとしたが、その前に近くの家の玄関ドアが開き、二人の男がポーチに出てきた。どちらも同じタイプだった。長身、きれいに剃ったひげ、無表情な顔、防御と攻撃を教え込まれたドーベルマンのように油断のない眼。よく芸能界などでにわかに富と名声を得て舞い上がったセレブたちが自分のまわりに侍《はべ》らせる、あやしげな筋骨隆々タイプの同類と見えた。

男のひとりがゲートに向かって歩いてくるあいだ、もうひとりはポーチにとどまっていた。

シルヴァーマンはFBIのバッジを示した。「ただちにシェネック博士にお会いしたい」

「あんたたちは入場許可者リストにない」

「きみらは誰だ?」ハロウが訊く。

名前を名乗るかわりに、男は言った。「警備の者だ」

警備員の視線は直截的で、大胆ですらあったが、そこにはなんの感情も認められなかった。顔を見ても、やはり何もない。職務上必要になる警戒心も、ときには暴力も許されるこうした職に引き寄せられてくるようなある種の男たちにつきものの潜在的な敵意も。

「博士に伝えてほしい」ハロウが言う。「ただちにお会いしなければならないと。これは生死に関わる事態だ。博士の生死に」

シェネックの屋敷のどこか上のほうから、けたたましいエンジン音が響きわたった。シルヴァーマンたちと話していた警備員とポーチの警備員が、いっせいに音のしたほうを見る。

雷鳴とその反響音が轟き、エンジン音をかき消したが、やがて雷の音が薄れるとともに姿の見えない車両の唸り音がまた聞こえるようになった。

この警備の男たちの体格や物腰に加え、そのどこかいわく言いがたい印象から、シルヴァーマンは注意を逸らせずにいた。その恐ろしげな外見と単刀直入な態度が、まるで仮面のように感じられた。警備員という身分が与えられた役割なのではなく、彼らの本質だとでもいうようだった。

遠くから響くエンジンの唸り音が高まって咆哮《ほうこう》に変わり、ほかの二人とそっくりな三人目の男が玄関ドアからポーチへ出てきた。丘を上った奥にある屋敷のほうを見上げ、ついでハロウに、それからシルヴァーマンにと、機械のような挙措《きょそ》で視線を向ける。

そのとき突然、シルヴァーマンは直観的に知った。男たちの仮面の裏にあるのは別の人格ではなく、空っぽな存在なのだと。なぜそれがわかるかといえば、あいつらのなかにおれ自身が見えたからだ。この奇妙な数日間に、おれも何度かあんなふうになった。ビヴァリーヒルズのホテルで混乱した頭で目を覚ましたとき、ナイトテーブルの引き出しに二挺目の拳銃を――四五口径のACPキンバー・ラプターⅡを見つけたとき、ホテルの前に立ってジョン・ハロウを待っているあいだに吐き気と失見当識に襲われたとき、頭のなかの声がジェーンを〝嘘の母〟と呼んだとき、ジェット機がヴァンナイズ空港から離陸して重力が消えていくような気がしたとき。今日も何度か、虚ろになったように感じた。この警備員たちも自分と同じように、職業的な関心と有能さのうわべの下は虚ろなのだ。ふと、肘の内側にある血管の刺し傷を思った。それを虫に咬まれた痕だと片づけたことを、ブース・ヘンドリクソンの声で話しかけてくるランドルフ・コールのことを、いつも気持ちが通じ合っているリショナに二度も電話し忘れたことを。その瞬間、ある洞察がひらめいた。ありえない、だが間違いない、この三人の警備員は空っぽだ。中身をもたない形、生彩をもたない影だ。そしておれも多かれ少なかれ同じようになろうとしている。もしおれが空っぽになったら、以前とはまったくちがう人間になってしまったら、何が起こってもおかしくない。実際に、ここではありえないことが起こりうるし、現にいま起こっているのだ。どんな恐怖がくり広げられようとしているかをさとり、彼は牧場のゲートから、警備員たちからあとずさって離れようとした。

ラモスが言った。「どうしました？」

「ネイサン？」ジョン・ハロウが言う。

シルヴァーマンがゲートからセダンのほうへ向かおうとしたとき、シェネックの屋敷の近くからエンジンの咆哮が響いたかと思うとすさまじい衝突音、そしてまぎれもなく大きなガラス板の砕ける音が起こった。

雨雲の向こうで稲光が帳のなかを通り過ぎる巨大な船のライトのように脈打つなか、ジョン・ハロウは低いゲートを一気に乗り越え、シェネックの警備員たちに向かって車を通すよう怒鳴った。稲妻を追うように激しい雷鳴が轟くと、ハロウは私道の上を駆けだして屋敷へ向かおうとした。ポーチの二人の男がジャケットの下から拳銃を出し、ハロウの背中を撃った。

22

ジェーンはドゥーガルとともに、おそらく過去から逃れ、おそらく過去を取り戻そうと望み、歴史上最も暗い時代よりもさらに暗い未来へ飛び込もうとしていた。心臓の激しい高鳴りを聞いて無視し、込み上げる不安の苦味を感じて飲み下した。

割れたガラス壁と壊れた木の椅子の破片の上を歩き、バートールド・シェネックは銃口に怯えながら階段へ向かい、二階へ上っていく。まるで脱皮した直後のフンコロガシのように、手足は弱々しく、ぶるぶる震えている。自分が世界を変えてやろうと、大量の殺人と奴隷化を通じて世界を支配しようと志したこの男は、大きな個人的リスクを冒して法を破り、すべての人命は等価値であるという二千年に及ぶ哲学的な合意を反故にする挙におよんだ。蛮勇とも見えるその判断の正体はしかし、倫理観の欠如と過大な自己評価、おのれの天才と優越性への過信だった——これは勇気などではなく、自らの失敗を想定することのできない凡庸なナルシストの軽挙妄動にすぎない。自分の住居に押し入られ、銃口を目の前につきつけられただけで、この男は王様ライオンからぶるぶる震える百姓ネズミに成り下がってしまった。

その一方、ガラスを踏みしめ、背中を撃たれる心配のかけらも見せずに階段を上っていくインガ・シェネックは、いまの成り行きにもまるで動じず、どんなに不利な形勢にもおのれへの信頼は強まるばかりというようだった。「おまえらは誰を相手にしてるのか、どんな地獄を招き寄せてるのかを知らないのよ。あと一歩でも前に進んだら、おまえらは深い穴の底へ、痛みだけの世界へ落とされ、ばらばらにされる。こんなばかげた、こんな愚かしいまねをした償いをさせてやるわ。どうか殺してくれと泣きわめくがいい。歴史はおまえらみたいなクソの残骸を押しつぶしていく。あたしたちは未来なの。あたしたちが歴史を書き変えれば、おまえらは存在もしなくなる。価値のない人間のクズになるのよ、ふたりとも」

二階に上がるとドゥーガルは、廊下の壁ぎわからサイドボードをひきずってきて階段の下り口をふさぎ、その後ろに陣取った。レイショウがもう下まで来ていておかしくない。ジェーンは拳銃をシェネック夫妻につきつけながら、バートールドの自宅オフィスのなかへと急きたてた。そしてバートールドに、デスクの前に座ってコンピュータをつけるよう命じた。

それからインガに向かって言った。「あれを向こうの隅まで持っていって。壁を向いて座るのよ、背中をこっちに向けて」

女の口が拒絶を示す冷笑と百パーセントの憎悪にゆがみ、白ずくめのアンサンブルで強調された清らかに光り輝く印象を裏切った。インガが椅子の背のいちばん上の横木を握る。その意図は実際に口に出したようにあきらかだった。

「椅子を振り回して投げつけるつもりなら」ジェーンは警告した。「その椅子が手を離れないうちにあんたは地獄へ行く」

「おまえが死んだら」インガが誓うように言った。「死体の上におしっこをひっかけてやるわ」

ジェーンはただ楽しげな侮蔑《ぶべつ》の顔を向けた。「なんて口の汚い子なの。ほら、隅へお行きなさい、悪い子のバービーちゃん」

インガが部屋のほうに背を向けて椅子に座ると、また空に雷鳴が轟き、嵐の到来を知らせるごろごろという音に混じって、遠くから続けざまに銃声が起こった。レイショウが銃撃をしている——誰に向かって？

23

ハロウが銃弾の貫通した胸から血しぶきをまき散らして前のめりに倒れ、近くの林からカラスの群がいっせいに飛び立つと平和を乱すものへの騒々しい非難の声をあげた。黒い翼がばさばさと灰色の空を背景に羽ばたくなか、ラモスと、最も近い位置にいる警備員が同時にそれぞれの武器を抜いた。ラモスがより素早く正確な動きで感情のないマネキンのような顔を撃ち抜き、相手が反射的に放った一発をあやういところで逃れた。

一台目のFBIセダンの陰に身を隠したシルヴァーマンは、ハロウを殺した男たちがポーチから飛び降りると、丘の上の屋敷のほうへ向かい、さらにヴィクトリア様式の家の横手からほかの警備員がふたり現れるのを見た。ひとりはショットガンを、もうひとりはウージーのマシンガンを持っている。

シルヴァーマンは車を盾にする格好で地面に屈み込んだが、同じ瞬間にドライバーが命の危険を察し、セダンのギアをバックに入れた。後ろにいる車のことを忘れたのか、二台目のドライバーもすぐにバックしてこの窮状から脱しようとすると思ったのか。バンパー同士がぶつかり、テールライトとヘッドライトが砕けた。シルヴァーマンが一台目のセダンの後ろの地面に伏せたとき、ウージーとショットガンが火を噴いた。車のウィンドウが粉々になる。金属板が弾丸に引き裂かれて悲鳴をあげる。ファイバーグラスが弾け飛ぶ。タイヤが破裂する。男ふたりが苦痛の叫びをあげ、たちまち静かになった。

彼はいつのまにか、身を隠した憶えもないままセダンの下にもぐり込み、顔を家のほうへ向けていた。倒れたラモスが視界に入った。頭の一部がなくなり、眼は完全に白目だけになって、シルヴァーマンの隠れ場所をのぞき込んでいる。眼窩のなかで不気味に落ちくぼんだその眼は、何十世紀も前に住んでいた洞窟から離れようとしない大昔の原始人の魂のようだった。

かつてのシルヴァーマンだった部分がどこか奥深くに残ってはいても、彼は銃撃戦には加わらなかった。以前は激しかった廉恥《れんち》の心が、いまは倫理に従って行動を起こせと言いたてようとせず、かつては強かった忠誠心が、いまは控えめにいっても混乱していた。牧場を警備する〝空っぽの男〟たちにおのれ自身を見ていた。その虚ろさは初めは恐ろしかったが、やがて暗い魅力を発しているように思えてきた。精神の堕落ではあるが、いろいろな選択、正しいことをしようとする務めから解放されるのだ。狂ったような銃撃が続き、やがてやんでいくあいだ、彼はセダンの下にいた。彼のなかで、静かな、小さな声がささやいていた。おまえがやらねばならないのはただひとつ、国を、FBIを、おまえを裏切った女を始末することだと。道義上あいまいな点は何もない。いまの状況を評価するのにややこしい論証は必要ない。ただひとつの任務を完遂しろ、そして疑念から自由になれ、一生つきまとう不安から、良心の呵責から自由になれ。任務はただひとつ。〝ジェーン・ホークを殺せ。ホークを殺せ。殺せ〟

やわらかなポタ、ポタ、ポタという音、そしてガソリンの臭いにうながされ、火が起こる前にセダンの下から這い出した。血なまぐさい殺戮《さつりく》のあとは物音ひとつない静寂が満ち、牧場はガラス箱のなかに再現されたジオラマのように見えた。もし風があれば、カラスたちの羽ばたく音がその静寂を破っていただろう。

そのとき、腹を震わせる雷鳴が轟きわたり、雲から激しい雨が落ちてきた。

前にいた車のドライバーは死んで運転席に倒れ、二台目のドライバーも事切れていた。後ろのセダンの後部にいたサクラメント支局の捜査員二人は無事に車から降り立ち、シェネックの警備チームに大打撃を与えたが、やがて銃弾に倒れた。ショットガンとウージーを持っていた空っぽの男たちはもう死肉となって、カラスたちの帰還を待つばかりで、ラモスが撃った男も同じだった。〈GZランチ〉まで来た捜査員六人のうち、いま生きているのはシルヴァーマンひとりだった。

以前の彼ならこの殺戮に怒りを覚え、動揺していただろうが、いまはなんの気持ちも湧かなかった。起こったことは起こったことだ。思いわずらってもしかたがない。

雨のなかにたたずみ、待ちうけた。つぎにすることを知ろうとして。

牧場の四、五十メートル先に、またひとりの警備員がいて、長い車道をシェネックの屋敷に向かって駆けていた。自分の背後に生きた人間がいることにも気づいていない。その男もやはりウージーらしきものを持っていた。

警備員が銀色の雨の幕の向こうに消えて見えなくなるまで、シルヴァーマンは見守った。また携帯電話が鳴りだした。応答し、しばらく聞いてから言った。「はい、わかりました」

24

二階の廊下の一部は、一階のリビングと玄関広間に面して開けていた。二つの階をつなぐ形で、左右の側に手すりのついたスケルトン階段がカーブしながら続いていて、ドゥーガル・トラハーンには階段に近づく者すべてがはっきりと目視できた。

階段の下り口をふさいだサイドボードの陰で、ドゥーガルは二挺の拳銃、三発入りマガジンを装填したショットガンを手にしていた。いい位置を確保したし、武装も十分だと思えたが、守衛の詰めている家のほうから響いてきた銃声が気にかかっていた。いまでは豪雨が猛烈な勢いになり、まるで何千人もの舞台の観客がいっせいにシーッとささやいているようで、近づいてくるレイショウたちが音をたてても聞き取りようがなかった。

薄暗い雨の午後でも、窓の多いこの家には十分な光が入ってきたし、一階にはキッチンをのぞいて照明がついていなかった。嵐は世界をビーズのカーテンでいく層にも被いつくし、開いた部屋から青白い薄明かりが染み入ってきて、あらゆるものがぼやけているだけでなく、どこかゆがんでさえ見える。ほんの一瞬、リビングの椅子の後ろにあるベル形のフロアランプが、ヘルメットをかぶった男のように見えた。部屋の隅が暗がりになって、そのなかに敵意あるものの輪郭がうずくまり、いっせいに階段へ押し寄せるときを待っていると信じ込みそうになる。

実際にレイショウたちは、圧倒的な数がなくても、効果的な攻撃を仕掛けることができる。彼らはもう恐れを感じていない、痛みを感じることのできない不死の機械も同然なのだ。ただし、サムライが切腹でもするように進んで自分を犠牲にしようとするかどうかはまだわからなかった。

幕状の稲光が凝乳のような雲の脳を思わせるひだを移動して、一階の部屋を照らし出し、階段の上の明かり取り窓からも入ってきた。青白く脈打つその光を浴びて、まるで五芒星《ごぼうせい》形のなかに実体化したかのように、レイショウがひとり玄関広間に現れた。銃を持った長身の男が、ドゥーガルを見上げる。彼は階下の動きが見える程度に、サイドボードの上に立ち上がっていた。銃を持った男が堂々と階段の上り口のほうへ動きだし、撃ってくれと言わんばかりのその大胆さに、ドゥーガルはためらった。あれはおれをさらに高く立ち上がらせることで、もう一人のやつが銃を撃つとき格好の的になるよう仕向けているのではないか。

25

バートールド・シェネックは権力への道から外れて側線に入り込み、彼のユートピアは分岐した軌道からすごい勢いで遠ざかっていく。いまこの瞬間には、天才など意味はない。金もコネもなんの役にも立たず、科学も彼を救えず、もうプライドを保つこともできない。銃が頭から五十センチのところにある。引き金に女の指がかかっている。女はこう言う。もしおまえを破滅させ、公《おおやけ》に生き恥をかかせて監獄にぶち込むことができないのなら、いちばん苦痛を与えられる殺し方でおまえを殺す、と。その言葉を疑う理由はない。この女は彼の経験を超えた、別の銀河系から来た生き物のように想像を絶する存在だが、ひとつだけ確かなことがある。こいつには死をもたらす恐ろしい力があり、いつでもためらいなくその力を使うだろうということだ。

いまのバートールドを浸している恐怖は彼にとってなじみがなく、そのために彼はただひとつのものに――生存本能のみに突き動かされる動物のような状態に堕《だ》してしまっている。そして女が、これからおまえがやるのは、プロジェクトファイルの情報を引き出し、わたしが持ってきたフラッシュドライブにコピーすることだと言う。そのとき彼は恐怖のなかで思う。この時間はいつまで続くのだろうか、頭に銃をつきつけられているこの時間は。実のところこの女が求めるものは、すでにバックアップファイルにしてフラッシュドライブにコピーし保存してあるのだが、そのことを隠しつづける勇気はない。いつレイシヨウたちがやってくるかもしれず、そしてやつらにじゃまされて自分の欲しいものが得られないと思えば、この女は間違いなく彼を殺すだろう。

「これはわたしのライフワークだ」バートールドは説明を始める。その声は自分の耳にもか細く、震えがちに聞こえる。「だからバックアップはここだけでなく、ほかの安全な場所にも置いてある」

バートールドがそのありかを明かしはじめると、インガは部屋の隅を向いた椅子から夫を黙らせようとばか呼ばわりし、さらに汚い言葉も浴びせかける。

インガがなんにつけ腹を立てたときには、それを上回るほどの情熱あふれる言葉の奔流を生み出せる者は誰もいない。

しかしインガの辛辣《しんらつ》きわまる主張にも、ホークの女やもめはただうるさいとしか感じず、こう言い捨てる。「いい加減に黙りなさい！　この男とちがってあんたに用はない。あと一言でも言ったらその脳みそを吹き飛ばしてやる」

バートールドも折にふれ、何かしらこうした意味の脅し文句を妻にぶつけたいと思うことがあるが、その結果がどうなるかを考えると怖気づいてしまう。いまは恐怖のさなかにあっても、インガが輪縄に首をつかまれたガラガラ蛇のようにいきり立ちながら、つぎの言葉を発せずにいることに多少の満足感を禁じえない。

ホークの女やもめが各種の制御メカニズムを入れたアンプルのことを訊ねてくる。プロジェクトファイルを手に入れたのなら、完成品のサンプルも手に入れたも同然だろう。バートールドは言う。「キッチンの冷蔵庫のひとつにある。いちばん上の棚だ」

幅二メートルの、床から天井まで届く書棚の裏に隠された金庫には、二つのコマンドに反応する声紋認証ロックが付いている。幕状の稲光が脈打つように光り、部屋じゅうに影がつかのまゆらめくなか、バートールドが言う。「〝すべてはわが思いのままに〟」すると棚が回転して開き、ステンレスのパネルが現れる。ついで彼が「〝わが青いギターの上にあり〟」と言うと、パネルが上にあがって天井に吸い込まれる。

26

真上からたたきつける雨の屋根と明かり取り窓を打つ音が避けがたい弔いの通奏低音のように響くなか、レイショウが勢いよく上ってきた。右へ左へ、左へ右へと絶えず身をかわしていて、階段の上を逃げる蛇を捕まえようとする動きにそっくりだった。こんなふうに上りながらでは、自分も正確に狙って撃てるはずがない。だが妙なことに、レイショウはまったく撃とうとはせず、こちらを倒そうとするでもなく、ただ死ぬことしか考えていないかのようだった。ドゥーガルはサイドボードの陰から立ち上がり、ショットガンを撃った。反動で肩の骨と骨がぶつかる。

上ってきた男は胸と腹に銃弾を食らった。拳銃を落としたが悲鳴もあげず、がくりと両ひざをついた。まるで撃たれたせいではなく、突然、悔悛《かいしゅん》のためにひざまずいて祈らずにいられなくなったというように。だがありえないことに、男はすぐ立ち上がり、また動きだした。勢いは減っていても、階段のカーブの内側に寄り、手すりに身を寄せて上ってくる。服の下に薄い防弾ベストを着けていて、散弾の粒の大半が防がれたのか。それともただ、恐怖や痛みを感じなくなっているのか。

ドゥーガルはサイドボードの陰からさらに高く体を出し、二発目を撃った。敵の頭が血しぶきとともに消え、その体が後ろ向きに倒れ、十字形の棹《さお》から風に吹きちぎられてぼろぼろになった案山子《かかし》のように一段、また一段と転がり落ちていった。

一人目の敵の陰に隠れていた二人目が、今度は身をかわそうともせずに駆け上がってきた。カーブした階段の外側の縁に寄ったまま、倒れた死体の横を通り過ぎる。動きながら何発か撃てたはずだし、自分自身を的にすれば正確さを高めることもできただろうが、そいつは撃とうとしなかった。

二人目の男が近づいたとき、ドゥーガルはさらに高く立ち上がって三発入りマガジンの三発目を撃った。そのすさまじい衝撃に、今度はひざをついてまた立ち上がることもなく、激しく落下してそれで終わりだった。

ショットガンの銃声の残響のなかに、フルオートマティックの銃声が轟いた。一人目と二人目がおとりとなってドゥーガルの気を逸らすうちに、三人目がリビングの薄明かりのなかからさっと現れてウージーを撃ち、その銃弾が階段の手すりとサイドボードの盾とドゥーガルを貫いた。ドゥーガルは床に倒れ、苦痛の真っ白な閃光が目の前の光景を薄れさせた。それが小さな光の点となって大きな闇に呑み込まれていくとき、自分の声が亡き姉の名を呼ぶのが聞こえた。「ジャスティン？」

27

シェネック夫妻がそれぞれの椅子に座っているあいだに、ジェーンは開いた金庫まで行き、六本のフラッシュドライブがラベルのついたスロットに収まっているプラスチック容器を見つけた。たしかにこれが目当てのもののはずだ。まさかこの科学者が、家への侵入を予期して彼女を欺くために、空のフラッシュドライブにラベルをつけておくなどということはありえない。しかもこの新世界の造物主を気取った男は、何千何万という人々の死を画策した石と鉄でできたような男でありながら、いざことが起こったときにはバターの背骨しか持ち合わせないことを露呈していた。

金庫には、ビヴァリーヒルズのオーヴァトンの金庫と同じように、現金の束も入っていた。加えて一オンスの金貨を何百枚も収めたプラスチックの箱と、家庭用監視カメラで撮影された映像を保存するレコーダーもある。ジェーンは現金と金貨は無視し、レコーダーからディスクを抜き取った。

シェネックが金庫を開ける声紋認証システムに使っていた文句は、何かの詩の一節なのだろうけれど、このクズ男にそれを訊ねてわずかな満足感を与える気にもならなかった。この男は遠隔操作による大量殺人者であると同時に、冗談やちょっとしたゲームの好きな永遠の子どもでもある。なぜその詩や詩人を選んだかを得々と説明するところが目に見えるようだった。

フラッシュドライブとディスクをジャケットのポケットにつっこんだとき、ショットガンの銃声がつかのま雨音を圧して響いた。それからまた一発、さらに三発目が響き、続いて自動小銃のカタカタという銃声が起こった。シェネックが驚いてわめき声をあげ、妻は隅の椅子からさっと滑り下りるとその後ろに体を縮こまらせた。

ジェーンは廊下に面した、開いたままのドアまで急いだ。銃撃がやむと、ドア口にしゃがんで外をうかがった。右のほう、階段の下り口に、ドゥーガルが大の字に倒れていた。納棺を待つ人間のように、ぴくりとも動かない。

控えめに悲しみを受け入れることはできる、でも怒りに身をまかせることはまだできない。書斎に引っ込み、開いたドアの陰に寄って、壁を背にした。ジャケットの内ポケットから使い捨ての携帯を出す。頭で記憶していた番号を入力した。通話ボタンを押す。

ヴァレー・エアー社で待機中のロニー・フエンテスが応答した。「もしもし」

ジェーンは声を低く保った。「天気が悪いわ」

また銃声が響いた。今度は一発だけ。

「凪はありません。まだ行けます」ロニーが言う。

「彼がやられた」

「望みは？」

「わからない」

「六分以内に行きます」

通話を切った。

さっきの銃声は、レイショウのひとりがドゥーガルに加えたとどめの一撃だったのだろうか。

電話をポケットにしまう。

まだ壁を背にしたまま、両手で拳銃を握って銃口を天井に向け、つぎに起こることを待ち受けた。

バートールド・シェネックが大きく見開いた眼で、彼女を見ている。

電話でジェーンだけが話していたことの意味を察したのだろう、インガ・シェネックが部屋の隅から立ち上がった。「つまり、おまえはひとりになったってことね」

「尻を椅子から離すな」ジェーンが小声で、荒々しくささやく。

インガは言うとおりにしたが、隅ではなく部屋のほうに顔を向け、半月包丁《メッツァルーナ》の刃のように薄い笑みを浮かべた。

28

雨水をいく筋も滴らせながら、めちゃめちゃになったファミリールームから家の玄関側に出たネイサン・シルヴァーマンは、水のなかの墓場で溺れさせられて復讐の一念でよみがえった人間のように、死んだ眼の、恐ろしい容貌に変わっていた。制式拳銃をホルスターに差したまま、跡をたどられない四五口径のキンバーをベルトから抜き出す。男の背後で足を止めた。空っぽの男はウージーを撃っていたが、ちょうどそのとき自動カービン銃の弾丸が切れた。

空っぽの男は銃を下げて使用済みのマガジンを外し、立ったまま階段の上を見上げ、ジャケットの下から新しいマガジンを出してウージーにはめ込むと、一発目を薬室に送り込んだ。

シルヴァーマンはその後頭部を撃った。倒れた男の横を回り込み、ウージーは床の上に残していった。まだ弾丸は七発ある。数分前、正面ゲートで何人もの死体に囲まれたなかで鳴りだした電話を受けたときに、ブース・コールから――ランドルフ・ヘンドリクソンから――ブース・ヘンドリクソンから――ランドルフ・コールから――与えられた仕事を終えなければならない。

静けさがあたりを領し、ただ絶え間のない雨音だけが響いていた。家全体が水中に沈んで途方もない水圧がかかっているような、この家が潜水艦となって、設計上許容される最大深度を超えた深海に潜っているようだった。窓から入る光は水っぽく灰色で、部屋の影がゆるやかな海流に揺れるケルプの葉のように上下している。シルヴァーマンが階段を上っていくあいだ、空気は重くよどみ、ひとつ呼吸をするごとにどんどん重くなっていった。

29

ジェーンはシェネックの書斎で壁を背中にし、開いたドアを右に見ていた。天才と称する男は自分のデスクの前に座り、クローゼットから怪物が出てくるけれどそっちを見なければ襲われないと信じている子どものように両手に顔を埋めていた。インガは部屋の隅から残忍な興味のこもった目で眺めていて、白っぽいブロンドのたてがみが半人半獣の石の女神を思わせた。

稲光はもう見えず、雷鳴も通り過ぎたようだった。激しく打つジェーンの心臓の鼓動以外、聞こえるのは屋根の上を百人の足が歩きまわっているような雨音だけ。

廊下から声がした。「FBIだ。FBIだ。もう終わった。ジェーン？　ジェーン・ホーク？　そこにいるのか？　無事か？」

クアンティコから五千キロ離れ、以前の暮らしを奪われてから四カ月後のいま、ネイサン・シルヴァーマンの声はたまらなく懐かしく、思わず壁から一歩足を踏み出した。だがそのとき、瞬間的に行動するときは感情より理性を優先しなくてはならないという教えが浮かび、踏み出した足を後ろに戻すと、また壁に背を押しつけた。

ネイサンがドア口に現れ、ジェーンを見つめた。これほどいかめしく血の気のない顔で、口をきつく引き結んだ彼を見たことがなかった。「みんな死んだ」と言った。「空っぽの男たちも、おれといっしょに来た捜査員たちも。みんな死んだ。おまえは無事なのか？」

ネイサンは三インチ銃身の拳銃を持っていた。従来の制式銃ではない。それをわきにつけ、床に銃口を向けている。ジェーンの前を通り過ぎて部屋に入った。「バートールド・シェネックか？　インガ・シェネックか？」

科学者はオフィスチェアの上で体を回し、顔から手を下ろすという過ちを犯した。ネイサンが一発で彼を殺した。

　インガは弾かれたように立ち上がり、部屋の隅に押し込められていた椅子をわきへ蹴飛ばしたが、ネイサンは二発で女を撃ち倒した。

　どれほどせっぱ詰まった状況に置かれようと、ＦＢＩに丸腰の容疑者を殺すことを認める行動指針はない。

　ジェーンがヘッケラー&コッホを持ち上げ、ネイサンが両手で拳銃を握ったまま向きなおった。ふたりは一メートルと距離を置かずに、まっこうから対峙した。

　それでも七年間の敬愛の念が、そのあいだに培われた友情が、引き金にかかったジェーンの指を押さえつけていた。ふたりのうちで生き残るチャンスがあるのは、先に撃ったほうだけだとわかっていながら。

　激しく降りしきる雨の音が家のなかに反響するなか、数秒が過ぎ、三十秒がたつと、この瞬間が、この男の存在が耐えがたいほど異質なものになってきた。

　彼が言った。「あのふたりはもう必要ない」

　ジェーンは説明を待ちうけた。

　さっきより短い沈黙のあとで、彼はまた言った。「シェネックの仕事を引き継ぐ者はほかにいる。これほど浮ついてはいない、信用できる人間たちが」

　彼は間違いなく、ネイサン・シルヴァーマンだ。ＦＢＩの課長、本当の本物、ドッペルゲンガーじゃない。リショナの夫で、一人の息子と二人の娘の父親で、この世界にいるほかの誰にもまして彼女が慣れ親しんだ人物。でもいま、こう結論せざるを得なかった。彼は裏切った、暗黒面に落ちてしまった……もしさらに悪いことが彼の身に起こったのでなければ。

「ジャレブは元気？」ジェーンは彼の息子のことを訊ねた。

ネイサンは無表情のまま、答えなかった。

「チャヤはどう？　まだ庭造りが好きなの？　すごく才能があったわね」

彼の眼は拳銃の銃口のように暗かった。ジェーンの眼をじっと見すえるその眼には、にらみ合いという以上の何かがこもっていた。

「リスベスは？　ポールとの結婚式の日取りは決まった？」

彼の口が動き、自分の思いを表す言葉を形づくろうとしたが、声が出てこなかった。言葉がもはや過去を取り戻したり未来を形づくったりできないところへ来てしまったのに、そのことを知らずにまだ話そうとしてでもいるようだった。そしてその眼はまだ、ジェーンの内に見つけられるものを見失ってしまったというように、彼女の眼を探っていた。

「うちの子は……ニックとわたしの息子は、五歳になったわ」懸命に声が震えないように努めたが、その効果はなかった。「トラヴィスを憶えてるわよね。ポニーを欲しがってるの。わたしのちっちゃなカウボーイは」

彼の銃がジェーンから逸れた。発砲音とは別に、弾丸が左耳から数センチのところをヒュンとかすめる音が聞こえた。石膏《せっこう》ボードの壁がビシッといって穴があき、自分も撃とうとしかけたが、なんとかこらえた。あきらかにわざと外したとわかったからだ。また発砲し、やはり数センチの差で、さっきより少し高いところを逸れていった。だがつぎの瞬間、銃口がすっと下がり、彼女のほうを向いた。そのただひとつの眼が、死のウィンクの準備をして、こちらを見つめていた。

彼がどうなってしまったにしろ、その制御メカニズムは、ニックに自殺するよう命じたのとは別の種類のものだった。この終わらせ方は、ネイサン・シルヴァーマンからは奪われていた。ついに彼のこわばった彼が崩れ、ある表情に変わった。顔が苦悶にゆがみ、眼が悲嘆をたたえ、そしてやっと口にする言葉を見つけ出す。ひとつの名前、リショナの名前を。

ジェーンのなかで何かがぷつりと切れ、彼女はやるべきことをやった。彼にはやりとげられない、ジェーンにすがるしかないことを。もしこんな憎むべきことが愛の行為だというなら、それはたしかに彼女には愛の行為だった。奴隷という地獄から、とても自ら名乗れないような仕事のために利用されるという境遇から、彼を解放してあげなくては。その動きから行為までの刹那《せつな》、彼の顔に理解と安堵が、彼女が自分の望むものを与えてくれるという確信が見えた。恐ろしいほどの力を奮い起こし、彼を二度撃った。彼が床に倒れると、さらに三発目を撃った。彼の頭に張りめぐらされた蜘蛛の巣に、その巣を這い進むものに、もう一刻たりとも彼を支配させないようにするために。

自分の嗚咽《おえつ》の声を圧するように、飛んでくるヘリコプターの音が聞こえた。

30

階段の下り口の、銃弾でぼろぼろになったサイドボードの陰に、ドゥーガル・トラハーンは血を流して倒れていた。脈はひどく速くて弱かったが、まだ息があった。

ジェーンはサイドボードを押してどかすと、階段を駆け下りた。散弾でずたずたにされた死体のあいだを、自分が何を踏んでいるか考えないようにしながら、必死に下りていく。玄関ドアの錠を外して押し開け、外に出たとき、ヘリコプターが南西のほうから低空で近づいてきた。回転翼が雨を薙ぎ、ワイパーがコクピットの強化ガラスから水滴を扇形に振り払っている。この双発の中型ヘリは本来なら九人の乗客を収容できるが、ヴァレー・エア社がいくつかの病院と契約した救急ヘリサービスのために内部が改造されていた。

もしこの雨に強風が伴っていたら、ヘリは離陸できなかったかもしれない。だがロニー・フエンテスは自ら操縦桿《かん》を握り、父親のお気に入りだった軍曹のためなら何でもするという決意を固めていた。もしジェーンとドゥーガルのどちらも重傷を負っていなければ、ヘリを牧場まで呼ぶことはなかっただろう。いま着陸したヘリには、ロニーだけでなく、彼の姉ノーラも乗り込んでいた。ノーラは自身もパイロットの資格をもつ、陸軍の元衛生兵で、ヴァレー・エアー社の共同経営者だった。

ドゥーガルはやはり大男だった。ジェーンがその体を固定して家から出し、ヘリに運び込むには、ノーラとロニーの助けが必要になった。もし家のなかの惨状に衝撃を受けていたとしても、フエンテス姉弟はどちらもそれをおくびにも出さず、じゃまな家具か何かのように死体を避けて通った。

ドゥーガルがヘリに乗せられると、ノーラは彼の処置をしながら、開いたドア越しに、雨のなかにたたずむジェーンを見た。「まずいことになったの？」

「いいえ。ここまで来た目的は果たしたわ」

「それが何か、あたしは知らないほうがいいんでしょうね」

「そのとおりよ」

「あなたはだいじょうぶ？」

「たぶんね。ドゥーガルもだいじょうぶでありますように」

二機のエンジンが続けて唸りをあげ、回転翼がバラバラと動きだすと、ノーラがドアを閉めた。

ジェーンは後ろに下がり、離陸するヘリコプターを見守った。

ドゥーガルを病院へ搬送するわけにはいかなかった。病院に行けば遅かれ早かれ、彼は〈GZランチ〉の殺戮《さつりく》と結びつけられる。そして殺人の嫌疑をかけられる恐れが高まるだろう。さらにまずいのは、デヴィッド・ジェームズ・マイケルの注意を彼に向けさせることだ。シェネックに資金を提供し、おそらくいまは同じミッションを信奉するほかの連中にも出資しているあの億万長者の注意を。

ヴァレー・エアー社に着いたあと、ドゥーガルはノーラの家へ運ばれる。そこで彼女がなんとか容態を安定させ、そこで最も近くにいる思慮深く信用できる医師、ポーター・ウォーキンスの到着を待つ。陸軍の元軍医で、除隊後は個人開業医となった彼は、八十キロほど離れたサンタローザから車で駆けつけてくる。ウォーキンス医師にはあらかじめジェーンとドゥーガルの血液型を知らせてあった。そして医師は短い時間で、誰の注意を引くこともなく、かなり大量の輸血用血液を入手することができた。

救急ヘリが芝生から空へ飛び立っていくそばで、ジェーンは雨のなかに立ちつくし、世界がどうしてこれほどまでに深い暗闇へ滑り落ちてしまったのかを考えていた。そのために、フエンテス姉弟やポーター・ウォーキンスのようにかつては法を信じ、またすべて元に戻せるという望みを抱いていた人たちまで、いまの新しく不吉な現実がどんなものかを理解し、もし声がかかれば地下の抵抗運動に加わろうという気持ちでいるのだ。

ヘリコプターが南西に向かって加速しはじめると、ジェーンは急いでシェネックの屋敷に引き返した。

31

リビングに入り、ウージーを手に取った。マガジンを調べてみると、完全に装填されていた。これはいかにも過激な武器だが、実際いまは過激な時代なのだ。こんなものを使う必要がないようにと願いながらも、持っていくことにした。

ソファのひとつからしゃれたクッションを手に取ると、カバーのジッパーを開けてなかのフォームラバーからはぎ取った。二階へ上り、また死んだ天才の書斎まで戻る。まっすぐグルカのところに行き、牧場まで走ってきた道のりを引き返したいのはやまやまだった。だがこの新しい世界では、やりたいことをやらねばならないことに優先させられるときはほとんどない。

三人の死体を見ないようにして、まっすぐ開いた金庫まで行き、空のクッションカバーに百ドル札の札束を詰めていった。金貨も間に合わせの袋に放り込む。自分はいま戦争をしている。そして戦争は恐ろしく金がかかるものだ。

一階に下りてキッチンに入ったとき、コヨーテたちが外から侵入しているのが見えた。

32

オオカミの近縁種コヨーテは、野生の環境では美しく、犬に似た姿で人間の目を愉しませてくれる。だがキッチンをうろつきまわり、割れたガラスの上をおそるおそる歩いているそいつらは、毛が雨で濡れそぼったせいかやせこけてみすぼらしく、嵐の薄闇のなかで眼だけが爛々《らんらん》と光っていた。その広がった鼻の穴、だらりと垂れた舌は、アルマゲドンで地獄から解き放たれた亡霊を連想させた。ジェーンの姿を見るなり、コヨーテたちは黒い唇を引きむいて、骨を噛み砕き髄まですすれそうな歯をあらわにした。そしてなかば威嚇するような、なかば飢えが満たされるのを期待するようなあいさつの声をあげた。

ジェーンはクッションカバーを落とすと、ウージーを両手でつかみ、グルカから離れたほうに向けて発砲した。コヨーテの一頭だけを殺し、それで相手がこちらの圧倒的な力を認め、怖がって逃げ出すだけの知恵を働かせてくれることを期待したのだ。実際に、やつらはいっせいに駆けだすと、五頭、六頭、七頭とつぎつぎファミリールームへ逃げていき、ガラス壁があった場所から外へ出ていった。

ドゥーガルとともにシェネック夫妻に対峙しようと装甲車から飛び出したとき、ふたりともドアを開けっぱなしにしていた。ジェーンはクッションカバーを拾い上げて助手席のほうへ歩いていき、金をシートの上に置いてドアを閉めた。

裏庭に出ると、コヨーテたちは何かと激しく闘っているような音をたてていた。ジェーンはファミリールームに通じるアーチの部分に油断なく目を向けながらグルカの運転席側に回った。ウージーを積み込もうと後部ドアを開けたとき、車のなかに入り込んでいたコヨーテと正面から向き合う格好になった。

ウージーを撃つのでなく、棍棒がわりに使おうと振り上げた瞬間、コヨーテが飛びかかってきた。攻撃するつもりはなく恐怖に駆られ、人間を押しのけて逃げようとしたのだ。獣がぶつかった衝撃でジェーンは後ろによろけ、そいつの歯が銃身をがちがちと噛む音が聞こえ、足の爪がコートをひっかく感触があり、汚れた毛と鼻をつく麝香《じゃこう》と血にすえた息の臭いがした。そしてコヨーテは彼女を突き飛ばし、跳びはねて消えていった。

激しく震え、息をはずませながら、いまここでどんな人智を超えたことが起こっているのか、この〈GZランチ〉がわたしの墓場になる定めなのかと思った。早くここを出ていきたくて矢も盾もたまらなかった。

でも、制御メカニズムの入ったアンプルのありかを突きとめなくては。シェネックの言ったとおり、棚の最上段の二つめの冷蔵庫を開けると、発泡ラバーを内側に敷きつめた容器があった。そのスロットに大型のアンプルが十六本収められ、それぞれにきれいなラベルがついていた。

これは冷えた状態で持っていく必要がある。

裏庭での激しい争いは続いていた。想像力が暴走してコヨーテたちがハイイログマと闘っているところが頭に浮かんだが、カリフォルニアにはもうハイイログマはいない。どうやってアンプルを冷やせばいい？　シェネックはメンローパークの研究所からアンプルをここまで運ぶとき、冷やした状態で持ってきたはずだ。発泡スチロールの箱かピクニック用のクーラーボックスか、そういったものを使ったのだろう。

コヨーテたちか、何かコヨーテたちと争っているものが戻ってくるのを警戒しながら、パントリーでクーラーボックスを見つけ、氷を詰めてそのなかにアンプルを収めた。クーラーボックスとウージーをグルカの後部に載せてドアを閉め、運転席に飛び込んでまたドアを閉めると、エンジンをかけ、バックでキッチンから出た。戦車のようなSUVを壊れた家具にぶつけながら家のなかから出て、テラスを越え、庭に乗り入れた。ハイイログマはいなかった。コヨーテたちが雨のなかでたがいに襲いかかっていた。二頭が別の一頭を殺して、共食いをしていた。

この世界全体が狂気に陥ったのではないとしても、この場面は、ゆったりと休日を過ごすはずのこの隠れ家は、まぎれもなく狂気の沙汰だった。捕食動物がたがいに食い合うという光景は、自然がかつてここに住んでいた人間たちの手で堕落させられた証だった。そして人間そのものの堕落の証でもあった。

グルカのギアを変え、芝生から出て長い斜面を上り、ドゥーガルといっしょに双眼鏡で家を観察した丘の頂上まで来た。そこでブレーキをかけ、後ろを振り返った。コヨーテたちはついてきていなかった。みんな同じ種どうしの闘いのさなかにあった。

そのとき、右手に血がにじんでいるのに気づいた。傷がついたときには感じなかったが、いまになって痛みが出てきた。長さは五センチほどで浅く、さっきコヨーテにつけられたものとしか考えられなかった。あの爪に皮膚をひっかかれたのだ。

じっと長いあいだ、その裂傷を見つめていた。とりあえずいまはまだ、できることは何もなかった。

ごく浅い。出血はほんのわずか。大きな傷口はない。

使い捨て携帯を使い、またロニー・フエンテスに連絡をとった。ヘリコプターはもうヴァレー・エアーに着陸していた。ノーラのレンジローバーにドゥーガルを乗せて運び、ちょうどノーラの家のガレージに入ったところだという。

「ウォーキンス博士に連絡して」ジェーンは言った。「まだサンタローザを出ていなくて、まだドゥーガルの血液を用意しているところだったら、狂犬病の暴露後ワクチンの一式も持ってくるように伝えてほしいの」

「軍曹が咬まれたんですか？　何に？」

「ドゥーガルじゃない。わたし。ほんの少しひっかいた程度」

起伏する草地と開けた森のなかに舗装された道路へ続く道を見つけてから、ジェーンは外に降りると、牧場へ来る途中でドゥーガルといっしょに取り外したナンバープレートをつけなおした。

その作業が終わるころには、小降りになっていた雨もあがり、水分をしぼりつくされた雲の下で、早くも黄昏が迫っていた。

田舎道に入り、ヘッドライトをつけたとき、遠くで甲高い音が聞こえた気がした。ウィンドウを下ろすと、サイレンが雨に洗われた空気を貫いて響いていた。どこへ向かっているかは察せられたが、心配はしなかった。いまは別の方向へ行こうとしているのだから。

33

ヴァレー・エアー社は日曜日とあって、格納庫も発着場もほかの平日ほど忙しくはなく、さらにまた雨のせいでほかの日曜ほど忙しくもなく、さっきまでの雨の名残と深まりゆく夜の闇のなかで、霊廟のように静まり返っていた。

ロニー・フエンテスのオフィスに隣接するバスルームで、ポーター・ウォーキンス医師はジェーンがそっとやさしく、だが念入りに手のひっかき傷を洗うのを見守っていた。その前にもう洗ってはいたのだが、ウォーキンスはもう一度と強く言い、自分の指示のもと、最初は石けんと水で、そのあとポビドンヨードの消毒液で洗わせたのだった。ツイードのスポーツジャケットにピンストライプのシャツ、手織りのボウタイ、サスペンダー付きのズボンという格好で、読書用メガネを鼻先までずり下げたウォーキンスは、医者というより大学で詩を教える一九六〇年ごろの教授のようだった。

「ドゥーガルについてらっしゃらないと」ジェーンは言った。

「彼は安定しているよ。意識もある。もうだいじょうぶ。出血はたしかにひどかった。だが内臓の目立った損傷はない。わたしが戻るまで、ノーラがうまくやってくれてる。これでよし。きれいになった。タオルで拭いて」

ウォーキンス医師は皮下注射器に狂犬病の免疫グロブリンを吸わせ、手の傷口の周囲に出してその大半を染み込ませ、残りは同じ手の上腕部に筋肉注射した。

「もう一本打とう。ヒト二倍体細胞ワクチンだ。つぎは反対の腕を出して」

三角筋に行きわたっていくワクチンが熱く感じられた。

「ワクチンは続けて打つ必要がある。あと三回だ。水曜日。つぎの日曜。そのまたつぎの日曜。わたしが打つほうがいいな」

「無理です、先生。これからしなくてはいけないことが山ほどあって、時間が足りないの。注射は自分で打ちます」

「それは望ましくない」

「やり方は知ってます」

「あのときはもうサンタローザを発ってしまっていたんだよ。ロニーから電話があったのはそのあとだった。だからこのワクチン一式はここいらの医者から調達するしかなかった。期限切れが近いんだ」

「でも時間が」

「時間がないのはみんな同じだよ、ミセス・ホーク。水曜日に会おう。つぎのワクチンを打つ日だ」

「わたしに道理がないのはわかってます、ウォーキンス先生。大変なリスクを冒してくださってほんとうに感謝してます。でもわたしは頑固なビッチなの。あなたが用意してくれたものを自分で注射します」

ウォーキンスがワクチンのアンプル三本と、無菌包装された皮下注射器三本を入れたジッパー付きのビニール袋をジェーンに手渡した。

彼女の手の傷にガーゼを当ててテープで留めながら、医師が言った。「狂犬病の徴候はわかってるかね?」

「あなたならきっとメモにしてくださってるでしょう」

「ワクチンのリストも書いてある」

「感染していないかもしれませんけど」

「そういう問題ではない。自分に注射するときは慎重にやるんだよ」ウォーキンスが診療カバンを手に取った。「ミスター・トラハーンの友人を治療するときは、ゆめ間違いがないようにと言われてるんだ」

「わたしもそれに当てはまってほしいわ。それと、ひとつうかがっても……？」

「なんだね？」

「どうしてこんな非公式の治療なんていう危ないまねをしてくださるの？」

「わしもニュースは観ているさ、ミセス・ホーク」

「それだけでわかります」

ウォーキンスが出ていくと、ジェーンはスポーツコートをはおり、隣のオフィスにいるロニーのところへ行った。部屋の壁には戦闘中の軍用ヘリの絵が変わらずにあった。ロニーがビールの瓶を渡してよこした。冷たい液体を長々とあおる。

「ドゥーガルが目を覚ましたとき、真っ先にあなたのことを訊かれましたよ」

「彼があるとき、わたしを娘にもった父親は幸せだって言ったの。だから彼に伝えて。もしわたしがあなたの娘だったら、どんなに誇らしいだろうって」

ロニーの手を借りて、スーツケースと検死報告書を詰めた袋、六万ドル入りの革のトートバッグを運んだ。すべてグルカに積み込む。

車を出したあと、バックミラーに目をやった。ヴァレー・エアー社に通じる私道が終わって一般道路へと曲がるまで、ロニーはずっと見送っていた。

34

州間高速五号線に入って最初のトラックストップでガソリンを補給し、ターキーとチーズのサンドイッチひとつ、コークを一瓶買った。グルカの車内に座って、ヘッケラー&コッホの四五口径を分解した。この銃でロバート・ブランウィックを、ウィリアム・オーヴァトンを殺した。そして、かつてはネイサン・シルヴァーマンだった愛すべき人を。金曜日の夜にオーヴァトンの金庫から持ち出したコルト四五口径を装填した。いまからはこれが、わたしにとっての制式銃になる。どこかで安全な場所を見つけ、二百発ほど撃ってこの銃の特徴をつかまなくては。

寂しく広大なサンホアキンヴァレーを南へ走りながら、二十四時間足らず前にこの道を北へ向かっていたときのことを思い出した。ドゥーガルがまだ身の上を明かす前の、あの苦い沈黙を。そのあとに聞いた彼の姉の名前を。ジャスティン。

百キロほど進むたびに、道路わきにグルカを停め、ほかの車が途切れたときを見計らって、分解したヘッケラー&コッホの部品をひとつずつ原野に投げ捨てていった。一度は沿道の池に放り込みもした。

そうして最後に停まったとき、雨雲がもう後ろに去っていたことに気づいた。広い谷の上には星空が広がり、西の空に輝く月が明日の好天を約束していた。澄みきった夜の空気が遠くに点在する農家や、小さな集落の明かりを運んでくる。あのひとつひとつの光の下に、大物連中がみじめとまで言わなくても退屈だと思うような毎日を懸命に生きる人たちがいる。そうしたすべてが、ジェーンには表現できないほど壮大で、驚異と可能性に満ちたものなのだ。かけがえのない、命をかけて守る価値のあるものなのだ。

真夜中を過ぎたころ、バトンウィローから遠くないあたりで州間高速を降り、またトラックストップに寄ると、クーラーボックス用の新しい氷を買い、色付きのウィンドウに守られながら後部座席で眠った。ソープストーンのカメオを手に持ったまままうとうとと眠り込み、数時間後に朝の光で目を覚ましたときも、まだ握りしめていた。このカメオに守られたおかげだとは言えないにしても、これまでいく晩も悪夢を見てきたのに、昨夜はうなされずにすんだ。

35

マリブにある映画スターの邸宅のだだっ広いガレージで、ジェーンは彼に手伝ってもらって、グルカに積んでいた一切合財を自分のフォード・エスケープに移した。ジェーンは言った。「銃弾をたくさん浴びると思ってたんですが、一発も撃たれませんでした。それでも、防弾のウィンドウがあるのはほんとうに心強かった」

スーツケースよりウージーのほうに興味を引かれていたとしても、俳優はそのことを口に出さなかった。昔なじみの軍曹殿が生きていること、そして装甲のついたSUVをまた買い戻せることを聞いて喜びはしたが、ドゥーガルがどれほど命に関わる重傷を負ったのかを訊ねはしなかった。

ジェーンが出発する支度をしていると、俳優が声をかけてきた。「その前に、あなたが見なくてはいけないもの、会わなくてはいけない人がいます」

「わたしはやることがいっぱいあって」

「頼みますよ、ミセス・ホーク。少し頼みを聞いてもらえるだけの貸しはあるでしょう」

そう言われてしまうと逆らうわけにもいかず、彼のあとについて、二十四人分の座席がある、アールデコの映画館を精巧に再現したホームシアターまで行った。俳優が朝の番組で流れたあるニュースの録画を、大型スクリーンに映して再生してみせる。長い金髪をしたジェーン自身の顔が映り、それを見ているうちに、自分が不正なFBI捜査官だと名指しされていること、二件の殺人を含む恐ろしい犯罪の容疑をかけられた極悪な無法者として扱われていることを知った。

ネイサン・シルヴァーマンがナパヴァレーのシェネックの書斎に入ってきたときから、

こういう事態になるだろうと予測はついていた。そしていまでは、デヴィッド・ジェームズ・マイケルに手が届くまで自由でいられるにはどうすればいいか、その手段も考えつくしてあった。

ニュースの内容に驚くような話はほとんどなかったが、ひとつだけ意外なのは、ナパヴァレーの牧場での惨劇にはまったく触れられていないことだった。バートールド・シェネックの死をジェーンと結びつけると、それが怠惰なニュースメディアの目を覚まさせ、シエネックと〈ファー・ホライゾンズ〉、〈ファー・ホライゾンズ〉と巨万の富を持つデヴィッド・ジェームズ・マイケルとの関係に注目がいきかねない、ひいては誰かが隊列を組むマウスの無害なトピックをあらためて見なおし、脳インプラントに畜産にもたらす価値以上の不吉な可能性があることに気づくかもしれない、ということなのだろう。

ニュースが終わり、ホームシアターの明かりがつくと、ジェーンは俳優に向かって言った。「たしかに、わたしが見ておくべきものでした。じゃあ、これから会わなくてはならない人がわたしを逮捕したりしないと約束してください」

すると俳優は、映画のなかの凄腕の検察官役か、スーパーヒーローにアドバイスを送る賢人役のような、おごそかな表情でジェーンを見すえた。「あなたが何をせねばならないにしろ、まだそれをやり終えてはいないのでしょう?」

「ええ」

「そしてメキシコへ逃亡するつもりもない」

「ええ」

「あなたはたくさんの善人たちに追われているようだが、実は彼らは良い人たちではないのでしょう?」

「ええ」

「客観的に見て、あなたにある可能性はどれくらいですか?」

「ほぼゼロです」

俳優は長いあいだジェーンを見つめ、彼女は目をそらさずにいた。やがて俳優が言った。

「わたしの姉に会ってもらわなくては」

36

映画スターの姉のクレシダは、高級美容院のチェーン店と人気の化粧品ブランドのオーナーだったが、法執行機関との関わりなんて一切ないわよと笑い飛ばした。若いころほんの一時期、悪い意味でお世話になったけどね、とのことだった。

客用のバスルームで、クレシダはいろいろな薬品と〝業務用品質の器具〟と称するものを使って、ジェーンの髪からブルネットの毛染め剤を落とすと、ブロンドに戻った髪を鳶色に染めなおし、さらに多少のカールを加えて、一見するとまったく別の女性に見える容貌に仕立てあげた。

その後ガレージで、フォード・エスケープの横に立つジェーンに、俳優はメガネを手渡した。

「視力は左右とも二・〇です」ジェーンは言った。

「それでもこれをお持ちになって、必要なときにかけるようになさい。映画の小道具の伊達メガネです。帽子もいろいろ買って、かぶるようにしましょう。服装もいつもジーンズにスポーツコートというのでなく、いろいろそろえなさい。いろいろなキャラクターを、演じる役割を考えて、それぞれに見合った服装を用意する。たとえばメガネのように、ほんのちょっとした工夫をするだけで、人はあなたを見ても、ああ、ニュースに出てた〝ボニーとクライド〟のボニーがいるとは気づかなくなるものです」そして携帯電話の番号の入った名刺を渡した。「わたしにできるのはつまらないアドバイスだけですが。なにしろ不正なＦＢＩ捜査官を演じたことはあっても、実際になったことはないですし。お金はありますか？」

「ええ」

「十分足りている？」

「十分以上です」

「いつでもここへいらしていいんですよ」

人間は必ずしも、自分が何かするときにその理由を十分把握しているとは限らない。自分の本当の動機がわかっていたとしても、往々にしてそのことで自分に嘘をついたりもする。それでもジェーンはこう訊かずにはいられなかった。「どうしてここまでしてくださるの？　あなたは失うものがたくさんあるのに、それを危険にさらしてまで」

「昔なじみの軍曹殿のためですよ」

「ほんとうにそれだけ？」

「いや。それだけではありません」

「じゃあなぜ？」

「いろいろな映画で、大事なときに現れる善玉を演じるときには、自分の実人生を芝居の役柄に合わせようとしなくてはならないことがあるのです──さもないと、自分が稀代のペテン師だと認めることになってしまう」

最後に彼は、あの有名な笑顔をぱっと浮かべてみせた。このときジェーンはそのなかにごくかすかな悲しみの影を見てとり、なぜ彼の笑顔に数えきれない人々がうっとりすると同時に、胸を締めつけられるのかを理解したのだった。

37

サンタモニカのスーパーマーケットの駐車場に車を停め、使い捨て携帯を出すと、電話帳にはない父親の番号にかけた。予想どおり、留守電に切り替わった。もう長いあいだ話してもいない。いまはメッセージを残した。父はきっと急いでこれを当局に報告するだろう。

「今度のことが悪い宣伝になって、あなたがいまやってるコンサートツアーのチケット売り上げに響いたとしたらごめんなさい。でもそんな心配はささいなことだわ。わたしたちふたりとも、ずっと前にあったことの真相を知っているし、このこともわかってるはずよ——わたしが残されたほんとうに短い時間でやらなくてはならないのはただひとつ、あの夜がもたらした苦い結果をあなたに思い知らせることよ」

相手の安全がたしかに脅かされていることを納得させるには、こんなふうに少し誤った方向へ誘導してやるしか方法がない、というときもあるのだ。

雨水を流す排水溝を被った格子の隙間に、ジェーンは電話を落とした。

38

また道路を走りだすと、別の使い捨て電話でギャヴィン・ワシントンとジェスに連絡をとった。いまそっちへ向かっているけれど、家を訪れる余裕はないかもしれない、と伝えた。いまのわたしの人生は千キロ続くそり滑りのようなもので、リュージュのオリンピック代表選手でも逃げ出すような険しく危険なコースを滑り落ちている。ほんの一時間ほど立ち寄っても、トラヴィスをがっかりさせ、ずっといっしょに暮らしたいというあの子の気持ちに拍車をかけるだけだろう。

すっかり夜もふけたころ、ジェーンは長い私道の手前の、立ち並ぶリブオークの陰になって家からは見えない位置に車を停めた。九時四十分に、ギャヴィンが車まで歩いてきて、トラヴィスはぐっすり眠っていると言った。ふたりいっしょに家まで歩いていくと、ジェスがポーチのロッキングチェアに腰かけ、犬たちがその足元にいた。

ジェーンはひとりで家に入っていった。

息子は何日か前と同じように、ランプの明かりのなかで眠っていた。こんなにも腐りきった時代に生きる、こんなにも無垢な存在。容赦ない力に支配されたこの苛烈《かれつ》な世界では、あまりに小さく、あまりに無防備な存在。

自分が身ごもって出産したころは、トラヴィスが五歳に育つまでに、この子を産み落とした世界がこれほど昏《くら》い場所になるとは思ってもみなかった。子どもは世界のあるべき姿であり、世界に灯された明かりなのだ。でも明かりがあればかならず、それを躍起になって吹き消そうとする人間がいる。

子どもに害をなす者がいたら、縛り首にするかわりにその首に碾《ひ》き臼《うす》をぶら下げ、深い海で溺れさせるべきだという文句がある。自分に課せられた任務のせいで頑なになったとはいえ、ジェーンはまだやさしさを受け入れることはできたし、もしその機会があるなら、いますぐその子どもの母に――さらに言えば、神の名においてあらゆる子どもの母になる必要があるのなら、そうした無尽蔵の愛を与えることもできた。わが子から引き離されることほど、深い悲しみはない。あれだけの死人が出たとしても、締めくくりにこの子の顔が見られるのなら、その日はいい一日なのだ。これが最後のいい日にならないようにと、彼女は願った。けれども、これから何があろうと、わたしは脅威に立ち向かっていく。自分で選んだ道ではなくても、碾き臼をこしらえ、亡者どもの首にぶら下げるのは、このわたしの役目なのだから。

訳者あとがき

ディーン・クーンツが二〇一七年から発表を開始した待望の新シリーズ〈ジェーン・ホーク・シリーズ〉、その第一作『これほど昏い場所に』（原題：*The Silent Corner*）をいよいよお届けできる運びとなった。

クーンツについては、いまさら説明の必要もないだろう。もうかなり前の話になるが、「モダンホラーの旗手」という呼び名にたがわず、『ファントム』『ライトニング』『ストレンジャーズ』『ウォッチャーズ』などの作品を次々にものした、現代アメリカを代表するエンターテインメント作家である。あの頃はとにかく書くものすべて、いささかカビの生えた言い回しながら、「巻措くあたわぬ」という文句が大げさでないと感じられるほどの、いずれ劣らぬ傑作ばかりだった。

そういえば、今では当たり前に見られる〝ジェットコースター・ノベル〟といったキャッチフレーズだが、日本でそういう表現が使われるのは（アメリカでは〝ローラーコースター〟と呼ばれる）クーンツやスティーヴン・キングあたりがはしりだったような記憶がある。実際、あの頃のモダンホラーの作家、とくにキングとクーンツの両巨塔には、きわめて現代的な恐怖という要素は言わずもがな、いったん読みはじめればノンストップで読みきらずにはいられない、山あり谷あり、息をも継がせぬといった常套句がぴったりの、とてつもなく巧みなストーリーテリングの妙も際立っていた。

二〇〇〇年代に入ってからのクーンツは、「オッド・トーマス」など、いわゆるシリーズ作品にも力を入れていく。そして日本語の訳書が出版されるのは、二〇一一年の「フランケンシュタイン」三部作（ハヤカワ文庫）以来ということになる。

その今回のシリーズだが、主人公はジェーン・ホークという女性――それもFBIの捜査官である。いわゆる超常的な現象を題材とすることの多かったクーンツにしては、いささか珍しいタイプの話といえるかもしれない。本人にも自らのサイトで、『これほど昏い場所に』には「超自然的な要素はない」と言いきっている。ただし、「マイケル・クライトンの流儀にならって科学を下敷きにした、未来小説とまでいかなくとも、こんな恐ろしい事態が現実になってもおかしくはないような話」だとのことだ。

いったいどんな話なのかと、いささか半信半疑の気分で読みはじめたのだが、期待は悪いほうには裏切られなかった。むしろなんともケレン味のない、ど真ん中ストレート、王道中の王道というべきサスペンス小説だったのだ。

FBIに勤務するジェーンは、日々凶悪な犯罪者を追いながらも、海兵隊員である夫と五歳の息子とともに、平凡に、幸せに暮らしていた。だがあるとき、夫ニックが不可解な自殺を遂げた。いくら考えても原因はわからない。ジェーンはショックも癒えぬままFB

Iを休職し、ひそかにこの事件の背景にあるものを調べはじめる。すると夫の死と時期を同じくして、理由の定かでない奇妙な自殺が異常な率で増えつつあることがわかってきたのだ。何か途方もない事態が進行している……ところがいつしか、彼女は得体の知れない者たちに付け狙われるようになり、ついには息子トラヴィスにまで危険がおよびはじめる。それでも腕利き捜査官のスキルと不屈の闘志をもって、恐るべき陰謀に立ち向かううちに、彼女の前に立ちはだかる、想像を絶する強大な敵の正体があきらかになってくる。

この敵の強大さを示す要素のひとつが、〝グリッド〟（電子網）である。昨今は誰もがGPSやインターネット、クレジットカードなどを当たり前に使っていて、ふつうに暮らそうとすれば自分自身のなんらかの痕跡を残さずにいることは不可能に近い。さらにあらゆる場所には監視カメラが配置され、顔認識ソフトウエア等で誰の居場所もたちどころにつきとめられる。ジェーンが相対する勢力は、こうしたグリッドを思いのままに利用できる存在だということだ。

この電子の網の目にひっかかれば、ジェーンはすぐにも敵の手に落ちてしまう。実際、小説のなかだけのことではなく、この現代社会は未曾有の監視社会だと断言できる。そうしたものとは無関係に人生の半分以上を過ごしてきた訳者などには、それだけで十分過ぎる〝ホラー〟だと思えてしまうほどの。

くわえて彼女の対峙する敵は、最新の科学技術を駆使しながら、自分たちの望むいびつな未来へ突き進もうとしている。不気味なナノテクノロジーしかり、実に現代的なガジェットしかり。クーンツの言う「マイクル・クライトンの流儀」とは、そうしたいま目の前に現れつつある事態を最も切迫したかたちで映し出してみせる手際を指すのだろう。

「わたしにとってもこのキャラクターはじつに魅力的で、書くのがほんとうに楽しかった」とクーンツ自身が認める主人公のジェーンは、若くて美しくて聡明、また誰よりもタフで、必要とあれば恐ろしく非情にもなれる。本書のなかでも触れられるとおり、映画『ミッション：インポッシブル』のヒーローにちなんで、女性版イーサン・ハントというところか。だがその半面、最愛の夫ニックとの一粒種という〝ソフト・スポット〟を持ち、著名な音楽家である父親とは単なる愛憎を超えた確執を抱えている。ときにはこの世界の不条理さを前に、どうしようもない絶望感に駆られもする。それでも彼女は果敢にグリッドをかいくぐり、少しずつ強大な敵ににじり寄っていく。そこで恃《たの》むべきものは、自らの機転や勇気はもちろんだが、それだけではない。最新のテクノロジーにすら手の触れられないもの――生身の人間の絆なのだ。そんな彼女と魂を同じくする本書の登場人物たちは、みなすばらしく人間的な魅力にあふれている。そしてそれは個性的な悪役たちも例外ではない。そうした人間への深い信頼、そして人物造型の妙も、やはりあの頃と変わっていないと思わせられる点である。

本シリーズの続編についても触れておくと、二作目の *The Whispering Room*、三作目の *The Crooked Staircase* はすでに出版され、四作目の *The Forbidden Door* も近々刊行予定。シリーズの好評を受けてか、さらに七作目までの契約が決まったという話も入ってきた。

さぞやあちらでの評判もいいのだろうとネットを見てまわっていたところ、あるサイトの読者レビューに「ウェルカムバック、クーンツ！」という、訳者の気持ちを写したようなフレーズが飛び込んできた。時代は移ろっても、面白い小説の要件が変わることはないし、稀有な才能がかんたんに衰えることもない。そう信じさせてくれる作品に出会えるのはすばらしい経験である。本書を手にとってくださる読者の皆さんにも、同じように感じていただけることを願ってやまない。

二〇一八年八月

訳者紹介　松本剛史

和歌山県出身。英米文学翻訳家。主な訳書にクーンツ『ウォッチャーズ』『ハイダウェイ』(すべて文藝春秋)、フリーマントル『クラウド・テロリスト』、パイパー『堕天使のコード』(すべて新潮社)など。

ハーパーBOOKS

これほど昏《くら》い場所《ばしょ》に

2018年10月20日発行　第1刷

著　者　ディーン・クーンツ

訳　者　松本剛史《まつもとつよし》

発行人　フランク・フォーリー

発行所　株式会社ハーパーコリンズ・ジャパン
東京都千代田区外神田3-16-8
03-5295-8091(営業)
0570-008091(読者サービス係)

印刷・製本　株式会社廣済堂

定価はカバーに表示してあります。

ISBN978-4-596-55096-5